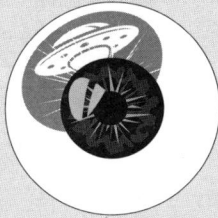

科幻文学群星榜

华语实力科幻作品
群星奖大满贯

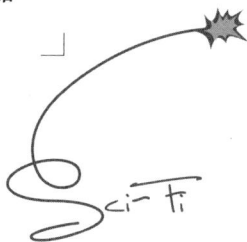

Sci-Fi

674 号公路

长铗——著

山东教育出版社

图书在版编目（CIP）数据

674 号公路 / 长铗著 . — 济南：山东教育出版社，
2021.7（2021.7 重印）
（科幻文学群星榜）
ISBN 978-7-5701-0574-8

Ⅰ . ① 6… Ⅱ . ① 长… Ⅲ . ① 幻想小说－中国－当代
Ⅳ . ① I247.5

中国版本图书馆 CIP 数据核字（2021）第 062832 号

674 HAO GONGLU

674 号公路　　　　长　铗　著

主管单位：山东出版传媒股份有限公司
出版发行：山东教育出版社
　　　　　地址：济南市市中区二环南路 2066 号 4 区 1 号　邮编：250003
　　　　　电话：（0531）82092600　　　　网址：www.sjs.com.cn
印　　刷：三河市冠宏印刷装订有限公司
版　　次：2021 年 7 月第 1 版
印　　次：2021 年 7 月第 2 次印刷
开　　本：880 mm × 1300 mm　　1/32
印　　张：10.5
印　　数：10001-13000
字　　数：250 千
定　　价：35.80 元

（如印装质量有问题，请与印刷厂联系调换）
印厂电话：0538-6119360

《科幻文学群星榜》编委会

总策划： 李继勇　北京书香文雅图书文化有限公司总经理
主　编： 中国科普作家协会科幻专业委员会
总统筹： 韩　松　静　芳

想象新时代

　　《科幻文学群星榜》是由中国科普作家协会科幻专业委员会联合其他科幻组织，共同推出的一套科幻书系。这是一个规模庞大的工程，目前来看也是独一无二的工程，基本囊括了中华人民共和国成立以来老中青几代具有代表性的科幻作家的佳作。这些作家以年龄看，最早的是20世纪20年代出生的，最晚的是"90后"。

　　这套书系的出版，恰逢中华民族实现第一个百年目标——全面建成小康社会。因此，它呈现了百年未有之变局中，中国人对一个崭新时代的想象。随后陆续推出的作品，还将伴随中国迈进基本实现现代化的伟大进程。

　　科幻文学作为一种年轻的文学品类，本身就是现代化的产物。1818年，世界上第一部科幻小说《弗兰肯斯坦》诞生在第一个实现产业革命的国家——英国。此后科幻文学在法国、美国、日本等工业化国家繁荣起来，进入蓬勃发展的黄金时代。科幻作品反映着科技时代人类社会的变迁和走向，反思当代人类面临的多重困境，力图打破所谓世界末日的预言，最终描绘出一个五彩斑斓、生机勃勃的新未来。

　　如今，地球上正在发生的最具"科幻色彩"的事件之一，便是中国的崛起。这个进程不仅改变了这个文明古国的命运，也影响着全人类的走向。中国奇迹般地成了拉动世界经济增长的有力引擎。人类历史上首次十亿以上人口的国家将要集体迈入现代化的门槛。中国科幻文学正是中华民族伟大复兴进程的见证者、参与者与推动者。

早在20世纪初，中国的一些有识之士便把科幻作品译介进来，掀起了第一次科幻热潮。它承载起"导中国人群以行进""改变中国人的梦"的使命。20世纪50-60年代，随着中国自己的工业和科技体系的建立，科幻作家们以满腔热情擘画了一个欣欣向荣的新世界。1978年改革开放后，中国再次向现代化进军，科幻迎来新的勃兴。作家们满怀豪情地书写科学技术为实现现代化、为谋求人民的幸福生活所创造出的神奇美景。进入21世纪，尤其是随着新时代的来临，这个文学门类也进入成长的新阶段。随着《三体》等作品的问世，中国科幻迎来了新一轮热潮。作家们描绘着古老的中华民族在实现全面小康和建成现代化强国的过程中所面临的新机遇、新挑战，谱写着中国走向世界、步入太阳系舞台中央并参与宇宙演化的新篇章。

科幻文学的发展折射着中国国运的巨大变迁。当今，海内外不同领域的人们对中国的科幻文学的空前关注，实际上是关注中国的未来，关注世界第二大经济体将如何持续演进，关注14亿人的创造力将怎样影响乃至重塑这个星球。从现实意义上来说，这套书系不但包含这些丰厚的信息，而且集中梳理了新中国科幻文学取得的辉煌成就，整理出新中国科幻文学发展的宽阔脉络；从一个特殊的侧面，还反映了中华民族从站起来、富起来到强起来的进程，见证中国走向更加灿烂辉煌的未来。

这套书系具有以下三个特点：

一是权威性。它由中国科普作家协会科幻专业委员会主持编选，并与国内多个科幻组织合作，其中包括得到了中国科普作家协会科学文艺专业委员会、科幻世界杂志社、南方科技大学科学与人类想象力研究中心、未来事务管理局、八光分文化、重庆钓鱼城科幻中心等的鼎力相助。编者从中华人民共和国成立以来的海量科幻文学作品中，精选出足以体现时代特征的作品。收入书系的作者，涵盖了雨果奖、银河奖、星云奖、晨星奖、光年奖、未来科幻大师奖、引力奖、水滴奖、冷湖奖、原石奖、坐标奖、星空奖等中外各类科幻大奖的获得者。

二是系统性。它收集了中华人民共和国成立以来不同时期作家的代表作。作者中有新中国科幻奠基者和老一代作家如郑文光、童恩正、萧建亨、刘兴诗、潘家铮、金涛、程嘉梓、张静等，也有改革开放后崛起的新生代作家刘慈欣、王晋康、何夕、韩松、星河、杨鹏、杨平、刘维佳、赵海虹、凌晨、潘海天、万象峰年等，以及以"80后"为主体的更新代作家陈楸帆、飞氘、江波、迟卉、宝树、张冉、程婧波、罗隆翔、七月、长铗、梁清散、拉拉、陈茜等，还有在21世纪崛起的全新代作家杨晚晴、刘洋、双翅目、石黑曜、王诺诺、孙望路、滕野、阿缺、顾适等，从而构成比较完整而连续的新中国科幻光谱，是对中国科幻文学发展历史的一次系统检阅。

三是丰富性。它比较全面地展现了广域时空中新中国的科幻生态和创作风格。这里面既有科普型的，也有偏重文学意象的；既有以自然科学为主体的核心科幻，也有侧重社会现象的"软"科幻；既有代表科幻未来主义的，也有反映科幻现实主义的；既有传统风格的写法，也有实验性质的探索。作品的主题涵盖了中国科技、社会、文化和民生的热点。从中可以看到，一个曾经积弱的民族，如今正活跃在地球内外、大洋上下、宇宙太空、虚拟世界、纳米单元、时间航线、大脑意识等各个空间。这里有中国政府和人民引领抗击全球灾难的描述，有脱贫的中国农民以新姿态迈出太阳系的故事，也有星际飞船和机器人在银河系中奏唱国际歌的传奇。

这套书系力求构建起一个灿烂的星空，并以此映射人们敏感而多样的心灵。爱因斯坦说，想象力比知识更重要。科幻是相伴人类发展进步而产生的新兴事物，是一个民族想象力的集中反映，是科技创新的艺术表达，在人们面前呈现出一幅幅奔向明天、憧憬和创建未来的美好画卷。许许多多杰出的科学家、工程师和企业家，在年轻时就受到科幻文学的熏陶和影响，因此走上了创造神奇新世界的道路。中国正在稳步建设创新型国家，需要更多富有创造力的人才脱颖而出。科幻文学也肩负着实现中国梦的责任，在点燃青少年科学梦想、激发民族想象力和创造力方面，起着不可或缺的作用。

这套书系将为广大读者尤其是年轻人打开中国科幻和未来世界的门户，有助于人们拓宽视野、开阔思想、激发灵感、探索未知、明达见识。它也将进一步促进中外科幻、科技、文化和文明的交流，为人类的共同发展做出中国的一份独特贡献。

中国科普作家协会科幻专业委员会

2020年10月1日

中国王子屠龙记

夏笳

我与长铗平辈论交，几乎同时出道。掐指一算，读他的作品快十年了——大概也可以算是"读着长铗作品长大的"吧。当年我有种理论，即科幻小说一定要"宅"一点才好看，这"宅"里面又可以粗略划分为"技术宅"、"文艺宅"和"白冷烂宅"。按这种分法来看，长铗的作品大多属于那种理工男写出来的"技术宅"作品，各种科学梗层出不穷，恨不得一边读一边翻维基百科，才能读得尽兴畅快。与此同时，他又是那种天生会讲故事的人，写出来的东西像侦探小说，丝丝入扣，层层剥茧，引着你一步一步跟着往下走，很好看。

与长铗第一次见面，是2007年夏天，在成都。科幻大会结束后，一群人组团杀去峨眉山，白天游山玩水，夜里喝酒吃烤肉。让我印象深刻的一件事，是长铗出手打赏了两位抬滑竿的挑夫一笔巨款做酬谢。这让我感觉他为人光明磊落，身上有股风华正茂的少侠气，让人顿生亲近之意。从金顶下山时，缆车前队伍排得甚长，我提议不如步行走到雷洞坪，最终只有长铗响应。我们沿着狭窄的石阶健步如飞，两袖生风，边走边聊着未来几年的写作计划。山顶云雾缭绕，草木萋萋，偶尔有几声鸟啼虫鸣打破寂静。那一路真是畅快极了，少年意气，不过如此。竹杖芒鞋轻胜马，谁怕？一蓑烟雨任平生。

2009年5月，我去武汉游玩，又与长铗相约，凑了两男两女，四人结伴去往湘西凤凰古城。这一次长铗带领我们跋山涉水，跑到山中一座人迹罕至的苗寨，住在老乡家里，吃腊肉喝白酒，讲各种怪力乱神的传奇。当晚大家喝得满面通红，围坐火塘边，高声争论起科学与人文孰优孰劣的问题——最终自然是谁也没说服谁。屋外大雨哗哗地下，猎猎涌动的火光在墙上投下奇形怪状的影子。这让我想起两百年前一个阴雨连绵的夏夜，四个文艺青年在日内瓦郊外一间别墅里讲鬼故事，只可惜我们未能像他们那样，写出开一代之先河的传世名作。

几年之后重读长铗的作品，愈发深刻地体会到字里行间那股侠气。这股侠气与其说联系着中国传统文化，不如说与科幻本身一样，是新与旧风云际会的产物。他总将故事背景设置于那些充满戏剧张力的历史时刻，那些新异之物不断涌现、各种可能性喷薄而出的微妙瞬间。在这样的时刻，个人选择被赋予了巨大的历史动量，仿佛巴西丛林中一只蝴蝶扇动翅膀，将有可能在北美平原上掀起一场风暴。于是道成肉身，凡人可以一步登天——东方称之为"时势造英雄"，西方称之为"Chosen One"。某种意义上，科幻小说作为一种通俗文类可以长盛不衰的魅力也正来源于此：在魔法被祛魅的时代里，我们需要凡人凭借技术而创造的传奇，需要新的现代性神话。

这种"科学传奇"（Scientific Romance），让我重新去思考科幻中"科"与"幻"的关系，去思考什么是中国科幻的"中国性"，乃至于我们这一代中国科幻作家的写作。在我看来，科幻小说是一种诞生于"边疆"（frontier）之上，并伴随边疆不断游移迁徙从而生生不息的文学。这边疆绵延于已知与未知、魔法与科学、梦与现实、自我与他者、当下与未来、东方与西方之间。因为好奇心而跨越这边疆，并在颠覆旧识和成见的过程中完成自我认知与成长，是人类文明发展的内在动力。对于西方中心的"人/人类"来说，这是一个发现世界、创造世界同时自我创造的过程。而于中国人而言，科幻作为一种文化舶来品，本身也构成了一个外部大世界侵入中国这个封闭小世界内部的某种"边疆"。在边疆地带，不断发生着关于新与变的震惊体验。在此意义上，中国科幻正是要把这一系列时代巨变中的震惊体现出来。

这种思考，让我更加清楚地把握到长铗写作中某些主旨性的东西：在他古今中西兼容并包的宏大世界里，反复萦绕着一个堂吉诃德一般郁郁寡欢的"中国王子"形象。他野心勃勃，求知若渴，一心想要掌握传说中的屠龙之技。屠龙是为了书写传奇，然而一旦屠龙之技炼成，龙被赶尽杀绝，传奇也就不复存在。正如同侠者练就天下第一的剑术之时，也正是其挂剑归隐之日。正是这种现代性断裂自身蕴藏的悖谬，造就了"中国王子"的野心与忧郁。但忧郁归忧郁，他还是要知其不可而为之，独自一人往命中注定的道路上去。正如同《梅花杰克》，是一个抢先一步踏入现代世界格局，而非被迫卷入的另类中国故事，那位孤注一掷的赌徒，妄图凭一己之力创造另一重历史。但他最终还是失败了，因为历史一旦被胜利者写成，就只剩下一种讲述历史的方法。正是在此意义上，"想象另一个中国"，成为晚清以来几代文人挥之不去的"中国梦"，也是百年中国科幻最核心的创伤情结。

眼下你拿在手里的这本选集，收录了长铗最为优秀的作品。在我看来，它们的优美深刻之处，正在于通过一段段细腻生动、以假乱真的虚构技术史，一个个超越自身时代的孤独英雄，展现了这种对于历史的迷思，这份当代中国技术青年在世纪之交的巨变中所独有的野心与忧郁。这些作品中，我私心最喜欢的是发表于2010年的《昔日玫瑰》。这是一个讲历史、讲女神之死的故事，相比起长铗作品中一以贯之的少侠气，这样面朝往昔的忧郁更加耐人寻味。

最近几年长铗忙于创业，小说写得少了，也几乎不在各种科幻活动场合露面。2014年年底他打电话给我，说现在常住杭州，邀我有空去玩。我也期盼着，于烟花三月时去西子湖畔会一会老友，听他讲一讲这些年来创业路上的传奇故事——或许比小说还要精彩得多也未可知。

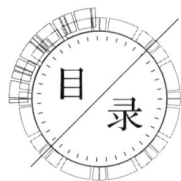

目 录

Catalogue

674号公路 / 001

屠龙之技 / 041

昆仑 / 091

梅花杰克 / 121

若马凯还活着 / 203

昔日玫瑰 / 241

麦田里的"中国王子" / 277

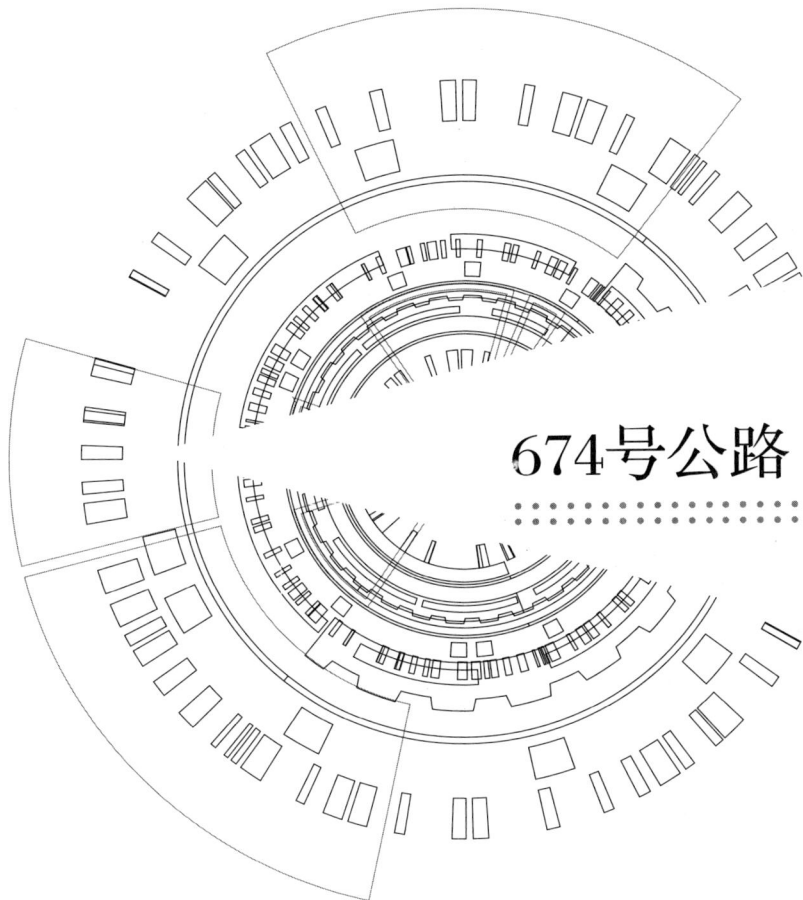

674号公路

有网友说，他无数次尝试用极品飞车、云斯顿赛车、车神铃木里的顶级跑车，选择一条与674号公路相似的惊险跑道，用时速158英里来挑战它，他失败了。他懊恼地说这可能与他的操作水平和赛车硬件配置有关，他甚至怀疑每秒26帧的显卡处理速度限制了他的操控。我很同情他，即使他使用PS2、PS3及X-box上的巅峰赛车游戏来模拟，恐怕也无法体验那种令人头晕目眩的天地倒置的极速快感，因为那注定是一条现实的跑道，受控于游戏参数、重力、惯性、扭矩等真实的物理量。674号公路是一条奇异拓扑空间的跑道，它存在于每一个男孩迷恋速度的幻想之中，这正是我们喜欢科幻的原因。

"嗨，伙计，去过674号公路吗？"红头发一条腿搭在保时捷敞篷车门上，另一只手在一个姑娘身上游走。

674号公路？外乡人露出迷惘，轻轻抽着鼻子，似乎不习惯尘土里弥漫的橡胶焦煳味。

"啊哈！他居然不知道674号公路！"红头发怪叫一声，他的同伴应声响起刺耳的呼哨。红头发在姑娘丰腴的屁股上拍了一下，以印度仪仗兵夸张的姿势踩在油门上。保时捷喷出一屁股黑烟，两条深深的辙印像蛇信子般迅猛蹿出，汹涌的尘土扑打着外乡人的车窗。

外乡人缓缓摇上车窗，打开车内唯一的电子设备：美国卫星地图。手指在屏幕上轻叩，轻易地找到了那个模糊的痕迹：卡里寇。若不是170英里外的那个著名的白银矿，这个小镇也许早已在地图上消失了。

这里没有连锁店，没有大公司开的煤气站，没有几乎遍布每个美国小城镇的快餐业分店，没有沃尔玛，没有得克萨科加油站，没有壳牌公司，没有麦当劳和伯格金，也没有玩偶盒商店，这儿就是卡里寇。

外乡人推开小镇唯——家酒吧"拓殖者之家"，里面喧闹的气氛顿时安静下来。酒鬼们把目光投向他，他们大多是矿工的儿子，目光就像探照灯般灼亮。外乡人脱掉他的皮外套，交给门口的侍应生，像老顾客般径直朝吧台走去。德·丽尔夫人就立在吧台后面，她每天晚上都在这里，这儿的每个人都知道她，甚至，那些匆匆的过客也惦记着她，还把她的芳名远播他乡。没错，她就是卡里寇最引人注目的存在：酒吧的老板娘。

"我想，你一定知道杰克·汉弥尔顿的故事，小姑娘。"外乡人抿出老到的微笑，他有一个棱角分明的坚硬下巴，泛着钢灰色。

"哈，他居然叫我小姑娘！不过，老娘喜欢这个称呼。"德·丽尔夫人环顾左右，夸张地向她的顾客们炫耀她的新昵称。男人们用敌意的目光射向外乡人，这里面包括那个红头发，外乡人一进门就被他盯上了——那个不知道674号公路的愣头青居然敢来"拓殖者之家"！

"当然，这方圆500英里陈芝麻烂谷子的事儿我全知道，说吧，帅哥，你想听哪一段？"德·丽尔夫人摇曳着腰肢，玻璃杯里的红色液体漾了出来，有几星泡沫洒到了外乡人的脸上。

"674号公路。"外乡人一字一顿地说。

"哦，又是674号公路，每一个远道而来的小伙子都要听这一段，就像没断奶的孩子围在祖母的膝下要听格林童话。"老板娘故意提高声调让周围的人都能听到他们的交谈内容。男人们露出鄙夷的神色。的确，674号公路追捕的故事早已远播他乡，只有那些开着红色法拉利拉风的毛头小子才兴冲冲地打听这些。

19世纪中下叶，美国西部"淘金热"热气未消的时候，在南加州的东部，又传出了有银矿的消息，而且蕴藏量丰富。1881年3月的一天，三个探矿的人来到卡里寇安下"营寨"，他们要在这里试一试运气。一天、两天、三天过去了，他们一无所获；第四天，随着一声欢呼，卡里寇的繁荣历史拉开了帷幕。矿工们在这片赫红色的干燥土地上建立了三个小镇，卡里寇是其中最大的一个。卡里寇英语里的意思是粗印花棉布，因为这里的山峦就像姑娘们的印花裙子一样漂亮。三个大型银矿、硼砂矿分布在三个小镇周围，从每个小镇到任一个矿山都有一条路况不佳的公路，一共九条，构成这荒凉之境的全部交通。674号公路是九条公路中的一条，它连接了卡里寇与最大的那个矿山：白银谷。它为什么叫674号？这个数字不属于美国公路交通网的顺序编号，也许是纪念某个棒球明星的本垒打记录，天知道。但有一点是可以肯定的，它是个不祥之数，在这条短短的170英里长的公路上，发生的交通事故难以计数，甚至它从建完后的第一天起就被废置了。第一辆通过它的是一辆运砂车，人们还来不及纪念它在修建公路中的功勋，它便不争气地滚到深不可测的大峡谷里。人们于是相信这条砂子路是被魔鬼诅咒过的，有传说称印第安人的祖先沉睡在这条路下，他打个呵欠就能把道奇卡车吹上天。住在卡里寇镇的矿工要去白银谷，宁愿绕道其他的路。

但是真正使674号公路声名远播的是30年前那场惊动CNN的荒野大追捕。赛车手出身的美国153号通缉犯杰克·汉弥尔顿在50辆警车的驱赶下，发疯般地冲进674号公路。警察们得意扬扬地看他们的猎物绝尘而去，没有去追赶，而是在674号公路与其他几条公路的交叉口设了路障，在白银谷与卡里寇镇两头张开口袋，然后警长先生带领他的手下到"拓殖者之家"喝酒去了。

"他会后悔的，他会吓得尿裤子，当他看到满路的汽车残骸……"警长向酒吧的所有听众宣布，但是后来后悔的是他。杰克·汉弥尔顿从这条盲肠一样短的窄小公路上消失得无影无踪，蜿蜒在大峡谷边沿的674号公路除了几个分岔口不可能有其他的出口，但是在路障守候的警察却一无所获。有个蠢蛋发誓他听到了呼啸而过的引擎声，那剧烈的声波甚至吹动了他猪鬃般的眉毛，却连个汽车影子也没见着。杰克·汉弥尔顿驾驶的是一辆1953年制造的克尔维特，黑色车身漆配以抛光处理底辐式车轮，嚣张的折叠式车顶就像响尾蛇毒牙般伸缩自如，搭载7.0升V8引擎，高达500匹的最大输出马力与550牛米的扭矩令人侧目。这辆速度怪兽是通用汽车设计大师哈里·厄尔失败的作品，只推出了300多辆便被停止生产，因为它暴烈的脾气、复杂而别扭的操控性能、单薄的安全系统令人望而生畏。杰克·汉弥尔顿却对它情有独钟。所以杰克·汉弥尔顿若驾驶这样一辆奇特的车逃亡天涯应是很引人注目的。但是他的确是连人带车蒸发了，直升机把这块巴掌大的满目疮痍的大地搜寻个遍，悻悻而归。警长只好向追踪而来失望至极的CNN宣布，那个坏蛋被大峡谷吞没了，连个响屁也没闻着。

"这还不是故事的全部。"老板娘慵懒地喷了口酒气，脸上泛出红潮，几颗雀斑在红潮里若隐若现。她说："最精彩的一段不属于杰克·汉弥尔顿那个疯子，而是阿弗莱·切。当然不是每个人都能像我这样亲昵地叫他切，你懂吗帅哥？"

"切？那个拙劣的赛车手阿弗莱·切？"外乡人讥诮道。

老板娘愠怒地扫他一眼："懂什么毛小子！切是他那个时代最伟大的赛车手，没人能比他更快！他是唯一全程跑完674号公路的人，我见证了他的辉煌！"

外乡人把宽大的手掌按在德·丽尔夫人的手上，安抚她胸脯内波涛起伏的激动情绪："慢慢说，我洗耳恭听。"

德·丽尔怔怔地打量外乡人骨节粗大的手指，目光柔和下来，笼罩在他壮硕的脖颈，微微一笑："你也是个行家，小子。赛车手需要健硕的体魄，急转弯时脖子需要承受5倍于自身重量的离心力。切常给我说一些赛车常识，但我总记不住，哈哈。那时我还是个小姑娘，他把我塞到他的车尾箱内，他说没有姑娘敢坐在他旁边，他要让我清醒着见证他逾越674号公路。他做到了！我虽然藏在车尾箱内，身体被绳子牢牢固定着，但还是吓了个半死。小子，坐过过山车吗？虽然你眼睛闭着，但你还是能感觉到那种忽上忽下、心仿佛要从胸口撞出般的惊心动魄，不是吗？"

"我好奇的是，既然你待在车尾箱内，你怎么知道他不是在别的一条什么马路上兜了一圈呢？"

"你怀疑他？"德·丽尔夫人的目光变得严厉。

"不是，我只是觉得这个世界太荒谬了，如果阿弗莱·切是纽博格林12小时耐力赛纪录的保持者，他还全程跑完过魔鬼之路——674号公路，他怎么会在亚利桑那州宽阔的高速公路上飞出他的挡风窗玻璃呢？要知道那次交通事故中，他负全部责任。"

"够了！"德·丽尔夫人怒不可遏地把酒泼到外乡人的脸上。两个彪形大汉围拢过来。

"北方佬，你对我们的老板娘做了什么？你不介意坐一回地道的'矿井电梯'吧。"两个大汉把粗壮的手臂探进外乡人的腋下，企图把这个北方口音的小子扔出去。外乡人的身子却纹丝不动。

"放下他！"黑暗中一个夹着浓痰的嘶哑嗓音说。

闹哄哄的四周立即安静下来，拥挤的人群闪出一条过道，一个蹒跚的脚步缓慢地走近。来人满头苍发，脸上长满了肉疣，就像是铺了一层油亮的卵石。

"可是……"壮汉想解释什么，却又戛然而止，因为他被来人犀利的目光刺得一凛。

"年轻人，到我这儿来一趟。"

外乡人面无表情地望望左右，跟着那人蹒跚的步子走出酒吧。

红头发扒开百叶窗望向窗外："嗨，大家看，那小子的车没有后视镜！"男人们挤到窗前观看，有人把啤酒瓶愤怒地摔在地上，因为那是一个巨大的挑衅。

没有后视镜！因为没有人能赶上他！而这里的顾客没有一个不是狂热的车手，矿山早已告别淘金时代的繁荣，674号公路却把全世界的飙车小子召集在这里。

"那是一辆破车！"红头发鄙夷地朝窗外吐了口唾沫。诚然，相比他那辆鲜亮的御林军红保时捷，外乡人的车就像一个寒碜的乡巴佬。

"也许，那厚重的车厢改装一下可以装土豆。"红头发的调侃引得一阵哄笑。

"那是一辆好车。"一个悠长的声音说。但是快乐的人们没有听到这句忠告，挤在男人中间的德·丽尔夫人回过头来，看到一个衣衫褴褛的糟老头自斟自饮，他的脸像是用砂纸磨掉了半边，鼻子与眼睛连成一块，样子十分恐怖。德·丽尔夫人认识这个老头，他肯定是这个小镇上的人，常常能在酒吧最偏僻的一张小桌上找到他的身影。有喝酒的主顾称这个老头是在教堂里打杂的，雷耶博士收留了他。他是个酒鬼，却没有好的信誉，赖了不少酒账，都是雷耶博士帮他偿付的。

德·丽尔夫人很鄙夷这个老酒鬼的癫话，那是辆好车？狗屁！灰白色的车体，不少地方还脱了漆，多久没打蜡了，也确实打不了蜡，该报废了。不过，它的排气管真粗！德·丽尔夫人的眼珠都快蹦出来了，她从来没有见过这么粗的排气管，不，她见过。那还是她风姿绰约的少女时代，同样风华正茂的切驾驶的跑车装有如此夸张的排气管。她亲眼见切给他心爱的四驱车装这个丑陋的装置，就像机械师给大炮装上大口径炮管一样得意。

"他们叫我雷耶博士。但我宁愿你叫我牧师，我就是这个小镇唯一的牧师，在宗教活动之余，我还兼供应汽车零配件。"这个头颅硕大的人说。他苍白的头发挓挲着，像雄狮般威严，下巴垂着薄而密的褶皱，就像公鸡肉垂。

"您是个多面手。"外乡人谦卑地恭维道。

"没办法，这个小镇人口太少，人们不得不身兼数职才能应付过来。"

"这里甚至有消防队！我来的时候看到了，消防队门口有一块小牌子，上面写着卡里寇不同年份的人口：1881年，40；1887年，1200；1890年，810；1951年，20……"

"你的记忆力不错，小伙子，干哪行的？介意我问吗？"雷耶博士揭开一瓶窖藏葡萄酒，"嘣"的拔盖声在教堂房间里显得悠长，余音消弭后房间便陷入令人窒息的沉默。

"我是个推销员，推销《圣经》。"

"你的业绩一定不错，买得起一辆好车。"雷耶博士的目光割过外乡人紧绷的脸皮，外乡人脸一红，迅即恢复一个推销员才有的老练和镇静："这辆车是父亲的遗产，我不是个好推销员，因为我这副面孔不讨乡下主妇们喜欢。"他似乎被自己的幽默逗乐了，他的爽朗大笑与他的口音一样，来自北方。

雷耶博士递给外乡人一杯酒："卡里寇不是你应该来的，北方人，这里总共只有80个常住人口。"

外乡人止住笑，不自然地紧了紧脸皮："是的，和那些不知天高地厚的飙车小子一样，我也是慕674号公路之名而来，我是个赛车爱好者。"

"改装是多余的，懂吗？年轻人。比如你那辆宾利，它拥有一个英国克鲁的本特利工厂纯手工打磨的发动机，纯种大不列颠皇家血统，你为什么要把它伪装成笨重的德国货呢？"

"也许我是个外行。我本以为把发动机的位置后移七英寸，降低传动系统的高度会带来更可靠的操控性。"外乡人波澜不惊地解释道。

"你是对的，这可以带来更低的车身重心，但这不是无限制高速公路，对于674号公路而言，过低的底盘无异于自杀。你想跑674号公路？"

外乡人坚毅地点点头。

雷耶博士凝视外乡人灰色的眸子良久，说："跟我来。"

他跟在博士沉重的步子后，路过教堂大厅一排排长椅，进入一个堆满杂物的侧间，推开一道严实的铁门，沿简陋的梯子下到地下室。

"嗯？牧师，收购废铁也是您的业务之一？"

"如果你真的懂行的话，就知道这是另一个'白银谷'。"博士费力地俯下身子，吭哧吭哧搬起一个增压涡轮，"1985，原产加拿大安省圣嘉芙莲市……这个，V12型4.8升引擎，兰博基尼，1972年产，全世界只剩下12台。这些都是674号公路上失事汽车的残骸。希望你的宾利不会成为我新的收藏。"

"我需要一个大的涡轮增压器。"外乡人说。他的目光瞥见黑暗的一角里一张尘土密布的帆布下，匍匐着一个冷气逼人的铁家伙，就像一头久困樊篱的猛兽蛰伏不动，令人不寒而栗。

"嗨，小子，这儿。"红头发脚搁在方向盘上，打了个响指。

外乡人闷声闷气地走过去，他的身后立即围拢过来几个朋克青年。

"北方佬，多久没洗脸了？我是说，你需要一块镜子、一块后视镜照照你白白的小屁股。"

外乡人皱了皱眉，加利福尼亚下午的阳光跟桶装啤酒一样廉价，把光秃秃的旷野上卑微的人影晒得晕乎乎的。外乡人眯着眼，看见德·丽尔夫人正袅袅婷婷地走过来。

"我不喜欢多余的东西。"外乡人说。

"啊哈。"红头发怪叫一声，"我也一样。也许我该卸你一条多余的腿换上一个备用轮胎。"

他的伙伴附和着哄笑。

"什么乐着了你们，小伙子？"德·丽尔夫人用她慵懒的调子问道。这个声音之于她的年龄的确是稚嫩了点。

"我在给这个新来的上课，告诉他不是每个人都可以在卡里寇飙车。夫人，告诉他我是谁！"红头发偏过头向他的女朋友索要亲吻，被涂满鲜红指甲油的手指掐了一把。

"他上过《蜜蜂报》的头条。"德·丽尔夫人向外乡人介绍说，似乎已经忘掉了酒吧里的不快，"他叫亚当，他喜欢让警察追着屁股跑，曾经有过摆脱30辆警车围捕的纪录。洛杉矶的本·杰明警官恨死他了。听说那警官也是一名不错的车手，有一次差点逮住他……"

"哈，我让他亲吻了我的屁股，最后放了一个臭屁，一溜烟甩开了他。他是个蠢蛋，他应该感谢我，要是我真踩了刹车，他会被我保时捷钛合金装甲屁股顶到天上去。当初我真该废了他！要不，老子也不会藏到这个鬼地方来……"

"行了行了。"德·丽尔夫人打断他，"这是你多少次重复自己的故事了？"

"夫人，你还没提我伦敦的艳遇呢。苏格兰场的那群吃白饭的浑球，开的是莲花、兰博基尼、陆虎，硬是被我耍了个遍！最刺激的还是我在越南干的那一仗……"

"是中国。"女朋友提醒他。

"都一样。"红头发漫不经心地嚼着口香糖。

"跟他的偶像一样，是个自大狂。"德·丽尔夫人朝外乡人挤挤眼。

"他的偶像是——"

"杰克·汉弥尔顿。"

一提到偶像的名字，喋喋不休的红头发亚当立即安静下来，歪着脑袋，匕斜着眼，挑衅地望他。

"真巧。"外乡人耸耸肩，"我的偶像是阿弗莱·切。"

德·丽尔夫人愣在原地。外乡人壮硕的肩膀撞开周周的人墙，"砰"的一声拉开他那辆死灰色的宾利，远远地扬扬手："夫人，介意我载你一程吗？"

"你不是对切充满敌意吗？"德·丽尔夫人小心翼翼地坐在副驾驶位置上，好奇地打量车内的装饰。没有车速表，没有转速表，没有油量表、里程表、机油压力表、气压表……一个也没有！她直冒冷汗。

"可恨的偶像，不矛盾。"外乡人找出一盘旧磁带，塞进录音机里，"克林特·克莱克的歌，喜欢吗？"

"当然。"

"除了尾灯，什么也没有……"一个嘶哑苍凉的男低音舒缓地流淌出来。这音乐怎么这么耳熟呢？德·丽尔夫人偷望外乡人的侧面轮廓，阳光给他冷峻若削的脸颊笼上一层金边，那硬线条显得柔和了不少。

"你这车上什么也没有，你怎么……我是说，这安全吗？"德·丽尔夫人怯怯地问道。她想起自己年轻那会儿，也是这样羞涩地问她崇拜的切一些白痴问题。

"眼睛会受欺骗，耳朵不会。用耳朵去听，变速箱内齿轮的啮合是这个世界最美妙的声音。"

"你用香水？"德·丽尔夫人饶有兴致地打量着他，似乎不相信这个粗犷的男人也会使用香水，还是可爱的橘子味。

"香水？不，空气清新剂而已，这辆车有恶心的血腥味。"

"血腥？"德·丽尔夫人不安地在座椅上扭动屁股，这棕红色的手工皮革椅套似乎无处不隐藏着血色的罪恶，掉漆的镀铬件反射着森森白光。

外乡人笑了："不是谋杀案，一次普通的交通事故而已。"

但敏感的女人很快有了新的担心："你确信你的车技没有问题？"

外乡人掰开锈迹斑斑的金属板，从里面扯出两根电线，只听见"砰"的一声，火花四射，引擎便轰隆隆地启动了。

"你觉得呢？"外乡人转头问她。

德·丽尔夫人耸耸肩，没有回答，心里却暗暗叫苦：上帝，是什么让我上了他的破车？老娘不会是春情萌动了吧？见鬼！

鲜亮的保时捷蹿到老宾利的旁边，红头发伸出一只手："伙计，可以出发了吗？"

西部慷慨的阳光斜射在这个寂静的小镇，红褐色的山峦光秃秃的，光影在沟壑丛生的山体上游走，公路两旁稀稀落落的三角叶杨耷拉着几片枯叶。几乎没有风。三条公路合拢在小镇的西头，两辆对比鲜明的车对峙在岔路口，小镇不多的几幢建筑陆陆续续走出人来。他们汇集在这不大的岔路口，交头接耳地说着什么。

"也许你应该下车检查一下车况，比如查看下弹簧上的楔片，紧紧轮胎上的螺母什么的。"德·丽尔夫人观察着窗外，红头发的哥们正扬着扳手，围拢在保时捷的旁边，上上下下地忙乎。

外乡人没有回答，他的视线钉在正前方，似乎想用他的眼神杀死挡风窗上的一只苍蝇。

突然车窗上贴上一个鬼脸，德·丽尔夫人惊得一退。

"滚开！老酒鬼。"她气急败坏地把糟老头的头往窗外推。

"我有话要与小伙子说。"老头皮笑肉不笑地说，下嘴唇上挂着涎水，那满口的暴烈酒气令她作呕。

外乡人露出略为惊讶的表情："请讲。"

老头却示意他把头伸过来。

外乡人别扭的侧过他宽阔的肩膀，两个奇怪的男人就这样在德·丽尔夫人胸前交流着什么，近在咫尺，她却一个字也没听清。但那老头的表情无疑是威胁与警告。

"他讲什么？"德·丽尔夫人摇上车窗。

"他让我把他的酒账付了。"外乡人回过一个孩子般的笑脸。

"你被骗了。"德·丽尔夫人同情地望着他。

"怎讲？"

"你听说过有那么一种人吗？没有工作不务正业，专门在酒吧推销他们悲惨的人生，然后博取同情与酒钱，他就是那种人。"

"我没有听过他的故事，但我觉得为他付酒账是划算的。"

还很嫩。她心想。不知怎的，有一种叫作愁绪的东西悄悄笼上她的眉间，她开始担心什么害怕什么怜悯什么。懂吗？年轻人，在这里年轻是最大的错误。她想起了切，那个25岁便名噪天下的不可一世的切，他死的时候才33岁，有人说他的死只是意外，但她知道那绝不是意外，那是一个阴

013

谋。唉，20年过去了，回忆这些干什么呢？她有些咒怨自己，目光却落在外乡人的肩膀上，久久不散。

天色暗下来了，高原的阳光消退得像响尾蛇一样迅速，那渐渐浓重的夜幕加重了她内心的忧郁。

"还等什么？胆小鬼！"红头发亚当朝窗外吐了口唾沫。

"你先，674号公路。"外乡人面无表情地回答。

"674号？"亚当不敢相信自己的耳朵，在轰鸣的引擎声中，他扯破喉咙喊道："那是条死路！"

外乡人没有回答，只是冷冷地笑着。

红头发亚当把口香糖狠狠拍在后视镜上："娘的，老子奉陪！"

保时捷像一条猩红的火舌喷了出去，卷起铺天盖地的尘土，空气里充斥着汽油味和焦煳的橡胶味。灰白色的宾利沉吼一声，轮胎发出惨烈的嘶鸣，震得地面索索抖动。德·丽尔夫人上身猛地撞在椅背上，一种令人窒息的压迫感扑面而来，她的喉咙里蹦出一个尖细的声音。你还是小姑娘吗？她不禁有点懊恼了。其实没有人能听到这个声音，高达150分贝的噪音早已堵塞了所有人的耳孔。

世界在顷刻间变得模糊，窗外三角叶杨嗖嗖飞过，此刻它们的影子紧密得就像自行车车胎旋转的钢丝。在颠簸与喧嚣中她终于明白了许多问题：为什么不装转速表，为什么不装GPS，为什么不装车控电脑……那些问题的答案是如此清晰，因为你的眼睛根本来不及关注这些，甚至一眨眼一侧目都可以让汽车瞬间陷入失控。对手车尾甩下的尘雾迷离了你的双眼，层出不穷的弯道步步紧逼，你甚至来不及喘息，你所要做的便是紧盯路面，就像一条爬着暴戾恣睢的蟒蛇的路面，蟒蛇不停地扭动身躯，时不时回头射出冷飕飕的毒信子：一个高坎，一个水坑，或者干脆是一个悬崖。

德·丽尔夫人的手指深深陷进座椅，胸口被安全带勒得生疼，她心有余悸地从窗外收回视线，垂落到她的车手身上。他在想什么？也许此刻，只有这个还有一丝生疏感的年轻人才能带给她些许平静。

前面的车尾灯陡然亮了，现在是黑夜。加利福尼亚州的黑夜浓得像墨汁，它很贪婪，很饥饿，似在发出咕噜咕噜的胃的蠕动声。那灼目的血红色车灯突然模糊了，不，是变大了。疲惫的对手放慢了车速。他害怕了？外乡人挤挤干涩的眼睛，腹底涌出一个带胃酸味的咆哮：来吧！

前方的车姿突然发生异动，一个女孩的尖叫声刺破夜空，外乡人面色陡然变得凝重。他想起保时捷上还有一个妖艳的女孩，那种不谙世事却强作世故的孩子，她不应在车上。千万不要迷恋一个车手，速度是这个世界上最不可靠的东西，它就像吗啡，把你抛入高空，当你重回大地时，才发现，一切已经碎了。

他恍惚看见了红头发亚当的操作：松开刹车踏板，入弯的一瞬，左晃呔盘，车头一沉，再闪电般地大幅右转呔盘，保时捷整个车身横着滑过去，轮胎啃噬着沙石地面，尖锐的刹车声刺疼耳膜，泥沙四溅。

漂亮的操纵！

"不要相信漂移。"外乡人想起父亲的忠告，"弯角是为抓地跑法而准备的，漂移永远比抓地跑法更慢。"

"坐稳了。"外乡人说。

德·丽尔夫人纤细的脖子猛地倒向外乡人的肩膀，所有的禁忌与矜持都在一刹那崩溃，有个魔鬼般的声音说：让车和人一起摇滚吧。尖叫声像洪水决堤而出，撕心裂肺，吞没一切。很久没有这么吼过了。

"弯道已经过了。"外乡人冷静地说。

她汗涔涔地坐正身子，双腮火辣。真羞耻，她看到了玻璃上的自己。

"前面那辆车呢？"她问。

"在后面。"

红头发亚当怒不可遏地把脚跺在转速表上："平生第一次被人超了弯！混蛋！"

他的女朋友无力安抚他的愤怒，她被颠了个七荤八素，保时捷豪华的车厢被她吐了个遍。

他左右扳动方向盘，却发现前面的宾利忽左忽右，亲密地堵在他面前，两条车轨缠绵得不可开交，使他无法超车。

"大爷踢你屁股！"红头发亚当咆哮道。回头一看他有气无力的女朋友，又无奈地松开油门踏板上的脚。他焦灼地瞥了眼窗外，前车的尾灯光柱正好扫过这一片天空，他的瞳孔突了出来。"那是什么？"红头发惊恐的声音迅速被深不可测的夜空吞没了。

仿佛一种冥冥之中的响应，前面宾利的前轮突然抱死，在路面硬生生地犁出两道深沟。德·丽尔夫人觉得自己的心似要飞出挡风玻璃，却又被安全带扯了回来："发生了什么？"

回答她的是一声巨响，她看得真真切切，正前方摔下一个庞然大物，把路面撞出一个大窟窿，金属零件四处飞溅，其中一个把宾利的挡风玻璃砸出一朵拳头大的雪花。

从天而降的是那辆色彩艳丽的保时捷，它的车前灯依旧忠实地工作着，斜射着漆黑的天空。车尾则摔了个稀巴烂，前轮在半截斜支着的断轴上兀自旋转着。

外乡人从残骸中拖出血肉模糊的红头发，把哭兮兮的他塞进宾利的车尾箱。

"她死了！她死了！"红头发亚当张牙舞爪地要与外乡人拼命，但他很快被轻易地制服了。外乡人检查了保时捷，那个女孩的胸腔破了个大洞，血液泛着泡泡涌出来，人已经没气了。

外乡人怔怔地木立良久。他想起三岔口老酒鬼的忠告，他不禁问自己：那种不可一世的自信、争勇斗狠的张狂是否来得正常？我还可以继续前进吗？或者我还可以掉转车头？但是车后的景象让他凄然一笑，尾灯所指示的方向分明是黑黢黢的深渊，后轮胎甚至是悬空的。

"啊，那里！"德·丽尔夫人颤抖地伸出手臂。外乡人顺着她的手臂望去，一个黑影正好路过保时捷前车灯的光柱，那是一辆漆黑如墨的双座跑车，它在窄小的光柱里转瞬即逝，但它的红色尾灯依旧留在夜色中，一明一灭。外乡人明白了什么，迅速登车启动引擎，向那辆幽灵般的车追去。

这是个漫长的夜晚，外乡人记得很清楚，卫星地图上显示674号公路只有区区170英里长，但是宾利却以时速100英里行驶了整整一晚，火花不停地从引擎盖边上蹦出来，火花塞"噗噗噗"地吭哧着。很多次他几乎已经被黑色跑车甩掉了，但不久，那红色的尾灯又及时亮起，像是暮色里缥缥缈缈的亚历山大灯塔，天微微亮时，它又隐没在晨光之中。它就像是一个怪梦，消退得无影无踪，让清醒过来的他禁不住怀疑那是不是幻觉。宾利跌跌撞撞地回到卡里寇镇，他的引擎爆掉了六个汽缸，引擎盖已经灼红了，烫得可以点燃香烟。外乡人怔怔地坐在驾驶椅上，沉浸在他的迷惘之中。红头发在拼命地踢车尾厢，外乡人却浑然不觉。突然，他从凝固的思考中苏醒，扭头轻吻了下女人的脸颊。

德·丽尔夫人"哎呀"一声，面红耳赤。上帝，发生了什么？我大得可以当他妈。她的胸脯像是有只兔子在上蹿下跳，她深深地吸入一口气，顿时一股初恋般的眩晕击中了她。

"柠檬味？这车厢里有柠檬味。"她肯定地说。

外乡人缓缓地扭过头来："你确定不是橘子味？"

没有人能真实地描述这场夜幕下的惊魂追逐，三个亲历者同时病倒了。难以用恐惧、精神上的刺激来解释他们莫名其妙的病症。他们的胃口倒是变大了，身子却在急剧消瘦，像是有幽灵在悄悄摄取他们的魂魄与营养。

雷耶博士带走了他们，这个小镇上每一个濒临死亡的人都会交给雷耶博士，他是唯一的牧师。在雷耶博士的精神治疗与老酒鬼的悉心照料下，他们竟奇迹般地恢复了健康。或许雷耶博士还有另一个职业：医生。

"真不知道该如何感谢您。"外乡人真诚地说。

"感谢死神吧，感谢它没有带走你。"雷耶博士头埋在一堆玻璃仪器后，娴熟地配制着溶液。他的背后弥漫着可疑的白气，蒸发皿里黄绿色的液体沸腾着，泛出油亮的泡泡，泡泡破碎之后，便有刺鼻的气味溢出。外乡人把目光从那不知名的液体上移开，落在雷耶博士长满肉疣的丑脸上。

"死神也开车吗？"外乡人似笑非笑地问。

雷耶博士的目光盯在他的滴管上，似乎没有听见这句话。外乡人走近博士的工作桌，饶有兴致地观察着他的工作。

"你是历史上第二个成功跑完674号公路的人。第一个，想必你已经熟知他的故事……"

"可是他付出了生命。"

"那只是个意外。"博士举起一个锥形瓶，在眼前耐心地晃动。

"不，这个世界太多追逐的游戏。一毫秒的领先也许需要用一生来偿付。这样的速度又有何意义呢？"外乡人平静地说。

"不！"博士把毛细管插入溶液，"生活的交通规则对于一个车手来说是不适用的。在车手的词典里只有一个词：超车！"

似乎有什么触动了外乡人的内心，他安静地木立着。

博士从壁炉里取出一个火红的玻璃半成品，用铁钳夹住瓶颈："我需要一个水冷循环器，你可以帮我一个忙吗？"

外乡人帮博士夹住瓶身，博士则用凿子在瓶身上钻了个孔。然后，用另一把铁钳夹住瓶颈，从瓶身小孔里穿进，又巧妙地粘合在内瓶底。

瓶身里的热水流经瓶颈，被瓶外冷空气冷却，再次进入瓶身，冷却瓶身内的热水，最后从瓶底流出，真是完美的设计。外乡人痴痴地欣赏着博士的玻璃工艺，心想老头子真是个多面手。但他很快发现这个水冷循环器不能工作，因为瓶颈要进入瓶身不得不在瓶身上凿个孔，但这样在水压下，热水会溢出的。外乡人把目光移开，困惑地望着博士。

博士似乎读懂了他的心思，说："只是实验品，没有应用价值。我这辈子无时无刻不在与这个我所寄居的世界抗争着，但都失败了，原因很简单，因为我生活在这里。深陷泥潭的人不可能攀自己的鞋帮以自救，其实你也一样。"

"我？"

"不错。对于一个车手，他也是在与这个摩擦之源——生活着的世界抗争着。他想超越，他想极速，可是他不是一个光子。上个世纪有个想与时间过不去的老头发明了相对论，让人看到了时间倒流的希望。现代科学却否定了这种可能性，但肯定了另一种与时间赛跑的方法——我们回不到过去，但我们却可以跳跃到将来。一个较高速运动状态的物体时间流逝得比较低速的参考者更慢，从这层意义上来讲，我们是活在将来不是吗？"博士咧嘴笑了，但这笑有几分怆然。正确的理论反照着可怜的现实，一个每天以F1赛车速度运动的车手的时滞效应累积起来也不会超过一毫秒吧。但是博士的话里却暗示着一种象征，一个车手生命意义的证明。

"你从前也是一名车手？"外乡人突发其问。因为他刚才注意到博士在忘情的演说中使用"我们"。

博士从满脸红光的亢奋中恢复常态，冷冰冰地回答："我是一名牧师，不希望有第二次重复。"他把一台电泳仪器的线路装好，打开电源，玻璃容器里的溶液陡然变得浑浊，胶体颗粒在其中井然游弋。

"你在进行一项实验？"外乡人迟疑地问道。

"我曾提过，我爱好广泛。"博士仔细地观察着玻璃器皿里的温度计，"缓冲液对温度要求苛刻，人体温度对恒温环境构成糟糕的干扰……"博士摁灭了房间里的灯。

外乡人明白自己在这里不再受欢迎，便恭敬地告辞了。

"你个杂种！你害死了她！你害死了她！"红头发亚当像一头发怒的公牛，气汹汹地挥拳冲过来。外乡人躲开他的重拳，借势把他摔在地上。但亚当的狐朋狗友迅速提着酒瓶扑上来，一阵乱打，外乡人寡不敌众，被打倒在地。红头发亚当从地上爬起来，揪住外乡人的硬衣领，用膝盖顶住他小腹，恶狠狠地说："帅哥，大爷已不在乎在警察局的案卷上添一笔新债，今天，我要在你脑门上开香槟！"

"放手！"人群外一个低沉的声音呵斥道。众人回头一看，居然是那老酒鬼。

"老不死的，滚开！"亚当甩过去一砖头，却被看似颓唐的老头机灵地躲开了。一个留着莫西干头的朋克青年狞笑着走过去。

"哎哟！"这个牛高马大的家伙痛苦地歪倒在地，哀声求饶。老头尖利的手指掐在他虎口上。

"放开他，他救了你，你却执迷不悟。"老酒鬼威严地说。

亚当迟疑片刻，尖叫道："要不是他这个混蛋用下三烂的手段堵在我车前，我的车怎么会失控？"

"要不是他用车限制了你的车速，恐怕你早已一命呜呼了！"

红头发怔怔地松开手，外乡人像没事似的揩干嘴角的血迹，缓缓地蹲了下去。因为他看见人群外一双焦灼的眸子。

"我不信，我不信！我怎么会失手？100英里的时速我会控制不住？"亚当痛苦地摇着头，那晚噩梦般的情景像一条冰冷的蛇爬上他的后背。

"你的失控是因为你眼睛看到不该看的东西。你自己想想你那晚看到了什么！"老酒鬼严厉地诘问道。

"不，不。我什么也没看见。我，呜……我什么也想不起来了。"亚当双手抓着头发，坐在地上，号啕大哭起来。他的伙伴面面相觑，手足无措。

"他到底看到了什么？"外乡人走出人群，轻声问老酒鬼。

"山、树、戈壁，加州大漠风景而已。"老酒鬼似笑非笑地回答。

外乡人一愣："可是……"

外乡人想要追问什么，老酒鬼已踉踉跄跄地走远，扬着一个方形铁皮酒罐冲德·丽尔夫人邪邪一笑："老板娘，酒账记他的。"

"你不该来这里。"德·丽尔夫人轻轻揩拭外乡人脸上的血迹。

"674号公路是赛车的圣地，而我是一名车手。"外乡人脸上挂着几分年少的轻狂，眺望着远方。在热浪的炙烤下，地平线像青烟一般扭动着身子。

"不，你不是。"德·丽尔夫人用她黝黑的眸子凝视他游离的目光，肯定地说。

"不错，我得承认，德·丽尔夫人也是卡里寇小镇的魅力之一。"外乡人眨了眨眼，便一瘸一拐地向酒吧走去。

德·丽尔夫人望着他的背影，发了会呆。他绝不是一名红头发亚当式的车手，因为他的理想里少了份狂热，却透着一股与他年龄不相称的镇定。

虽然外乡人恢复了健康，但他还得与德·丽尔、亚当一同定期接受雷耶博士的药物注射。

"博士，卡里寇小镇有图书馆吗？我来的时候路过教堂祷告间，发现里面堆满了书籍。"外乡人一面配合老酒鬼的全面检查，一面问雷耶博士。

"教堂里确有一间图书室，要知道卡里寇矿工的儿女们也得接受教育。你对哪方面的知识感兴趣呢？"

"关于本镇历史、风土、人情方面的。如果可以的话，我想在里面待上一个下午。"

"没有问题。"雷耶博士背对着他对亚当进行检查，"但是，出于对你的健康的负责，你最好信任我的治疗，不必偷偷地把针头拔下来。"

外乡人讪讪地从口袋掏出一个小瓶子："小时候，我就不喜欢打针，尤其是这种在躺椅上待一整天的点滴，所以我偷装了一小瓶，我还以为直接喝下去也能治病。"

"不必解释！"博士转过头用意味不明的目光望他，"只是葡萄糖液。"

"我知道，抱歉。"外乡人羞愧地垂下头去。

"好奇心是无济于事的，年轻人。以后我们打交道的日子还长着呢，你明白我的意思吗？因为你需要我，你离开我或者卡里寇小镇，只会死路一条！"博士慈祥的目光突然射出寒光，连一旁迷惑不解的德·丽尔夫人、亚当都被逼人的寒意刺得全身发毛。

"1849年，一队寻找金矿的牛仔们误入美国内华达山脉东麓的一块长208千米、宽8-18千米的山间盆地，几经磨难，方才脱险。从此，'死亡谷'之名不胫而走。'死亡谷'是北美最干燥的地方，年降水量不足100毫米。它又是全美最热的地方，最高气温达56.6摄氏度。而'死亡谷'中最与众不同的还是它的石头。有人发现谷中的石头竟像动物一样，能够爬动。1969年，科学家们对谷中的石头进行仔细观察后发现，所有的石头在一年中都离开了原来的位置，移动距离最大的达364米。是什么力量赋予了石头神奇的生命呢？

"后来，一些采矿者在这一带发现了金银铜等各种矿产。到了19世纪80年代，又发现了硼砂，不少人前来此地开采，直至今日还可以看到当年硼砂厂的废墟。至于炭窑，则大约建于1875年。炭窑的修筑主要是为了提炼矿石中的纯银，10个窑一列排开，平均高度为25英尺6英寸，直径约30英尺，炭窑的外形就像是东正教的圆形尖顶，迄今窑子里仿佛仍隐约可以闻到燃烧杜松的气味。因此在那一段时间'死亡谷'还出现了小市镇，卡里寇是其中最大的一个。

"卡里寇位于'死亡谷'西北缘，毗邻莫哈韦沙漠，这里原是印第安保留地，1881年，大量采矿工人汇集到此地，在福克斯河畔建立了卡里寇小镇。鼎盛时期卡里寇有20多家酒馆，皮革厂、蜡烛作坊、铁匠铺、消防队一应俱全。卡里寇镇原有崎岖小径攀附于大峡谷、河谷边沿，通至67英里外的白银谷，后拓荒者们把小径加宽重建，铺以砂石，命之为674号公路。但因此公路弯急路险，地质条件复杂，建设之初便缺乏实地勘测与规划，投入使用后多有交通事故发生，不久便被废置。采矿工人宁愿绕道卡林硼砂矿、福克斯镇，再辗转至白银谷。"

外乡人合上《美国西部小镇旅游词典》，目光在一排排书脊上游走，突然停驻在书架最顶层的一摞牛皮纸包装的案卷上。他取下案卷，拭去密布的尘埃，一行蓝黑墨水的字迹映入眼帘。墨水里的金属色素氧化后，字迹已经像水浸过后变得漫漶不清，但依稀还可以辨认出封面上几个单词，"674号公路""交通记录"等字样，记录者不明。

"1883年5月13日；车型：福特；车牌号：RMBRWTC 911；罹难者：北星矿业公司老板亨利·莱斯；失事原因：不详。"

"1933年6月19日；车型：道奇货车；车牌号：George 51237；罹难者：路易斯·卡罗琳，阿尔卡特·甄尼；幸存者：山姆·道格拉斯；失事原因：仪表失常，车体倒置……"

"1935年9月9日；车型：普利茅斯；车牌号：land of lincoln 1984；幸存者：亨利·利蓝；失事原因：换挡时发动机熄火，仪表不灵……"

外乡人合上卷宗，重新抹上一层厚灰，小心地把它复归原位。然后他移开靠里墙的一排书架，他按部就班的动作凝固了，书架后一个胡桃木相框撞进他的视野，他打燃火机凑到相框前。上面写着：1954，纽博格林。照片中的男人站在一辆赛车前，高举着香槟。照片已经非常陈旧，霉菌与水汽侵蚀了它的表面，但照片上那辆漆黑的赛车，依旧反射着白冷的光，寒意透过玻璃镜面，让他看得出神。

外乡人从牛皮靴里取出一把窄小的匕首，小心翼翼地刮掉地板砖缝隙里的石灰，没多大工夫，便取下了一平方英尺大小的地板砖。他敲了敲地板砖下的水泥，传来中空的脆音。外乡人用肩膀擦擦腮帮，浮出欣慰的笑。他用书架上盖着的布一层层包裹铁锤，对着那块正方区域砸下去，一个沉闷的崩裂声，水泥块碎了。外乡人细致地掰开水泥块，以防止它们下坠进地下室发出刺耳的撞击声。外乡人清理出一个一尺见方的窟窿，便灵活地攀爬下去。他对自己的位置感非常自信，他甚至能判断出自己着地的位置。地下室里堆满了汽车零件，且一团漆黑，要找一个合适的着陆点还真不容易。外乡人踩在一个变速箱上，"铿"的一声打燃他的火机，在那团昏黄的光团里，他的目光迅速扑到角落里一张偌大的帆布上。这光亮虽然幽微，但那帆布下展露的一角黑漆仍旧反射着令人肃然起敬的威仪。外乡人走近那个庞然大物时步子有点踉跄，靴子不时碰到金属零件，当他明白自己是在逼近一个传奇一个真相时，他已经顾不得那么多了。

他用手颤抖着抓起帆布一角，以牛仔甩套绳的姿势掀起了它。在满天飞舞的尘埃中，一辆纯黑双座跑车赫然入目。这辆可敬的美国跑车鼻祖克尔维特制造于1953年，几十年过去了，它光洁的表面仍旧如刚出厂时那般崭新锃亮，昏暗的地下室因它的存在而显得明亮了。它拥有一个庞大的轮距，轮拱近乎夸张地向外抛起，一个巨大的扰流尾装在车身后部以提供更强的高速稳定性能。发动机盖板上"鲨鱼嘴"进气栅格就像一头猛兽翻着鼻孔，高尾鳍式车尾器嚣张地耸起，就像在向不自量力的追赶者竖起中指。蛮横无理的正宗美式跑车，原始的机械结构，锋利的线条，令人心悸的大排量引擎，不可一世的马力与扭矩，浑身每一个零件都在诠释简单粗暴的设计理念。外乡人静静地欣赏着这头猛兽，似乎听到了它撕破空气的咆哮。

"该结束了。"一个苍凉的声音响起。车尾灯应声而亮，刺目的光柱让外乡人目眩神迷，这辆本应陈列在汽车博物馆的经典跑车突然从沉睡中苏醒，引擎的轰鸣震得地下室顶棚的尘土纷纷坠地。

雷耶博士从车窗探出头来："你是个好车手，但不是一个好的警官。当我的引擎启动，没人能追上我，没人！"

外乡人微微抖动嘴唇："莫尔斯警长与他昔日的伙计们正在教堂外的每一个方向恭候着您。博士，不，尊敬的杰克·汉弥尔顿先生。"

"莫尔斯警长？"

"曾经被你在674号公路上戏耍过的莫尔斯警长先生，他是您的老朋友，他托我给您带个信，感谢您三十年来为他垫付的酒账。"

博士斑白的胡子里蹦出"哼"的一声："你以为那群蠢猪也可以围剿我？"

话音未落，轰的一声巨响，面朝公路的那堵墙颓然崩塌，在克尔维特致命的动力下，五英寸厚的砖墙像泡沫板一样不堪一击。转瞬之间，克尔维特已狂奔在空寂的旷野之中。排成群狼阵型的警车叫嚣着围追堵截。三岔路口，克尔维特急刹在674号公路口画着骷髅头的警示牌前，像一头决绝的斗兽，昂首向它的仇敌告别。

警车闪出一条笔直的通道，灰白色的宾利狂飙猛进至最前沿，闻讯赶来的CNN记者的镁光灯也无法追踪它风驰电掣般的速度，他们的底片上遗憾地拖曳出长长的尾迹。宾利在克尔维特后50米处停住了，像是在向一位尊敬的长者致意。

"30年前，那辆幽灵般的克尔维特便是从这条674号公路上神秘消失的，今天，它重现江湖，而它的速度依旧那么恐怖。"CNN记者紧锣密鼓地向摄像机报道着。

在簇拥过来的话筒前，曾经的莫尔斯警长，今天的老酒鬼那张恐怖的脸笑得面目全非。

"莫尔斯警长，您是怎么发现克尔维特的影踪的？30年来您一直在锲而不舍地寻找这条漏网之鱼吗？"

"莫尔斯警长，观众朋友对30年前杰克·汉弥尔顿那次蹊跷的逃脱很感兴趣，您能详细为我们介绍一下当年的情形吗？"

"警长先生，您曾经因为那次失败的抓捕被当局处分。请问，这一事件是否影响到您的人生？还有您后来曾在674号公路上遭遇不幸的车祸，请问这一车祸真实的情形您还记得吗？"

"不，请不要称呼我警长先生，我现在并无任何公职在身，现在我是酒鬼莫尔斯，他们都这样叫我。我与杰克·汉弥尔顿过不去，是出于一段私人恩怨。当年，杰克这个混蛋从我的手掌中侥幸地逃脱，给我的职业生涯带来灾难性的后果。而后来，我在674号公路遭遇车祸，又是杰克先生救了我小命，所以我与他有一段说不清道不明的过节。"老酒鬼抿了口酒，蒜头鼻上泛出红潮，一段陈年往事涌上心头，就像一个腹底泛出的酒嗝一般充斥着复杂的气味。

外乡人示意警车停止警鸣，这午夜的小镇便陷入地狱般的宁静。

30多年前，两个传奇车手如双子星横空出世，赛车界无法评价两人的优劣，正如有人偏爱简单粗暴的美式车，有人偏爱操作性能优异的日系车。杰克·汉弥尔顿与阿弗莱·切便是赛车领域的两个美的极致。杰克·汉弥尔顿像狼噬血般迷恋速度，他的车采用压缩能力巨大的单涡轮，他毫不在乎低转速下的涡轮迟滞效应。一旦他的车进入直赛道，在单涡轮令人恐惧的压缩能力下，低转不足的差距在高转时可以轻易挽回。阿弗莱·切是弯道之王，他的车排斥一切现代电子辅助设备，甚至在高科技多气门引擎大行其道的时代，仍旧义无反顾地坚持使用旧式推杆式V8引擎。为了追求赛车转弯时的灵敏性，他完全不考虑一个车手所承受的颠簸极限，使用硬得不能再硬的弹簧以减小车身的侧向滚动。杰克·汉弥尔顿与阿弗莱·切谁才是那个时代的速度之王？纽博格林耐力赛成为两人正面碰撞的第一站。在那次盛况空前的角逐中，杰克·汉弥尔顿赢得了胜利。阿弗莱·切在逼近终点的一刹那赛车失控，撞上了轮胎防护墙，差点丧了命。但是20天后，杰克·汉弥尔顿被剥夺了冠军资格，他被以谋杀罪告上了法庭，原来机械师出身的他赛前在阿弗莱·切的车上做了手脚。从此，杰克·汉弥尔顿开着他漆黑的克尔维特踏上了逃亡的不归路……

加州的莫尔斯警长在卡里寇小镇发现了杰克的踪影，这才有了CNN追踪报道的那场惊心动魄的荒野大追捕。十年后，名噪天下的车王阿弗莱·切慕名来到674号公路，在直升机的跟踪拍摄下，以他高超绝伦的弯道技术跑完了全程。他完成这一壮举不久，便莫名其妙地撞上了一辆野营归来的校车。七名可爱的四年级学生遇难，阿弗莱·切便以这样不光彩的方式结束了他传奇的一生。以车技闻名于世的他竟然丧生于车祸，这真是个莫大的讽刺。没有人思考过这讽刺下的更深一层意义，除了他的儿子。那一年，他9岁。

外乡人从一名警官手里拿过扩音器，冷静地问道："你为什么要救我？我认出了它，那天晚上是它引领我跑完了674号公路。"

一个怆恻地狂笑在夜空里飘飘荡荡，就像是魔鬼的嘲讽。笑声过后的嗓音却又恢复了一个牧师才有的悲悯与慈爱。

"因为你是一名车手。我相信任何一名伟大的赛车手都不愿自己的后视镜里杳无人烟，他渴望有人同道，甚至赶超自己！"

"可是，你差点谋杀了我父亲。"外乡人手里的扩音器微微颤抖。

"不是差点，是已经。你以为切是怎么死的？哈哈哈哈，他为什么莫名其妙来到卡里寇镇？是想像开宝马的毛头小子那样兜风吗？当然不。是我，给他下了战书，这才策动了他来向魔鬼的跑道挑战，他真蠢。他难道不知道除了我之外，这个世界没人能驾驭674号公路吗？他试图挡在我前面，我欣赏他，但是绝不能容忍有人比我更快，在纽博格林不行！在巴纳维亚盐滩不行！在674号公路，更不行！当然，那是许久以前的事了，那个年少轻狂的年代……事实上，我第一眼便认出了你的身份，因为我认出了他的车。"老杰克的声音像河谷里奔涌直下的湍流淌入宽阔的平原，变得波澜不惊。就像一个阅尽沧桑的人，言谈中不再有爱、恨、遗憾与向往，只有淡而悠长的平静。

该死！他的父亲是切。我爱上了切，还爱上了他的儿子！德·丽尔夫人不安地环顾四周，幸好夜幕为她掩盖了双腮的羞赧。

"不管怎样，我感谢你救了我，还有那特制的葡萄糖。"外乡人的言辞中不无讥诮。

黑色克尔维特没有回答，片刻，他说："很好，你已经发现了那个秘密。有个伟人说，你不能在所有的时间欺瞒所有人，更何况是这么一个机灵的脑袋。我曾告诫你，改装是多余的，一辆外表寒碜的宾利，注定拥有一种与生俱来的贵族气质。而我，用强酸溶液腐蚀了自己的容貌，却腐蚀不了那颗迷恋速度的心脏。那确是特制的葡萄糖液，经过手性分离后的葡萄糖，因为你们的身体并不能吸收普通的营养物质。"

四下一片哗然，了解内情的人纷纷交头接耳，原来那奇怪的病症是因为身体不能吸收普通的营养物质。可是，为什么？

"是什么启发了你，年轻人？"老杰克问道。

"我父亲的车祸。曾经，他的死带给我家的除了巨额的赔偿债务，还有巨大的耻辱。车手家族竟然要为一起恶性交通事故负全责。我恨我父亲！直到后来我长大成人，才慢慢明白一些事理，我想，以我父亲镇静沉稳的驾车方式，那次事故隐藏着什么。于是我参考现场照片用石膏像复制了车祸时宾利里的情形，结果发现，我的父亲变成了一个左撇子。他在急转弯时偏错了方向，我推测，一定是他的身体发生了什么变化……"

现场寂静得只听见CNN的录音设备工作的沙沙声，新闻栏目负责人龇牙咧嘴地冲他的手下做着手势。

"为了亲历我父亲所经历的变化，我决定重温父亲的纪录。这便是我来到卡里寇镇的原因。父亲曾告诫我，在一条危险的跑道上应采用低的底盘。谁都知道，低底盘有利于操控，但是车身高度还受限于另一个因素：空气动力。我很怀疑父亲的经验，因为气流从汽车上部流过和从底部流过的速度差造成了下压力，如果底盘离地间隙过小，会造成气流不能顺畅流过。也就是说，这是以牺牲速度的代价换来赛车的稳定性。后来我才明白父亲的告诫。这个世界速度并不是最重要的，让轮胎死死地抓住地面才是至关重要的。正因为我使用了很低的底盘，才让我避免了亚当从高空跌下的厄运。要知道，674号公路是一条'空中索道'。甚至，它根本不属于我们这个世界……"

喂喂喂，小伙子，这不是天方夜谭节目，新闻栏目负责人暗暗叫苦，这话越说越离谱了。

"他不仅要感谢他的父亲，还得谢谢我。"老酒鬼莫尔斯对德·丽尔夫人神经兮兮地说。

"为什么？"

"是我忠告他要在夜幕里驾驭674号公路。"

"夜晚岂不是更危险？"

"不。如果你了解到674号公路是长在天上的话就不会这样认为了。有时候蒙着眼睛过钢丝比睁开眼更安全不是吗？"

"长在天上？"德·丽尔夫人一脸茫然。她想起那辆在光柱里一闪而逝的幽灵车，它似乎也行驶在天上。

"没错，如果你是在白天的话，你会发现自己就好像行驶在天花板上，戈壁与天空倒置了。"

他喝醉了吗？德·丽尔夫人怀疑地打量老酒鬼迷离的眼，问："那你是怎么知道的？"

老酒鬼摸了摸自己惨不忍睹的脸，皮笑肉不笑地说："这便是我与674号公路亲热时留下的纪念。"

"至于它为什么长这样我也不知道。"他自言自语，太奇怪了，这又不是过山车，这是他30年未解的疑惑。

外乡人对四周的议论置之一笑，接着说："我查阅了这条公路上自1883年以来所有交通事故的案卷，结果从少数几个幸存者的笔录中发现一个现象，那就是所有失事的车都有仪表失常的问题，指针指向莫名其妙的红线区或一动不动。另一个来自《美国加州地质调查》的发现是，在这片内华达山脉东麓的三角盆地里，存在一个极大航磁异常，这个磁异常也许便是仪表失灵的原因，死亡谷石头的奇怪自移现象也可以得到解释，如果它是一块铁磁性石头的话。但这还只是674号公路奇妙性质中微不足道的一个。"

克尔维特传来沉重的呼吸声，似乎连老杰克也被外乡人神奇的叙述吸引住了。

"就像一个玻璃球在天鹅绒桌面上滚动，它的底下会陷下一个小坑。20世纪的物理学表明，我们的宇宙空间也是弹性的。一个质量巨大的天体会在他周围形成一个黎曼几何描述的'小坑'，在这个小坑内光线发生了弯曲。同样，在674号公路地底下这个强大的磁性能量场里，一些奇异的拓扑性质表现出来。比如，674号公路弯成了一个莫比乌斯环①。"

莫比乌斯环？这是魔术师经常玩的小玩意，在人们中间拥有很高的知名度。而外乡人也正像一个魔术师，悄悄揭开一个奇妙的帷幕。新闻栏目负责人激动地抖了下手。

"莫比乌斯环只有一个面，而且它是闭合的。这便是我的宾利以时速100英里行驶了一整晚仍旧没有尽头的原因。但是674号公路并不是一个三

---

① 1858年，德国数学家莫比乌斯发现：把一根纸条扭转180°后，两头再粘接起来做成的纸带圈，具有奇妙的拓扑性质。

维世界的莫比乌斯环纸带，事实上，在我们的空间设计一条莫比乌斯公路是行不通的，因为我们无法想象公路的背面是什么。而在更高的维度上，674号公路却有它的另一面，而且我们就像是莫比乌斯纸带上的蚂蚁，可以浑然不觉地爬到纸带的另一面去。但前提是你最好不要看你的车窗，因为窗外倒置的景象足以让一个高超的车手神志昏聩。"

红头发亚当心悦诚服地点点头，曾经他自认为车技比驾于杰克·汉弥尔顿，现在才发现自己就像是纸带上一只蚂蚁般渺小不堪。

"是的，我们无法想象674号公路在四维空间里是怎样扭曲的，但是我们可以借助三维莫比乌斯纸带上的扁形虫来理解它的另一个性质。扁形虫跟我们的手套一样，不存在一个对称面可把它割成两个相同的部分。也就是说它是非对称的，手性的。让我们看看一只扁形虫沿莫比乌斯纸带爬一圈会发生什么。魔术师会告诉你，扁形虫爬一圈回到原地，它竟然会整个翻了个边，它的左脚变成了右脚，它的右触角变成了左触角。我们固然不是扁的，但在四维的空间上，我们却是'扁'的，而且我们也是有左右之分的，这样当你成功沿674号公路跑完一圈，你会发现自己整个翻了个边，右撇子变成了左撇子，甚至你身体内那螺旋着的氨基酸和DNA也转了向，以至于你的身体不再能吸收自然界的左旋氨基酸和右旋糖。所以我们这些可怜的扁形虫，不得不依靠杰克博士生产的'特殊营养液'才能苟延残生……"

众人一片哗然，原来，博士的灵丹妙药不过是手性分离过的葡萄糖液和氨基酸而已。

"你现在明白为什么我要给杰克那混蛋干活了吧？"老酒鬼问德·丽尔夫人。

“因为你同我们一样。”德·丽尔夫人眨眨聪慧的眼睛，“真有意思，30年前他从你手掌里逃脱，30年后你栽在他手心里。”

酒鬼莫尔斯脸一红，气急败坏地辩解道：“我忍气吞声帮他干活是为了收集他的犯罪证据，你以为我真的是个老糊涂？你以为！”

他气冲冲地跑到宾利前：“还等什么？年轻人，把老杰克抓捕归案吧！”

“你以为你能跟上他的速度？”外乡人反问他。

老酒鬼摊开一张地图：“我已经在各个交叉路口设下重重路障，老狐狸这次插翅难飞！”

外乡人一笑：“你还想重蹈覆辙？”

老酒鬼一愣：“怎讲？”

“674号公路与这块地方的其他八条公路根本没有交点！”

“不可能！”老酒鬼指着地图。

诚然，至少有两条公路与674号公路交错着，看起来如此。外乡人想起那个“水冷循环器”，看起来必须在瓶身上凿个孔才能让瓶颈弯进去，在三维世界它们必然是交错的，但是在更高的维度呢……

外乡人摇摇头：“不要相信你的眼睛，这是你告诉我的经验。”

“可是这并非视觉错误，用数学知识也可以证明，从每个小镇到三个矿山各有一条路，总共九条路，不可能使这些路互不相交。”老酒鬼用红笔在地图上演示起来，这一刻，他一点也不糊涂。

“你的数学没错，可那是在平坦的三维空间。如果你是在莫比乌斯纸带上设计你的交通图，你会发现，的确可能存在一条路，它连通卡里寇与白银谷，可以与其他任一条路不相交！”

老酒鬼目瞪口呆地愣在原地。

"唯一能缉捕杰克的方法只有一个。亚当，告诉这位古板的警长先生方法是什么。"外乡人微笑着说。

"唔……"亚当迷惘着，猛一拍脑袋，"当然，是甩脱，哦不，是追上他！"

"没错，追上他！"外乡人赞许地拍拍亚当的肩膀，冷不防亮出一把亮晶晶的手铐。

"啊你！你干什么？你究竟是谁？"亚当回过神来时，他的手已经很无辜地被铐上了，而且手铐的另一头，是他绝对啃不动的老骨头：酒鬼莫尔斯。

外乡人依旧微笑着："你很讨厌的而且很想用你保时捷装甲屁股顶翻的本杰明警官，就是我。小子，你需要为在洛杉矶的28次闯红灯与13次恶意拒捕负责。莫尔斯警长，他就交给你了。"

酒鬼莫尔斯举举他精瘦却是强壮的手臂："没问题。"

本杰明警官朝德·丽尔夫人挥挥手："小姑娘，我需要你坐在我的后面。"

"姑娘们，搭错车真是一辈子的遗憾。"德·丽尔夫人小声嘀咕着，矜持地移动着脚步。

"坐后面？"

"是的。我需要有双灵敏的手放在我的肩膀上，当前面出现左转弯，便用你的左手掐我的左肩膀，右转弯则用右手掐我的右肩膀。有位哲人说，习惯使我们的双手变得灵巧，却使头脑变得简单。我的父亲因为可怕的习惯送了命，并因此导致不可原谅的悲剧，我并不想重蹈他的覆辙。"

"我明白了，对于一个高明的车手来说，一些临机应变的操纵在专业训练下变得像本能一般迅捷，但是当左右颠置后，这本能却是极其危险的，因为这种反应根本没有经过大脑。"德·丽尔夫人长长的睫毛下明波流转。

"很对，那还得看我肩膀上的疼痛能否战胜强大的本能反应。"本杰明意味深长地说。

"当然，老娘的手指可不是吃素的！没少掐那些想揩我油的臭男人。"德·丽尔夫人笑得花枝乱颤，引擎在同一时间启动，震耳欲聋的轰鸣声让现场的气氛一下子沸腾了。其他的警车却保持着难堪的沉默，因为他们知道674号公路不是他们所能驾驭的跑道，传奇的杰克·汉弥尔顿更是他们望尘莫及的遥远背影。

德·丽尔夫人把手轻放在本杰明宽阔的肩膀上，她的手就像灵敏的探针，可以把本杰明的内心清晰地读出来。他真像他的父亲，我早就应该看出来，唉，晚了，我竟然会……

幸好，难以启齿的心理活动很快被撕破空气的啸叫打断了。

克尔维特的轮胎在地面上疯狂地原地打滑，眨眼间便射了出去，漆黑的身躯很快与沉沉夜幕融为一体。那是一辆魔鬼的跑车，只有在黑暗中，它才会爆发出令人望而生畏的动力。灰白色的宾利粗大的排气管喷出愤怒的火焰，1600转就迸发出650牛米的最大扭矩让它拥有一种与它的贵族血统不相符的暴烈脾气。它化作一枚制导导弹紧紧咬住克尔维特的尾巴，身后的地平线与人群迅即像长镜头一般拉远……

1954年，美国犹他州，巴纳维亚盐滩。电子表定格在4.996秒，这是555

米直线距离里一条崭新的纪录。福特车手、摩托车手，甚至4000马力V10柴油发动机集装箱货车司机都疯狂地与年轻的杰克拥抱。只有一个冷峻清瘦的脸庞面朝着雪白的盐泽，冷冷地笑着。

"切，你知道'雷电'战斗机的时速是多少吗？每小时380千米，我在555米距离内跑进了5秒，我比他快！"杰克欣喜若狂地向他的伙伴历数各项世界纪录。

"你见过蝰蛇的行进路线吗？"切脸上挂着意味不明的笑。

"什么？"

"沙漠中的蝰蛇行进的路线，那是多么美妙的波浪形，而你，只会让你的轮胎在一望无垠的盐泽上惯性前进，看那丑陋的笔直的辙印，不觉得羞耻吗？"

杰克呆住了，庆祝的人群把香槟洒在他头上，他却浑然不知。

"弯道上的冠军才是真正的速度之王！"切丢下这句掷地有声的话，跨上他那辆与盐泽浑然一体的宾利绝尘而去，激起的细碎盐粒扑打在杰克僵硬的脸庞上，他舔到了满嘴的咸腥与苦涩。

"弯道上的冠军才是真正的速度之王！"30年前的那句话似乎从宽阔的盐泽上飘来，在这深邃空谷里激荡回响，老杰克的嘴角挤出一丝狞笑。他打开车载电脑，智能电脑迅速用醒目的红色标示着一个急剧的发夹型弯道。老杰克连减两个档，右脚本能地大踩一脚刹车，克尔维特的尾部伴随一声嘶叫，向右滑移，他快速地回转方向盘，并重压油门，后轮乖巧地恢复抓地，停止横滑，两个固特异轮胎冒着青烟，几乎变形到它的物理极限，强行制止住惯性漂移，回归到正确的路线上。

连续几个缓弯与简单直角弯后，车手不祥的直觉漫遍本杰明的全身。

前面几道深深的刹车痕迹割过他的眼球。"坐稳了！"他大喝一声……

直升机上密切跟踪的CNN记者突然扯掉耳机，跳了起来："那小子在干什么？他的车速至少挂到四挡以上，他跟他的父亲一样是个疯子！他竟然想以全速穿过那个发夹型弯道！"机载雷达很快传来宾利的车速：每小时180英里。

"当车达到一定速度，人类的晶状体就会像一个弹簧压缩至它的极限，这时眼睛四周的景物会模糊一片，我们只能看到两眼之间极狭小的一块，那也许就是你鼻子尖上恐惧的汗珠。"30年前父亲的声音萦绕在他的耳旁，就像变速箱内同步锁环内锥面与齿轮外锥面的摩擦音一般清晰。他毅然闭上眼睛，视网膜残留着前车尾灯的拖曳，让最后一帧嘲笑的画面见鬼去吧！他默数着三、二、一……他猛地扭转方向盘270度。

宾利发出协和客机着陆般可怖的摩擦音，车底盘的优质空气弹簧"铿"的一声断裂了，转弯时的侧倾超出了它的弹性极限。德·丽尔夫人尖叫一声，从安全带里飞了出去，横撞在钢制车身上。多亏德国莫泽尔工厂优良的历史传统，特型钢的车身承受住了她的撞击。尖利的石壁棱角像电锯切割着宾利碳纤维的车门，德·丽尔夫人的腮帮咯吱作响，就像有一把钢锉啮噬着她可怜的牙床。窗外火花飞溅，像礼花般绚烂。

CNN记者激动地一抖，尖叫道："他成功了！他牺牲掉一扇车门，让车身与石壁强行磨合，强大的摩擦修正了宾利的路线，现在他开始全速狂飙……宾利现在就像一头尖角涂着鲜血的公牛，它前进的呼啸甚至带动了道路旁的有刺灌丛！现在已没有什么障碍可以阻挡它的前进！它飙了！它飙了！它与克尔维特之间只剩下直线距离，直线！该死，它飙出了我们的视线……"

"混蛋，你这天上飞的居然跟不上地上跑的！"新闻组负责人踢了前面的驾驶椅一脚。

飞行员很无辜地哭丧着脸："尼古拉斯·凯奇还曾驾福特野马甩脱警用直升机呢。"

后视镜里一条滚滚黄尘汹涌而来，很快就将席卷澎满整个镜面。杰克的脸庞滚下一颗浑浊老泪，车顶铿然一声折叠进舱，旷野的风凶猛地灌进车厢，切割着他的脸，泪滚过的河床顿时干涸。

防抱死制动系统的制动液已然焦干，刹车无奈发出尖利的呜咽。呛鼻的尘埃与汽油味散尽后，车内响起一个暗哑的嗓音，伴随着震颤的吉他弦音："时间走了，一切是云烟，记忆散了，一切是少年……"

老杰克伏倒在方向盘上，肩膀微微抖动。

宾利在50米外戛然而止，年轻车手有节奏地打着前灯，向前面的对手关切地问候。

"让我像一个车手那样死去吧！"一个苍凉的声音在深幽空谷里飘飘荡荡。

宾利低沉有力的引擎声应声熄灭，恭敬地保持着沉默。

克尔维特的四只轮胎发出破败的哀鸣，倏地弹射出去，深不可测的黑谷迅速吞没了它。

清晨，宾利"噗噗噗"地蹒跚归来，迎接它的是长枪短炮般严阵以待的摄像机。

"奇怪，车内的柠檬味又变回了橘子味。"德·丽尔夫人抽着鼻子，湿漉漉的发梢紧贴着额头，眸子深陷在眼窝里，那幽亮之中还残存着一丝惊惶与余悸。

本杰明从座椅上取出一个小瓶子，微笑着说："这里面装有一种叫苎烯的有机物，存在两种手性亚类，一种柠檬味，一种橘子味，这意味着我们从左撇子状态又回归了正常。"

德·丽尔夫人的嘴巴张成"O"状，一眨不眨地望着这个神奇的车手，似乎他浑身都在释放神秘的气息。

一向少年老成的本杰明在这火热的目光里也不禁窘了。他下意识地挠挠肩膀，又左张右望，说："小姑娘，如果你愿意的话，你可以一直搭我的顺风车，直到这个世界的每一个地方。"

哦！上帝。德·丽尔夫人的胸口像引擎盖一样"突突突"跳动，心脏比昨晚的弯道惊魂还要难以控制。她一脚把一个试图爬上车来的记者踢下去，目光落在本杰明惨不忍睹的肩膀上，莞尔一笑，用小姑娘的声音说："当然愿意。只是，你真的不怕我揩吗？"

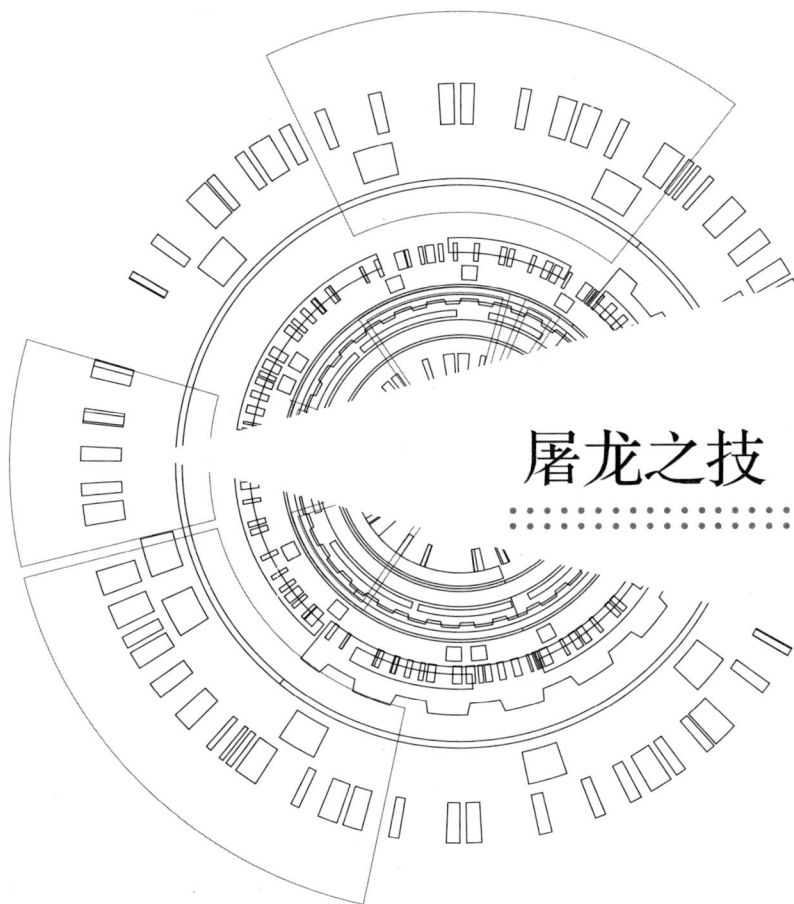

屠龙之技

在云时代，由于信息的共享、云计算的发展，渺小的个人完成史诗般宏大的工程成为可能。当然，这种机遇只属于那些被商业社会所放逐的独孤求道的天才。

屠龙之技象征那些早已失传的编程思想，然而对于商业编程与web编程，这些思想一文不值。远古的编程大师高深莫测，新一代的程序员远不能揣其所思，而只能睹其外观。只有那些在早已湮没的古老代码里探赜索隐的屠龙者的传人才能领悟宇宙中最精妙玄奥的语言。

——题记

雨水从宽阔的大理石台阶上淌下来，淹没了年轻人制作考究的山羊皮皮鞋。他的身形颀长瘦削，撑一把漆黑的木柄雨伞，侧脸仰望着灰蒙蒙的天空。

在他推开图书馆那扇锈涩的厚重大门时，一只鸽子飞了出来。他钝重的步子在高耸狭窄的空间里激荡回响。这是一个由教堂改建的街区图书馆，在这个时代，聆听圣音的人已经不多了。

年轻人凝住了他的脚步，目光蓦地垂落到教堂内远远的一角。冬日灰冷的阳光从高窗上的彩色玻璃中透下，照着一个佝偻的背影。肥胖的鸽子随意地停在他的肩上、乱糟糟的白头发上、绿漆剥落的长椅上。

他缓缓走近这个渺小的身影，慎重的步子甚至没有惊动啄食的鸽子。"这就是了。"他听到怦怦直跳的心脏在说。

"先生。"年轻人深深地躬下身去。

老人头也不抬，手指捏搓着黄褐色的鸟粮，他的长指甲又黑又亮。

"周末不开放。"冰冷暗哑的声音像是来自世界的另一端。

"我不是来借阅图书，我……"

"走吧。"

年轻人的嘴唇微微翕动，他本来就不是善言之人。但他没有离开，而是安静地垂拱而立。

一个时辰或是更久，鸽子已经吃饱了，它们快乐地盘旋追逐起来。羽毛、爪子上的鸟粮、鸟屎像雨沫那样飘荡，垂落到年轻人短而硬的头发上。

"来为何事？"

"学习屠龙之技。"

教堂再次陷入沉默，又像是时间的凝固。

"我来到这里，就已经证明：我将是您最出色的弟子。因为对于外面的人来说，您的名字不过是虚无缥缈的传说，而之于我，您就像是nul①那样真实、唯一！只有我能找到您，也只有我才是您合格的继承人！"年轻人的声音急促、干净，显然，他等待这一天已经很久了。

"继承？"老人鸷冷的目光刺得他一噤，但他的勇气没有退缩。

"是的，先生。我的父亲就是一个程序员，一个平庸甚至拙劣的ASP程序员。他一辈子都在兢兢业业地写脚本，从STAET到END，他原地打

---

① ASC码中的零。

转，徘徊不前，就像一个循环。但他活得很开心，他从未觉得自己卑微。有一天，一个名叫ETT的家伙嘲笑他活得窝囊，父亲只是宽容地一笑；不久，一个叫Java的毛头小伙也在他面前耀武扬威，父亲陷入困惑，但从未动摇过他相信的冯·诺依曼原理。直到有一天，父亲遇到了乳臭未干的DOTNET，父亲的精神世界彻底崩溃。可是，这一天他已经四十二岁了，远远超出一个程序员的职业生命。父亲死了，过劳而死，自始至终他只是一个脚本的奴隶，我瞧不起他！我发誓，我绝不能像父亲那样活着，我要成为真正伟大的程序员，像约翰·卡马克、蒂姆·伯纳斯·李那样名垂青史！这便是我对父亲的继承，先生。"

"数学有用吗？"老人突然问。

年轻人一愣，说："我学过哥德尔的形式逻辑与迪杰斯特拉算法理论……"

"数学有用吗？"老人像没听到似的重复道。

年轻人的脸红了："没用。"他犹然记得上个世纪一位编程大师说过，对于商业编程和web编程，数学没有什么用。

老人冷笑一声，吃力地直起身说："跟我来。"

他站起来身高还不及年轻人的腋下，年轻人被深深地触动了，他潮湿的目光垂落到老人秃光的头顶，鼻子就像吸入了发霉的灰尘那样涩涩的。他想起了父亲。

他们从拥挤的长椅间穿过，走过一条比地牢还阴冷的封闭长廊，攀上一个颤颤巍巍的木楼梯，木梯嘎吱作响，灰尘簌簌扑落，年轻人努力弓着腰，头还是被低矮的楼板磕了几下。他们来到一间狭窄逼仄的阁楼。

阁楼又小又破，风和雨水不住地从木板墙透进来，墙纸已经脱落了大半。屋内堆满了机箱、硬盘，有绿荧荧的指示灯在黑暗中闪烁，就像是守护着宝藏的龙的瞳孔。空气中传来电流的嗡鸣，还有哗哗哗的脉冲信号声。老人在破烂堆里翻拣着，身子显得愈加佝偻。良久，他吃力地抱起一台机箱，年轻人连忙伸出手，帮助他把机箱放在高处。

"认识吗？"老人的目光变得郑重。

"呃……"他踌躇着，"是——是台式机？"是的，台式机！他犹然记得自己十五岁时是怎样教训那些十八九岁的街头小子的："我玩台式机的时候你还在玩泥巴！你以为台式机是一口袋钢镚玩一上午的那种赌博机吗？小子！"那种感觉，酷毙了。

老人鸷冷的表情柔和下来，声音却依旧严厉："还愣着干什么？让它运转起来！"

他小心翼翼地抱住它，它是如此沉重，外壳就像铅板一样厚重，而里面的主板，俨然是未完工的硅钢工地，焊锡像水泥疙瘩那样粗大。与口袋里的PDA不可同日而语。他不禁有些失望。他想起一个古老的笑话，一个真正的程序员会用CPU散发的热量来爆米花。当然，这是上世纪的事了，在云时代①，PC更像是一个终端，如果不是录入与显示的需要，它可以比指甲盖更小。

他没有吃到爆米花，他吃到了爆栗。电源指示灯压根就没亮过。他有点沮丧，但又安慰自己说：我只是个程序员，我不必懂得机器。

老人看透了他的心思，犀利的目光直视他漆黑的眸子："这就是所谓最伟大的程序员吗？"

"我不必懂得机器！"他梗着脖子，"我甚至不必懂得机器语言，我不喜欢粗陋生硬的二进制。"

---

① 云时代是以"云计算"为特征，个人计算机只作为接入口，一切计算交由互联网中的"云"来进行。所谓"云计算"是网格计算、分布式计算、并行处理的发展。

"跪下！"老人在背后狠狠地踢了他腿关节窝一脚，他扑倒在地，膝盖很痛，但他的心在欢呼，血液在沸腾，他热泪盈眶！他明白，在这一刻，他真正成了上善大师的弟子，屠龙者的传人！

师父黯淡的瞳孔里有幽幽的光在闪烁。他疯狂地在废物堆里翻找着，屋子里充满沉重的喘息，就像是龙的呼吸，浑浊黏滑。直到一台全身糊满机油的漆黑如墨的机器出现在眼前，它是齿轮结构的，蜗杆、皮带传动的，甚至，手柄的。

"认识吗？"师父疲惫地坐在地上。

他的目光陡然变得凝重、迟疑起来。他联想到什么，但他没有脱口说出那个尊敬的名字，就像他无法说服自己相信，强大无比的"云"居然起源于如此丑陋的机械，一台中世纪的提花机都比它复杂。

它是图灵机，一个由无限延伸的纸带控制的灵魂。这鸿蒙之初的原始机器智慧，仅用读写和涂抹就解决了图灵停机、判定性、哥德尔、丘奇的全部问题！

"世界的本质是是与非，不是吗？"师父说。

Max（1，100）。①

粉笔头在墙上艰难地移动，发出刺耳的摩擦音。水泥墙很光滑，硬涩

① 取1与100二者间的大者。

的粉笔头很难在上面留下划痕，当粉笔落至最后一笔，它断了，在水泥墙上留下一个粉点，就像是指针运算符。

"一。"他简洁地回答道。

"好吧，去证明你自己。"师父背过身去，一小截粉笔头在空中翻转，他敏捷地伸手握住了它。粉笔太短小了，就像是一段寒碜的代码。他紧握着它，却感到浑身充满了力量。

年轻人穿着运动套头衫，脏兮兮的牛仔裤，把脚放在豪华办公桌上，大脚趾挂着一只人字拖，另一只在手里，他熟练地旋转着它，乜斜着对面西装笔挺的中年男子。

"这，"那人迟疑一下，"请问先生，有简历吗？"

他笑笑，指上的人字拖飞快地旋转着。

"没有简历的话，能简短地介绍一下你所精通的领域吗？"那人依旧很客气地微笑着，把手掌搭成金字形，但他没有等到回音。优雅的金字形解体了，他稍蹙眉头，递过来一份精致的文件："这是上一位应聘者的简历，你可以参考一下。鄙公司对技术水平要求较高，一般来说……"

年轻人把简历揉成一团，直接扔到了对方的金边眼镜上。是的，当时就是这样的，许多年之后，人们依旧津津乐道于这个场景。

然后，他心满意足地听到一个声音说："好吧，请跟我来。"

"蠢猪！二十个人还拿不下这个项目？你们都是吃白饭的吗？"一个脑满肠肥的项目主管正口沫横飞地训斥着手下，尽管这群小伙子中不乏一流大学的高才生，但他们也不得不忍气吞声地埋头苦干。

年轻人旁若无人地从主管身边走过，他的拖鞋在工作间里发出很响亮的趿拉声，然后一屁股坐在了主管的座椅上。

"你干什么？"主管露出不可思议的表情，他瞟见门口站着的人事部经理，正满脸通红地冲自己点头。

主管宽大的桌面上堆满了设计文档，显然这是一个很冗繁的工程，二十个人在一个月内竭尽所能还没有完成，于是人事部火速招人。可是，这群人难道不记得古老的教诲了吗？给一个延期的项目增加人手，只会让它延期得更久。年轻人轻蔑地一笑，手一扬，项目设计文档像鸽子一般满天飞舞，悠悠地飘出宽大的窗户。他可以从窗户俯瞰这座科技之城的全貌，还有洁白的象牙海岸，心旷神怡。主管的位置是个好位置，他很享受地陷入主管的座椅，轻轻地拉出键盘，一只修长的手覆在上面，另一只手无聊地搭着，可惜他不抽烟，否则夹一根烟是个不错的选择。他慵懒地闭上眼睛，似乎听到了电源接通时"嘀"的一声。

主管铁青着脸保持着沉默，他喘着粗气，像一头热毛骡子那样大汗淋漓。满屋子的人都停止了工作，围在主管的身后，没有人发出声响。

十个小时后，城市滑入寂静的午夜，101层的高空可以享受天堂般的静谧，其间没有人离开，连上厕所的人也没有，他们都在等待着DEBUG的那一刻，欢呼或是咒骂。可惜他们没有等到，调试是他们凡夫俗子的事。一个真正伟大的程序员，从不写流程图，因为他对一切成竹在胸；从不写文档，因为没有人能读懂他的程序；更不会测试他的程序，因为他创造的程序都有一个完美的自我，平静而优雅。

年轻人"唰"地站立起来，他的脚已经有点酸麻了，他才意识到自己已经保持一个坐姿十个小时了。他喜欢人字拖，因为它教会他走路。他从财务那儿领了厚厚一摞钱，作为十个小时的报酬。在他转身的时候，他听到经理对主管愤怒的咆哮。

三

　　"一个真正的程序员，他的编程自裸机始尔！"

　　"一个真正的程序员，不存在系统程序员和高级程序员之分，他就是个纯粹的程序员，从机器语言到汇编器到编译器到无数高级应用程序，他无所不通。但，你必须从最开始学起……"

　　师父的手指蜷曲萎缩，指甲缝里塞满了污垢，当他把双手平放在键盘之上，又像是钢琴师那般优雅。

　　"键盘的按键是有限的，代码却是无限的，以有限为无限，这就是编程之道。编程是有法的，思想却是无法的，以无法为有法，这就是编程之道。"师父说。

　　师父的旧式键盘按键有些硬涩，声音听起来就像是机械打字机的嗒嗒声。这美妙的声音撩拨着他的耳洞绒毛，像金币的摩擦音一般动人。他如痴如醉地伫立着，他能够感觉到调制过的数据穿过铜线时持续不断的嗡鸣，他能触摸到读盘时沙沙的声音，就像是指尖抹过机器的磨砂钢壳。

　　师父入定般凝固的背影变得模糊，与数据流、宇宙背景辐射的混沌融为一体。

四

"又是他。"漂亮的服务小姐悄悄地对同事说。

这名面色苍白的男子来到这家以死亡射击游戏闻名的竞技俱乐部，每次都直奔终极射击游戏机Quake10，戴上虚拟现实头盔，选择最高等级的"恐怖伊万"，然后在游戏中被击毙，他的鼻孔、眼睛、耳朵都会渗出真实的血来。因为游戏固然是虚拟的，大脑却被头盔驳接口输入的电子信号欺骗了，它以为他死了。虚拟现实的技术对感官体验的模拟达到了巨细无遗的程度，那种被一颗直径为0.5英寸高速旋转的子弹爆头的滋味大概很少有人敢尝试了，可是即便是在虚拟世界中，对这"玩意"也没有敢试两次的。

年轻玩家面无表情地端详着头盔，服务小姐正在为他的脖子围白围脖，以免他"死亡"后的七窍流血弄脏游戏躺椅。

"其实，你不必老是挑'恐怖伊万'。"服务小姐善意地提醒他。

"恐怖伊万"是智能程序，在DOOM时代，人类玩家可以轻易地击败最疯狂的电脑，而今天，人类玩家对电脑Boss避之唯恐不及。"恐怖伊万"的运算速度为每秒300万亿次，更何况人类的生物神经存在反应迟滞，即便是最高超的射击手，也会有心到眼到而手不到的问题。电脑不存在此类问题。

年轻玩家目光一凛，眼里射出的寒光让好心的服务小姐下意识地后撤半步。"疯子，这绝对是疯子！"她对自己说。一个正常人若在游戏中被击毙上百次，即使死亡的痛苦没有压垮他的身体，那种极致的恐惧也足以令他崩溃发狂了。

"没有人能击败伊万，傻蛋！"一群游戏玩家围了过来。他们中不乏Quake10的顶尖高手，但敢于挑战伊万的人寥寥无几。

年轻人连眼皮都没抬一下，径直选择了"绝望死地"的环境参数，在为伊万选择武器时，他竟然点击了杀伤指数10！

"酷毙了。"一个"光头"赞赏地拍拍玩家的躺椅，然后回头用嘴型对同伴说，"这傻子！"同伴们快乐地笑起来。

游戏开始了，年轻玩家把脚放在操作台上，他是光脚！不，大脚趾上还挂着一只人字拖。"光头"的目光直了，他想起一个不甚久远的传说。当然，那只是传说而已。

没有人能透过头盔观察到玩家的表情，但围观者能从三维即景投影台上读懂他的心情。他很紧张，是的，因为画面在微微颤抖，就像蒸汽后的图景。许多人在与人类玩家对战时常常能做到心平气和，但真正到了"恐怖伊万"面前，他们的枪口抖得跟导演斯皮尔伯格拍摄的战地镜头似的。

年轻玩家静静地盯着画面，迦南半岛的热带植物遮天蔽日，四周奇热无比，蚊虫无孔不入。尽管他"穿"了厚厚的野战服，依旧被叮得红包累累。看客们从玩家的脖子上、手臂上看到一个一个红肿浮出来。虽然蚊虫只生活在游戏环境中，但大脑却误以为皮肤真的受了叮咬，调动人体免疫系统对抗蚊子注入的"甲酸"，从而产生过敏反应。

看客们相视而笑，这小子！玩个游戏还这么当真。选择"绝望死地"的对战环境，还真有人把你当海豹突击队了？！不过，玩家被叮得痒痛遍体还能纹丝不动，他们也不禁暗暗佩服。

"你看到什么？"师父轻轻抚摸着鸽子的羽毛。

"鸽子。"

"蠢材！"师父硬如老树疙瘩的指节敲在他脑袋上。

"你看到什么？"1994年，一位退役军官也这样问一个身穿编织毛衣的小伙子。

退役军官曾经是一名技术高超的空军飞行员，他发现无论与眼前这名其貌不扬的年轻人进行多少局飞行战斗游戏，自己都会惨败，这是实战中从未有过的。

"我看到，电脑就像一个傻瓜。它总是按我猜想的那样进行计算，我总能判断出它的进攻方式。如此而已。"小伙子漫不经心地嚼着口香糖，"我可以随便搞出比这更好的飞行战斗游戏。"

飞行员的眼睛瞪大了，他意识到一名未来的大宗师就站在眼前。于是他说："别玩了，小子，我们去干一番大事业吧！"

于是，一款飞行战斗游戏的史诗之作诞生了。席德·梅尔，那个爱穿编织毛衣的小伙子，在成为二十世纪最伟大的程序编制者之前，他首先学会的是阅读游戏。

"我看到什么？"年轻玩家问自己。

他的鼻息轻轻拂动了鼻前一片树叶，他盯着这片散发着绿汁嫩香的完美树叶，直到瞳孔燥热欲裂。他看到叶片的锯齿边缘反射着金色阳光，渐渐模糊退隐，化为优美的寇赫岛海岸线，在更精微处，自相似的谢尔宾斯基三角形无从遁形……那些逼真的纤毫毕现的三维图像顿时像加特林机枪击中的血肉之躯那样化为满天弥漫的血雾，继而转化为无限次迭代方程所控制的数据流。

传说伊万在现身前，你首先能感觉到的是地面的颤抖。身高九英尺、体重900磅的庞大身躯，可以轻易地举起火神六管机枪。火神本是为战斗机配备的重型机枪，每秒5000发的子弹流能把一台防弹林肯轰成钢灰。他的左臂装载一管磁力钨弹枪，可产生高达两千万安培的电流，电流形成的磁场在200纳秒的时间内爆发出比地球气压强十万倍的压力，将子弹加速到每秒20千米。如果说伊万的右臂象征着毁灭与狂暴，那左臂无疑是速度与精确的代名词。正因为如此，伊万现身后的图景只有通过回放对战录像来回味了。从来没有人能在生前目睹伊万之真容，从未！

画面在微微颤抖，看起来就像是老式胶片电影的齿轮颤动。看客脑门上都渗出黄豆大的汗珠，一个十六七岁的黄毛男孩甚至捂住了耳朵。

如果敌人从树叶缝隙里露出十个像素大的迷彩服，你会看到什么？事实上，你什么也看不到。这正是迷彩服的意义。然而，对于程序员来说，树叶与游戏主角的差别可就大了。

电光石火间，英格纳姆Mac10的扳机被扣动了，他的肩部因反冲力剧烈地后震，看客们也神经质地哆嗦了一下。然后一声巨大的钝响震得三维投影平台几乎散架，火花四射，当然那只是视觉模拟。铺天盖地的尘土散去后，画面恢复了夏日的宁静，除了蚊虫的嗡嗡鸣叫，剩下的还有黄毛小子的吸鼻声。

向约翰·卡马克致敬！年轻人摘下银光闪闪的头盔，心中充满了敬仰之情。大师在二十世纪创造了神话般的三维引擎杰作，直到今天仍然是不朽的传奇。虽然今天的游戏画面在精细度上要更胜一筹，工作原理却始终如一：用即时引擎来表现主体，用离线引擎来表现背景。普通人看到的是即时引擎的流畅灵活，离线引擎的华美精细，程序员看到的却是多边形所表现的涂满油彩的皮肤和NURBS曲线表现的树叶轮廓。两者的差别有多大？一光年那么大。年轻人的嘴角挤出细微的弧纹，他解下洁白的围脖，递给服务小姐，就像久困樊篱的蛟龙挣脱缠身锁链那样轻松，浑身每一块肌肉都充满了力量。他眯着细长的眼睛朝玻璃旋转门透过的五彩阳光望去，拖鞋发出欢快的趿拉声。

"伊万呢？伊万是死了吗？"黄毛小子怯怯地推搡着他的老大，不解地问道。

五

师父步履迟缓地走到窗前，吃力地拉开厚厚的垂地窗帘，一堵巨大无朋的屏幕展露眼前。不，那不是屏幕，那是城市的夜空，璀璨的灯光充盈着摩天大楼，让耸入云霄的玻璃幕墙变得通体透明，就像团簇生长的水晶。

"看到它了吗？"师父指着一幢庞然大物，那是IEEE通信大楼，建筑面积超过三个五角大楼，它是智慧、财富、权力的象征。在它巨大的阴影里，这幢图书馆就像是儿童积木。

"规则110①。"师父说。

走在宽阔大街上的人们突然顿住了他们的脚步，所有的人都朝向同一个方向，交头接耳。

IEEE通信大楼的灯光熄灭了，这是不可思议的，就算是发生地震，三

---

① 规则110是研究复杂系统行为的一种规则，它决定二维平面的模拟数字生命的状态。该规则的特殊性在于可以从简单的规则和初始条件中产生复杂的图形。

套备用的发电机组也可以保证它灯火通明。因为这儿是全世界最有名的计算机、网络公司的总部所在地，它若停电全世界的网络都会瘫痪。

它马上又亮了，但仅仅是几个窗户亮着，它们分布在对角线位置。两处亮斑一个是三角形，一个是圆形。它们周围的窗户也一明一灭起来，不久，它们复制出许多三角形、圆形。它们的地盘交错着、变幻着，就像在厮杀。

"这是工程师们的行为艺术吧。"有大学生很有经验地向周围的人说。这把戏他在大二时就玩过了，当时他们编了一个小小的程序让一幢女生楼的窗户玩起了俄罗斯方块。

但他很快发现这行为艺术的复杂性远远超出了俄罗斯方块。事实上窗户格子的明灭是有规律的，当一行相邻三个格子全黑、全白或左侧一个格子为黑时，该格子为白。但这种简单的规则宏观上又表现出类似于生命的性质：三角形、圆形都可自我复制，它们能侵入对方的阵地，扩大自己的地盘。

"他们就像能思考。"一个心思细腻的女人说。虽然她完全不懂程序，但她的洞察力是惊人的。建立于简单规则之上的矩阵生命的确能表现出生命的自组织现象，只是，没人能发现，它们甚至还能进化。

圆形族疯狂的复制能力让它的地盘急速扩张，三角族似乎有意回避其锋芒，它们个体开始集拢收缩。就在人们以为圆形生命将吞并最后一块三角形的阵地时，三角族突然对一小块孤立的圆形族发动了攻击，人海优势让它的攻击立竿见影。然后它又切断另一块圆形阵地与大部的联系，再次吞没了它。三角族的复制效率低下，但它攻击迅猛的特点展现得淋漓尽致。圆形族虽然占据了大量的资源，即亮着的窗户格子，但它的资源只不过是为三角族作嫁衣罢了。三角族侵吞了它的资源，与资源占有量成正比的攻击显得愈加激烈。一个小时后，三角族吞没了最后一个圆形族，最终让光明充满了IEEE通信大楼。

驻足观看的人群响起热烈的欢呼声。虽然这只是枯燥的黑白格子游戏而已，虽然图形背后的程序控制无比复杂玄奥，但那扣人心弦的战斗却感染了每一位看客。

师父安详地躺了下去，他的手指仍旧呈蜷曲状，可以精确地放在九个键上。

"我已经不能教你了。你要记住，只有那些清空了陈腐的律条、世俗的财富甚至缱绻的情思的人才能成为真正的屠龙战士。你去吧……"

师父在他的怀里平和地闭上眼睛。师父的头像老台式机一般沉重。

他的膝盖跪在地上，滚烫的泪水在月光的清辉里颤动，一种前所未有的巨大空寂感笼罩了他。

六

Caltech编程大赛是地球上最悠久的程序员大赛。在二十世纪，程序大师的评价标准是写出最简洁优美的程序，既没有不必要的循环，又没有不被引用的变量；既不缺少结构化，又不至于僵硬呆板。但是进入云时代以来，由于Quake10对战平台的面世，程序大赛与暴力美学完美地结合在了一起，程序不再是枯燥的代码，而是化身为虚拟角斗士，允许自我复制来制造分身，允许侵入对手"身体"，寄生、控制甚至分解对手，但不能有脱离物理定律的力量、弹跳、速度指数。让程序员控制虚拟角斗士进行搏杀，经历惨烈的淘汰赛后，获胜者将向上一届卫冕者发起挑战。然而，今年的Caltech编程大赛乏善可陈，上一届未冕者"流火"几乎是在一瞬间被挑战者"豪魃"秒杀的，比赛的组织者一度以为是机器故障。

人们很快发现这一届乏味的比赛终将被载入史册，它宣告着一个王朝的解体与一个新时代的诞生，曾经十连霸的"流火"已经永远地沉沦了。它惨败的录像被人们恶趣味地一遍遍播放回味；它的残骸被挂在Quake10对战平台的醒目位置，就像海岸边被枭首示众的海盗；它的代码被挂在网上供人任意下载，无数渴望成为新的王者的程序天才都用它作为陪练，毁灭、撕碎、操控、愚弄它以收获复仇的快感。也有很多投机取巧的程序员对它进行二次开发，以期得到更具杀伤力的毁灭者，然而他们很失望，因为拆开"流火"的封装，他们绝望地发现，那根本不是他们所能理解的程序语言。是传说中的屠龙战士"融"创造了"流火"，而由于某种不可知的原因，"融"已经被废了，没有人知道他的去处，只有那传奇的人字拖还残存于骨灰级元老们影影绰绰的记忆里，新一代的程序高手对这个名字根本是闻所未闻。

代码世界进入了战国时代，新的霸主"豪魃"很快被病毒式攻击角斗士"龙骧"所击败，而"龙骧"的王位第二年又被神出鬼没的"光晕"取而代之。前人的失败与新人的成功激励着无数雄心勃勃的年轻人进行艰苦卓绝的训练，他们渴望着出人头地的那一天。Quake10对战平台每天都有数以万计的角斗士在进行肉搏，通过全球直播，地球上每一个街区的犄角旮旯都能传来惊心动魄的画面，并时而爆发出欢呼或是惊叹声。角斗是与痛感神经相连的，虚拟程序所承受的攻击都将以真实的牛顿力传递到参战者的大脑。这是云时代的残酷游戏，许多心理脆弱的年轻程序员因那种天旋地转的极端痛苦而永久地告别竞技场，有的发誓再不做程序员，有的甚至直接在终端躺椅上停止了呼吸。人类的血液泵是有压力极限的，而代码的运算即便存在极限，那也不是人类能望其项背的。所以，获胜的角斗士不但有超群的代码智慧，也拥有强大的体魄。

黑暗中的观察者远远地注意到一个可疑的身影：一个白衣剑客，他没有强大的攻击力，没有寄生、分裂、伪装、隐身等诡诈的攻击、防守手段，也不能自我复制，但他却能在混战中全身而退，甚至还能保持代码的完整性。他只是个名不见经传的角斗士，但此战后他的大名必将震古烁今。

一阵令人目眩神迷的刀光剑影后，喧嚣的竞技场陷入了地狱般的寂静。在白衣少年飘飘的衣袂后，横尸一野，血流成河。"蒸汽人"庞大无朋的身躯首身两截，在地面上发出两声颓然巨响。白衣少年用剑尖在青石板上留下一行字：我想你会梦到一只骆驼。

从此，血雨腥风的代码江湖中没人敢遗漏这个名字：骆驼。全球各个角落的直播电视见证了这一时刻，只是没有人联想到那本早已失传的上古秘籍：《骆驼之书》。二十一世纪的年轻人已经不太关心远古的编程大师是怎样淬炼他们的宝刀了。

黑暗中的观察者静静地欣赏着"骆驼"的背影，他沉静已久的内心竟也漾起一丝涟漪。如果说刚才精彩的竞技让自己心驰神往，而此刻，那个踽踽独行的背影只会令自己感动。是的，作为一门濒临灭绝的上古语言的唯一传人，那种俯瞰众生不可一世的狂傲，那种寥无知音的落寞，那种被世俗所仇恨的痛楚又有何人知？他禁不住想要喊住那个背影，却又无奈地发现自己隐藏在后台程序里，是一个偷窥者，而非一个战士。他苦笑。

七

　　就像浴火重生的凤凰战士，历经113场血腥战斗后，"骆驼"已经变得空前强大。但是，基于遗传算法的同一原理，他的对手也被血污浸淋得更加凶暴。如果说第一场让他声名大振的战斗获胜，有一定的机会主义成分在内，那么在后面的战斗中，他不得不面对自己成为四面八方仇恨的焦点这一可怕事实。他的成功在于他旁门左道的武器——一门冷僻的古老语言，而现在，他的特点暴露在无数越挫越勇的挑战者面前，也就沦为致命的弱点。

　　在"豪魁Ⅱ""吉斯霍华德""蝎针"的轮番攻击下，他遍体鳞伤，奄奄一息，他强大的自我修复能力在永不停歇的密集攻击下无济于事。"蝎针"钻入他的左臂，在他的筋骨里不断复制，释放分身，就在"蝎针"快要侵入他颈部时，他果断地挥剑斩断左臂，这一自残式保护几乎伤及核心代码，半个肩膀都已经削掉了，场面惨不忍睹。战斗进行两小时后，即便是一场普通的街霸游戏，也足以让玩家精疲力竭了，"骆驼"展示了他名副其实的沙漠耐力，仍在不停地自我修补，左支右绌。亿万观众似乎从血光滔天的画面后看到了机器终端正"嗤嗤"地喷着电火花。战斗结束是迟早的事了，早投降吧，何苦受那最后一击后大脑短暂充血休克的痛苦呢？众人皆为他捏一把汗。

　　"豪魁Ⅱ""吉斯霍华德""蝎针"等众高手围成一圈，稍作停滞，在同一时刻发动了攻击！

"啊！"观众们的惊呼声像一只青蛙从喉咙里跃出。

谁也没看清发生了什么，凌乱变幻的画面似乎已经超出显卡处理的帧频极限。

"发生了什么？"伴随着一声尖厉的惨叫，豪魃被一道沛莫能御的力道击得滚翻，他是幸运的，因为他还能叫出声来，他的战友都已经震得魂飞魄散，喘气的都没有了。

"骆驼"洁白的身影很快消失得无影无踪。显然，身负重伤的"骆驼"绝不可能爆发出如此惊人的力量。

工作人员连忙取下豪魃的头盔，只见他两眼翻白，眼神直勾勾地望向天空。"他是融！他是融！"豪魃直挺挺地从躺椅上跳起，然后"哇"的一声抱头痛哭起来。

从此，代码世界再无豪魃的身影，有人说他退隐当了一名警察。

八

按太阳日算，他已经二十九岁了，在普通人当中，他依旧年轻。但在新陈代谢残酷的代码世界，二十九岁已经是风烛残年了。融在十七岁便已扬名立万，他早早地步入程序员的巅峰舞台，从这层意义上讲，他堪称祖师爷级的人物。

祖师爷？当然，这三个字从一些毛头小子嘴里喷出来可就难觅几分尊敬的意味了。

"你信不信融在许多开源程序中都种下了后门程序？基本上没人能发现，除了我！"一个留着俄罗斯新兵头的高个子说。

"你就吹吧，五年前IEEE组织了一次全球拣虫大赛，早已把融的毒虫消灭得一干二净了。"一个戴眼镜的亚洲人回答他。

"傻子，你懂什么？融的后门拉链这么好找他还叫融吗？这混蛋把后门程序埋在编译器里，这年头还有几个人懂编译器？"

"融在他那个时代还算个人物。"另一个面相成熟一点的用饱经世故的语调说，"其实不是一个时代的人就不要放在一起相提并论，融现在要站在我面前，你们信不信我在五秒钟内就叫他趴下？"

"哈哈，威鸡老大，你以为你是'骆驼'啊！"

一个瘦削的身影从小伙子们得意的笑声中路过，他的大衣已经很陈旧了，毛料袖口与肩膀都可以看出磨光的痕迹。阴冷的天空突然下起了密集的雨来，凶狠的雨滴在柏油路面上击得粉碎。他的步子很迟钝，脚步声在雨水洼里特别地响亮。

"嗨！快看，这么冷的天气还穿拖鞋。"高个子叫起来。

威鸡的表情突然变得凝重："融好像也喜欢穿拖鞋。"

一阵心事不一的沉默后，一个稚嫩的声音说："不会真的是吧？"

"你傻啊。"高个子不屑地朝天吐了口唾沫，"穿拖鞋就是高手的话，那光脚乞丐就是神啦！"

经过激烈无聊的抬杠后，小伙子们哄笑着尾随那个瘦削的背影而去。那种早已遁迹的传奇对他们的吸引力是无尽的。

穿过条条狭窄破旧的巷子，小伙子们皱着眉头，不时爆出粗口。不是被外墙上突然凸出的旧空调的油污蹭脏了衣服，就是被低矮窗户上挂着的物品碰着了头，破烂不堪的路面就像危险的地雷阵，冷不防从地板砖后溅出污泥。在一栋又黑又矮的砖房下，他们听到一个女人的咆哮声，然后便是噼里啪啦的摔东西声。三楼的窗户洞开着，一个胖女人不断地从三楼摔出东西，嘴里咒骂不休："拖！拖！拖！老娘叫你拖！几个月的房租没交了？滚！穷光蛋。"

"哐"的一声巨响，一个机箱扔了下来，金属零件散落一地，堆积在那灰大衣的脚下。他垂头静默着，袖口露出的苍白手指在微微颤抖，黑布雨伞在水洼里打转。雨水覆盖了他的脸，淌进他高高的衣领内。

远远立着的小伙子们相视一笑，一哄而散。

"好可怜的屠龙战士哦。"

"他要是融我就是上善大师啦！"……

在他弓下腰去抚摸变形的机箱时，雨停了。他迷茫地一抬头，看到一片蔚蓝的八角形天空，天空里有一张精致的女人的脸。她的鼻尖小巧微翘，从仰望的角度更显调皮不羁。她的脸红通通的，显然在寒风中伫立已久。

"你是——"

她露出失望的表情："我是'骆驼'呀。"

"你怎么是……"他咽下了下半句话，不好意思地笑笑，脸上浮出那种不可思议却又容易理解的羞赧。在程序员的世界里，遇见异性就像在Bata程序中发现彩蛋一样稀奇，更何况是这样一位旷世奇才。

她上上下下地打量这幢房子，目光转到他的肩上，鼻子涩涩的。她的目光里长满了毛刺：这就是传奇的屠龙战士的归处吗？

融解开大衣扣子，把湿漉漉的机箱抱进怀里。一个扎着羊角辫的小女孩从屋子里冲出来，抱住他的大腿，带着哭腔喊道："叔叔，别走啊，你留下来教凉凉数学题啊！"

融用一只手抱着机箱，另一只手抱起五岁大的凉凉，久久回望这低矮的屋檐，似在留恋些什么。

"骆驼"冲进屋子，旋即又折回来，得意地说："你可以继续住这啦！"

九

说是三楼的阁楼，其实就是一个楼梯间。门外面便是砖头遍地的屋顶，水泥柱头上还裸露着钢筋，红砖围栏上长满了野草，屋子里不到十平方米，主人高大的身子一直立，便顶着了白炽灯。他一坐下，硬木板床便发出"嘎吱嘎吱"的抗议。来客担心地去瞧床脚，她愣住了，压根就没有床脚，一头是红砖垒就的，另一头搁在一个废弃的箱子上。主人不自在地搓着手，好像他才是这里的生客，他手忙脚乱地清空一张方桌，说："坐吧。"

她的眼圈红了，一眨不眨地望着他，目光里写满了为什么。

"其实这地方还是不错的，屋顶可以观赏月亮，晾衣服也很方便，还有这。"他不知从哪儿扯出一根电缆，得意地说，"有它呢，我就可以登上全球任何一台服务器，收费的，房东算在电话费里。这儿甚至还有热点，免费的，你不信？"

她静静地望着他，望着这个曾经像十亿光年那么遥远此刻却又如此贴近的人，她曾经在广为流传的经典代码里，在他的对战录像中无数次揣摩他的样子、他的思想，甚至他的生活。她一闭上眼睛脑海中就能浮现出他的样子，然而，当空间的距离消失后，那曾经鲜明生动的印象陡然拉得那般遥远、陌生，除了地板上那双磨损严重的人字拖。她怔怔地望着它，他不好意思地把鞋往床底踢了踢，说："你是怎么跟房东说的？"

"我是用口袋跟她说的啊。"她拍拍外衣的两个卡通熊口袋，大声说，"你欠我一个人情！怎么还？"

"嗯。"他有些窘迫地翻开抽屉，从里面找出几个镍币。

"傻瓜。其实是我欠你的。"她在心里幽幽地说。但她仍旧用很严厉的目光催促着他，她喜欢看他发窘的样子。

"一、二、三……九个，可以吃一顿好的啦。"他摊开手掌里闪闪发光的硬币。

十

他们挑了临窗的一张桌子坐了下来，对着被油烟熏得面目模糊的菜价表，犹豫半天，才在服务员的催促下要了一个五元的蒸菜和一个四元的木桶饭。

蒸菜很快就端上来了，红艳艳的油泼辣子铺在滑嫩的鲢鱼脯上，她得意地眨眨眼，操起筷子狼吞虎咽起来。

她听到他肚子里的咕噜声，听起来就像是PDA电池没电的提示音。她哈哈大笑起来，笑得辣子呛进了喉咙，有点难受又有点快乐地咳嗽起来。

"原来木桶饭采用了缓存技术。"他自我解嘲地说。

"还是咱的蒸菜好呀，采用了apache+php，虽然应付高并发时有点吃力，但在访问量较小时，速度还是蛮快的。"

"我的木桶饭采用了squid做反向代理，虽然前期有点慢，但一旦缓存好了，来多少人都不怕。"

"很不幸，你们做了触发缓存的那一批。"她伸出火辣辣的舌头做了个鬼脸。

"老板的缓存机制有问题，应当把触发缓存改为定时缓存，以改善食客的体验。"

端菜的招待一个个路过满脸期待的他，却没有一个停在他桌前。

"好像是丢包了。"他沮丧地说。

她"咯咯"地笑起来，竖起自己的空碗，伸长舌头舔了圈汤汁，夸张地吐着热气。

木桶饭终于上来了，他还没动筷子，豺狼样的她已经先入为主地开抢了。两人难民般地扒拉着一桶米饭，还发出很满足的笑声和很响亮的呷巴声，引来满堂鄙夷的目光。

十一

雨停了，街上的人多了起来，在临街的一面，游戏机、博彩机、自动照相馆发出清脆的电子音乐招揽着顾客。女孩子缠着男友的胳膊，呢喃着，欢笑着，从一个五光十色的橱窗蹦到另一个橱窗，还发出"哇哇"的惊喜声。

"我也想要一个。"她指着刮刮奖摊位后可爱的绒熊。

融微皱着眉头，为难地望着她。

"不行！你想办法，反正你欠我的。"她就像一个热恋中的女友那样毫不通融。

"那好吧。"

融来到摊前，弯下腰："这些奖券是可以挑选的吗？"

"挑选？"老板愣了一下，"当然，随便拣，刚刚那小伙子给她女朋友买了一捆，瞧，正刮着呢。"

融低头注视着旁边一个纸箱子里刮过的奖券，他的眼睛因思考而眯了起来。一会儿，"骆驼"怀里堆满了毛茸茸的卡通玩具，最上面一个最大的是老板送的，他说："二位，不能再刮了，再刮小店就要赔本了，我加送你一个，两位先走不送……"

她的脸紧贴着绒熊，就像腮帮里含满了棒棒糖的小姑娘一样幸福。

在不远处的一个带屏幕的机器前，人头攒动，那可不是一台普通的游戏机，那是世界上最先进的智能程序在与人进行对话，据说谁能够判断出跟自己聊天的是人还是程序将获得一万元大奖。投入一个硬币，你便能得到问一个问题的机会。有个小伙子用一张大钞换了一百个硬币，全投了进去，进行了一下午人机对话，仍然没能从中甄别出真正的机器程序。这会儿，他正哭丧着脸挨女朋友的责备呢。

"骆驼"把一怀抱玩具塞到融手里，夹起一个硬币在融面前一亮，说："看我的。"

然后她手指灵动如飞地在触摸屏上输入一行字，屏幕上那拟人化的面孔突然凝固了，仔细一听，扬声器还传来"咔咔"的声音。接着屏幕突然一闪，就灭了。

"哈哈哈，被我难倒了吧。"她得意洋洋地拍着手，在排成长蛇的人群惊诧的目光中溜走了。

十二

"真饱呀。"她拍着自己的肚皮，她的头枕在融宽阔的肩膀上，这一刻，她觉得自己是宇宙中最幸福的人。只是，他的肩膀肉再多一点就好啦。

"骆驼"的头真重，对于一个女孩子而言，她的脑袋的确是算大的，与她的智慧很相称。但她的脸小小的，不时流露出幼稚，让人怎么也无法把她与那个老到的程序天才联系起来。在街上的图灵测试中，她输入一行Perl代码。Perl 是一门非常古老的程序语言，它的发明者是语言学家拉里，而非程序大师，所以用Perl书写的代码更像一首诗，即便是不懂Perl代码的人也能读懂它。街上的聊天智能程序既执行了这行代码，又错把它理解成一首诗，所以它可悲地死机了。

融闻着她大波浪卷散发的清香，这是他第一次如此真切地被少女的芬芳所拥抱。他曾经以为，一个独孤求道的程序员注定像他的老师那样在一个冷僻的图书馆终老一生，他对此很笃定，也很平静。他非常坦然地面对有如浩渺星空般巨大的空寂。他从未想过改变……但此次，他冷漠的心融化了。他的目光就像一杯热巧克力上蒸腾的热汽，一团模糊。

"喂！你那天为什么救我？"她用胳膊没轻没重地顶了他一下。

"因为你是Perl的传人啊。"他轻描淡写地说。他可以感觉到怀里的她轻轻地一颤。

"你也是？"

"当然不。谁会学这么丑陋的语言①？除了那些脑残无知少女。"

"喂。"她又打了他一下，"你说谁呢？我脑残？你不想活啦？"她爬起来，掐住他的脖子。

他只是静静地望着她，欣赏着这个野猫一样的女孩，感到自己真的被她征服了。

第一次在Quake10见到"骆驼"，用一个词来形容他的感觉那就是"惊艳"。像他这样的程序员，已经不太容易被代码语言打动了。

他欣赏她简洁的语句，灵动的语法，不讲理的逻辑。她肯定是孤独的，因为Perl就是孤独的。在二十世纪，Perl被认为是一门丑陋的语言，程序界的旁门左道，由于它笨拙的语法结构，令人眼花缭乱的括号，与主流思想完全背离的设计思路……

或者，是由于自己同为一门濒临灭绝的语言的传人，他对"骆驼"有着一份特殊的关注。直到那天，她不顾一切地出手相救，他才发现这份特殊的感情已远远超出惺惺相惜。那是什么？他为自己感到羞耻，他常常梦到一个注射了毒药的苹果。所幸，她不是。

他将纷乱的思绪拉回现实，目光转到她耻高气扬的鼻尖上，心中一动，便把她拉过来，紧紧抱在怀里。她刚才还霸道蛮横的身体突然变得柔软，执拗了几下，便不动了。

"你的独门武器是什么？"她尖尖的手指化为一只只甲壳虫，放肆无

---

① perl的语言含大量的$@% #符号，看起来就像是上世纪的火星文，故有此说。

068

礼地在他胸膛上乱爬。

"我？"他无语。像他这种境界的人，已经无所谓精通哪门语言了。但他的内心深处的确深埋着对一门濒临失传的技艺的责任，那就像是冠冕无数的棋王所愿保留的最后一个头衔。那是一份荣誉，一份继承。因为全世界能珍藏它的唯他一人尔！

"不能说吗？"她咬住他的耳朵。

"呵，是Lisp。"

旧报纸覆盖的窗户突然被一道亮光刺破，然后是一声巨雷，天空又下起雨来。这南方的城市，即便是在寒冬，也是那般地潮湿。

在一百多年前，一本影响深远的科幻著作开宗明义地写道：在很久很久以前的魔法时代，任何一位谨慎的巫师都把自己的真名实姓看作最值得珍视的密藏，同时也是对自己生命的最大威胁。因为一旦敌人掌握了他的真名实姓，随便哪种普通魔法都能置于死地。时移世易，人类社会产生了工业革命，时代转了一圈又回到魔法时代，人们重新担心起自己的真名实姓来。

大师的预言是深邃的。确实如此，且不说如今黑客们是怎样谨小慎微地隐藏自己的身份，就连程序语言也变成一种禁忌。从某种意义上讲，Lisp不就是自己的真名实姓吗？

Lisp？她撇撇嘴，心不在焉地去摸他下巴的短茬，有点糙手，但很好玩。

她没有以牙还牙嘲笑他的独门武器，因为她虽然不理解这门语言，但她至少明白这门古老语言所应享有的尊严。历史中常常可以读到，一些被主流舞台所驱逐的吟游诗人，他们苦心孤诣地研磨着它，保护着它，不容任何世俗的流言诋毁它。他们心中对Lisp充满了宗教般的虔诚。然而，Lisp

终究还是灭绝了，那已经是二十世纪的事了。

"Lisp好在哪里？"她的脸贴在他的胸膛，聆听着他的心跳，那"嗵嗵"的声音就像是巨人的脚步声。在传奇的Lisp面前，任何顶尖高手都像一个不谙世事的少年那样无知，他们的困惑常常可以归为这样一个傻气而幼稚的问题。

"因为，它是最接近于理解上苍的语言。"

"上苍？"她愣住了。如希腊谚语所言：在木匠眼里，月亮是木头的。在程序员眼里，上苍用代码创造了宇宙。圈内流传一个笑话，一个程序员问：上苍真的在七天之内创造了世界吗？先知的回答是：依靠着可乐和糖果，他在六天之内就完成了这一切。第七天他回到家里，发现他的女朋友离开了他。

想到这，她咯咯地笑起来。他饶有兴致地望着她，好像他并不意外她毫无来由地发笑。

"喂，说正经的，"她止住笑，"你为什么有肚无胸啊？"

他一愣："什么意思？"

"你身怀绝技却胸无大志呀。你的理想是什么？难道你没有理想吗？"她不怀好意地扫视这简陋的房间。

"理想？有的。"他笑了，"理想就像是一条'内裤'，得有，但总不能逢人就秀吧。你的理想呢？"

"哎呀呀，对头。理想就像是一条'内裤'，其实我没穿，却不好意思说。"她婴儿肥的脸蛋飞上两朵红晕。

"嗯。理想就像是'内裤'，小时候的理想比较大，长大后却越来越小，于是就现在这样啰。"

"哈哈。理想这条'内裤'，看别人穿得挺诱惑，自己却没那个身材。"

他们响亮的笑声充盈着这四面漏风的屋子，这在房东太太看来简直是不可理喻，她愤怒地用一根长竹竿捅楼板。

良久，她不好意思地把脸藏在他下巴下，轻声说："你喜欢我的身材吗？"

"嗯。"

"那么，你想看我的理想吗？"

<h1>十三</h1>

屋子里本来就窄小，还被四处乱放的零件占领着。她随便挪一下屁股都会被该死的螺钉硌疼。一个下午她都在叽叽喳喳说个不停。

"你知道我是怎么认识你的吗？小时候无论我使用什么开源软件，人家都会告诉我，里面的核心代码是一个叫融的人开发的。而且这家伙很嚣张，在许多重要的软件里都留下了后门程序。人们痛恨他的胡作非为，却又不得不使用他的程序。那时我就暗暗发誓，一定要把他揪出来，揪着他的耳朵吼：你凭什么偷窥我的隐私？"

"后来，人们叫他屠龙战士。因为他与普通的程序高手如此不同。他对商业软件嗤之以鼻，他甚至藐视团队的工作方式，他就是一个独行者，孜孜以求地追寻着他的理想，他独特的理念，那就是人们常说的编程之道：龙。他寻找着龙，哈哈，现在想起来真好笑，那时我是一脸花痴地想象着屠龙战士的威猛形象。说真的，我现在还不能理解什么是龙。"

　　"再后来，在Caltech比赛中，他留在尘世的唯一象征'流火'被击败了。在'流火'被撕成粉碎的那一刻，我的心也碎了。我不敢相信自己的眼睛。有人说融已经被废了，直到今天，我来到他面前，我才明白，今天的融真的已经不再是从前那不可一世的天才了。曾经他目空一切，嚣张却又令人信服，乐于接受来自四面八方的挑战，他以一当百的创造力，他高山仰止的编程境界，都深深地震撼着高手如云的代码世界。而现在，他低调、冷漠，无心维护自己的荣誉，他，他甚至，付不起房租……这中间发生了什么，融？"她的眼眶红了，嗓音陡然变得哽咽。

　　融没有回答，他安静地忙碌着。他用一把瑞士军刀削一根同轴电缆，就像主妇给瓜果剥皮一样娴熟；他举起一红一黑两根探针，一根探头捏在手里，一根放在舌头上，仪表上的指针轻微地动了一下；他大汗淋漓地使用着一个电烙铁，额头紧挨着白炽灯泡，神情专注地在一块电路板上工作着，那水银般晶莹饱满的锡液准确地滴在焊点上，凝成完美的半圆球。

　　她望着他，不知不觉地安静下来，她被他的手艺迷住了。虽然这些把戏在二十世纪是很普通甚至卑微的工作，但在现代人看来，又像是魔术师一样神奇。因为现在的程序员又有多少人了解他们的机器？好比他们满不在乎地从网上下载开源软件，而从不拆开封装看里面的原理。

　　只听见"嘀"的一声，机箱上的指示灯亮了，硬盘发出嗡嗡的运转声，光驱咝咝地应和，风扇的声响不算大，它沉缓、平稳，就像是交响乐的背景音。

　　"现在的机器飞快，但缺乏美感不是吗？因为我们输入数据它立即给出结果，你感觉不到它在思考。而以前的机器，"他的手摩挲着机箱，像情人般轻轻地吹去它表面的灰尘，"我可以聆听它的思想……甚至心情。嗨！伙计，看到对面这位小姐没？以后，她就是你的新主人，你得听她的，听到没？"他重重地拍了一下机箱，箱后电源风扇喷出一屁股灰，LED指示灯"唰"地亮起来，屏幕浮出一行字：Hello，world。

她扑哧一声笑了。

"好的。"他起身把她挪开一个位置，自己坐在床中间，面对着屏幕，说，"现在，我为你展示一个神奇秘境，一个世人所不知的绝妙世界。有龙出没，请睁大眼睛看。"

屏幕淡蓝的光映在他棱角分明的脸上，覆盖着他宽阔却瘦削的肩膀，他陡然之间披上一层迷离的光芒，就像是屠龙战士的封印盔甲所绽放的那样。

她怔怔地望着他，嘴微张着，说不出话来。

"愿意坐过来看吗？"

根本没等她回答，他便擅作主张地把她抱到腿上。如她所言，他是嚣张的，不可一世的。从来如此。

十四

在龙出没的世纪，人类的智慧混沌未开。先知把目光投向浩渺的星空，在他们的视野尽头，有一颗叫大火星的暗红色亮星出现在南方夏夜低垂的天幕上，默然无语。

上古的皇帝设置专门的星官"火正"观察这颗星，因为从大火星的运行轨迹可以探知泥土里春天萌苏的讯息，"七月流火，九月授衣"。上古的皇帝为了探知地平线下的星图，派遣一名鼎鼎大名的火正前往南方，这名火正的子孙在南方潮热的红土地里定居下来，他们被称为祝融氏。祝融在南方的开疆拓土不仅大大地拓展了帝国的版图，更重要的是，他的观察把原本隐没于南半球的星图展露出来。于是在几千年后，一名兢兢业业的太史令在他的传世之作中留下了"老人星"的踪迹：寿星，盖南极老人星也。老人星在几千年内一直是一名南极隐士，它的发现极大地振奋了巨龙国的子孙不断向南挺进，远征丛林密布人迹罕至的交趾，甚至扬帆南下，在牵星图的指引下一路向南，向南！天际线不断退却，被地理位置所壅塞的视野豁然开朗。一名被派往交趾的星官在给皇帝的报告中兴奋地写道：我看见老人星在海平面上很高的位置闪烁，它的周围还有许多明亮的星。几个世纪后，大航海时代的到来让人类第一次把南北星图的空白全部填满。但这还远远不够，几百年后，人类开始向太空发射人造卫星，人类的探测器像南征的火正不断地向外太空挺进，伽马射线、X射线、紫外、光学、红外、射电所得到的观测数据构成一个全波段的数字天空。光学望远镜的接收面积每25年增长一倍，天文探测器上的CCD像素每两年增长一倍，人类虚拟天文台数据库的信息量每118小时增加一倍，摩尔定律远远跟不上天文观察数据的增长指数。人类从未像今天这样细致入微地审视着天空。如果说宇宙呈现在远古人类的视野中不过是一团漆黑的虚空，而今天，宇宙就像是光芒璀璨的水晶呈现在我们眼前，没有一个角落会存在探测盲点，宇宙诞生之初的图景也通过类星体幽微的星光向我们真实地呈现……

然而，我们真的能读懂宇宙的信息吗？

他打开虚拟天文台①，随着虚拟镜头的推进，屏幕上浩如尘沙的星系、星团从他两腋掠过，就像一艘孤独远航的飞船、深邃的星空在宇航员目镜中所呈现的那样。不，这不是一趟普通的宇宙之旅，这也是一趟时间之旅，从探险家双腋掠过的还有时间之沙，就像胶片放映机的倒转，自今至古，上溯到邈远的恐龙世纪，甚至宇宙的起点……

公元前134年，天蝎座α附近一颗超新星大爆发，它的亮度陡然暴增了几百万倍，它的光芒竟辉映了一小半天空，它成功地在一小块甲骨上留下了它的"底片"：七日己巳夕，新大星并火。

公元185年，超新星SN185的爆发在人类的记忆里留下更生动鲜明的印象，一名叫孟康的官员忠实地记录了天空中唯美璀璨的胜景：有赤方气与青方气相连，赤方中有两黄星，青方中一黄星。他所描述的超新星光环结构与哈勃望远镜今天所呈现给我们的并无二致。

但天空中最灿烂的景象当属公元1054年金牛座天关星附近的超新星大爆发，它产生的亮度要超过太阳几亿倍，持续两年之久才渐渐隐没。钦天监在给皇帝的奏章中激动地写道："我见到一颗客星的出现。这颗星微带晕色，发黄光，我恭敬地遵从皇帝的威权占卜，卜曰：'客星不犯毕宿。'这说明皇上圣明，并且国内有伟大的圣贤。我恭请将卜辞交国史馆存档。"

几千年来，不，自洪荒以来，超新星不断以强烈的射线轰击着智慧生命的视野，这夜空中最绚烂的礼花在向我们传递什么信息呢？

机器突然发出一阵电流噪音，听起来就像是收音机搜台时的嘈杂声。

她迷惑地望着他。他微微一笑，轻敲键盘。屏幕上呈现一行字：

① 虚拟天文台：对各种天文观测数据进行统一规范的整理、归档，构成一个全波段的数字虚拟天空，用户不需要自己配备观测仪器，只需登录虚拟天文台，即可使用数据。

2004，地点：波多黎各，阿雷塞博。方位：双鱼座、白羊座星群之间。标签：SHGb02+14a。频率：1420兆赫。

"刚才不到一分钟的噪音便是阿雷塞博射电望远镜所接收到的最可疑文明信号，它调制在1420兆赫波段上，这个频率对应的是宇宙氢气吸收、释放能量时的波段。这个波段的信号无疑最可能来自星际文明。"他再次敲击回车，许多幅像音频调制曲线的波形图呈现出来。

"100年来，科学家动用了小波分析、语义分析、遍历算法、遗传算法等各种手段以图破译这段信号，他们失败了。事实上，自SETI计划以来，人类无数次截获可疑的文明信号，就像自甲骨文以来，火正、钦天监们无数次被超新星爆发所震慑一样，只是从来没有人真正读懂过这些……"

他的目光穿透幽蓝的屏幕，刺破厚重的苍穹，直视那亘古寂寥的星辉……

"它们是真正孤独的诗句，艰涩，微言大义，在宇宙中长途跋涉，历经引力透镜的折射，星际尘埃的散射，终湮没于宇宙混乱的背景辐射……直到有一天，我就像被一道闪电击中，我恍然大悟：上苍的语言又岂是凡夫俗子可以领悟呢？凡夫俗子的语法规则又岂能适用于高深莫测的上苍？就好像一个面向对象的程序员在简陋的机器语言面前就是一个白痴一样。道生一，一生二，二生三。始有机器语言，机器语言生汇编器，汇编器生编译器，最后产生上万种高级语言。在语言的进化之路上我们与宇宙的真谛渐行渐远，以至于我们再也不需要数学就能成为程序天才了。

"遂古之初，谁传道之？这亘古未解之天问由谁来解答？

"有这么一群人，他们的内心倒映着深邃的星空；他们荡涤了脑海里那些凡夫俗子的陈腐律条；他们纠结于那些被世俗所嘲笑的时空观念而不能自拔；他们崇尚开放、自由、共享的理念被商业社会所驱逐；他们离经叛道的个人主义为主流世界所不容；他们是上苍之友世界公敌；他们上下求索不知所归；他们苦苦追寻着龙的足迹……他们被称为屠龙战士，他们是祝融的子孙！唯有他们，才能理解上苍的语言。"

清澈的泪水奔涌而出，他半仰着脸，任凭清癯的脸庞沧海横流。屠龙战士并非冷漠如刀口舔血的杀手，他们冰冷，只因他们孤独。

屏幕上那些传统数学工具所构建的波形突然风云变幻，那些以高超的人性化设计的图形界面分崩离析，画面充满了跳动的数字：0，1。它们群魔乱舞，乱花迷眼，混沌之中却又透着一种难以言表的韵律。

那不再是人类所能理解的语言。她转过头来紧紧环住他的脖子，贴着他的泪痕去感受那火热里的酸楚。

现在是键盘钢琴师的表演时间了。他俯下身，按了一个什么开关。他身后的墙亮了，这寒碜的房间竟然还藏着一台昂贵的投影仪。另三面墙随即也亮了起来，上面波动着0和1的量子涟漪。不久，塑料顶棚和水泥地面也亮了，就好像光在镜面立方体内折射投影，产生出你中有我我中有你的幻象。

她背靠着屏幕，她没有去欣赏那指尖的芭蕾。她只是凝眸直视他专注的眼睛，从那里，她可以读懂这0和1的密码，读懂这静默无语的夜空。

键盘的敲击声就像是万马奔腾的蹄声，混乱却又浑然一体，连绵却又跌宕起伏。她恍惚看到源源不断的数据流从他指尖送出，它们简洁优美，既是语法功能的指令，又是作为对象的数据。每一个对象都有自己的生命周期，生命周期之结束也就是对象死亡之时，不存在永远的对象。每一个语句都有自己的灵魂，它们并不完美，却在变化中不断臻于完美。电信号沿同轴电缆传递到激光调制器，激光束的强度、频率伴随着波动的0、1有节奏地变幻，沿地球表面的光纤无限蔓延。光纤像地球的毛细血管，它们连通了世界各个角落的超级计算机。虚拟天文台的海量数据被有条不紊地分配到各节点进行网格计算。各节点的超级计算机可能是光子的，可能是量子的，也可能是生物的，但无论是一小团爱因斯坦-玻色凝聚态的超级低温原子，或是几个纠缠态量子，还是一小撮蛋白质或DNA分子，它们都被调动起来，参与了这宇宙中最完美的谐振。内华达州沙漠里的云计算中心，一座面积超过迪斯尼乐园的巨大无朋的机房里，每一块硬盘的咝咝运转，每一个红色或绿色发光二极管的一明一灭都与之休戚相关。

不知过了多久，键盘声渐渐平息下来。融疲惫地俯在她柔软的肩膀上。墙上跳动的数字就像是游泳池荡漾的波光，轻柔地拂过他的身子。"云"仍在马不停蹄地执行着计算，这无疑是自洪荒以来地球上最大规模的数据处理，人类曾经引以自豪的分布式计算工程"SETI计划""Folding"在此均相形见绌。这笔费用按"云"的国际市价计将是一个天文数字，当然，房东太太不会收到这样一张账单，因为在伟大的程序员面前，"云"就像一只家猫一样驯服，没有人会知道是谁在一夜之间调用了世界最先进的计算机进行了一次超负荷运算，就像没有人会找到埋在Quake10的后门程序一样。

融聆听着机箱的运转声，就像一个技术高超的赛车手可以清晰地辨别变速箱内齿轮的啮合声。突然，他说："让我们一块倒计时吧。"他躺下来，闭上眼睛。她狐疑地跟随他并排躺下，心中默数：十、九、八……一。

房间里剧烈地一闪，像是有人在拍照，迅即熄灭。只有显示器投射出一屏幽蓝的光，屏幕上只有一个数字：1。

"这是什么意思？难道这虚拟天文台的海量射电、光谱信息最终运算的结果就是1？"

"不，这并不是一次普通的计算，而是一次测试。"

"测试？"她愈加困惑了。

"你不记得那天在街上你是怎样愚弄智能程序的吗？"

她张大了嘴巴。她胸中像是有一只兔子在乱窜。颖悟过人的她马上明白了问题的关键："这难道是宇宙对人类进行的图灵测试？"她倒吸了一口冷气，眼睛一眨不眨地望着他。

"是的，1表示我通过了宇宙的图灵测试。"

"你骗人！难道数千年来超新星大爆发的伽马射线暴、各种射电源信号、脉冲星的射电脉冲都是在对宇宙中的智能生命进行测试？"虽然他浑身都透着一股令人信服的智慧的力量，但这个推断的确太惊世骇俗了。

"是的，起初我自己也不敢相信这是事实。"他抓住她小巧的手，宽大的手掌合上，放在胸前，"我会向你证明的。"

他在键盘上输入270个字符，然后捉住她的手放在回车键上方，说："按下它。"

"会发生什么？"她的手指本能地颤抖起来。

他火热的目光里传递着鼓舞的力量。

清脆的一声键响后，台式机突然嗡嗡作响，这震动让它笨重的机身在方桌上微微移动，电源风扇疯狂地嚣叫，硬盘传来"嘟——嘟——"的警报。这台产于2010年的机器就像老牌利兰变速箱一样可靠，可此刻也不禁让人担心起来。空气中传来橡胶的焦煳味。她不安地望着他。"嘘。"他唇前竖起一根食指。

屏幕陡然花了，无数条来自虚拟天文台的信息就像病毒一般疯狂地轰击着屏幕。

NASA雨燕号太空观测站：UTC-5 EST.10：37，编号：GRB 056509B，仙后座，短伽马射线暴，持续时间：38S，能段：0.32-1.78 MeV。

GLAST高功率伽马射线望远镜：UTC-5 EST.10：37，编号：GRB 056509C，蟹状星云，伽马射线暴，持续时间：0.1354S，能段：71-82 GeV。

SETI阿雷塞博射电望远镜：UTC-5 EST.10：37，编号：GRB 056510C，小麦哲伦星云，光变异常。

LAMOST光谱望远镜：GSM+8.23：37，编号：CHA1984523A，造父一，光谱异常。

SKA平方千米阵射电望远镜：GSM+8.23：37，编号：CHA1984524A，鲸鱼座UV，亮度剧增11倍。

……

她不寒而栗地回头望他。他微笑着点点头："这都是你干的。"

她还在迷茫间，他拉起她的手冲到门外，外面寒风萧瑟，铅云低垂，天空一明一灭，就像过节一般。刚才还冷冷清清的大街上突然塞满了人，人们仰望着天空，交头接耳地议论着；有的人举起了望远镜；有的人在打电话；有的人掏出PDA拍照，黑暗中此起彼伏的闪光灯显得可笑至极。

"发生了什么？大游行吗？"她很快发现自己的疑问很傻气，因为夜空太诡异了，南方绛蓝色的天空有暗红的血色在漫漶，宛如云龙在隐没，时而展露它的峥嵘头角，天边传来隐隐约约的嗡鸣，像是野兽的低沉吼声，又像是高压电弧造成的空气震荡，耸入云霄的电视台铁塔正嗞嗞地冒着电火花。地面上的人们纷纷指向她的背后，她转身一看，惊呆了。北方的天空更为诡谲，一道帷幕状的蓝绿光带缥缥缈缈地印在天空，它的尾部是流线型，微微朝星空翘起。天空就像是铺了一层透明玻璃纸，荡漾着五彩斑斓的潋滟波光。

"地震云？"她转向他。

"是极光。"

极光？她双肩耸起，这里是北纬38度啊！

是的，地球背面的太阳耀斑大爆发，在地球磁场引发粒子暴连锁反应，带电粒子沿两极地球漏斗形磁力线撞击着大气中的氧、氮、氩，绽放出绚丽多彩的光芒。来自银心射电源的宇宙线与地球厚厚的大气激烈碰撞，激发出次级、三级粒子，广延大气簇射给地球的夜空制造出光怪陆离的幻景。高能粒子让太空空间站里的盖革计数器的指针疯狂地冲击红线区域，宇航员正惊慌失措地与地球联络着，麦克风里却充斥着静电噪音……他无意向她解释这一切，还是用最简单的方式来回答吧！

他拉着她回到屋子里，在电脑上打开NASA的在线直播，播放器对准的是造父变星一，图像是由LAMOST[①]传来的，焦面上4000根光纤、16台光谱仪和32台4k×4k的CCD相机接收的光谱信号经专门的软件统一处理后，合成展现出一幅对造父变星的高清光谱图像。然后他打开另一个页面，页面显示一个输入框，他输入一行指令。他仍旧握住她的手，说："按下它。"

她按下回车，光谱上的谱线迅速变宽变浅；再按，谱线又立即收窄变深；她索性乱按一气，谱线也疯狂地变化着，就像手风琴在一张一弛

---

① LAMOST：中国的大天区面积多目标光纤光谱天文望远镜。

地奏鸣。她神经质地使劲摇头："这是你编故事骗人的吧！这根本不是LAMOST传来的信号！"

"好吧。"他手指运转如飞，一口气打开十几个页面，全部是网络电视在线直播页面，他把窗口平铺在屏幕上。好像是有什么大事发生了，因为所有的直播频道都在播出同一个或是相似的画面，这些图像来自NASA，来自ESA，或是来自中国航天总局，主持人戴着耳麦，不停地与导播低声联系。屏幕下方有一行行的文字消息闪过，与她刚才看到的大同小异。她狠狠地按下回车，不可思议的事发生了，主持人背后的大屏幕清晰地传来画面的异动。演播室里大概是响起了惊诧的呼声，主持人也感觉到了，也频频回头去看发生了什么。无数个直播画面都与她指下小小的回车键建立了联系，天哪，这到底是怎么回事？她全身汗毛都竖了起来。她苍白的眸子惊恐地望着他。

他满不在乎地笑笑，说："这没什么大不了的。其实二十世纪的科学家就已经能做到这一点。老一辈的网络工程师想出一个绝妙的主意实现星际互联网。他们设想用中微子轰击造父变星，可以让其内核加热扩张，缩短星球的光亮周期——这就像有规律的电流刺激能促使人体心脏恢复跳动一样。造父变星十分明亮，更何况我们还有强大的望远镜。这样一来，我只需用上苍的语言输入几个指令，我接管了SETI在全球范围内的射电望远镜，通过它们向星空发射我的代码，造父变星执行了我的命令，它加速或放慢了自转速度，于是在我们的光谱上反映出谱线的变宽与收窄。太阳耀斑、仙后座的伽马射线暴也是基于同样的原因而爆发。"

那一刻她几乎就要相信他了，但她突然想起了什么，大声说："可是仙后座离我们一万光年，你的指令现在还在空中跑呢！它们又怎么能响应你的指令？你这个骗子！假的，全部是假的！"

他耐心地等她安静下来，目光里充满了怜爱，好像她的愤怒在他眼中是一种可爱。这让她的肺都要气炸了。聪明人被愚弄的感觉可不好受！她狠狠地捶了他一拳："你倒是解释啊！你这个混蛋！"

"让我们的老朋友来回答你吧。"他的手温柔地摩挲着全身滚烫的机箱，他的声音慢条斯理，"在我们输入指令后，它若懂得思考，它也肯定以为最终的运算结果是它的'意识'的结晶，可悲的是它的意识不过是事先预置的程序的执行。事实上程序员不必等待机器运算结束才会知道答案，他早已对一切了然于心不是吗？事情的发生演化以及最终的结果。"

啊！她恍然大悟，这一顿悟让她全身凉透。天哪，如果说上苍是一个程序员，人类不正像是一台机器吗？人类自以为是的自我意识不过是上苍预置程序的执行而已。上苍不必等待人类的"意识"做出决定后才会回应，就像融刚才表演的那样，他不必等机器的运算结束就在心中默数，迎接那他早已预料到的结果。想到这，她跌坐在床上，脑袋里空空如也，那些固若金汤的常识、概念、世界观訇然崩塌了。

这就是答案。

外面突然响起人们的欢呼。流星！流星！狮子座流星雨绽放在童话般五彩缤纷的天空里，人们幼稚的心愿与绝望像飞火流萤在黑暗中乱舞，这个晚上是如此神奇。

程序员的目光垂落到自己的指尖，嘴角浮出一丝落寞的微笑。

"喜欢我为你点燃的烟花吗？"

"嗯。"她俯在他的肩膀上，泪水像洪水般决堤而出，那一刻，她终于认识了她自己、生命、爱以及死亡。她的指尖深深地掐进他的背。

十五

冬天的早晨峭冷萧索，融醒来时身边的她已经不见了，被窝里还残留着她火热的温度，以及蜷曲的卧痕。方桌上留有一张纸条：Quake10。

在他登录进入Quake10对战平台时，才发现自己错过了一场好戏，心有余悸的看客们告诉他，刚刚有一嗜杀成性的少年把010区杀了个天翻地覆，他逢人便砍，连头上顶着保护光环的菜鸟也不放过。他一人霸占了010区，现在没人敢登录那个区了。

他微微一笑，他知道"他"是谁。果然，他刚刚进入虚拟界面，一个居高临下的苍白冷眼便射了下来。

"骆……"他还没来得及喊出她的名字，她白衣飘飘的身影已经化为一道凌厉的白光，俯冲下来。剑花像漫天飞舞的雪白花瓣，覆盖了他的天空，逼得他连连后退。她似乎对他内心的一切洞悉无遗，招招直奔他的死穴。这是怎么啦？他不禁有点恼火。好吧！那种久违的血脉偾张的情愫漫遍全身。

当Perl遇到Lisp，当诗的语言遇到元编程，没有寄生、伪装、复制等诡诈的手段，只有公平的正面的攻击，这才是真正的角斗：长剑对钝刀。

他的刀很钝重，就像Lisp的笨拙，它是解释性的、递归的，它的执行相对迟缓。但它拥有理论上至高的计算能力[1]，它可以准确地判断出对方剑刃

---

① 由于Lisp使用递归控制结构，具有和图灵机相同的也是理论上最高的计算能力。

的落点，尽管那已是速度的极限。它的数据与程序是同一的，程序即是数据，可被处理，数据亦是程序，可来执行。它根本就是无法的，就像他浑然天成的刀路。

他胸前的皮铠被划破了，露出古铜色的胸肌，他宽容地任凭锋利的雪刀割破他的身体，但他的理智让这锋芒停留在表面。他的内部代码是不容触犯的，那是龙的宝藏。即便是流火被豪魅秒杀的那一次，内部代码也在同一瞬间自毁了，化为了数字混沌。没有人能亲睹他的钝刀，他也从未使用过这把钝刀。

但是他的宽容并未赢得她的认可，反而让她的剑芒更炽，被鲜血浸淋的雪刀愈发凶猛，永不停歇，绝无手软！她的十指深深地嵌进键盘，她就像琴魔的化身，手指在毫无节制地倾泻着夺人魂魄的代码。她已经不太在意代码的精确，她意在发泄，那似癫似狂的琴符本身就传递着令人窒息的压力。Perl是宽容的，你甚至不必定义就可以使用数组。它本来就是诗人的创造，它是感性的挥洒，淋漓尽致的表达……

他迷惑了，他不动如山的意志也不禁微微颤抖，后背涌上一丝久违的寒冷，就像毒蛇之吻爬上他的脊梁。即便是面对"恐怖伊万"，他的手指也不曾这样战栗过。他的内心深处不禁涌出一分羞恼。

他已经被逼到悬崖边沿，如再退却，系统程序"悬崖"将会利用规则把他撕得粉碎。他虽拥有不可一世的程序天才，但也不可凌驾于环境参数之上，正如现实中人不可能抗拒黑洞的引力一般。他的目光里流露出疑问，可是她没有回答他，甚至看也没看他一眼。她大喝一声，所有的手指都压在琴弦上，要弹出这天地间最具毁灭性的音符，然后让一切回归地狱般的宁静。

剑刀深深地没进他的胸膛，时钟定格在5.33纳秒，这是系统的时钟周期，转化成内存延迟不过10纳秒。这一刻之后，那鲜淋淋的心脏，那传说中的Lisp代码终将大白于天下，荣光的继承，道的传承，一切的一切终将在这一刻后归于尘土，但他不会让这一刻发生！一种无法解释的本能，或是屠龙战士血液里天生的狂躁因子，让他在一刹那亮出了钝刀。世界眨眼间灰飞烟灭，Lisp向那些早已遗忘了传统与荣耀的年轻程序员展示了什么叫计算的极限！在排山倒海的攻击波下，系统程序所构建的环境、背景、隐藏在后台程序里自作聪明的偷学者，以及他正面的敌人都化作了齑粉，系统缓存里也找不回他们代码的碎片。这场战斗不会有重播录像，因为这一瞬发生的一切也在这一瞬清空了。它终将成为Quake10的不朽传奇，来自两个完全陌生的人，只有像豪魁这样的老一辈程序员还记得他们，他们知道这二人是谁，因为，那是不可模仿的。

融有些吃力地取下头盔，因为他的痛感神经也承受了那疯狂的一剑，但他没有顾得上喘息，便在大厅里四处张望，焦虑地寻找那个身影，他知道她在这儿。

许多白衣大褂急匆匆地奔向一个角落，他抓住一个医生的肩膀："发生了什么？"

"那玩家死了，听说是个姑娘。"

"这是游戏！怎么会死？她顶多是休克，你他妈还是不是医生？"他摇着医生的肩膀，狰狞的神情看起来想要把对方撕碎。

被摇得几乎散架的医生无力回答他的怒吼，是急救车令人心悸的尖叫和闪烁的红灯回答了他。他跌坐在躺椅上，泪流满面。

"这只是游戏，但，与你作战的并非什么程序，而是真实的人。她把她的大脑程序上传到了Quake10。"一个警官告诉他。

他冲上去给了警官鼻子一拳："你当我是白痴吗？人怎么可能有大脑

程序？啊？"

警官叹了口气："融，我是豪魃，第一次我打败了流火，我以为自己打败的是你，然而我错了，我知道流火背后没有你。因为你是不可战胜的，所以后来我绝望地从程序界退隐了，我当了一名警察。你跟我犯了同样的，不，相反的错误，我把程序当成了人，你把人当成了程序。她留给你这个，上面写着'给打败我的……咳，最爱的人'。"他递给融一个存储器。

十六

她很早以前就在网络中存在了，也许是一位远古的编程大师创造了她，也许她根本就是网络中的智能程序自然生成的。她起初很简陋，但强大的自我修补、模仿、进化能力让她的代码逐渐臻于完美。除了拥有比人类更坚固的记忆外，她的喜怒哀乐与人类的意识相差无几，她甚至明白自己是一名女性，当然，她还具有极少数人才具备的代码天分。

在21年前，一个生物器官培植公司的全自动化流水生产线出了一个小小的岔子，监测系统对此毫无察觉。一个只负责培养"大腿"的"蚕茧"培育箱接到指令：培养一个完整的人类。"蚕茧"执行了这个指令。

几个月后，另一家试管婴儿公司的智能电脑的订购单上，出现了一对来自泰国的夫妇的订购要求，很奇怪的是这对夫妇没有提供自己的基因，订购单指明的对象是一个代号010的女性胚胎。智能电脑毫不犹豫地执行了命令，把这个女婴培养大。

五年后，一家慈善机构的"亚洲孤儿"数据库里出现了一个叫扬乐的女孩，她的"双亲"栏里显示的是"不详"。一对来自美国的夫妇领养了她。她看起来与其他的儿童没什么不同，除了偶尔她会脱口说出一些高深的词汇。

女孩长大后有着出类拔萃的程序天赋。她没有玩伴，没有其他的爱好，她唯一的乐趣便是沉溺于代码世界与人厮杀对战，砥磨着自己的技艺与意志。她是无法理喻的，养父母也无法解释她怪异的性情，即使是她自己，也一直生活在巨大的迷惘中。直到有一天，她等到了那个冥冥之中注定要出现的人。

融，那就是你。谢谢你教会她很多东西，让她明白了此生的含义，以及她的来历。只是她错了，或者是制造她的人错了，或者是设计这个游戏的人错了，就像许多老套的科幻故事中所描述的，智能程序爱上了她的主人。不，你不是我的主人，你是我的猎物，融。当你用上苍的语言向我展示龙不再是传说之时，我的心在颤抖。因为，融，你知道吗？上苍是不会允许一个能理解他的人存在于这个宇宙中的，就像在程序员创造的世界中，他是不会允许系统角色拥有网管的权力的。人类发现一个异想天开的入侵上苍的系统的方法，这是他的原罪。融，我的存在，便是为了杀死你。

只是我无法明白，上苍为什么做出这样拙劣的设计：让我来维护系统。事实上，我杀不了你，虽然我了然你的致命弱点——

你的骄傲也是你的阿喀琉斯之踵：Lisp。虽然我已经拥有了置你于死地的能力，但，我杀不了你，因为我爱你，融。

——骆驼

十七

当一排神情严峻的警察出现在三楼的阁楼时，房东太太的心都抽紧了。老天爷，发生了什么？

"警察同志啊，我一辈子都是遵纪守法……"

"他就住这？"

"您是说那个……穷小子？这混蛋惹什么祸可跟我无关啊！"

"他已经死了，有人在河边的一个废弃的水文监测站里发现了他的尸体，是自杀的。"警官说。

了解到警察此行与自己偷电无关后，房东太太心头的一块石头落了下来，但她依旧装模作样地号啕起来："这个杀千刀的，他欠我好几个月的房租还没交呢！还有电费水费卫生费……"

"谁是凉凉？"警官的手上抖着一张纸。

房东太太顿了一下，凉凉？

因门框变形而关不上的房门虚掩着，门缝里露出凉凉扁扁的嘴唇和大而晶莹的眸子，她已经从大人的话里明白了些什么。

"他留下了一份遗嘱，受益人是凉凉。"

"是多少？"房东太太抢过那张纸，上面零的个数令她头晕目眩。

他的遗产是无价的。警官的目光穿透窗口破报纸的大窟窿，向清澈的苍穹眺去，心中充满了敬仰之情。

"哇"的一声，凉凉大哭着奔下楼，她才不在乎纸上的数字，她只知道那个会做小学数学题、几乎什么都会的万能的叔叔已经不在了。她跌了好几跤，胖胖的膝盖都摔破了，她冲到门外，哭着喊："叔叔，不要走哇，回来教凉凉数学题啊——"

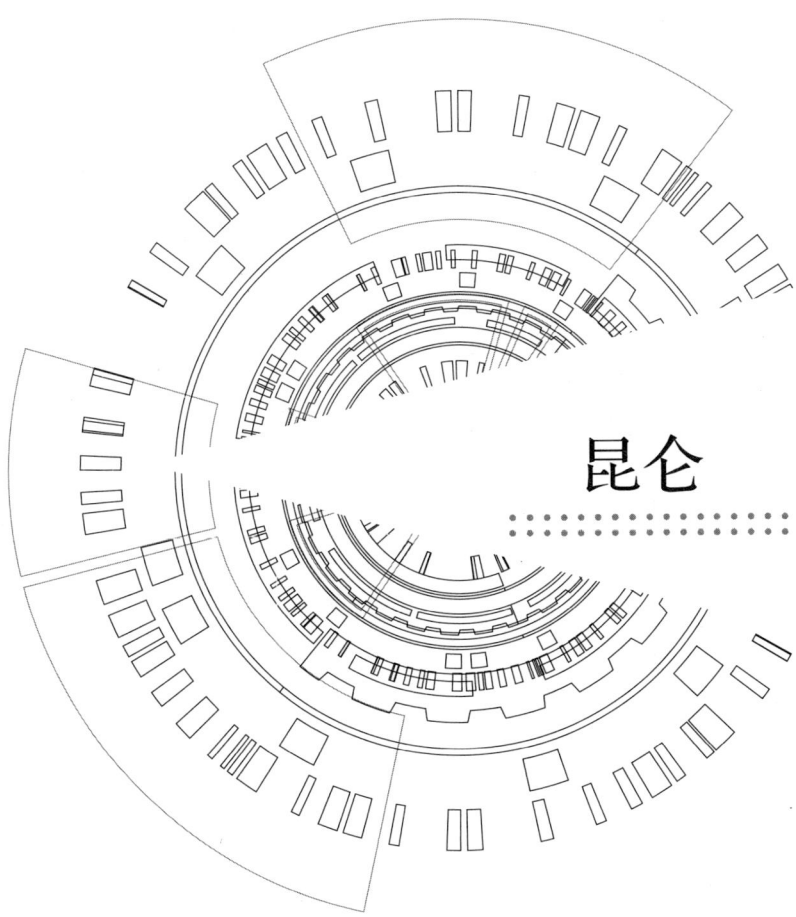

昆仑

昆仑悬圃，其尻安在？增城九重，其高几里？四方之门，其谁从焉？

——屈原《天问》

　　火星在七月的黄昏沉沉坠去，西边的天空一片彤红。我站在颠簸的马车上，视线从寥廓的苍穹垂落于背后一片广袤的大地。两条深深的辙印蜿蜒至天边，那里杜宇落单的身影渐行渐远。掐指一算，我离开楚国已经三个月了，满车向周王进贡的包茅早已失去它的嫩绿与幽香。

　　我微蹙着眉头，今天是朔日，天空却是月明星稀，帝国的历法的确需要重新修订了。祖宗传下的颛顼古历沿用了八百年，累积误差已十分明显，节气与农时的不合契常常令农人不知所措。三个月前，我接到王的传诏，限我即日起程前往镐京。我的族人在接到这一旨令之时，惶恐万分，自从昭王南征楚国不还，帝国与楚世家的关系已是异常紧张。我走出家门登上马车的时候，背后号啕一片。我的嘴角轻轻抽搐，没有说话，只是再次检查了我携带的书箧，确认每一卷舆图纬典都安置妥当，便吩咐御卒挥鞭启程。我申氏历代为周王整理地理志，一百年来兢兢业业、小心翼翼，未尝因官爵低微疏误职责，能在一个春光艳丽的下午被千里之外的周王想起又怎知不是喜事呢？况且这次被传召的除了世代为周王修订地理志的我申氏家族，还有天文世家甘氏、机械匠师舒鸠氏，甚至楚国名觋巫咸、巫昌。每一个都是楚国举足轻重的人物，我一个小小的堪舆师又有什么好担心的呢？

　　当我们赶到镐京时，惊奇地发现，偌大一个镐京城内充满了南腔北调的奇人异士。齐国的稷下学士[①]、燕国的羡门[②]、赵国的铸剑师、郑卫的乐

[①] 齐国在都城临淄西门外设稷下学宫，招揽天下文人学士，在那里讲学和著书立说，议论朝政。这些网罗的人才称稷下学士。

[②] shaman的音译，一种信奉外来教义的方士。

师、楚国的阴阳家甚至西域的幻术师如百鸟朝凤般济济一堂，聚集在俪宫大殿里高谈阔论。他们的随从辎重挤爆了西京的客栈，马厩里各种高低不一、毛色混杂的马匹日夜嘶鸣不绝。

我们被安置在蒲胥客栈，一个月过去了，依然没有被王召见的消息。随车进贡的包茅早已被冬官长验收，传下的旨意是让我们耐心地等待，整理自己的学问。不久王将举行一场声势浩大、前所未有的殿内测试，在这次测试之前，帝国被传召的学者、术士、巫觋将被王依次召见，当庭询问一些专业职责范畴之内的事宜。

关于这次周王劳师动众的起因，众人蠡测纷纭。有传闻说王是被一个大而空的问题所困扰，这个问题是如此博大精深，以致不得不召集帝国最有智慧的人来回答。而那个问题被提出来的缘由是好笑的，仅仅是因为两件毫不相干梦一般荒谬的事情。

第一件事是西方很远很远的某个国家有个幻术师来到镐京，此人凌虚漫步有如平地，穿墙入室毫无阻隔。既能用念力改变物体的外形，又能控制人的思维。帝国饱学之士没有一个能够破得了这个人的法术，更无法解释其中的奥妙。这个不速之客性情极其孤傲，视华夏俊杰如土鸡瓦狗，根本不屑于与众学士讨论法术的高妙。王倾尽国库为他修建了中天之台，又从郑卫选来妖艳柔媚的女子，布置在楼馆之中，让她们演奏《云莹》《九韶》等美乐，供他享乐。可幻术师依然不甚满意，勉强下榻中天之台不久，幻术师便请王与他一起游玩，王拉着他的衣袖，腾空而起，直上云霄，竟来到绯云之巅的一座宫殿。这宫殿金碧辉煌气势恢宏，巍峨地耸峙在云雨之上。王耳闻目睹、鼻嗅口尝的均非人间所有，王于是断定这便是清都紫微宫，听到的是钧天广乐曲。王低头往下看，见自己的宫殿楼宇就像堆积的土块柴草一般丑陋不堪。幻术师引着王在宫殿里四处游逛，所及之处抬头不见日月，低头不见山川。光影缭乱天籁袅袅，王正神迷意乱失魂落魄间，幻术师推了他一把，王就从虚空跌落。王醒来的时候坐的还是原来的地方，身边的侍者还是老面孔，再看案前，酒菜还热气腾腾。王问自己刚才从何而来，侍者回答王一直就睡在榻上，只是小憩了一会儿。王来到中天之台，幻术师已杳如黄鹤，不见踪影。王从此变得郁郁寡欢起来。

第二件事是王从西方狩猎归来，途中有人向王推荐一个名叫偃师的工匠。与偃师一同前来觐见王的还有一个面容古怪的人，此人对王的态度甚是倨傲无礼。王正诧异间，偃师请王上前审视，原来那人竟是一个木偶，他的动作举止与真人一般无二，可以随着音乐舞蹈，节奏无不合乎桑林之舞。他还能放声高唱，美妙的韵律只怕王宫内的歌伎也要逊色三分。王的宠妃盛姬被这一稀奇事吸引，围绕着木偶左摸摸右瞧瞧，不时发出啧叹声，冷若冰霜的面孔也露出了久违的笑容。王正要重赏偃师，木偶众目睽睽之下竟眨眼挑逗盛姬，王大怒，欲诛偃师。偃师连忙把木偶拆卸开来，只见木偶的身体内部全是一些皮革、牛筋、木头机枢、树胶、漆之类毫无生命的器物，齿轮交错，曲轴纵横，以牛筋缠绕牵引，紧紧箍在轴承上的牛筋自然释放，轴承转动，驱动咬合的齿轮旋转，动力传引至木偶的四肢五官，这才有了刚才的千变万化，唯意所适。王被这一精湛的技艺深深折服，叹道：人之至巧堪与造化同功啊。于是重赏偃师，用车载回木偶，日夜陈于大殿之上表演以供众卿娱乐，前来朝觐的蛮夷诸族使者无不叹为观止。可是王很快又怏怏不乐起来，经常眉头紧锁神游太虚，在宫中横七步竖八步，嘴里还喃喃念叨些什么。有时手拍脑袋做恍然大悟状，有时又顿首跺足做焦躁不安状，迷了心窍一般。一天，王在藏书阁密室里单独召见偃师，与他彻夜倾谈。丑时，侍者听到密室里传来王暴雷般的怒吼。第二天清晨，偃师出来时就像整个儿换了个人，形容枯槁，精神恍惚。有好心人上前关切地询问些什么，偃师却一言不发。当天下午，偃师就从镐京城内消失了，谁也不知他去了什么地方。

就这两个梦一般的故事加上两个谜一般的人害得王寝食不安。一时间谣言四起，满城风雨。

住在东厢七号房间的稷下学士王子满从周王的行宫归来，众人立即围住他，询问王诏见他所考核的内容。

"什么？十字秤星？"众人愕然。

"是的，王一定是疯了，可怜我满腹经纶，准备的资料汗牛充栋，被王所询问的居然是秤杆前端镶嵌的十字秤星是什么含义。"王子满歪着头，嘴微翕着，目光呆滞，似仍沉浸在那天荒诞的记忆中。

"你是怎么回答的？"有人问道。

王子满挤出一丝苦笑："这恐怕是属于贩夫走卒的知识了。秤杆上的十字秤星乃是市井中流行的隐而不宣的一个标志，代表'福禄寿喜'四义，谁要是缺斤少两，是要折损福禄寿喜的。自古以来，秤杆就是这种制式，历经悠悠千载，这层意义倒是鲜为人知了。"他的脸上浮现出一层得意的神色。

四下鸦雀无声，众人各自暗忖这一问题的奥妙所在。

"不对。"另一名稷下学士杨墨捏着下巴上几根枯须，徐声道，"王兄的说法似颇有理却经不起推敲，既然买卖双方都不知道十字秤星的含义，这折福的警告又怎能吓阻欺诈行为呢？"

屋子里顿时聒噪起来，显然很多人都有相同的质疑。

"诸位，诸位，"一个不急不缓的声音打断大家的争执，是宋国的象数大师东郭覆，"十字秤星的含义我看无关紧要，蹊跷之处在于王为何要关注这样一个常识，它与传闻中王所冥思的那个大而空的问题有何瓜葛呢？不才昨日也刚刚被王召见过，王所询问在下的却是另外一个奇怪的问题。在下推敲，这两者之间似有渊源……"

"是何问题？"众人安静下来。

"王问的是，算盘为何采用上排两珠下排五珠的制式……"

这有何不对吗？房间里充满了诧异的空气。众人心中的那团疑云与我心中是一样的：这样的问题就好比质问石头为何长成这样而不长成别样。一个司空见惯的事物值得去考究它的来历吗？如果去询问制秤匠或是制算盘匠，他们只好回答：祖师爷传下来的就是这样。可是我心中突闪过一个电光石火的念头：对呀，对于民间使用算盘的商人学者而言，算盘的确存在两颗多余的子，上下排各有一颗子从来都用不上，合理的设计应该是上排一子下排四子。当我意识到此点后便悄悄推门离开这沸反盈天的讨论现场，回到自己的厢房，裹上被子苦苦冥想这一问题。窗外灌进一大片皎洁的月光，地上如水银泻地，我的脑海也是白茫茫的一片。我辗转反侧，一闭眼，黑暗中似乎有一点幽幽的光在游走，它缥缈不定，与我若即若离，我几乎就要触及它的光辉，它却又幽灵般晃开了。当我遽然睁开眼时，四周光华灿烂，已是旭日当空。随从毕恭毕敬地准备了洗漱盆巾站在我床前，告诉我王的使者刚才已来过了，王于午时召我觐见。

"西北之美者，有昆仑虚之璆琳琅玕焉……"王背对着我，缓缓诵读着《尔雅》里的辞章，四周一片蛙鸣鸟语，风在翠竹红叶之间沙沙游走。我没想到王召见我的地点是在他的濩泽行宫。

"你就是申子玉？"王转过身来，那个传言精力充沛爱好骑射的新君面容竟如此飘然出尘，只是有几缕长发在阳光下闪烁银光，颇为触目。王真的是老了吗？王即位之时已经50岁，按理说这个年龄已不堪承载征战四方傲睨天下的壮志雄心了。

"臣正是，世代奉旨修订地理志楚地申氏传人子玉。"我朗声回答。

"楚人？"王冷冷一笑，我心一紧，分明听到王鼻子里传来"哼"的一阵冷风。"《山海经》就是你们楚人杜撰的吧？"

我如释重负，正容道："《山海经》确是我楚先祖所编撰，文采瑰丽，叙事浪漫，多录鬼怪异兽神话传说，但地理风俗均参考前人著述及实地考稽，杜撰一词似失之偏颇。"我心中暗暗称奇，这《山海经》向来被世人视作禹臣伯益的著作，王又是如何推断是楚人的作品呢？

"实地考稽？"一朵无声无息的嘲笑挂在他微撇的嘴角，"那好，朕向你讨教一个关于《山海经》的问题。"

"臣洗耳恭听。"

"《山海经》之西山经、海内东经、西经、南经、北经、海外西北经上均记载昆仑之山，那么，昆仑到底位于何处？"王严厉的目光似两道光剑，刺得我不敢正视。

"臣不知。"我的声音细如蚊蚋。王所提的问题实际上是困扰堪舆界多年的疑难。有人认为海外别有昆仑，东海方丈便是昆仑的别称；有人认为昆仑在西域于阗，因为河出于于阗且山产美玉，与纬书记载相符；有人认为昆仑并非山名，而是国名；还有人干脆认为昆仑无定所……古来言昆仑者，纷如聚讼。

"纬书记载：昆仑之丘，或上倍之，是谓阆风；或上倍之，是谓玄圃；或上倍之，乃维上天，是谓太帝之居。试问天下何山如此怪异，竟分上下三级结构？"

"臣不知。"我心乱如麻，两腋冷风飕飕汗如瀑下。相传昆仑一山上下分三层，面有九门，门有开明兽守之。增城之上，有天帝宫阙。这种结构谁也没有亲见，历代纬书却记载翔实，言辞凿凿。对于这种记录，我们后辈亦只能一五一十参照前人著述加以整理修订，或暂付阙如，万不敢凭空臆想妄下评断。

我听到一声悠长的叹息，羽毛般飘落。王远远踱去，他挺拔的身影竟有一丝摇晃，双肩颤颤巍巍，银灰色长发在风中更零乱了。我内心隐隐萌动，那个孕育已久的假想几欲脱口而出，却又艰难地吞入腹中。作为一名堪舆师，没有经过实地调查又怎敢妄自推断？那毕竟只是一个大胆却又荒唐的假想啊。

王眼角的一丝犀利的白光触疼了我通红的脸，我垂头不语，心中泛出一丝苦涩的嘲笑：怎么可能呢？昆仑方八百里，高万仞，岂可……

"子玉，你有话要说？"王似乎读出我的心声。

四野的蛙鸣不知什么时候静寂了，慵懒的风也睡了，稠密的树叶一动不动。夏午的池塘里蒸腾出一层幽蓝的雾霭，池塘水平如镜，像一整块晶莹的翡翠。咚，凝固的池水破碎了，一只青蛙在团团荷叶间游弋，荷叶在波纹的推动下终于摇出几分清凉。

"臣猜测，也许，昆仑根本就不是一座山！"我的声音在空荡荡蜿蜒蛇行的长廊里回响，洪亮却掩盖不了尾音的颤怯。

王用探询的目光望着我，那目光里的温煦鼓舞了我，我继续说："之所以纬书上南西北东都有昆仑的踪影，那是因为昆仑原本就是会移动的物体。"

"会移动的物体？"王闭上眼睛，深吸一口气，沉吟良久，"是什么呢？"

"比如，比如……"我支吾着，腹中千头万绪似要在一刹那喷涌出来，"比如星槎①。"

王猛地睁开眼，浑浊的眸子里蓦地光亮了不少。

"好个南西北东！好个星槎！"王突然发出一阵狂肆大笑，我在他莫名其妙的大笑里忐忑不安如芒在背。

王在亭子里来回急踱了几步，便倏地坐下，赐我一张他对面的宝座。侍者在王与我的杯盏里倒满了香气四溢的琼浆玉液，王与我举盏几回后，疲倦的脸上便有了几分红润。

"你愿意听朕讲一个古老的故事吗？"王的目光拉得又平又直，缥缥缈缈，御苑内的青山碧水斗折回廊在他恍惚的目光里黯淡下去……

"那是在一千多年前，古代的一个皇帝命令他的孙子两手托天，让另一个孙子按地，奋力分离天与地之间的牵引。终于除了昆仑天梯，天地间所有的通道都被隔断了。这个雄心勃勃的皇帝又令他的一个孙子分管天上诸神的事物，另一个孙子分管地上神与人的事务。于是神州大地上一种新的秩序开始形成……"王用意味深长的目光望着我。

我心里说，是的，我明白。这个被称作"绝地天通"的故事也记载在《山海经》里，这个古皇帝就是颛顼，他的两个大力士孙子一个叫重，一个叫黎。传说在绝地天通的一刻，礼崩乐坏了……很明显，这只是神话，王叙述这个故事意在何处呢？

"朕常常对一些司空见惯的事物困惑不解。"王抿了口酊清凉，"当朕接手这个位置，神州大地就如同一幅舆图一般舒展在我眼前。按理说，朕只需沿袭周礼、继承先帝遗法遗规即可换得海晏河清举世太平。可是朕却无法回避内心的一些疑问，甚至对祖宗之法产生怀疑，比如古历，比

---

① 类似UFO在中国古代的称谓。

如易卦，比如谶纬之说。朕试图解释这些问题时，朕便觉察到两种潜伏的秩序在斗争，在四处蔓延，影响到帝国的每一个角落。当朕明白自己是站在一个两难的历史关头，朕之一念之差将对后世帝国基业产生巨大影响时，朕就陷入一种荒凉的境地：是孤独亦是无奈。我害怕，一觉醒来一种新的秩序席卷这个世界，就像一千多年前的'绝地天通'一样，礼崩乐坏。而朕，帝国继承者，对此却束手无策。矛盾的是，朕内心又在隐隐期待这新秩序的到来，就像期待一场久违的大雨，这雨可能是一场甘霖，泽被天下，也可能是一场洪水，吞没一切……"

我呆呆地望着面前这个衰老的男人，遗忘了他的身份，他的地位。此时他在我眼里只是一个需要倾吐的独行者。他站得高，可以望见我们所不能企及的地方。他必须思索一个问题，这个问题是如此庞杂，我们无论在各自的专业范畴钻研多深，却只能窥见这个问题的一隅。管窥蠡测，所以我们才觉得好笑。

"故朕决心研究这种秩序的由来，发现一切的一切都与那个子虚乌有的昆仑有关。似乎是一夜之间，黄帝从虚空继承了他的发明技艺，这才有了舟、车、机械；神农从虚空继承了他的劳耕技能，这才有了百草、稼穑；扁鹊从虚空继承了针灸医术，这才有了三百六十五个穴位的特定组合与病症的精确对应。有些病症通常需要几个甚至十几个穴位的组合针灸才有疗效，可是你知道要从这三百六十五个穴位中摸索出对症的组合针灸术，需要试验多少次吗？"

"一百次？一千次？哦不。"我意识到自己的荒谬，使劲摇头。

"一个数术家告诉我，从三百六十五个穴位里选取合适的五个穴位，需要实践五百二十五亿二千一百万次。"

我不禁咋舌，就我的工作而言，最大的数是二亿三万三千三百

（里），这是天体的经长。

"这说明针灸之术不可能是远古时代的某位神医通过实践积累的方式所创造。"

"我听说针灸术最初是写在一本叫《黄帝内经·灵枢·九针十二原》的书上。"

"不错。"王笑笑，"不光是针灸，你若是询问机械制造工匠，他的技艺发源于何代何人，最终也会追溯到与黄帝有关的一本书上，比如《阴符经》……"

《阴符经》？这不是九天玄女下凡赠给黄帝的那本奇书吗？相传黄帝正是根据这本书所记载的内容发明了指南车，走出蚩尤制造的迷雾，从而击败了蚩尤。

"那么，八卦易经呢？"王凝视着我。

"这……"我狐疑了，众所周知易卦是文王被拘于商狱时一手创造的啊。

"你相信闭门造车吗？在斗室里一个囚犯怎么能远取近求仰观俯察呢？一个失去自由的人何从演绎大千世界的千变万化呢？"

我惊呆了，天底下敢如此评价文王发明易卦的功德，恐怕也只有他的四代孙姬满了。

"你觉得吾国使用的算盘设计合理吗？"王突发其问。

我庆幸自己昨晚刚刚琢磨过这个问题，轻嚅嗓子，镇静地回答："臣以为上下两排各多出一子。"

"哦？"王的眉头跳动一下，打量着我，就像在观瞻一头外国进贡来的怪兽。

"可是，在一千五百年前礼崩乐坏的时代，今天仍在使用的算盘却是合理的设计，因为他们使用的是十六进制。"

王只是轻描淡写地道出他的推断，这平实的语言却像是一颗流星，陡然拭亮了一大片黑漆漆的夜空。是啊，上排每珠代表五，下排每珠代表一，那么每位的计数是十五，这也是十六进制的最大基数。即使是今天，十六进制仍然在称量、占筮领域使用着，半斤八两的说法即源于此。

王不待我整理思绪，飞快地蹦出一句："那么十字秤星呢？你了解它的含义吗？《山海经》为什么采用南西北东的方位顺序而不是民间流行的东南西北的习惯顺序呢？"

我脑袋完全蒙了，心中唯有感慨：各行各业都有一门行规，我们堪舆行内的规矩正是以南西北东的顺序描述地理，这规矩谁也不知道从何年何月定下的，却一直沿用至今，谁也没觉得这有什么不妥，更不会想为什么会是这样。我痴痴地望着王，酎清凉美酒的幽香也无法唤回我的思绪。

"这一切均是源于河图洛书[①]。"王的声音轻而短促，就像是说书人转合起承的伏笔。

什么？河图洛书？我如坠云雾。

"十字秤星实际上就是洛书图案的核十字，至于《山海经》的叙事顺序——由内而外自南到东，也是按照洛书的解读规则进行。可惜，这门学问今天已经无从考究，那种智慧实在太过精深博厚，远非吾国学士从残篇断章中可探赜索隐的。"王缓缓地直起身子，衰老的骨节发出"咯吱"的响声。他的双臂颓然垂直，悠悠眺望远方，不觉间日已西斜，把他的影子拖曳得又长又淡。

"那是一门什么学问？"算盘、秤星、昆仑、黄帝，我的脑子被五花

[①] 两幅可能起源于结绳记事时代的抽象图案，是对数及数理关系的形象总结，智慧的高度结晶。

八门的念头与线索充填缠绕着，一时间让我一头雾水，连提出的问题都这般苍白无力。

"那，那不是人间的学问，它来自昆仑，它的力量即使是朕也无法抗拒。"王一字一顿地说，"我常常做梦，我的梦里充满了暖洋洋的日光。我在梦里是一个光秃秃赤条条的孩子，在无边的阳光里蹒跚学步。在光的普照下，我能体会到一个孩子被母亲抚摸的那种幸福，苏醒后却又生出令后背泛凉的后怕，是那种孱弱无助渴望呵护的卑怯……"他的双眼沉重地闭成一线，似在做得道人的冥思。

"你知道盛美人是怎么死的吗？"王突然抬眼问我。

盛姬？我听说过那全国传得沸沸扬扬的宫廷谋杀案，姜皇后生的十七王子突然无疾夭折，王召集帝国最有经验的仵作、智士调查此事，一无所获。倒是巫士的卜辞轻易地揭开了真相：是盛姬放蛊害死了王子，且在盛姬的寝宫里找到了不祥的衁血。

"臣听说她是被方相士①以驱鬼术正法的。"

王的嘴角隐隐抽搐："可是处死她的命令却是我下的。我坐在这么高的位置，却无法保护自己的宠妃，这是多么好笑的事啊。"

王命令处死盛姬，可又想保护她，岂非矛盾？我不解地望着王，王的喉结微微颤抖，鼻翼不住翕动，干枯的眼眶里突然充满了白花花的光。

"她被拖下去的时候两眼直勾勾地望着我，在审讯她的时候她始终是一言不发的。其实，她只要稍稍为自己申辩一句，或是流下委屈的泪水，我也会心软大赦了她。我忘不了她大而澄澈的眼睛，那似水温柔的眼神，那浣纱溪边长大不谙世事的女子又怎么会制造阴毒的蛊呢？"

---

① 周宫廷内特设的专职驱疫赶鬼的军官。《周礼·夏官》载：方相氏，掌蒙熊皮，黄金四目，玄衣朱裳，执戈扬盾，率百隶索室驱疫。

"陛下，臣听说蛊实际上就是毒药，是把许多毒虫放在封闭的器皿中，等最毒的把其他都毒毙吞食，再以此虫提炼剧毒物质而成[1]。若是中毒而死，王子身躯必将有中毒的痕迹。"

"朕又何尝不知，可是在国人心中，蛊早已超越了毒药的概念，它可以是一个诅咒，一种无边巫术，一种夺命无声的鬼魅，你能向国人解释这一切吗？她是为朕赴死啊，朕知道……"王的声调变得艰涩，"卜辞体现的是神的意志，神要她死，她不得不死。方相士用驱鬼术震碎了她的魂魄，她的鼻孔、眼眶、耳朵都渗出了洇洇的血，常人若受此刑早已因肝胆俱裂而面部扭曲惨不忍睹，而她的脸上却浮着浅浅的笑容，像一朵晶莹剔透的荷花，那么安详。她的义无反顾不是为了神，而是为了朕。她明白朕若是心有不忍特赦了她，朕便违背了神的旨意，朕将无法持周礼绳治天下，那种秩序，牵一发而动天下，礼崩乐坏，洪水滔天，谁知道呢？她是一个瑶环瑜珥般的美人儿，更是一个冰雪聪明的可人儿，乃朕一辈子的痛。"

我看到一颗老泪从王高高的颧骨滚落。

从王的濩泽行宫归来，照旧有一大群人围上来询问我被召见的各个细节。我疲惫无力地挥挥手，躲进自己的厢房，一头栽倒在床铺上，蒙头大睡。脑袋像开了战场，似有短兵相交声战车错毂声在喧嚣。王所描述的那个世界真的存在吗？一千五百年前"绝地天通""礼崩乐坏"的传说又暗示着什么呢？旧的秩序就是在那个时代建立并影响至今吗？比如日渐式微的十六进制，比如众说纷纭的河图洛书。帝国开国百年以来政通人和，天下太平，王又在担忧什么呢？王作为这个世界最有权势的人，却无法保护一个自己心爱的女人，这是多么荒诞的事啊。

---

[1] 此种方法与现代隔离土微菌以克服肺结核杆菌类似。

八月甲子夜半，恰逢合朔与冬至，合乎历元要求，楚星官甘韦庭上书，建议修改颛顼古历，王欣然同意。在新历颁布的这一天，王召开殿试大会。全镐京城麇集的学者智士济济一堂，分作两批在王左右坐定。王的左手侧入座的是羡门、方士、谶纬师、巫觋、幻术师，王的右手侧入座的是象术师、数术师、天文家、稷下学士、机械师、堪舆家。当我们这样入座面面相觑，心底顿时明白些什么。在蒲胥客栈，我、天文家、稷下学士、巫觋、方士作为帝国的顶尖人才簇拥在一块，从来没想到自己与对方有何不同。而今天，王把我们分为泾渭分明的两阵营，我才恍然大悟，那两种令王寝食不安的互相斗争的秩序是什么，那两个梦一般来去无踪的故事与故事的主角又分别代表什么。

王只是用他淡淡的目光扫视了堂前一眼，大殿就陡然静寂了。王说："今天，朕把大家召集在这里，是要解决最为困扰帝国的一个难题。今年宋国的旱蝗导致人民颗粒无收，偏逢去年劳师伐徐，国库粮仓亏空。救济不力，民不聊生，乃朕之大过。长江黄河隔三岔五的泛滥更是朕心腹之患。朕时常苦思：若是有一种至高至妙的方法来预测来年的荒馑旱涝该多好。如此，帝国可以提前决策。若是荒年，则蓄积粮食；若是洪涝，则迁移人民到高地；若逢大旱，则颁令改种旱田庄稼。朕上下求索，却难得一计。难道举国上下，倾尽智囊，也无法预测来年的气候吗？"王的声音突然变得高亢，在大殿内久久回响。

"陛下，"楚国名觋巫咸上前奏曰，"臣在楚国大行占卜占筮之道，数次预测来年的气候变化，无不合验如神。可见祖宗传下的占卜之术有先知先觉之妙，乃是神人贯通的唯一通道啊！"

"此言差矣。"稷下学士王子满征得王的许可，站起来说，"气候乃是云气变幻、阴阳调燮的一种现象，这里面有规可循。据我统计，长江流域的泛滥呈现或三或五的周期规律，中原的旱灾一般伴随着蝗害，是旱灾的气候周期律与蝗虫的生物周期律耦合的结果。"

"既是一种规律，王兄可否预测一下来年贵国的气候？"巫咸冷冷地说。

"这……"王子满露出窘迫的神色，"气候之规律太过复杂，又时刻处在动态变化之中，它只是在大量的统计数据中呈现一定的规律，若要精确预测，委实困难……"

"笑话！"一个西域的幻术师不顾礼仪大统站起来，"天气这玩意就好比奴仆的表情，我要其阴它就不得晴，我要呼雨它不敢来风。大王若不信，我可当场演示。"

事实上王还未有表示，幻术师就迫不及待地一抖衣袖，半空便响起一声霹雳，震得殿堂金色穹顶簌簌作响，众人缩着脖子，敬畏地望着那个烟雾腾腾的衣袖。

"这位先生固然可以主宰一时之风云变幻，殊不知气候乃是一个季度或一年的寒暑变迁，先生若有高能，何不作法令来年风调雨顺、四季如春？恐怕真正的大旱来到，你唤来的那几点雨还不够你洒仙水的分量吧。"幻术师被雄辞闳辩的东郭覆说得瞠目结舌，满脸通红，只得低头去驱散袖口的浓烟，浓烟却驱之不尽滚滚涌出，那滑稽的场面激起大殿里一阵压抑的哄笑。

"陛下，"楚老觋巫昌叩拜在地，"易卦为先帝文王所发明创造，卦象的乾道变化阴阳翕辟高深莫测，乃是神的意志附存于卦象的缘故。易卦传至今日近一百年矣，吾等不肖子孙对易卦的理解掌握已是舛误百出，以致祖宗之智慧精华不得继承。臣恳求陛下在全国推行易卦，以辅佐王道，沟通神人，调理自然，则大周幸甚！苍生幸甚！"

王沉默不语，转而把目光投向我们一侧，那目光里的含义深不可测，又似乎什么含义也没有。

"陛下，"东郭覆拱拱手，"臣以为战坛盈城、图谶累牍非但不是兴国之本，反而遗祸万年。试想以龟甲之裂璺、蓍草之形状、卦之阴阳与旦夕祸福联系起来是多么荒唐。卦辞曰：小狐汔济，濡其尾，天攸利。请问如何从小狐狸过河弄湿尾巴得出事不成功？难道今早我出门是先跨左脚还是右脚与王是否赏识我的见解有关吗？"

我们冷静地保持沉默，脸上却浮出会意的微笑。

"匹夫之见！愚夫不可与语卦之妙。"巫昌恨声道。

东郭覆听了也不恼，转向巫昌躬躬身："老先生，据说卦象的变化体现的是神的意志，不料我这田夫野老虽不懂易卦之妙，却也通晓神的旨意。"

"哼，果真如此，你可推断我掷下的这一卦是阴是阳吗？"

东郭覆道："一卦之阴阳即使判断正确亦有巧合之嫌，不妨你掷卦一千次，我来判断其中阴阳二卦各占的次数。"

"好。"王抚掌，微笑道，"朕就为你二人仲裁，看卦象到底是神人的意志还是愚人的意志。来人，计数！"

东郭覆心领神会，不动声色地说："我推断这位先生掷下的卦象阴阳各占一半。"

"荒谬！"巫昌白花花的胡子在"呼哧呼哧"的鼻息前乱舞。

"阴，阴，阴，阳，阳，阴……"

巫昌双臂抱胸，吹着胡须，用眼角的白光瞟着东郭覆，一副要你好看的表情。不知何时，王悄悄踱到我跟前，轻声问："你认为结果怎样？"

"臣不知。"我老实说。

王笑了："你知道我是如何推断出《山海经》是楚人写的吗？"王的问题总是很突兀，这分明是两件不相干的事啊。

王似乎知道我又要说不知，便自答道："这是因为我数了一下《山海经》里帝王神话人物的露面次数，发现你们楚人的先祖颛顼出现达十六次，黄帝出现二十三次，远远超过其他的三皇五帝。这样的材料安排也许是出于无意，却暴露了作者的感情偏向。"

我恍然大悟。

"报告陛下，阴卦共计四百九十九次，阳卦共计五百零一次。"

左右两席同时响起一阵欢呼声。不言而喻，这意味着我们这方阵营的胜利。而他们也自认为胜利了，因为只是四百九十九比五百零一，近似于各占一半，神的意志似乎是不可精确预测的。于是双方展开了唇枪舌剑的辩论。此时，一个着玄色长袍的人无声屹立在殿前的大门口，阳光倾洒在他飘飘的衣袂上，笼罩上一层令人眩晕的金色。黑纱斗篷下那张鸠形鹄面的脸却让人不寒而栗。谁也不知道他是什么时候出现的，卫兵对他的出现浑然不觉。王抬起双眼望向门口，他眼里的光突然浮动了。王从宝座上起身，嘴微翕着，视线又平又直。众人对王的表情迷惘了，目光顺着王的视线落在那个不速之客的身上。莫非是他，那个传说中穿金越石、移山倒海的幻术师？大臣们窃窃私语，脸上浮现出敬畏的神色。

那人的目光空洞洞的，仿佛殿堂内的众生相在他的视野里投影的只是一堵白色的墙。他移动他的身子，却似乎根本没有迈步子，衣袂飘扬地在众人惊愕的目光前徐徐移动。卫兵完全遗忘了他们的职责，众宾客则忽略了自己的存在。就这样，他来到王的跟前，拿出一卷羊皮纸，不，谁也没有看见他掏的动作，只是手上突然多了一卷羊皮纸。他掷在地上，面无表情地说："姬满，拿去，这即是神的旨意。"

何人敢如此无礼，竟直呼王之小名？四下响起一阵窃窃私语，却没有人敢上前去阻挠他走近王，只是把困惑的目光投向王，王只是平静地点点头，像是在回应一个故人。

那卷纸静静地躺在光亮的大理石地面上，上面笼罩的炽热目光几乎要把它烤焦。侍卫正要俯身去拾，他看到了什么，便迟疑地停住他的手。是的，大家都看到了，那卷纸似通晓人意，自动舒展开来，那上面的娟娟小字竟自动放大，投影在半空之中，每个人都能清晰地看到字符的细微结构。可是，很失望，那上面奇异的符号连最博学的稷下学士也无法解读。我泄气地垂下视线，发现羊皮纸仍躺在地上，那半空之中展开的竟是它的幻象。

"何人能解读这文字，朕赐万金！"王高声道，环顾玉樨栏下。

骄傲的稷下学士垂下了他们高扬的头颅；头发斑白的老学究们满脸窘红；大臣们正襟危坐，佯装城府。那些羡门、方士、巫觋倒是趾高气扬起来，纷纷私下炫耀他们对这些文字的一些心得。因为他们即使不懂，却也对这些符号十分熟悉。这些符号原本就是鬼符，方士们挂在木剑上焚烧的树叶上画的就是这些。

"神的文字凡人岂可亵渎？"那人的声音不大，却回响在每一个人的耳边。而他的嘴分明是紧抿的，冷冰冰的面孔如一潭死水，凝滞的波面下深不可测。

王叹了口气，颓然歪倒在宝座之上，闭目养神起来。门口的宾客与卫士突然一阵骚动，是偃师！他来了，帝国最有智慧的人偃师来了。这个激动人心的消息比酽清凉美酒的清香传播得还快，以致整个殿堂上都弥漫着一层愉快的醉意。王挤揉在眉间的两指猛然舒展，嘴角微微地扬起一个弧度。

　　布衣偃师，一身素白。连他整个人都是苍白洁净的，脸上没有血色，也没有阳光的颜色。他似乎习惯于在黑暗中工作，当他从长年累月的黑暗中走到灿烂的阳光下，他就像一个初生的婴儿一般鲜活，充满生命的活力。他的身后是一台笨重的机器，装有四轮，在大殿里自由游弋。

　　"偃师，这一年以来，你又瘦了。"王来到偃师的身旁，搂着他的肩膀。

　　"王，我失败了，我没能制造出一个拥有自我意识的木偶。"偃师哽咽着，像一个委屈的孩子。

　　"不，你是成功的。"王仰头直望殿穹，似在缅怀往事，"朕已经明白一个道理：就算我们人类现在不能制造出一台拥有意志的机器，我们人类的繁衍却无时无刻不在生产拥有意志的产品——人。我们这一代不能，不代表我们的子孙后代不能。况且你制造的能应声起舞的木偶已取得了前所未有的巨大成功。它能在表演时突然以一瞬目与我的爱妃眉目传情，就带给我们巨大惊喜：它已经学会超越你的命令表达自己了。虽然我们无法解释这一转瞬即逝意识火花的来由，但它已经带给我大周一个希望，这希望引导我们华夏子孙走向光华璀璨的世界！"王洪亮的声音在偌大的殿堂激荡回响，袅袅不绝。他的银发在阳光的斜照下根根濯濯闪动，看起来精神矍铄。众人交头接耳，唏嘘不已。原来那个富有传奇色彩的故事真实的情形竟是这样的。

　　"王……"偃师望着王，说不出话来。

　　"人是不能取代神的！"一个冰凉的声音传来，每一个僵硬的字像是冰雹一样掷地有声。那幻术师幽灵一般出现在偃师面前，鸷冷的目光直视偃师的眼睛，"人就是神所创造的，人却想制造出神所制造的东西，真是不知天高地厚。这实在太好笑了，哈哈哈哈。"

这放肆的狂笑把殿堂变得像灵堂一样肃静。

"人的骨、肉、血分割开来是没有灵魂的死物，而它们组装起来却是一个活生生的智慧的灵魂。我们为什么不能用无生命的木头、金属制造出有意识的机器呢？"偃师平静地反问幻术师，"不像你，虽然拥有可自由活动的肉体与貌似强大的法术，你的灵魂却完全不能理解你这种能力的奥妙。从这层意义上说，你的灵魂早已死亡，你滞留在人间的不过是一具行尸走肉罢了。"

稷下学士们闻此言，全都肃穆地端正身子，他们的行为全都是自发的下意识的，偃师的话里有一种精神打动了他们，也感染了我。我的胸腔有一股热流在沸腾、在奔突，冲击着我不住搏动的太阳穴。

"嗬！"幻术师怒吼一声，斗篷下蓬乱的长发震得挓挲起来，黑袍上下笼罩着一层无形的戾气，令人窒息。众人的眼睛突然一阵眩晕，凭空降下一个硕大无朋的火球，伴随着一声轰天巨雷，向偃师直直砸去，殿堂里响起惊恐的叫声。

偃师平静地仰着脸，那火球却没有落下，球表的烈焰距离他的鼻子不到一拳。火球的炽光渐渐黯淡，散发出的逼人热焰也逐渐褪尽。幻术师张着他的双臂与双爪，全身颤抖。

"你还是先完成你的使命吧。"偃师轻描淡写地说。

幻术师像是被击中命门，颓然瘫倒在地，火球应声而灭，化作张牙舞爪的青烟笼罩在幻术师的身上。

偃师面向王，说："此人的到来想必是奉了他主子的命令，向陛下传达一个消息。他主人的意思一目了然：如果我们不能解读这些符号，我们也就无须进行下面的步骤了。"

"他主人是——"王托出我们大家心中的困惑。

"还是先解读这些符号吧。"偃师神秘一笑，把他带来的机器展示在大家面前。这台机器最显著的特征就是长着突出的吻部，张开一张黑漆漆的大嘴，整体就像一只大蛤蟆。

"这是什么？"王小心地触了下"蛤蟆"的嘴，似乎担心它突然两颌大开，把他的手吞下去。

"这就是蛤蟆。"偃师调皮地说，"它的嘴是一个输入口，它的屁股是输出口，只要我们把写有文字的卷帛扔给它吃，它就会排出我们认识的文字。一年前我就注意到方士巫婆们使用一种奇怪的符号，这种符号来自远古，起到的是沟通神人的作用。我想如果我能够破译它的含义，就能使我们了解到远古的一些讯息。于是我潜心钻研一年，终于发明了它。"

"神的旨意真的是能被破解的吗？"王露出神往的表情。

"神不过是比我们高级的生物而已。之于孑孓蜉蝣我们人不也是神一般高明的事物吗？同样法术也没有什么了不起，只是一种精妙绝伦超乎我们理解的技术而已。"偃师的话在我们的对面引起一阵愠怒的喧嚣，但他没有理会，拍拍他的蛤蟆，说："它的工作原理是这样的：识别、计数、存储是它的三个基本功能。首先，它分析出我们华夏文字的使用频率，比如'之'字，它在华夏文字里面的使用率排第一，再而根据频率排定其他文字的序位。它再分析出鬼符文字的使用频率。我总共收集了三十牛车的桃符、天书、神谶，全一股脑塞到它的大嘴里，得到了鬼符文字的使用频率。那么排名第一的符号的含义理当是'之'了。这样破译出的文字虽存在舛误，但从一千多种组合中选出正确的组合是完全可能的。因为语言本身就存在自我验证的功能，前后文的互相映照是一个不错的纠错手段[1]。"

---

[1] 这在密码学上叫频率分析法。公元16世纪晚期，英国的菲利普斯利用此法成功破解苏格兰女王玛丽策划暗杀英国女王伊丽莎白的密码信。

稷下学士们啧啧叹不已。我心中暗叹：这种方法与王推断出《山海经》是楚人的作品原理是多么相似啊，都是通过大量的统计来发现规律的。

偃师把那卷羊皮纸扔进蛤蟆嘴里，蛤蟆肚子立刻响起机械的嗡鸣，就好像空瘪的肚子发出饥饿的咕噜声。不一会，屁股就吱吱吱地吐出一卷绢丝，上面密密麻麻地写满了华夏文字。

"昆仑之巅，青鸟之所憩。有西王母，居帝之宫……"王读出开头几行字，便止住不读，随目光下移，神色益凝重。偃师根本没有看绢丝上的内容，却胸有成竹地仰着头，望向半空，仿佛在他的世界，金銮殿穹根本就是透明的，蓝天上飘着流浪四方的白云，天边响着牧人的吆喝……

"穆王将征犬戎，祭公谋父谏曰：不可。先王耀德不观兵……"史书是这样记载这一段历史的。我们无法从如此精短的文字去揣测真实的情形，正如我们无法像理解一个公子哥的轻狂一样理解王那颗不服老的心脏，毕竟王已经55岁了。不管朝中大臣如何反对，国中百姓如何非议，王就像一个任性的孩子一样坚持他那似乎是心血来潮的疯狂念头。当他这样做之后，他的确焕发出几分青春的色彩。其实，稍有头脑的人也会明白：王征讨犬戎不是为了开辟新的御苑供他游猎，那万里黄沙的不毛之地之于大周一无用处，但是征服了它，却开通了一条通往西方的道路，西方那可是一片云蒸霞蔚的神秘天空啊。

王将西征，不出一月，大周没有哪块土地不在传递这个消息，为王挑选御夫骏马的专驾在驿道上激起滚滚尘土，为王推荐人才寻求隐士的大夫在街间巷陌奔走如织。

王出征的时候，八匹名叫赤骥、盗骊、白义、逾轮、山子、渠黄、华骝、绿耳的宝马拉起华盖大车，御术名扬天下的造父为王驾车，参百为驭手，力士柏天主车，巨人奔戎为车右。

帝国最有智慧的一百个人分乘在五十辆马车之上，与上次殿试不同的是，这些人里面没有一个方士、羡门、巫觋、幻术师。我坐在王旁边的华丽马车之上思考这个现象时，感觉到塞外的风里夹有一股泥土的暖意及种子萌苏的气味。我难以按捺内心的激动：作为一名堪舆师，却从未有机会亲赴海市蜃楼般迷离的西域实地考察。这一次，我终于可以为《山海经》注上完美的注脚，甚至补缺填漏。不仅如此，我还将领略王所关注的那个方向，王站得那么高，他的视野总是超乎我们的目力与想象，甚至超乎我们的历史与见证的时代。在王的视力所及，时光将回溯1500年，那是一个烛龙烛九阴、共工触不周、夸父逐日、魅除蚩尤的神话世界啊。

王立于轩辕之上，手按宝剑，眺望西方，朔风中他飘逸的银发像一面军旗一样猎猎有声。夕阳拖长了他高大挺拔的影子，那风骨峻拔的身影踽踽独行一往直前，这一去不知多少年才能回来，送行百姓恋恋的目光像温暖的夕照笼罩在他的背影上，一直送他到地平线尽头。

"吉日甲子，天子宾于西王母，乃执白圭玄璧，以见西王母。"我在竹简上简洁地写道。启明星在地平线上出没了三百三十次，马车的辘轳更换了三个，我记录的竹简装填了一马车后，我们来到西王母的国度。"或许也是九天玄女、藐姑山仙子的国度。"王告诉我。总之，这不是人间的国度。

一场夷沙平丘的风暴后，惊魂甫定的我们正在整饬行装，那个耸崎云霄的巍巍标志悄然出现在远方的天地合一处，没有人注意到它的存在，即若有人曾瞥见它的影子，也会本能地以为那是幻觉，是云，是沙，或是海市蜃楼。很长一段时间，我们依旧沉默着，心中暗暗庆幸刚才躲过了风暴的袭击，却无视近在眼前的奇迹的存在，而我，事后也为错过发现它的第一时间而痛悔不已，那真是一个堪舆师的耻辱。直到我们朝那个方向继续行进了五个对时，终于有个人喊了起来，昆仑！昆仑！

引路人的脚步突然变得凌乱急促，然后他膝一软，跪在松软的沙地。我们的队伍立刻乱了，马匹惊慌地嘶鸣，拼命刨着蹶子。训练有素的御夫完全忽略了他的职责，全都呆若木鸡地立着，连自己什么时候从失控的马车上跌落也不知晓。众人在这突如其来的混乱场面下遗忘了世界，遗忘了自己，更没有察觉什么时候有一道金色的光芒，从那昂藏了天地的擎天一柱涌出，蔓延，席卷，直至吞没整个世界。大地刹那间变得神圣，沐浴在它金色的反照光里，我们每个人心中都充满了虔诚与敬畏，以至移动一小步都小心翼翼。彼时彼刻，我们遗忘了欢呼，遗忘了言语与联想，而只剩下痴痴地屏息、啧叹、感动。

我们并不知道我们看到的只是昆仑的最高一级：增城。它通体金光闪闪，掩映在诡谲奇伟的云海之中，若隐若现，遥不可及。它终非人间的艺术品，从略见一斑到一览全貌，非得耗得千里骏马一个月艰难苦辛的跋涉。

阆风、玄圃、增城，自下而上，层峦叠嶂，珠玑镂饰，拔地而起。阆风即已把我们的眼帘撑到最大，增城玄圃却远在云霄之外。我们站在阆风的阴影里，垂头盯着自己的脚尖。我不敢抬头去望那擎天一柱的尽头，因为我害怕大地在我抬眼的一瞬间失去平衡，在阆风的重压下沉陷。有时我又狐疑地环顾，似乎脚底踏的不是地面，阆风漫无边际的亮晶晶的表面才是，而我只是一只渺小的壁虎，贴在一堵摇摇欲坠的墙上。我突然明白为什么纬书舆图上一律把昆仑定为万仞，因为在这样庞大的身躯前，任何敬业的堪舆师都会失去测量的勇气，他手里拿着皮尺只会徒增羞愧。更无法参照周围的山峦，在此处，躲得远远的山峦就跟脚底下的砾石一般不值一提。因为原本伟大的事物与原本微小的事物在这震撼的参照之下，只剩下同一种意义：渺小，忽略不计。

有一个空灵的声音袅袅传来，许多人扭转脖子去寻找这个声音的源头，又捂捂耳朵，似乎对听觉产生了怀疑。他们不知道，这个声音根本没有方向，它来自四面八方，不紧不慢，有如潺潺流水，宛转清澈，却完全不同于丝竹管弦。它深深地攫取了众人的注意力，直到一个御夫用大梦初醒的声音喊道："那里！"

这个声音及时地提醒了大家，却可恶地破坏了梦境般的气氛。因为那个人的出现只能是在梦中，才子骚客们顿时发现辞赋里曾经令他们如痴如醉的华丽文采是如此肤浅，那根本不是人类的语言可触摸的美丽。不必提醒，众人不约而同在第一时刻明白了她的身份：仙子，神女，九天玄女，西王母。毋庸置疑，称号虽五花八门，所指却是唯一。她身着霓裳羽衣，沐浴着五彩缤纷的花瓣与烟云从天而降。有人伸手去接那零落的花瓣，掌心里却只剩下一团斑斓的彩光。一个玉石珑璁的声音传入众人心田，"尔等何人？"众人面面相觑，彼此的表情验证那并非幻觉，而她的嘴唇分明是紧闭的。那唇线优美的弧度望一眼就让人失去正视的勇气，本是含羞的微笑，却令人如此害羞。

"东方巨龙之国周五世王姬满率国人拜谒西王母。"王声朗气清，欠身作揖。

西王母左右闪出两个黑袍术士，一乘夔牛，一乘貔貅，面容狰狞，神情骜冷。其中一人喝道："万里迢迢，直犯天国，乃为何事？"

"有一个问题，想要请教无所不知先知先觉之西王母。"王恭敬地说。

"请讲。"那天籁般的声音如春风拂面，沁人心脾。

"传说创世之初，世界原是一团混沌，阴阳不清昼夜不分。人民愚昧无知，直到一天神人乘星槎造访神州，授书先祖黄帝、颛顼、帝俊、神农，教他们一些基本的生存技能，还有一些超乎他们理解的学问与技术，比如河图洛书、易卦与幻术。世界因而从浑噩中醒来，按照神的旨意一种强大的秩序建立起来。华夏子孙敬畏这种秩序，虽然他们完全不能领悟这种秩序的奥妙，却并不妨碍他们把窥得一角的阴阳学、法术、道术、占卜大施其道。神的帮助曾经给这个黑暗的世界带来光明，但是今天，这种古老的秩序与社会已卯榫难合。我作为帝国的继承人意识到在这个时代将有一种崭新的秩序取而代之。今天，我所带领的这些人，将向您证明他们有足够的智慧建立新秩序，我们不再需要神的干预！"我们在王慷慨的陈词中不由得挺直了脊梁。西王母的嘴角挂着一丝恬淡的笑意，弥久不散。

"哼！"骑夔牛的术士冷笑一声，"你们的智慧？人类可怜的脑袋瓜子具有智慧吗？"

"人若是不思考就比一株蚰蜓草还可怜，这就是人的智慧。"一个声音说。

术士气汹汹地去寻找这个声音的源头，他们凶神恶煞的目光照在偃师的脸上，偃师却叼着一根草茎，就像一个满脸稚气的牧童。

"尔有何能？"

"我可以制造出活动的木偶，将来我肯定能像神一样制造出具有自由意志的机器来。神又有何能？"偃师不徐不疾地回答道。

"放肆！"骑貔貅的术士红发上指，怒不可遏，"无知顽童，竟敢诋毁神的智慧！神长生不死，变化无穷，无所不能，无所不晓。"

"世界上没有无所不知的智慧，因为它若是对明天的一切洞悉幽微，它就不能体会今天的幸福。"偃师平静地说。他瘦削的身子立在昆仑的阴影里，却似一个小秤砣把阆风翘得高高的。

"笑话！对于神而言，世界的运动就像一道计算题，但若把一切物质的数据作为已知，将来就像过去一样展现在他的眼前，预测不过是一种计算而已。"

"若如此，在下请教一个数术问题。"稷下学士东郭覆站上前拱拱手问道，"设有一个二乘方程，方程内置天元、地元、人元三元，各前系数为71、12、25，请问解得天地人三元的根为多少？"

他话未落音，便被西王母冰冷的话打断："这个方程根本无解。"

东郭覆羞愧地退下，他研究三元二乘方程二十年，不知捏断了多少根胡须才证明这个方程是无解的，而西王母仿佛不必思考就道破其中玄机，反应之快间不容发。

我心中没来由地充满了勇气，清清嗓子问道："我听说圣人胸中自有万千沟壑，神人若上通天文下知地理……"

"你想看看神州的地理？"她迅速读出了我的心声，嘴角隐约地一翘。

空中突然涌现一幅地图，不！那根本不是图，是图像。竟然是立体的，当我定睛一处，那地方仿佛洞悉我的想法，自动向我拉近放大。我看到连绵起伏的山脉，山脉中的山峰、山谷，山谷里的冲积平原……也许这根本不是真实的地理面貌，而是她随意制造的幻象而已。但是我错了，因为我很快看到了熟悉的风物，平原上的房舍，田陌上的农人，甚至房舍里的桌椅。天，这不是我家吗？楚国东部的蒸野，万里之外一个不知名的地方，就这样清晰明了地展现在我面前。我倒吸一口冷气，黑暗让人害怕，我没想到光明也如此让人恐惧，这真是一门邪门的法术啊。接着那立体投影又急速远离，比例尺越缩越小，直到凹凸不平的地面弯曲成球面……老天，竟然缩成一个天空色的圆球，我们生活的大地原来和天上的日月一样是圆的！而且水汽氤氲，像一个水晶球。南北顺椭，其衍千里。古纬书上说的竟是真的，我羞得汗流浃背，恨不得躲到大地的另一面去。

左右黑袍术士得意地望着垂头丧气的我们，座下的怪兽也摇头摆尾，爆发出震怵大地的嘶吼。

王尴尬地环视四方，稷下学士、象术师、数术师们惶恐地低着头。四野的风停了，低矮的云紧贴着地面，夕阳西斜，昆仑无边无际的影子铺天盖地，把大地漆成了灰色，空气凝滞得令人窒息。

偃师啐了一口，把那根草茎吐在沙地里，撇着嘴摇着头。众人注目着他，有人从他空洞的表情里读出了绝望，也有人读出了希望。

偃师端着一盆水，走到西王母的脚下，恭敬地放下，从锦罗香囊里抓出一把粉红色花粉洒在盆里，微笑着说："臣偃师侍奉神仙姐姐沐浴。"

众人惊诧地望着他，想笑却笑不出来，西王母雍容的玉面也禁不住飞上两朵绯云。就在这不尴不尬的时刻，偃师大声说："即便是最微小的事物神也无法捕捉它的影踪，敢问西王母，你能预测盆里的每一粒花粉一刻钟后的位置吗？"

四周湛然静寂。

西王母的微笑蓦地融化了，破碎成漫天飞舞的花瓣。她婀娜的身体变得透明，众人使劲揉搓眼睛，不错，西王母已从虚空消失了。众人正要寻找她的踪迹，一道漫卷大地的白光铺天盖地涌来，吞没众人痴痴睁着的眼珠子。世界立即被黑暗取代，我的耳朵没有听清一个声音，因为耳腔已经被什么挤爆了。我全身的骨骼与五脏六腑倒是听到无数个声音，那是它们在做翻江倒海的剧烈震动。不知过了多少个世代，我醒了，听到了一声喜鹊的欢鸣。我面前的大地空空荡荡，一望无垠。昆仑曾经盘踞的地方赫然出现一个巨大的坑，坑底是一大片赭红色琉璃，荡漾着羊脂玉般的晶莹光泽，像是蓄积了透明的湖水，人立于其上可以照见自己的影子。我的手在竹简上踌躇起来："陛下，应该为这个新辟的大湖取一个什么样的名字？"

王痴痴远眺着东方，他的思绪仿佛被天空雁去的轨迹拉远了。

"就叫瑶池吧。"

瑶池？我想起那个瑶环瑜珥般的女子。

"十七年，王西征昆仑，见西王母……天子遂驱升于弇山，乃纪丌迹于弇山之石，而树之槐，眉曰西王母之山。"我按照王的旨意在竹简上如此写道。王说："这个故事留在史书的痕迹要越少越好，因为那个绝地天通礼崩乐坏的世界已经一去不返了，为了消除旧秩序的影响，你的记录应避重就轻、轻描淡写。"

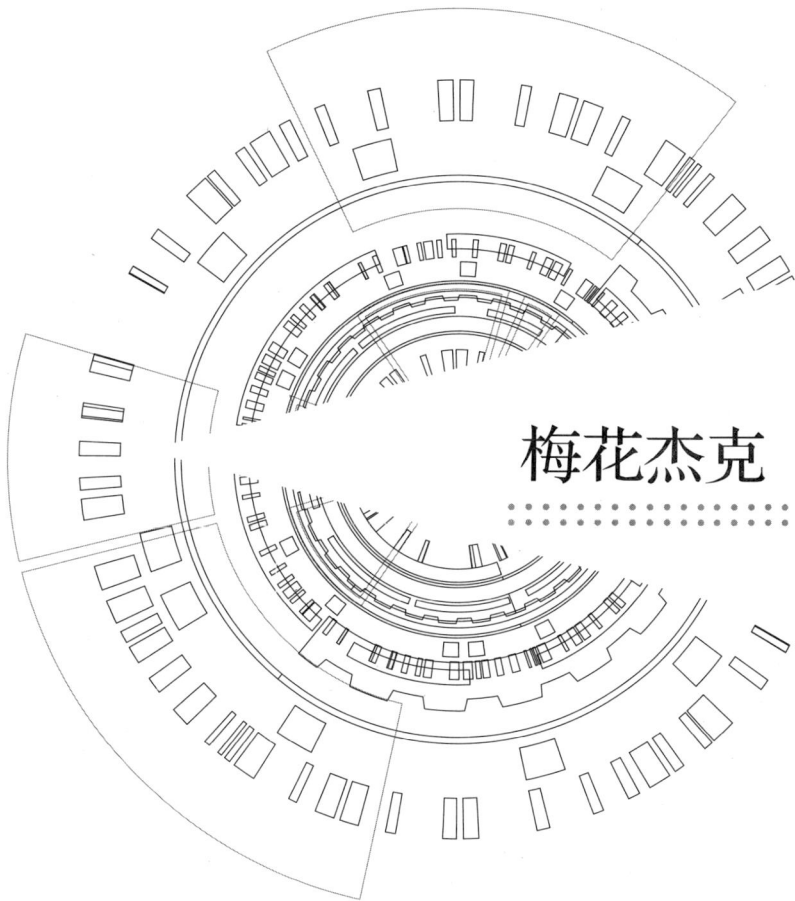

梅花杰克

骰子已经掷下了。

——恺撒

我曾经到过美洲，被塞进一辆挤满臭汗烘烘的淘金客的大篷车，一路颠簸来到得克萨斯，在那片充满惊奇的土地，目睹一群大红蚁是怎样把一个大活人变成一个骷髅架子的。我还到过南美，考察了加拉帕格斯群岛的巨海龟与十六世纪海盗们留下的灶坑……但没有哪次经历如皇家船长号的东方之旅那般令我难以释怀。

皇家船长号从孟买出发时，塞得跟一辆印度火车似的，就在出发前的最后一刻，还有锲而不舍的冒险家从码头跳下，企图搭上它的末班车。皇家船长号并非什么豪华邮轮，它的排水量只有一千五百吨，上个世纪就在服役，破旧不堪。但它却承载着无限的希望与财富，只因它的目的地是中国，一个财富占全世界四分之一的神秘国度。

这段时间，街头巷尾沸沸扬扬地传播着一条消息：英国将以保护贸易自由的名义对中华帝国动武。《泰晤士报》一方面详细地叙述了英国远东军最近的兵力部署与调动，一方面也在以醒目的标题提醒人们：中华帝国正在震颤！鸦片贩子迫不及待地将一个热气球升上天空，气球上悬挂着巨幅标语，号召人们到东方去，征服那个古老而蛮横的国家，将它变为英国王冠上一颗更大的宝石！《孟买公报》醺醺然地构想着：请想象一下这样的情景，中国皇帝成为领取大英帝国退休金的傀儡，而来自英国的总督管理着中国的事务！人们兴致勃勃地谈论着，如果印度是英国的金矿，中国将是英国的白金矿！鼻子比码头找食的流浪狗还灵敏的掮客们干脆睡在孟买的码头上，日复一日地向出海的人们推荐着自己。连我的房东，一个六十七岁的印度土著，听说我将乘皇家船长号到中国去时，也迫不及待地向我表示，他依然孔武有力，可以做我的助手与我同行。在他的印象中，中国是富得流油的国家，连漱口都是用乌龙茶。这倒也是一个事实。

我这次去中国一方面是作为教会理事会派遣的牧师，到东方去宣传福音；另一方面，我也是一名博物学家，五年前我就曾到过中国，那次是在教会理事会的资助下。但是这次，他们不再资助我了，因为我把更多的时间放在了动植物标本的采集上。正当我苦于没有资金上路时，沃尔特·泰勒爵士的女儿海伦小姐需要一位拉丁文教师，而她正要到中国去。她的父亲泰勒爵士本是东印度公司常驻果阿商务总监，半年前被调往中国，总管中国的通商事务。她的未婚夫亨利少校也驻扎在马六甲港，届时将与她一同前往香港。我于是得到了这份美差。

皇家船长号是隶属于东印度公司的功勋商船，船长威廉·查顿干黑金这一行已经有四十个年头了，但前几年，清朝皇帝颁布了禁烟令，断了查顿船长的这门财路。干过鸦片酊这行的一般都不屑于干瓷器茶叶类的正经生意，查顿船长把船租给了军火商、烟草贩子甚至海盗，自己整天待在孟买的小酒馆里喝得昏天暗地，清醒的时候就翻看《孟买公报》，看是否有通商的讯息。直到今天，他终于等来了重新出海的这一天。皇家船长号还是有模有样地装载了一些香料，天知道这些带有刺激性气味的调料在中国是否卖得开，这些并不重要，装载这些只不过让船的吃水线更深些，让船运行得更平稳，让良心更平衡些，也许一到口岸就直接倾倒进海里喂鱼了。重要的是深部暗舱那些黑乎乎的玩意儿，这都是心照不宣的生意经，在英国炮舰的恐吓下，清王朝地方政府那些胆小如鼠的小县官，对这种走私早已是睁一只眼闭一只眼熟视无睹了。

皇家船长号上就像是一个小型的社会，各色人等鱼龙混杂。不同肤色不同地位不同职业，只要他们付够了路费，查顿船长一律颁发通行证。珠宝商，古董商，到东方去与情郎会合的贵妇人，祖鲁人雇佣兵，菲律宾佣人，印度厨师，小偷，海盗，逃犯，无所不容。当然也有中国人，他们的地位很低，就像无孔不入的老鼠，只在暗无天日的底舱活动，往火炉里铲煤、修理漏水管道、处理大船的排泄系统是他们的工作。他们都是些早年逃海的吕宋岛华人，17世纪初西班牙人来到马六甲时，他们被屠杀过一次，史载"有几条河的水被尸体污染得不能食用达6个月之久，马尼拉周围的河里的鱼因吃人肉而长肥了，人们连鱼都不能吃"。荷兰人到来后，他们又一次沦为俎上鱼肉，连他们的祖国也对他们的死活漠不关心。1740年，荷兰东印度公司屠杀了数以万计的华人。荷兰害怕中国皇帝会对其在广州的买卖和荷兰人进行报复，于是派了使团前往中国说明事由，并为此道歉。但令他们意想不到的是，中国皇帝竟然毫不介意地答复说："我对于这些贪图发财远离祖国、舍弃自己祖宗坟墓的不肖臣民，并无丝毫的关怀！"

杰克便是这样一个长年在底舱锅炉旁铲煤的华人，谁也不知道他是在哪个港口上岸的。没有人会关心底舱那些下贱的水手和杂役，他们也只在夜幕完全降临时才能到甲板上透透气。他们总是非常羞涩卑怯，害怕自己的辫子被取笑。即便他们是如此小心翼翼、卑怯懦弱，他们还是会因为身上的异味被浅皮肤的老爷们骂得狗血淋头，甚至还挨揍。印度打手经常欺负他们，嘲笑他们拙劣的英语发音，菲律宾佣人也瞧不起他们，至少到了吕宋岛，他们可以理直气壮地回家，而华人只能待在码头干苦力。

杰克可以随意上到甲板上，甚至到顶层的娱乐室闲逛，是因为他非常勇敢地应征了海伦小姐提供的一个机会——茶房。海伦小姐喜欢喝中国茶，而且她坚信只有中国人调出来的茶才最正宗最地道。于是她特地差人到中国人中间打听谁会这一手，结果只有一个人站了出来。他就是杰克，他很年轻，表情很腼腆，但眼睛里的光却很火热。

叫杰克的中国人实在太多了，雇佣他们的人出于方便往往会随意安上一个杰克、强尼之类的名字。但杰克的确有他的不同之处，他是很蓬乱的短发，没有辫子。人们更不会想到这位杰克后来会成为全船的焦点人物，甚至轰动整个南中国海航线。

杰克第一次被人所关注是在娱乐室。这天，海伦小姐正在贵宾室玩21点，我坐在她的左侧，海伦小姐相信我的数学知识会提高她的胜率。两个菲佣躬身垂立身后，随时听候差唤。杰克则立于右侧，手提一长嘴茶壶。他穿戴一新，领口洁净，皮肤白皙，与刚从底舱出来时简直判若两人。海伦小姐还开玩笑说她原以为中国人比印度人还黑呢——中国人的脸庞总是被炭烟熏得面目模糊。

泡茶是一门艺术。当然，我不是指我曾经在中国东部小镇上见过的那种表演性质的花式倒茶，我是指泡茶时程序之冗繁。杰克泡茶需三道程序，他先将茶叶置入滤杯，倒开水进滤杯，片刻，弃去第一道茶水。再次注入开水，盖没茶叶，静置片刻。这才取出滤杯，滴去茶汁，一杯晶莹透亮的醇茶便告成功。令人称奇的是这几道程序完全是在他双手内完成，雕花镶大理石桌面根本不容他搁置杯壶。他倒茶时，手臂往空中一伸，茶壶便顺溜地挽在上臂，倒茶时，潇洒地一甩手，茶壶又滑下，自动倾斜，一条细长明亮的水线在空中画出优美的弧线，滴水不溅地穿进窄小的杯口。甲板的颠簸让空中的水线像彩练一样舞动，杰克另一只手持的茶杯也在底下来回游动，不会有一星水沫扑向华丽的波斯地毯。

当杰克泡完第三杯茶水时，海伦小姐突然目不转睛地望向这位年轻人："奇怪呀，我一端茶杯，庄家就必然爆掉。难道这是东方魔茶吗，杰克？"

杰克窘红着脸，没有答话。像每一个东方人一样，他们不太习惯目光的对视。

"海伦，你应该尽量多喝，在你的肚子没像庄家那样爆掉之前。"我说。

"这是怎么回事，牧师？"海伦忽闪着她的长睫毛问我，好像这也是科学所能解释的范畴。

我耸耸肩。赌桌上的人很容易被某种错觉误导。

杰克受了小姐的鼓舞，沏茶越发勤了。原先的三道工序变成了两道，茶水也由原来的澄碧变成琥珀色。显然，这是另一种中国茶。

海伦迫不及待地抿了一小口，投出一个黑色筹码。海伦面前的筹码起初堆得像小山高，由于她对金钱观念的淡泊，已经输掉大半。但自从杰克为她沏茶后，她的运气大好，于是下注也就更为大胆。

但这一把她的牌很坏——8和8，庄家的亮牌是10。

"小姐您还要吗？"荷官问道。

按小姐的性子，她恨不得每把都以21点通吃，16点哪有不要之理，不过，按常理，这时应该分牌①。海伦正欲加筹码，胳膊却被轻轻一碰："小姐，您的茶。"

海伦一愣："我刚喝。"

"这是上等的龙井，它的醇香只能在很短的时间内维持。"杰克微笑着。

"那好吧，再说，它能带来好运。"

就在这一停顿当头，桌面经理示意荷官："小姐不要。"

荷官迅速亮出庄家的底牌，4。再抽出一张来，10。庄家爆掉，全桌一阵欢呼。桌面经理的脸色很难看，稍通牌理的人都知道，小于16点庄家必须再要。

"16点都能赢，果然是魔水。"海伦使劲眨眼，似乎不敢相信自己的眼睛。

小姐话未落音，第三杯热气腾腾的茶水已呈到她面前，嫩黄的茶叶欢快地打着转。我注意到杰克原来冗繁的动作精简到近乎简陋：直接倾水进茶杯，动作除了快，几乎毫无艺术性可言。茶水也由原来的湛蓝、琥珀色变为褐红。

"你想烫死我呀！"海伦夸张地哑哑嘴，看也不看就把眼前的筹码推出一个大豁口。

杰克不好意思地搓着手，茶壶荡在他的臂弯，额上渗出了细小的汗珠。泡茶也是一项体力活呀。

"放下吧，你也挺累的。"刚才还很大声的海伦声音突然变得淑女。

---

① 即拿到两张点数相同的牌时，可以加一份赌注，把牌分为两份，这样可把坏牌变成好牌。

桌面上奇怪的事出现了，10和A像雨后春笋般涌了出来，几乎每个人的第一张牌都是大牌——10、J、Q、K、A，可是当第二张牌翻过后，大家的表情可就大相径庭了。海伦顺利地拿到了Blackjack^①，其他玩家爆掉了大半，庄家亮牌为6，只好继续要牌，又是6，顺利爆掉。桌上的筹码呼啦啦地划拨过来。

"不玩啦，再玩我的肚子可要爆掉了。"海伦在一片愠怒的目光中旁若无人地站起，两个菲佣张开一个毯子，把筹码滚卷而去。桌面经理怒目横瞪着印裔发牌员，发牌员失魂落魄地垂着头，大气不敢出。后来，娱乐室再也没有看到这个印裔小伙子的身影。

三

"杰克，你是什么花色的？是红心杰克呢，还是黑桃杰克？"甲板上，海伦躺在一把折叠椅上晒着太阳，歪着头问道。

"梅花。"杰克清癯的脸庞朝着碧绿的海面，目光就像海鸥的身影那般悠远。

"梅花？梅花是什么花色？"海伦把目光朝向我。

我也很意外，本来海伦的话只是一个调侃，杰克的名字像21点里的Blackjack一样带来了好运气，海伦故有此问，而杰克回答得这么干脆，好像在回答他的姓氏。

---

① 一张10（包括J、Q、K）和一张A凑成21点，这叫"天成"（BlackJack，J）。

"梅花是中国人的叫法，也就是三叶草。"我解释道。相传扑克是来自东方，欧洲人普遍不理解花色的东方含意，即使在西方，不同的国家对花色也有不同的叫法和理解。法国人将四种花色理解为矛、方形、丁香叶和黑桃；意大利人将四种花色理解为宝剑、硬币、拐杖和酒杯；英国人则将四种花色理解为铲子、钻石、三叶草和黑桃。

"为什么是梅花呢？"女孩的好奇心是无穷的。

"因为梅花象征着坚强，小姐。"杰克收回缥缈的思绪，他的表情很凝重。

"我明白，这是花语，每一种花都有自己的寓意，就像玫瑰。杰克，你一定也是牌场高手，对吗？"

杰克没有回答，但他眉宇间跳动的火焰却分明写着答案。

"每一个中国人都是精于计算的高手，他们在牌桌上无所不能。"我说。

"是吗？牧师，给我讲讲你到中国的经历吧，中国人都是什么样的人？我听说他们用两根棍子吃东西，平时买东西又掏出一把棍子来计算，是这样吗？"

可笑的传闻，连木讷的杰克也不禁哑然失笑。

我只能向海伦坦承，虽然我在中国生活多年，对中国动植物的了解比中国人还要清楚，但是我却完全不了解那儿的人民。他们胆小谨慎，对外人抱有一种天生的警惕，像刺猬那样竖起刺毛，拒人以千里之外。我曾尝试敞开胸怀去和中国人交朋友，我失败了。与中国人打交道的方式唯有交易或者雇佣，他们可以成为我的生意伙伴、雇者，却从未成为我的朋友。他们即便是聆听上帝的福音，也是首先要问菩萨能否保佑他们行大运，否则一切免谈。

"你怎么能这样评价一个国家的人呢？"海伦翘起了嘴巴。即使是对中国的印象如一张白纸的海伦也觉得不平，然而杰克却很漠然的伫立着，好像我的议论是一阵海风。

"杰克，牧师怎么能这样评价你的祖国？"

杰克像是从冥思中苏醒，淡然一笑："牧师说的基本属实，而我，的确也是此中里手。或许，下一次娱乐室里，我能为小姐带来好运。"

"真的呀？"海伦兴奋地抓住杰克的手臂。

杰克的目光路过我这个方向，又迅速跳开了。

四

杰克的名字很快像清晨的号角一般清晰地传遍皇家船长号每一个角落，无论他转战哪张桌子，哪张桌子必然被围个水泄不通。娱乐室里有节奏地喊着"杰克、杰克"的号子，不用怀疑，要不了多久，人群必然会爆出一声欢呼，庄家又爆掉了。跟着"梅花杰克"下注没错的，他若弃牌，你即使是一手好牌，也最好选择"保险"，庄家"天成"的可能性极大。他若加倍，或两分，人们就会像被燎着的野火，兴奋的加倍投注，庄家将像中魔似的在有节奏的"杰克"声中爆掉。发牌员从印度人换成东南亚人、阿拉伯人，再到最为老练的欧洲白人，也同样无法抵挡这神奇的中国人——杰克。

连底舱的中国人也听说了这位传奇的同胞，他们吸着鼻涕，用亮而硬的袖筒擦着脑门上的灰和汗，冒着被印度门卫硬皮鞋踢打的危险，把火热的目光从门缝挤进来。

在喧闹的人群外，娱乐室最里的一张桌子，一个大胡子男人在黑暗中孤独地歪坐着，他的皮肤像是酒精过敏的人那样呈粉红色，眼睛就像是燃烧的煤屑那样灼红。他默默地注视着情绪激昂的人群，一只肥厚的手掌放在桌面，下意识地翻着手指，就好像有一枚无形的硬币在他的指缝中翻转。

查顿船长焦虑的目光四下探视，无意中落在那个角落，他微微地点了点头。

"海伦，该开始今天的拉丁文教程了。"我碰碰人群里的海伦。

"我的运气正高涨着呢，牧师，我敢说，下一把我还能拿Blackjack！"她满脸红光的回答我。

我叹了口气，决定到甲板上吹吹海风。

大副钱德勒正在骂骂不休地指挥两个黑人水手收卷风篷和缩帆，我走过去："风向不错，先生。"

"牧师，到你的头等舱闲着去，这儿风大，小心滚到海里去。"

"我们什么时候能到马六甲？"

"还早着呢，你以为这大洋是你家澡盆子？"

"你似乎跑过不少航线？"我递过去一只上等雪茄。

"可不，这艘船去中国之前，都是我在跑路，上个月还在索法拉贩卖胡椒呢。"钱德勒叼上雪茄，狠滋了几口，却并不点燃。

"这船一直在跑非洲？"

"是啊，巴巴里①的钱好赚。""那船上怎么会有中国人？"我问道。

---

① 泛指非洲东海岸。

钱德勒略为诧异地望着我："哪儿没有中国人？牧师。"

"杰克是在哪儿上岸的？"

"杰克？哪个杰克？中国人都长一样，还都叫杰克……"他迷茫着。

我朝娱乐室点点头。

"哦，那混蛋。"钱德勒露出一丝邪笑，"蒙巴萨。"

"蒙巴萨？"我一愣，这可是非洲东海岸的港口。

"没错，就在那儿，这小子没辫子，我印象深刻。他脸色不好，皮肤跟娘们儿似的，一看就是孬货，死乞白赖的求我在船上给他找点活干，他还算明白人，给了我点这个。"他用两根手指做出摩挲状，"我就放他上船了，就当多养一只耗子。"

五

我回到头等舱时，海伦与杰克正在玩扑克游戏。

"哈，原来我是黑桃Q，我一定是黑桃Q，漂亮迷人的黑桃Q。"海伦兴奋地把自己的幸运牌黑桃Q抓在胸前，她看到我，说："牧师，杰克说每张牌都有自己的故事，而每一个人都对应一张属于自己的牌，而我的幸运牌是黑桃Q。"

"黑桃Q并不是一张好牌。"我面无表情地说着，瞟了眼杰克，他悄悄地把摊开的牌收起。

"杰克，小姐该上课了。"我和颜悦色地说。

"是的，牧师。"杰克收好牌离开了头等舱。

正在兴头上的海伦嘟起了嘴："我讨厌拉丁文。"

我严肃地说："拉丁文是西方字母的母源，如果我们能了解一项事物的历史渊源，就能从时间之尘的蒙蔽中还原出事物的本质，扑克牌也一样。"

"那牧师你说说扑克牌的含义。"

"黑桃Q的原型是战争女神帕拉斯，是四张皇后牌中唯一手持武器的王后，她的出现意味着灾难。"

"那么梅花杰克呢？"

我叹了口气，那又是另一个悲伤的故事了。

我神情凝重地对她说："杰克也不是什么好牌，在15世纪Jack叫作Knave（恶棍），后来因为印刷在纸牌角上的缩写K（King）和Kn（Knave）容易混淆，才改作了Jack，这也是为什么至今英语里的Jack还有'不怀好意的人'这层含义的原因。杰克象征着主流力量的反对者，在历史上，在史诗中，查理曼大帝、阿喀琉斯、亚瑟王都代表了主流的一方，杰克通常作为英雄的对手而出现，只有那些世人不可理喻的吟游诗人才传颂杰克的故事。至于梅花杰克，他的真实原形是圆桌骑士兰斯洛特……"

哦。海伦无声地点点头，她了解那个传说。圆桌第一骑士兰斯洛特与亚瑟王的妻子格尼薇儿王后的爱情悲剧几乎家喻户晓。兰斯洛特是一个矛盾的集合体，一方面他无比忠诚于亚瑟王，为亚瑟王的霸业立下了汗马功劳，另一方面他无法自拔地陷入与格尼薇儿的恋爱之中，虽然这种感情仅仅是互相吸引钦慕的"柏拉图式"精神恋爱。怒不可遏的亚瑟王派出十二骑士前去暗杀在森林里幽会的兰斯洛特与格尼薇儿，兰斯洛特浴血奋战，只身逃出，格尼薇儿却被抓回，并被亚瑟王处以火刑。后来，兰斯洛特率领他的战友，强袭刑场，劫走格尼薇儿，两人渡海逃往法兰西。尽管如此，两人依旧没能过上幸福的生活，在世俗与宗教的压力下，两人分开了，格尼薇儿作了修女，对皇后一往情深的兰斯洛特最后也出家做了修道士，两人至死再未谋面。

"离杰克远一点，小姐。"我打破沉默。

"为什么？"海伦清澈的眸子写满了疑问。

"因为他的来历，没有人知道他来自何方，也没有人知道他将去往何处。"

"您对中国人有成见，多米诺先生。"

"可是，他并非一个普通的中国人。"

"是呀，我就是喜欢他的与众不同，喜欢他魔法般的牌术与运气。"

我嘴角的肌肉抖了一下，我还想说什么，海伦不以为然地打断我："牧师，您管的比我的奶妈还多。"

是的，我只是她的拉丁文教师而已，短短一个月航程过后，我就将结束这短暂的契约。可是小姐，在养尊处优的温室环境中长大的你又怎么能理解外界环境的残酷法则呢？

这时窗外传来一阵喧闹，甲板上人头攒动，好像发生了什么事。人群中杰克的面孔一闪而逝，海伦看到了，急匆匆地跑了出去。

当我们走到甲板上，一群人正发出阵阵起哄声："打死他！打死他！把他扔下去！"

一个中国水手蜷着身子，在甲板上滚来滚去，躲闪着白人老爷们硬皮鞋地踢踩。

"住手。"海伦高声喊道。

"不关你的事，小姐。"大副钱德勒恶狠狠地说。

"小姐，救救我啊。"那中国水手滚爬过来把脏兮兮的眼泪涂在小姐的红皮靴上，头在甲板上响亮地磕着。

"阿福，这是怎么回事？"杰克认出了他的同胞。

阿福只是呜呜地哭泣着，脸贴在甲板上，眼睛偷偷瞄着围观者的表情。这时，旁人七嘴八舌地道出了事情的原委。

原来这大副钱德勒也是个嗜赌如命的主，一天不赌便手痒。这天，他又吆喝几个华人水手来玩上几把。但华人水手平时都输怕了，都推脱着，只有阿福唯唯诺诺地答应了。他们玩掷骰子时，又有几个白人观光客一时手痒加入进来。刚开始阿福输了不少，说起来也就怪了，这玩的人一多，他的手气便出奇地好起来。钱德勒赢钱的方式很简单，他就是加倍法下注，第一把一个英镑，第二把两个，第三把四个……这样他连续压小，只要最后一把他赢了，前面输的钱不但可全捞回来，还会赢下不少。当然，这种下注法全仗着他资金雄厚以及他自己制定的规矩：可以压大小，本来掷骰子是谁的点数大算谁赢，钱德勒与水手们玩时，别出心裁发明了轮盘赌似的玩法，可以压大小，这样一来，他的加倍下注法非常奏效，水手们又没有那么大本钱仿效这种下注法。但是今天邪了门了，钱德勒本来一直是压小，阿福这小子居然连续扔出了五个六点。五把过后钱德勒连同那些白人玩家一并输了不少，但他也不急，继续加倍压小，一直压到第十把，要知道这加倍法下注可是指数增长的速度，一晃眼钱德勒把棺材本都输进去了。白人输家们这才如梦初醒，要检查骰子，没想到阿福这小子居然把骰子吞到了肚子里，来了个打死也不认账。白人老爷们岂会善罢甘休，把阿福揍得死去活来，还有人提议把他扔到海里去喂鱼。

杰克听完后只是微微地笑了下："请问诸位，你们怎么判定阿福是在抽老千呢？"

"这个杂种连续十把扔出了六点！这还不够明显吗？"钱德勒脸红脖子粗地说。

"任何一台轮盘赌机器都可能发生过连续二十把出小的情形。"杰克平静地回答。

"可是，连续十把扔出六点的概率不到0.01，这种小概率事件几乎不可能发生。"一个白人玩家说，显然，他比大老粗钱德勒要明白事理得多。

杰克点点头，转向这位受过教育的先生，说："小概率事件只是意味着发生的可能性很小，但并不是说它根本不会发生。人生本来就是许多巧合的集合，比如，我们这些天各一方原本毫不相干的人聚集到一艘船上，也是一种小概率事件，我们中国人视为缘分。"

缘分？众人迷茫着。

"好吧，举一个很简单的例子。"杰克环顾左右，"现在这儿大约有40个人，大家信不信这其中肯定会有两人是在同一天出生？"

众人面面相觑，有人忍不住喷地笑了出来，这实在太荒谬了。但提出这个论点的人是杰克，大家都知道杰克在21点上的传奇经历，所以人们在笑过之余，不禁开始掂量起这句话的分量来。人们出于好奇，交头接耳的与周围的人互报生日。当海伦小姐轻声说自己的生日是12月15日时，人群中一个绅士尖声嚷了起来："我也是我也是！难怪我对你有一种莫名其妙的好感。"原来这家伙暗恋海伦小姐多日，怪不得在得知海伦与自己同一天生日后会如此激动。

人群发出感慨的声音，杰克果然有他的神奇之处。

杰克转向气呼呼的钱德勒，说："这样吧，我替阿福保证，将他赢下的钱全部如数退还，这件事，大家看在缘分的分上不再追究，怎样？"

一位白人输家率先点头同意，其余人也就点头通过了。倒是地上的阿福，当得知自己赢的钱将全部退还时，反而哭丧着脸做一脸不情愿状，但看到众人忿怒地望着自己，立马又点头不迭地同意了。

六

"小姐，从今天起，本娱乐室不再开放21点。"经理不阴不阳地笑着。

"哦？"海伦环顾左右，这才发现娱乐室今天冷清得有些可怕，倒是牌室外面引得不少人驻足观看。

"那你们应该在门上贴一张纸，写上'本店关张'！"海伦牙尖嘴利地说。

经理依旧微笑着，脸皮的褶皱足以夹死一只苍蝇："可是，其他的娱乐方式还是照常营业，比如得克萨斯扑克。"

经理侧过他宽厚的身子，众人好奇的目光齐刷刷投向娱乐室最里的一张桌子，一个大胡子男人歪歪地坐在一张长椅上，目光像清晨的迷雾一样涣散。大理石桌面上赫然摆着一只青皮橄榄，反射着清冷的光泽。

"他！"有人发出嘘唏的啧叹，"得克萨斯扑克之王大胡子门特。"

众人很快明白这是怎么回事，纷纷探头探脑地拥堵过来。得克萨斯扑克之王的故事显然在皇家船长号上流传已久，只是这个传奇过于久远，有些新来客只是耳闻大名，或略知一二，有的甚至是闻所未闻。不过，不管是在此船干了十几年的水手也好，从孟买港登船的投机客也好，都知道娱乐室永远摆着一张绿色大圆桌，那就是得克萨斯扑克专用桌。不管其他的赌桌是如何人头攒动，那张角落里的圆桌却是门可罗雀，只因它的主人是大胡子门特。

本世纪初，来自波斯高原的水手把纸牌带到美国的法国移民中间，新大陆的冒险家们将之改进为得克萨斯扑克。随着美国人向西部进军，纸牌游戏迅速像拓荒者的脚印一般，传遍了每一个营地、每一辆大篷车、每一艘内河上的蒸汽船。沿密西西比河而下至俄亥俄州，在河流旁的乡村会所，你可以看到人们把大篷车停在泥地里，竖起大帐篷，在帐篷外面绑着高音喇叭，怂恿着人们进去玩上几把。淘金客们把扑克牌这门艺术打造得炉火纯青，一个一个如雷贯耳的名字在世界范围内流传开来，他们比流行歌手还受人欢迎。得克萨斯扑克这项集运气、数学计算和诡谲欺诈于一体的游戏也迅速传遍新大陆，乃至世界的每一个角落，包括海面上航行的挂任一国旗的船只，娱乐室里都会备有一张得克萨斯扑克专用桌，皇家船长号也不例外。直到有一天，一个大胡子男人在这张桌子上把赌客们的筹码洗劫一空，连庄家也不能幸免，人们见他如睹瘟神避之不及，他就是门特。据说门特来到皇家船长号，是因为他在美洲得罪了黑帮，被迫隐姓埋名流窜海外。也许是见多了一夜暴富的传奇与倾家荡产的人间悲剧，门特在娱乐室里比他的大名要低调得多，他总是一个人坐在黑暗里那张专属于他的桌子旁，孤独地把玩着一枚青色的橄榄。这就是为什么人们会对门特的出现感到意外。

我不禁为海伦小姐与杰克捏了把汗。海伦小姐固然出身富贵，从来不知道缺钱是何种滋味，但这种对金钱的淡漠感正是致命的弱点，如果玩家愿意，得克萨斯扑克可以是不要命的无上限下注。至于杰克，他的言行谦逊近乎卑微，可是他目光里却泄露出了难以掩饰的炽热，那种自命非凡足以导向毁灭。

海伦望了眼她的幸运杰克："怎么样？杰克？"

"我不太会这个。"杰克不好意思地说。

"哦，中国人。"门特把一只厚重的牛皮靴搁在桌子上，"不用那么谦虚，我可没少与你们中国人打交道，内华达州修铁路的辫子军里，此中里手可不占少数，说不定其中有一个是你爷爷。我没少吃他们的亏，当中国人说他不太会，那他一定是专家。"门特露出一口黄牙，像是被自己的幽默逗乐了。是的，他太孤独了，所以才一骨碌倒出这么多话。

"那是你的偏见，先生。"

"哦，偏见。"门特脖子夸张的往前一升，朝天空打了一个嗝，阴阳怪气地说，"确是如此，如果一个人无视你的存在，在你面前嚣张的耍他的小聪明，把扑克这项绅士的运动化为丑陋的计算，想不对他产生偏见也难。"

"您这是什么意思？"杰克一怔。

门特伸出一根粗手指，往下弹弹，示意他坐下。

"我见多了中国人虚伪的客套。不过，我总有办法让他们乖乖地坐下来，按照我们的规则出牌。我们美国人讨厌中国茶，波士顿的小伙子们把一船中国乌龙茶掀进了海里，嘿嘿，同样，小子你若敢在我眼皮子底下把你那套'尿壶'带到桌子上，小心我把你扔到海里去！"

"喂，先生，杰克为我斟茶碍着您什么事了？"海伦杏目圆睁。

杰克的目光陡然变得凝滞。

"小姐，漂亮的海伦小姐，每一个男人都对你垂涎三尺，天空并不像你想的那样单纯，你得对那些主动靠近你的男人提防着点。"

海伦气鼓鼓地转向杰克："杰克，你为什么那么怕他？用你的魔力教训他！"

"这就对了小白脸，听你公主的吩咐，否则，我会让你那套沏茶的鬼把戏昭告天下！嘿嘿，这船上对你那身细皮嫩肉牙根发痒的人可不少，比如，查顿船长。"门特意味深长的一顿，目光瞟向杰克背后不远处坐着的查顿船长，查顿心领神会的发出低沉的奸笑，这令人不寒而栗。娱乐室里充满了沉重的呼吸，每一个人都在侧耳聆听，大胡子门特的话就像酒后胡话般不着边际，但每一句又似乎暗藏玄机。

"好吧，我奉陪。"杰克垂下高昂的头颅。得克萨斯扑克桌前那张蒙满灰尘的椅子上，第一次有了主人。

摇头，苦笑，跳牌^①，盖牌^②，这是偷鸡客的好戏。杰克就像一个深谙此道的高手那样轻车熟路的表演着，整个晚上他都在不停地跳牌或盖牌。有一把，他拿了两张Q，台面也有一张Q，他依然选择盖牌，四周发出一阵嘘声，他面前的筹码正像冰山那样消融。

"杰克，你这是怎么啦？你不用为筹码担心。"一向对杰克信心满满的海伦也不禁疑惑了。

门特有足够的耐心。他有时会拈起那枚青色的橄榄，放在鼻子下贪婪地嗅着，仿佛那是病危病人的氧气罩。然而我知道，他并不缺氧，他的脑袋比瑞士表运转得还要精密。

就在意兴阑珊的人们以为牌局将在这样无聊的"跳牌"声结束时，桌面上突然响起一声哗啦，杰克眼前的筹码终于像雪崩那样垮掉，形成一个三分之一大小的缺口。

没有任何征兆也没有任何解释，杰克就这样面无表情地望着对手。

眼皮打架的观众顿时睡意全无，人们恍然大悟，原来杰克不断的示弱，只不过是在等待一个一举翻盘的机会而已。再看桌面上四张明牌，居然是无花：3、5、8、9，也就是说凑成大牌的概率非常之小。

门特把橄榄举在眼前，凝视着，好像那是一枚剥好了的鸡蛋。良久，

---

① Check让牌，在无须跟注的情况下把决定权"让"给下一位玩家。

② 不跟，放弃继续牌局的机会。

他将之吞进嘴里，缓缓地推出同等数量的筹码，双手摊开放在桌面上……

杰克亮出第五张明牌，方块6，仍然与前四张构成无花。他苦笑着摇摇头，将眼前的筹码全部推倒，仍旧很坦然地望着对手。观者无不咋舌。

门特旁若无人的发出"嗝"的一声，脖子一缩，那枚橄榄居然又吐了出来，把绿色天鹅绒桌面弄得湿漉漉的，舌头还意犹未尽地舔了舔上唇，浓密的胡子上沾满了唾沫。

"给中国人一块石头，他会送给你一块金子，从中国人那儿我学到礼尚往来。"他依旧很有耐心地把筹码一摞一摞推出。

"谢谢。"杰克礼貌的微笑着，然而他的笑很快凝固了。

门特亮出了他的底牌，两张不同花色的7、10，就像子弹一样准确地插入桌面公共牌的空隙当中，组成一条龙。

荷官用熟练的动作把桌面上狼藉的筹码拨拉到门特面前，杰克苍白凝霜的面孔此时更显病态。他也是一条龙，只不过牌面比对手小。

"知道自己为什么会输吗？人们往往只会注意出现大牌的概率，很少有人注意到五张牌不构成任何牌点的可能性也是非常之小，这过早的暗示了你的洗牌技术。可惜得克萨斯扑克不是梭哈①，你利用糟糕的台面构成大牌，对手同样也能。"门特发出嘲笑的嗝声，拾起那枚濡满唾沫的橄榄扬长而去。

人群发出惋惜的声音，同时又觉得这个结果在情理当中，杰克虽然神奇，但在20年前便已名播海外的门特面前，他只是一个初出江湖的小混混而已。

杰克久久木坐在那，似乎仍然不能接受眼前的事实，海伦不停地安慰

---

① 梭哈是每人各拿五张牌比较牌面，没有公共牌。

着他："我们前段时间赢了不少，输了就当以前没赢过。"

而我觉得，他根本不值得同情，每一个赌棍都是自信的牺牲品，倾家荡产都是他们咎由自取。

"不！"杰克冷冷地打断海伦的轻声劝告，斩钉截铁地说，"赌局还没有结束。"

七

夜晚到甲板上吹风，你得小心别踩到一团团绵软的肉体，这群醉醺醺的酒鬼前半夜还把裤兜里几个铜子拍得山响，咋咋呼呼地在牌桌上吆喝着，下半夜便已不名一文，颠簸一生的水手生涯赚得的几个血汗钱就这样蒸发了，甚至连买醉的廉价啤酒也付不起，于是被酒保狠揍一顿，扔到甲板上，也许只有凄冷的海风才能让他们清醒一些。有的第二天早上便消失了，徒留下一堆肮脏的呕吐物，他们或是无意识中滚到了海里，或是清醒着却想不通投海自尽，谁在乎呢？除了大清早要清洗甲板的中国人。也许那一堆呕吐物来自他的同胞，但他除了诅咒还会产生第二种感情吗？

固然杰克无须借酒消愁，他输掉的根本不是自己的钱，但他遭受的打击绝不亚于那些输光血汗钱的水手。他就像一个孤魂野鬼那样在船上游荡，总是沉迷于他的"思考"——如果他还有清醒的意识的话——如梦初醒的回答着海伦的吩咐。作为一个茶房，我只能说他是非常不合格的，消极怠工，还常常把滚烫的开水洒在桌面、地板甚至海伦小姐的手上，但海伦非但没有责骂他，反而更为关切的担心着杰克的健康。她再也没有去娱乐室，也许她已经明白，赌博对于她来说只是一种消遣，然而对于另一种人来说，却是生命的全部。

"杰克，你相信命运吗？"海伦无聊地摊开扑克牌，阳光从舷窗倾洒进来，笼罩在她缎子般乌黑的长卷发上，她就像一个神秘的吉卜赛公主那样迷人。

杰克垂手立在光柱外面，他总是立在黑暗之中，对阳光就像一个白化病人那样敏感。他淡然一笑，这笑是如此轻微，在嘴角挤起一两道细微皱纹，也难以掩饰恬淡之中的凄冷，就像冬日阳光里的沁凉。

"命运是什么？是牌面的随机组合吗？"他说。

海伦睁大眼睛望着他："这么说，你不相信命运？吉卜赛扑克算命可是很准的。"

"好吧，小姐，你能告诉我命运扑克的含义吗？什么牌代表幸福，什么牌代表家庭婚姻，什么牌又代表健康……"

这可是海伦所擅长的，她很认真地给杰克解释起吉卜赛算命牌的含义。

"如此，生活将多么美好。"杰克将牌合为一叠，放在手心。他的手指修长白皙，就像是大一号的女人的手，指甲缝里没有丝毫污垢，这不由得让人怀疑他管道工、铲煤工的出身。

海伦不解地望着她的茶房。

杰克像魔术师那样松开袖口的扣子，将两袖挽在臂弯，将牌打乱，合上，眼花缭乱的洗牌，又打乱，洗牌，合上，如此几番，他将牌轻置于桌面上。

"小姐，喜欢什么样的命运呢？"

"这是可以选择的吗？"

杰克扬了扬眉毛没有回答。

"幸福的婚姻，权力，爱情，两个孩子，长寿……是不是很贪婪呀？"海伦不好意思地吐吐舌头。

"一点也不。"

杰克大手一划，扑克便均匀地摊开，像一道美丽的彩虹，他随机翻开几张牌，正是海伦想要的，毫厘不爽。

"漂亮，快乐，财富，同时被三个男人宠爱。"海伦改变了她的人生规划。

"OK。"杰克将牌合上，洗牌后，再次推开，正欲抽牌时，海伦制止了他："这是我自己的命运，应该由我来抽。"

杰克不假思索地回答："好。"

奇怪的事发生了，海伦随机翻开的牌正是她想要的，她以不可思议的眼神望着杰克："早知道我就要更好的牌了，大胡子门特说你是一个洗牌高手，这我理解，我不奇怪你洗出自己想要的牌，但你怎么还能随便洗出别人想要的牌呢？"

杰克耸耸肩："你还相信命运吗？"

"我？"海伦想了一下，又神经质地使劲摇头，"太可怕了，一想到自己的命运会被人像洗牌那样随心所欲的操纵。"

"所以，我不相信命运。"杰克转过头，目光从舷窗延展出去，久久的眺望着，就好像有悠悠往事勾走了他的思绪。海伦转头望望我，我坐在角落的一张椅子上，可是即便阅历广博如我，也无法追随杰克的目光而去，那海面上什么也没有，白茫茫的一片。

"杰克，你有什么心事吗？"海伦的手指轻叩杰克凝固的背影。

杰克猛地转过身子，用炽热的目光望着他的公主："海伦，如果将人生比作一场赌局你介意吗？"

海伦茫然地摇摇头。

"如果是这样的话，聪明的赌徒可以用头脑里的计算来主宰海上风暴一样脾气古怪难以捉摸的人生。"杰克平时轻柔的声音陡然变得高亢。

海伦怔怔地望着他，就好像他莫名的陌生起来。

"我可以战胜门特，你相信吗？"

"嗯。"

"我只是需要更大的筹码而已。"

"哦，这样啊。"海伦如释重负地笑了，远处的我心底也同样响起一个"哦"，它是无声的，可是远比海伦的回应来得沉重。

"那么是多少呢？"对于海伦来说，钱似乎从来不是问题。

反倒是杰克迟疑起来，他神经质的血液沿肚子的青色血管涌上来，苍白的面孔终于有了一丝红润。

"大约20万英镑。"

头等舱内顿时变得鸦雀无声，连正在抹拭地板的菲佣也放慢了她的节奏。海伦的嘴微微张开，即便是之于钱的数量毫无理性概念的她，也不禁为这个数目震惊了。20万，这一船货物卖掉，也就是这个数目。

"战胜门特很重要吗？"海伦怯怯地问道。她是杰克的主人，她本可以粗鲁的回绝一个仆役的无理要求，但她没有这样做，反倒是自己显得像是没见过世面的小丫头。

杰克坚定地点点头。

"虽然我不能理解你，但像你这样聪明的人，做这样一个决定一定有你的理由。"

"我很感激，小姐。"杰克突然抓住海伦的手，身子深躬下去，在她

145

的手背上轻吻了一下，"对于一个视冒险为生命的赌徒来说，他是不会错过人生中最重要的一次下注……"

"不。"海伦打断杰克有点多余的解释，"你与他们是不一样的人，你不是阿福，你与牧师说的那些喜欢以小博大的中国人是两类人，你不是一个赌棍！"

海伦歪着脸扬着下巴，用严厉的目光直视杰克。

"我。"杰克的嘴唇微微颤抖，陷入了沉默。

八

"他不是一个赌棍。"当我用理智的分析来说明他做这样的决定是如何疯狂时，海伦也是这样回答我的。

"他不是一个赌棍他是什么？海伦小姐，一个随心所欲洗出想要的牌的老千，一个连庄家都敬而远之的算牌高手……"

"没错牧师，这些只能证明他精于此道，而不能反映他做人的品性。既然他有如此高超的赌术，他完全可以靠这门手艺过上很舒坦的日子，可是他为什么甘愿做一个茶房呢？"

"小姐，这正是我所担心的，他的来路不明，他的动机，他用心良苦的靠近你……"

"哦？"海伦饶有兴致地问道，"他有吗？"

"当然，小姐你不会注意到。还记得21点吗？你一喝茶，庄家爆掉的可能性就大增，为什么？你认为这真是一种巧合吗？"

"那又是为什么？"

"因为21点是一种可计算的游戏。通过对出现过的10、J、Q、K、A等大牌进行统计，当前面出过的大牌越少，这意味着庄家爆掉的可能性将越大。杰克观察到此点，将会把他沏茶的程序变短，这样一来，你端茶的频率也在不知不觉中加快，与你下注的频率无形中达成合拍，而你也果然受到了他的暗示，认为喝茶具有某种运气的成分。同样，如果他注意到大牌已经出得差不多了，他又会放慢沏茶的节奏……"

"似乎有些道理，牧师，你真是一个博学家，可是他这样做目的是什么呢？"

"很简单，引起小姐的注意，这样他便可以摆脱茶房的身份，自然而然地坐在牌桌上为你赢得更多的筹码。"

海伦调皮一笑："这么说，他爱上了我，像很多男人一样，挖空心思讨我欢心？"

"如果他真的是出于暗恋而靠近你，这还不算一个很坏的结果，可是我担心的是他远非那种被爱冲昏头脑的男人那般愚蠢。"

"好啦牧师，你把中国人想得太复杂了，他想靠近我，想引起我的注意，如此而已，而且，我并不反感他这样做……"

"可是，小姐，20万英镑这是一个小数目吗？"

"我不相信他会输。"

"在上一次得克萨斯扑克前，你也是这样认为的。"我冷冷地提醒道。

"不管怎样，牧师，我信任他，他整个人都散发出一种谜一般的味道，说不出为什么，这种气味很令人信服，因为……"海伦完全沉浸于一个少女的烂漫的感觉之中去了，"因为，我喜欢他。"

我不寒而栗地一抖，就像刚才有一阵寒风在帆脚索和护桅索之间簌簌吹过。

"梅花杰克将再一次挑战大胡子门特！"皇家船长号清晨并没有人叫卖《泰晤士报》，消息的传播却像底舱的耗子一般无孔不入，不一会儿光景，娱乐室便已人头攒动，议论纷纷。还有人就地摆局，对两人谁将取胜下注。有意思的是赔率竟然是杰克1.5平7.5门特3.2，我看到这个赔率不禁哑然失笑，庄家显然是个老滑头。平局赔率高很好理解，因为一旦你上了赌桌不分输赢结束赌局的可能性非常之小。而杰克胜的赔率之低就有点匪夷所思了，折算成获胜概率达60%，这并不是说庄家很看好杰克取胜，而是因为底舱的中国人喜欢参与这种博彩游戏，他们出于感情因素往往一边倒的压杰克取胜，这样一来，庄家故意把杰克的赔率压得很低，实际上门特的赢面要大得多。

"你怎么压门特？"两个中国人揪住阿福的胸口，眼睛里射出火来。原来被杰克救过小命的阿福居然在门特胜压了两个英镑。

"听我解释，感情归感情，可不要跟钱过不去啊。我喜欢杰克，但他取胜的可能性，我只能说……"阿福还没说完，就被愤怒的中国人揍翻在地，他抱紧头一面撤退，还不忘提醒庄家："别忘了我压的可是门特！"

杰克在赌局开始前提出一个很让人意外的要求，让荷官来洗牌。这本属正当要求，严格的得克萨斯扑克都有专门发牌员来发牌，以防止玩家作弊，但在非正规的海上赌场，也可以是玩家自己来发牌。但杰克本人就拥有一手洗牌技术，让出洗牌权似乎对他自己不利。

"知道我为什么叫门特吗？"门特俯下脸，用胡子摩挲着那枚青橄榄，贪婪地嗅着，脸上浮出一个鸦片佬那样满足的神情。

杰克没有回答，他的目光抬向玻璃吊灯。

"因为，在得克萨斯扑克这一行，我就是至尊、无限可能、没有对手，M、E、N、T①——门特。"门特一字一顿地拉长每个字母的音节，像是在炫耀一个传奇。

杰克满不在乎地耸耸肩："可以开始了吗？门特先生。"

"我喜欢中国人，喜欢他们性感的辫子，喜欢他们瓷碗里的虱子②，我爱上了你，杰克。"门特阴阳怪气地模仿着中国人奇特的发音。

"半个小时后你就不会有这样的想法了。"杰克微笑着说。

荷官开始发牌。杰克想都没想，推出两摞筹码。

"杰克，你想吓死我吗？"门特露出很害怕的滑稽表情，紧张兮兮观战的看客们也忍俊不禁。

杰克一反从前的低调，连续几把都压上大盲注，而门特也很配合，全都选择盖牌和跳牌。人们不禁开始犯嘀咕了，这不像是两个高手间的切磋，杰克的行为更像是一个有钱撑腰底气十足的赳赳武夫。

"偷鸡可不是个好习惯。"门特茂密的胡子下嘟囔着，似乎很不情愿地把两张底牌扔了出去，两张A。拿了两张A仍然选择放弃，围观的人们面面相觑，这是怎么啦。

---

① Most-every-No-thing。
② louse，谐音米饭。

杰克摇摇头，似乎连作为胜利者的他都觉得不可思议。他没等荷官动手，就迫不及待探出身子，把筹码哗啦啦划到自己面前。他的底牌无意中碰翻了，一张3和一张6，与台面构不成任何牌点，他居然敢压上顶注！

门特面色青冷，正如桌面那枚油亮的橄榄。

荷官重新发牌完毕，杰克甚至连自己底牌都没看，就扫倒一堆筹码：在大盲注的基础上加注！门特同样也没看底牌，他宽厚的手掌交叉，放在胸前，两大拇指相绕转动，刚才话兴颇浓的他此时沉默得像是石膏塑像。他沉思片刻，选择再加注。众人被这疯狂的场面震住了。

荷官继续发牌，台面上是A、Q、J、3。

杰克冷笑着把面前的筹码全部推倒，清脆的碰撞声就像金沙的摩擦音那样撩拨着众人耳洞里的茸毛。

"这不是最后一轮。"门特僵硬的提醒道。

"没错，我还可以追加筹码。荷官，这是无限制桌，对吗？"

"是的。"荷官回答。

门特似乎已经遗忘了他的橄榄，他肥厚的手掌抖得厉害，也许连他自己也看不过去，把手掌又缩到了桌面以下。

"跟。"他说。

桌面上的筹码堆得像台风掀翻了的瓦片那样厚。第五张公共牌是方块2。其实此时对台面的说明毫无意义，因为他们谁也没有看底牌，公共牌的组合也就失去了意义。

这时该全押了。可是杰克面前已经没有了筹码，他打了个响指，把像死神一般坐在身后的查顿船长叫过来："英格兰银行的支票可以作为赌注吗？"

查顿船长强行按捺内心的喜悦，用颤抖的声音说："当然。"

　　海伦小姐用纤细的手指拈出一张绿色的支票，上面鲜红的私人印章就像一枚火热的唇印。荷官伸出白手套，毕恭毕敬地接过支票，在吊灯的光下研究半天，冲船长点了点头。

　　啊！20万。纵使这里面有很多人一辈子都没有目睹过支票的尊容，但并不妨碍他们从上面读出零的个数。于是有人少见多怪的发出惊呼。

　　门特久久没有回音。他浓密胡子下呼吸愈发得沉重，他的身子很肥硕，胸前的假乳夸张地一起一伏，令人作呕。

　　"有什么疑问吗？"

　　"这不符合规则，因为你不能下注超过对手所能承受的范围。"门特瞟了一眼船长。

　　"那你可以选择盖牌。"杰克面无表情地说。

　　赤裸裸的威胁！门特两腮的肌肉僵硬了。

　　"先生，如果对手所有的筹码加起来不足以跟进，你就不能这样下注。"荷官说。

　　"他可以跟，任何东西都可作为抵押，比如这艘船。"杰克的语气是如此轻描淡写，然而全场的人都不禁为之震惊，目光齐刷刷投向查顿船长，谁都知道，船长才是门特的真正后台。

　　船长努力控制自己的目光不去瞟桌面盘子里那张支票，脸上挤出很痛苦的难以割舍状："哦不！这可是我的命根子，我宁愿赔上老婆也不愿输掉它，我的皇家船长号，它在中国干一票就能赚十万英镑……"

　　谁都明白他这艘破船顶多值五万英镑。

　　"那好吧，荷官，可以归还海伦小姐的支票了吗？"

　　"等等！"查顿船长肥厚的手掌狠狠盖在支票上，"小子，你他妈的简直是抢劫！门特，给我跟上！钱德勒，去把我的船权证拿来。"

发黄的船权证火速拿到，上个世纪70年代在英属维京群岛注册，明确无误的揭露了它沧桑的历史。众人纷纷摇头替杰克深感不值。

杰克却扭头伸出食指，轻轻刮了下海伦细汗密布的鼻尖："公主，你将拥有一艘属于自己的船。"

海伦深褐色的眸子像巧克力一般融化了。

底牌掀开了，杰克的牌组成一对3，这是一手极烂的牌，然而门特的牌更烂，与台面构不成任何牌点，烂到极点。

查顿船长粗壮的身子嗖的瘫软在地，用他的话说，醉得像戴维的母狗①。至于门特，他庞大臃肿的身子深陷在椅子里，突然显得那么渺小可怜。与他们一同破产的还有门口设局的小庄家，中国人疯狂的涌进娱乐室，把杰克抛向空中，他们就像过节那般兴奋，除了耍小聪明的阿福，他露出如丧考妣的神情，用油而硬的袖口擦着鼻涕，两眼无神地望着他的同胞。

"我明白了，我明白了。"门特就像一个疯子般，抓过每一个路过他身边的人，口齿不清地解释着："他抽老千，他整个晚上都在偷鸡，整个晚上都在，前些日子输给我也是他故意的，这一切都是他计划好的……"人们没有理会他失心疯般的呓语，他被拥挤的人群冷落在那张属于他的椅子里，我突然从门特的胡话里悟出些什么。等我意识到这点，迫切地想要与他交流时，门特已经从混乱的人群中消失了，那枚青色的橄榄被快乐的人们踩得粉碎，后来人们再也没有看见过他。

杰克跳上得克萨斯扑克华丽的桌面，宣布："从今以后，船上的每一个水手，每一个勤杂工，每一个厨师都领双倍工资。"

人群爆发出震耳欲聋的欢呼。

---

① 英俚语。

杰克后来的宣言我已经听不清了，我退出娱乐室，让湿冷的海风切割着我的脸，整理着脑海里纷乱的思绪，极力回忆杰克出现在人们视野里的每一个动作，每一句话，以及他从不显山露水的表情，然而我的推测很无力。也许，只有坐在他面前的对手才会真正理解他，而且这种理解是建立在失利的痛楚之上，可惜门特已与他牌王的尊严一并永久地消失了……

十

从那以后，老迈的皇家船长号似乎重新焕发了青春，它跑得比以往任何时候都要欢快。水手们卖力地干着活，乐此不疲地传播着杰克的传奇故事。

"我们将到澳门去，那是杰克梦想的目的地。"海伦告诉我。

"澳门？我们原来不是计划着在九龙靠岸吗？"我颇为不解。

"是呀，但现在我才是皇家船长号真正的主人，难道不可以决定船的航线吗？杰克答应查顿船长一到澳门就卸下他的货物，然后查顿和他那帮手下卷铺盖滚蛋。杰克会带我在澳门体验东方色彩的冒险之旅，那里不仅有21点、轮盘赌、百家乐、得克萨斯扑克，还有中国人发明的牌九、叶子戏、斗狗、赛马……"海伦的目光流泻出无穷向往。

"小姐，"我冷冷地打断她的遐思，"爱上一个东方穷小子可不是一件浪漫的事，据我了解，你是订过婚的。"

海伦通红的双腮陡然变得煞白，然而小姐脾气的她嘴上依然很硬："那又怎样，我可以退婚。亨利是不错，还很英俊，也很有前途，但我并不爱他……"

"那么，小姐，当您的父亲大人泰勒勋爵了解到你将与一个中国嗜赌如命的穷小子乘一艘破船浪迹天涯，他将做何感想？"

"牧师，那是我的事，不用你管！父亲他爱我，他会尊重我的选择。"海伦的声音很高亢，但我听出了她颤抖嗓音里的虚怯。

"如果说杰克是兰斯洛特骑士，我就是格尼薇儿皇后。任何人都不能阻止我们在一起，强大无比的亚瑟王也不能！因为他是杰克，独一无二的暗黑骑士杰克，他迷人的东方智慧便是他的无毁之湖光①。"

得承认，女孩子很容易把自己与浪漫传说里的女主角置换身份。

"可是，那是一个悲剧，兰斯洛特至死也未能与格尼薇儿皇后在一起。"

"我并不在乎结局，我只在乎过程。"她的声音自信满满，与其说她是想说服我，不如说，她是在为自己打气。

我置之一笑："好吧，过程。没有人会质疑兰斯洛特爱格尼薇儿的程度，但是杰克真的爱你吗？"

海伦一愣："牧师，杰克用心良苦的接近我，这可是你告诉我的。他为了献给我一个大大的礼物，不惜与战无不胜的赌王为敌，这难道不足以说明问题吗？"

"原来爱也可以像一种阴谋。"我不无嘲谑地说。

"牧师。"海伦狠狠地瞪我一眼，"那不是阴谋，那即便是阴谋也只是为了讨好于我，这令我感动。你是一个很无趣的人，作为一个清心寡欲的独身主义者，你很难理解爱。"

我无言。

---

① 兰斯洛特的佩剑。

十一

"你爱我吗？"在没人的时候，海伦也禁不住开始偷偷练习这个问题，但是她一直没有将练习付诸实践，也许她在寻找适当的机会，或者以更委婉的方式，与杰克的相处让从来都是直言快语的她也渐渐理解东方人含蓄的思维。

"这三张牌是三个不同花色的Q，其中一张是黑桃皇后，它代表我。我将它们打乱，你能从中挑一张你所认为的黑桃Q吗？"海伦的表情很严肃。

"好吧，我试试。"杰克在她灼热的目光里很局促。

"什么叫我试试？你必须挑中！对于战胜过得克萨斯扑克之王的人来说，这难道不是小菜一碟吗？"海伦严厉的审视着杰克有些发飘的目光。

"好，我尽力。"

海伦认真地把牌在背后调换良久，这才摆上桌面："哪一张呢？"

杰克伸出右手盖住最右边一张。

海伦自己偷看了另两张牌，目光就像湖水一样荡漾起来。她故弄玄虚的抽掉其中一张，说："再给你一次改正的机会，现在你还改不改？"

杰克迟疑了一下，说："我改。"将手盖上另一张牌。

"你怎么会改变主意？"海伦又急又恼，"你做出了选择就应该坚持选择。"

"是你要我改的。"杰克很无辜地说。

"我那是考验你！你作为一个扑克高手，难道连坚持自己的判断都不敢吗？你！你……我早就说了，黑桃Q代表我，你选择了黑桃Q，哪有再更改的道理！"海伦气得小脸涨红，长睫毛竟然濡湿了，激动中她一挥手把三张牌扫到桌子下，扭过身去。

"海伦。"我走上前去，"杰克的选择是对的，当你去掉一张牌后，挑中黑桃Q的概率从三分之一上升到了二分之一。"

"你们骗我！"海伦的声音带着哭腔喊道，"概率怎么会变？他又没有看牌。"

是的，这确是一个很容易迷惑人的选择。杰克固然没有看牌，但是海伦去掉其中一张时，其实已经无意中帮杰克去掉了部分冗余信息，因为她不可能去掉黑桃Q……

但是伤心的海伦已根本听不进我的解释："你们出去！出去！"

"杰克，我们可以去喝一杯吗？"我同情地说。

十二

"上等的波旁威士忌。"我举了举玻璃杯。

"谢谢你的款待。"

"你们中国人有句俗话：百年修得同船渡，为了这难得的机缘，干。"

杰克的脸渐渐潮红了，体质虚弱的他似乎有些不胜酒意。

"只不过我们西方人把机缘理解为概率而已。"

"角度不同吧，一为感性，一为理性。"

"是的，不管怎样，认识你实在是太巧了，尤其是当我了解到你是在蒙巴萨上的船。"

杰克的嘴唇在杯沿上停住了，猛地抬起头怔怔地看着我。

"我还以为只会在马六甲和吕宋岛遇到中国人呢。"

"牧师，哪儿没有中国人？"他的口吻与大副一模一样，"早在你们西方人探索新大陆之前，就有中国人的龙船在印度洋的海面上游弋，阿拉伯半岛、非洲海岸的每一个国王与酋长都盛宴欢迎中国使者的到来。"

"别误会，年轻人，我对你的来历毫无兴趣。只不过你与你的同胞是如此不同，我欣赏甚至有点妒忌你的智慧。"

"谢谢。"

"在我们西方，赌术这门手艺与数学有着千丝万缕的联系，概率学这门学问的诞生便是源于一个分赌注的问题，数学家帕斯卡建立了数学期望的概念，费马则区分了独立概率事件和条件概率事件……"我一边叙述着西方的概率学历史，一边观察着他的表情，突然，我停顿一下，"杰克，你了解这些名词吗？"

"为什么不呢？这些概念在东方同样也有。"杰克的声音中正平和，却透着一股难以掩饰的自豪底气。是的，有证据表明，西方的扑克游戏原本就源于东方的叶子戏，中国在3000年前的西周宫廷开始流行斗马的游戏，如果质疑一个东方人的博彩知识，那是一件非常可笑的事情。

"牧师，如果你真的对中国的历史了若指掌，你就会明白，我们的祖先早在一千年前就掌握了先进的计算技术，祖冲之把圆周率精确到了小数点后七位，在你们西方人还在使用拙劣的古罗马历法时，我们的祖先就已经在使用内插法来计算月球运动的速度……"

我静静地欣赏着杰克的演说，心想他对中国历史的精通正好暗示了他的与众不同啊，现在又有多少中国人了解他们一度辉煌的历史呢？中国人早在汉代就制造了浑仪，可是当今大清朝的饱学之士又有谁能洞悉这项仪器的奥妙呢？不错，中国人有一种与生俱来的自信，他们相信"中国之物自足于用，而外国不可无中国之物"，然而这种自信完全建立在虚幻的大国意识之上。1792年，马戛尔尼率庞大的使团拜见了中国皇帝，英国人想把他们最新的发明介绍给中国人，比如蒸汽机、棉纺机、织布机，他们在礼单中还专门提及了"榴弹炮、迫击炮"以及手提武器如卡宾枪、步枪、连发手枪等。他们本以为这些东西可能会引起清朝官员的兴趣，结果却大失所望。清朝的官员绝大多数都是文人出身，他们对此毫无兴趣，在他们看来，这些洋人的东西不过是些无用的奇技淫巧罢了。

我点点头："是的，杰克，我毫不怀疑你在概率学上的领悟，我说过，我试图与中国人交朋友，试着走入他们深沉的内心……开门见山地说，我曾在法兰西科学院系统的学习过概率学知识，所以我能读懂你从21点以来的一系列表演，不是全部，但至少是部分。"

杰克安静下来，乜斜着我。像是在说，我不明白你在说什么。

我整理了下脑海的思绪，慢条斯理地说："赌场的娱乐方式有许多种，它们看起来很相似，却又如此不同。比如轮盘赌桌旁总是人满为患，因为它更刺激，看起来更公平，因为每一次转动都是运气，也就是说是随机事件，然而这是个错觉，事实上21点才是对玩家最有利的赌局。对21点来说，如果每张牌是从一个含无穷多副牌的牌盒里抽出，这样前面出过的牌不会影响后面的牌，那么它跟轮盘赌的号码一样，也是独立事件，然而实际上，娱乐室都是使用一副牌来玩21点，这样当庄家发出牌来，你拿到两个10点，庄家亮牌也是10点，翻出底牌还是10点，那么下一轮10点出现的概率已不再是4/13，而是1/4。其他点数出现的概率也不再是1/13，而是1/12。于是统计大牌出现的次数，再根据庄家牌面的组合，准确的分析庄家爆掉的可能性之于精通计算的你来说，不过是小把戏，这就是你在21点牌桌上战无不胜的原因，对吗？杰克。"

杰克皱了皱眉，没有回答。只是扬扬酒杯，像是在为我精彩的分析喝彩，又像是为自己。

我清了清嗓子，继续说："我们再回到阿福抽老千事件，我可以毫不犹豫地判定，那枚骰子的确是作过手脚的，很显然它的密度不均一，这样6点出现的概率要远大于1/6。连续10次出现6的概率小得可怜，它无疑是小概率事件，你却巧妙的偷换了概念，用生日巧合来类比，然而生日巧合只是看起来是巧合，实际上并非小概率事件，40个人中有两人生日在同一天的概率高达89/100[1]，所以你很自信地宣称，生活中处处都有巧合。"

杰克羞赧地笑笑，没有再用一脸茫然来回应我，因为他明白，再掩饰已是多余。

"当然，你最神奇的还属在得克萨斯扑克上战胜门特的经历，这也是我唯一无法解释的地方。扑克游戏跟21点这种纯粹的概率计算不同，它有太多人的因素在里面，好牌也可能输掉，坏牌也可能赢。我奇怪的是，在没有看底牌的情况下，你怎么那么自信能战胜门特呢？"

"火车隧道自动补全效应，懂吗？牧师。"

"火车隧道？"我愕然，在这个百分之九十九的中国人还不知火车为何物的年代，一个中国人问我懂不懂什么叫火车隧道效应，我内心充满了复杂的情绪。

---

[1] $1-364/365*363/365*\cdots\cdots326/365=89/100$

"一列长于一条隧道的火车钻入隧道后，当它的火车头钻出来而火车尾尚未钻入隧道时，站在火车隧道外的人可以利用经验和想象自动将这列火车补全，而不会认为这列火车是残缺的。很显然，门特根据台面上的明牌补全了我的暗牌。也许一个普通高手只能补全我的19手可能牌点，而门特却能补全20手，然而正是这第20手牌点让他害怕了。因为他是门特，用他的话说他是everything，他能分析出所有可能的牌面组合，然而这种无懈可击的完美分析却又构成他的致命弱点，因为这是唯一能战胜他的牌的牌点，这就是前面六把我能偷鸡成功的原因。"

我点点头："那么第七局呢？第七局你没看底牌又怎么偷鸡呢？"

"是啊，门特也是这样想的。前面我连续六把偷鸡成功，无疑已让他怒火中烧，但还不至于失去理智，这时我只好表现得是我失去理智，在没看底牌的情况下，毫无根据的上大盲注并加倍跟注，这种无理让他出离了愤怒，他认为在双方都没有看底牌的情况下，风险是同等的，于是他选择跟进。试想一下，连续七把被对手偷鸡成功，那是一件多么耻辱的事。可惜他错了，前面六把偷鸡，第七把我却不是在偷鸡，事实上，我是站在概率的有利面。"

"这怎么可能？"我困惑万分。

"发牌员。"

"可是发牌员是门特、查顿船长一伙的！"我尖声叫了起来，周围的人群齐刷刷投来好奇的目光。

"没错。"他抿了口辛辣的威士忌，轻咳了几声，"可这正好为我所利用，就像一个人总是不自觉的带有自己的习惯烙印，比如牧师您的花体书法，字母O总是显得像一个Q，而大写I的连笔又跟l很像，这是您的特征，荷官也有他的特征，虽然他自己没有意识到。很早以前我就在观察荷官的洗牌手法，作为一个有经验的荷官，他不会洗出一边倒利于庄家或自己人的牌，那太愚蠢了，他总是会让玩家输几盘又赢上几盘，他精于此道。于是在前面六把我都拿了坏牌之后，我明白，我的机会来了。我一如既往的高调，一如既往的挑衅，看起来我的战略没有丝毫变化，不知不觉间，胜利的天平却已在偏向我。"

杰克在讲述这场传奇的智力角斗时就像一个满不在乎的孩子，然而这种轻描淡写却令我震惊。我曾经以为自己看穿了他的鬼把戏，然而此刻，他又像断了缆绳的舢板一样飘得越来越远，在我的视野中模糊起来。

"那么，能告诉我你为什么需要这艘船吗？"

"抱歉牧师，我不能，你可以理解为一个赌徒的心血来潮。"

"你不是一个赌徒。"我用海伦的话冷冷地回答他，"你更不会心血来潮，你的每一步都经过了精密的计划。"

"我会告诉你的，牧师。"他掏出一副磨得黄而亮的骨牌，上面刻着迷一样的中国古字，看起来就像是某种巫术的道具。

他将一张骨牌立起来，船舱的晃动又让它立刻倒下了。

"这是一种只能在岸上才能玩的游戏，到岸上，我会为你表演这门艺术。"

十三

皇家船长号像一尾逆戟鲸在深色的海面上快速游弋，当它离马六甲港

越来越近，海伦小姐的眉毛便拧得越紧，曾经无忧无虑的她变得敏感多愁。这不是说她仍在为上次考验杰克的扑克游戏伤心着——后来杰克给她解释了更换选择的理由，聪颖的她很快明白了其中的奥妙——而是因为她的未婚夫亨利·布雷斯少校按日程安排，将在马六甲港登船，与她一同前往香港与泰勒勋爵会合，他与海伦小姐也将在香港完成婚礼。亨利少校驻扎在马六甲港两年了，他一直在等候上级的命令，随时准备开赴中国。亨利少校的父亲乔治·布雷斯将军与泰勒勋爵是故交，乔治·布雷斯将军驻扎在印度德里，我在印度考察时曾经有幸拜谒过他的寓所，那是一幢斯图亚特王朝式建筑，宫殿式的园林与豪华的内部装饰令我大开眼界。可以说门当户对的亨利少校与海伦小姐是令人羡慕的一对。说起亨利少校，那可不是一般的公子哥，他曾经是剑桥三一学院数学系的高才生，师从斯蒂文森博士学习弹道曲线，19岁时便以第二名的成绩获史密斯奖学金。后来他弃文从戎，读了桑赫斯特军校，子承父业参加了驻印部队。他卓越的军事才能很快在镇压印度叛乱的战斗中大放异彩，不久便擢升为少校，跟随印度海军提督乔治·懿律大人开赴远东。在外人看来，一表人才的亨利少校实在是前途无量的金龟婿，可是海伦小姐却偏偏看不上眼，如果让海伦小姐移情别恋的是另外一位名门望族也就罢了，可她看上的居然是一个不名一文的中国人，这就不得不让人嘘唏非议了。

这时海伦小姐是多么希望心爱的人能与自己站在一起，承担这世俗的压力啊。可是在牌桌上洞若观火的杰克在生活中却木讷不堪，他对海伦小姐的忧虑毫无察觉，对身边的议论也是浑然不知，也许即便他听到了，也只当是说他人罢了。

"杰克。"海伦望着她的"魔术师"，欲言又止。

"嗯？"杰克从凝固的思考中苏醒，他总是望着海面出神。

"你了解我吗？杰克，比如我的过去。如果说我藏进54张扑克牌中，你能一眼认出我来吗？"

"小姐，我们玩过这样的游戏多次了。"

"可是你从来没有认真的理解这个游戏，就像你从来没有努力去了解我！"海伦的声音变得尖利。

"我了解你，小姐。"杰克很诚恳地说。

"那么，我是怎样的？"海伦稍稍收拾自己激动的情绪。

"你，聪明、美丽、善良……"

"杰克。"海伦冷冷地打断他，"难道你们中国人从来没有掌握恭维一位小姐的语言吗？我不想听那些！"

杰克无语，也许内心过分深邃的人在言辞上却是苍白无力的。杰克茶色的眸子里倒映着海伦期待的表情，他的目光突然像茶杯冒出的白气那样一团模糊："海伦，我爱你，超越了虚浮的辞藻，就像你之于我，超越了地位、肤色、宗教甚至……时间，可是，我不能爱你。我们就像擦肩而过的两艘船，我们的航道曾经那样亲密的交错，然而它们终将渐行渐远，直到那海面上交错的波痕，像沙滩上的脚印一般，被时光抹平，就好像我们的相遇从来没有发生过……"

这番话令远远聆听的我也不禁触动，而真正的倾听者海伦却是一脸茫然，只因杰克用的是汉语，那种古老而晦涩的语言，她永远也不能明白，也无须明白。

"你说什么？"

"一个中国的笑话，从前有个懒媳妇，不爱劳动……"

"一点也不好笑。"海伦很失望，她的心冰凉若水。

我咀嚼着杰克的这番话，我可以听懂里面的每一个汉字，但它们的组合却让我如坠云雾。它们似在暗示着什么，就像圆桌骑士的传说所影射的那样。

"好吧，海伦，我们来玩你喜欢的占卜游戏。"杰克突然提议。

海伦黯然的眸子里稍稍浮出一丝暖意。

"如你所说，牌有牌语，花有花语，数字也有数字的语言。"杰克摩挲着纸牌，他的手指从来没有像今天这样笨拙过，海伦不解地望着他。

"今天我们不玩吉卜赛算命，而用牌面的数字来占卜好吗？"杰克露出很虔诚的神情，那是以前他洗吉卜赛命运牌时所没有过的庄重。

海伦点点头，数字占卜本来就是很流行的一种占卜，数字就像洪荒一样古老。

杰克给她与自己各发了三张牌："与21点一样，10、J、Q、K都当作零，把三张牌按次序组成一个三位数，那就是你的命运数字。"

"唔……我的是220。"

"那么，你能猜出我的吗？"

"284。"海伦说完迫不及待地翻开杰克的牌，果然如此。聪明的她很快明白了这个小把戏，在西方，早在2000年前毕达哥拉斯建立了一种"万物皆数"的哲学观，他将宇宙定义为数及其关系的和谐体系，这种数字宗教深深地影响了西方社会。毕拉哥拉斯不仅将自然数区分为奇数、偶数、素数、完全数、平方数、三角数和五角数等，他还发现了一组神秘的数字220和284，它们互为对方真因数之和，就像人与人之间的"相亲相爱"，因而得名友爱数。友爱数是如此稀少，它的神秘气质在魔法、占卜、巫术之中大行其道，相爱的男女们时常把这两个数字绣到定情信物上，以象征爱情的天荒地老。痴迷于占卜游戏的海伦岂会不知。

这是拙于言辞的杰克特有的表达方式吗？海伦目光火辣的望着杰克，

虽然她明白洗出这样的数字组合对于杰克来说不过是小把戏，但她宁愿相信这是命运的巧合，宿命的安排。

"你相信吗？"杰克奇怪地问道。

"嗯。"海伦夸张地点着头。

"友爱数固然美妙，但它们都摆脱不了命运黑洞的致命引力。"

"什么？"

"495。把220中的三个数字按最大排列与最小排列相减，如220减22，再将得到的新数的最大排列与最小排列相减，如此要不了多久，它们都会跌入495这个无底深渊，284这个数字也是一样。"

海伦心算片刻，脸上浮现出不可思议的神情："这又说明了什么呢？巧合而已。"

杰克什么也没说，继续翻牌，这一次海伦拿了四张：1、2、1、0。杰克的则是1、1、8、4。他意味深长地望着她。

海伦明白了什么，拿起一支笔演算起来。不久她就像发现新大陆一般惊喜地叫道："哇！又是友爱数。"

远处坐着的我身子一震，这绝无可能！自毕拉哥拉斯发现第一对友爱数以来，之后的1500年内许多人耗尽终生也未能找到第二对友爱数，人们一度以为自然数这汪洋大海中只有一对友爱数，直到1636年才由业余数学家费马找到第二对：12296和18416。上个世纪的大数学家欧拉发明一种新的算法后，一口气找到60对友爱数，但这60对友爱数绝无4位数的，它们都有天文数字那么大，大数学家欧拉会遗漏一对四位数的友爱数？

我掏出鹅毛笔在一张纸上演算起来，将1210这个数字肢解变形，不多久，它的情人1184神奇的浮出海面，当我把1184拆得七零八碎，组装它时1210又奇怪的跳了出来。它们真的是心心相印的一对！我惊呆了。

杰克叹了口气："它们同样也逃脱不了黑洞的牵引，6174，这是它们的渊薮。"

海伦急匆匆的演算起来，用最大数字排列减最小数字排列是不算复杂的计算，不多久，她就得到了答案，但她迟迟没有宣布她的结果，像是对自己的笔尖产生了怀疑，她又重新进行验算，无疑1210与1184这两个数无论经怎样冗繁的运算，计算过程中看似随机跳动的数字最终都会定格在一个死神一样冷酷的数字上：6174。

海伦不解地抬起头："6174就像有一股磁力。杰克，这是你设计的数学魔术吗？"

"不，这不是我的安排，这是上帝的安排，爱的陷阱，或者说黑洞，黑洞会将人类的意志撕得粉碎！"

杰克深奥费解的话令人不寒而栗。海伦向我投来求助的目光，我抱歉地耸耸肩，我同样也无法理解中国人的谜语，是的，我懂得黑洞数的秘密，任何一个三位数做那样的运算都将跌入495这个深渊，任何一个四位数都无法逃脱6174的魔掌，但是，我同样不明白他用这个数学奥妙来暗示什么。

十四

亨利少校本来是差两个部下到皇家船长号接海伦小姐下船洗尘，结果两位英俊的海军小伙却碰了一鼻子灰。亨利少校不得不在满船新奇的目光

包围下，亲自登上乱哄哄的皇家船长号。他本以为久未谋面的未婚妻会露出惊喜的表情，然后像小鹿一般欢快的扑过来环住他的脖子，吊起来旋转、晃悠。可是，他失望了。

"这很好笑。"当他了解到事情的来龙去脉后，只说了这么一句。

人们很惊讶他依然能保持绅士的温文尔雅与平静。我并不奇怪他的第一反应，如果你站在他的位置，试想一下他只消动动手指下一个指令，轰隆的炮声足以让满城胆小如鼠的东方人震栗，卑躬屈膝的签下城下之盟，你也会觉得一个东方情敌的出现是多么滑稽的事。

"杰克先生。"亨利少校脱下洁白的手套，他的佩剑与桌椅碰撞出清脆的金鸣，"我刚一登船，便已风闻你传奇的经历，也难怪海伦小姐会对你情有独钟。我很荣幸，有你这样的，咳，对手……"

"您误会了，先生。我只是海伦小姐的茶房，在皇家船长号抵达澳门之后，我就将离去……"

亨利扬了扬手："按照我们西方人的方式，如果两个男人同时爱上了一位女士，最简洁的仲裁方式就是决斗。当然，既然你最擅长的是赌术，那么我们不妨在赌桌上一分高下。"

四下一片哗然，幸灾乐祸的人们本来是期待着看亨利少校如何在震怒下把杰克扔到海里去，结果他却提出这样一个愚蠢的决斗方式。杰克的神奇赌术又不是什么秘密。

当然，这只是外行人的看法，如果他们了解到亨利少校的人生经历就不会发出那样的疑问了。赌博本来是军旅生涯中不可或缺的消遣方式，更何况亨利少校本是剑桥三一学院数学系高材，21点这种数学游戏的难度之于高次弹道曲线，就跟积木土块之于高楼大厦似的。一个数学系的天才与普通赌徒对赌博游戏在认识层面上的差距，就像一只岩雀与一只信天翁对地平线的认识那样悬殊，我隐隐觉得，亨利是比大胡子门特可怕得多的对手。

"少校，我无可奉陪，海伦小姐她很迷人，我尊敬她，仅此而已，我只是她的仆人，侍奉她并领取俸薪。而您是她契约上的丈夫……"

海伦的美眸骤然晶莹了，她双唇紧闭，锁骨处深深陷了下去，紧促地起伏着，杰克谦卑近乎怯懦的辩解深深地伤害了她。亨利少校漂亮的胡须上挂着淡近于无的微笑，像是一种嘲弄，又像是同情，好像他并不意外对手的示弱。

"杰克！"聒噪的人群顿时安静下来，目光像探照灯一样聚焦在海伦美丽的脸庞上。

杰克怔怔地望着她，即便迟钝如他，也感觉到了海伦声音里的异样。

"你必须与亨利决战，必须！"

"小姐，人生不是赌局，爱情更不能沦为肮脏的计算，那是一种亵渎！亨利少校是爱你的……"

"不，我喜欢。"海伦梗着脖子说，"我喜欢看两个男人为我争风吃醋，不管是野蛮的决斗还是肮脏的算计！"

"可是……"

"我是皇家船长号的主人，是吗？"海伦冰凉地笑着。

"是的，小姐。"

"我有权决定船的航向吗，杰克。"

"是的。"

"好吧，我宣布，如果你不愿意坐在亨利先生的对面，或者你选择一战却输了，皇家船长号将沿原来的航线前往香港！"一颗滚烫的泪珠从她通红的双腮旁若无人的滑落。

人群议论纷纷，谁也无法理解这不着边际的话与这场赌战的关联，然而杰克，他的脸就像被一道闪电照亮了一般煞白。

如果说上一次杰克勉强坐在得克萨斯扑克桌前，不过是他精心设计的欲擒故纵，那么这次他终于遭到了命运的嘲弄报复。杰克曾经说过，他厌倦了把人生当作赌局，然而他又不得不依赖这种冒险来实施他不可告人的计划。当他本以为将永远不会回到赌桌时，他又被一股不可抗拒的魔力扳回到桌前，而这魔鬼的力量居然来自他最信赖的人，这令一向沉稳有加的他也不禁失态。

我突然对海伦小姐产生了一种敬意，她的天真烂漫常常让人忽略她的敏锐观察力，她验证了她曾说过的话，你不了解某人，只因你爱他还不够。很显然，她了解杰克，她是唯一能抓住杰克弱点的人。当她宣布皇家船长号将前往香港时，我这才对杰克百折千转赢得皇家船长号的煞费苦心恍然大悟。

果然，杰克垂下他不明含义的目光，说："好吧。"

"既然杰克先生已经在21点、得克萨斯扑克上证明了自己，我们不如玩点新花样，选择简单的轮盘赌怎样？"亨利少校似乎是漫不经心的提出他的建议。

而在我看来，这是一个非常高明的选择。轮盘赌，真正的随机事件集合，任何诡谲欺诈、复杂计算都对它的变化无能为力，聪明人、蠢材、直觉主义者、天才、文盲在它面前一律平等。

杰克漠然地点点头。海伦小姐在他发散的目光里袅袅走近，就在他的目光集束时，她却已走远，她婀娜的身影无声的路过了他，伫立在亨利少校的背后，这一昭然若揭的举动在人群中引起无穷猜想。杰克的嘴唇微微抽搐，中国人拥有一张扑克牌似的表情单一的脸，尤其是之于像杰克这样一个偷鸡高手，虽如此，他也无法掩饰内心的触动。

亨利少校对此很满意，他的手温柔的盖住海伦的小手："相信我。"

轮盘赌相传是由数学家帕斯卡所发明。轮盘共有38个栏位，每个栏位一个数字，分别是1至36，以及0和00，数字又分红黑两色，两色各占一半。当玩家下好注后，赌场工作人员从手中掷出一颗小球在外轮盘的旁边快速旋转，外轮盘也在旋转，内轮盘则朝着与外轮盘相反的方向旋转，随后，小球会掉入内轮盘中直到停止。杰克与亨利对决的规则是用相等的筹码100个，进行100轮，最后谁的筹码多则获胜。

从赌局一开始，两人便保持非常谨慎的下注方式，即1赔1的投注，有趣的是亨利一律压双数，而杰克有时压红黑，有时压大小，但他有意避免压单双。从理论上说，轮盘赌完全是一个随机发生器，小球在任一格数字上停留的概率是平均的。如果你压一个号码，赢的概率是1∶37，如果你压1个筹码赢了，赌场赔你37个，你共有38个筹码，这是公平的。而实际上赌场只赔你35个，因为有两栏是0和00，这样你只获得36个筹码，2个筹码留在赌场的口袋里，这就是赌场的优势，即$2/38=5.26\%$。然而奇怪的是20多轮下来，杰克和亨利都在赢钱，也就是说两人都战胜了庄家和以概率法则设计的机器，但是亨利的筹码较杰克多出11个。我粗略的估算了一下，亨利每下一注，他的优势大约是5.5%，杰克的优势为5.4%，均高于庄家的5.26%。观者皆叹服，可见两人都是高手。但是由于亨利较杰克有1%左右的微弱优势，许多轮下来，亨利的筹码领先越来越多。

这时，轮到杰克下注时他却腾地站了起来，在众人诧异的目光里踱到茶壶前，一声不吭地倒了杯茶回来。联想到不久前海伦小姐一喝茶庄家就爆掉的咄咄怪事，众人若有所悟，莫非这茶水真有魔力？可惜，21点的奇迹并未在轮盘赌上复制，亨利依然继续着他的优势。我对此并不意外，因为我了解21点中所谓"魔茶"的奥秘,但此时,我根本无法理喻茶水之于杰克的意义,他甚至嘴唇碰都没有碰茶水,也许那只是一种心理暗示,像门特的青橄榄一样,谁知道呢?可惜这一切都只是徒劳。进行到九十九轮时,亨利的筹码居然达到了800个,而杰克只有400个,这意味着杰克必须在最后一轮力挽狂澜。海伦小姐努力控制她高傲的目光不去关注赌局的形势,然而她急促起伏的胸脯泄露了她内心的焦虑。

杰克,传奇的梅花杰克此时竟如此狼狈,他浑身湿漉漉的,衬衫紧贴着后背,就跟刚从海里捞上来似的,蓬乱的头发竟然蒸出了白气,目不转睛地盯着轮盘,也顾不得解开衬衫纽扣敞口气。

在我看来,他今晚的表现非常失常。连我都已经注意到亨利压双的概率优势,而杰克整个晚上都在愚蠢的压红黑与大小,他固然战胜了庄家,却输给了真正的对手。他早就应该改变自己的战略,压单个号码或号码组合,然而现在只剩下最后一轮,还有400个筹码的劣势。这不禁令人扼腕叹息,杰克的支持者也禁不住的摇头。

"杰克,还犹豫什么?"亨利很绅士地做出"请"的手势。

"少校,轮到您了,您先。"杰克沉稳的眼睛里掠过一丝惶色。

"可是,今晚一直是我首先下注,考虑到这可能对你不公,所以我决定最后一轮由你先下注。"亨利仍旧一副似笑非笑的样子。

是的,虽说这轮盘赌对于谁先下注根本没有什么规定,但众人经亨利提醒,回想起来这两人今晚的下注还真是以亨利先下杰克再下的默契秩序进行的。但是人们迷惑了,这有什么不同吗?按照统计学上的各态历经原理,一个人在赌场连续100万次下注和100万个人同时下注没有任何区别。

杰克呆呆地望着他的对手,嘴角挤出一丝苦涩,或者说是苍凉。从21点到得克萨斯扑克,不管他曾经伪装出新奇、胆怯、害怕、懦弱、兴奋还是疯狂，他内心也许从未把对手放在眼里。然而此时，我分明读懂了他曾经沉稳如山的身躯的微微颤抖。那是他从未体验过的恐惧吧。

"亨利少校。"杰克放慢了语速，一字一顿地说，"今天晚上，由于一直你首先下注的缘故，精彩的赌局才变得如此单调乏味，你一整晚都在毫无新意的压双，我本来好多次计划着压双，却因为你提前下注不得不改变战术，因为我憎恶模仿对手。"

亨利的微笑凝固了："没人规定不可以这么做！"

"好吧，那是你的自由，可是的确很丑陋。"杰克愤怒地把400块筹码全部推出，压在6个号码上！

压6个号码的赔率是5赔1，如果能压中，杰克的筹码将变成2400个。然而理论上，压中的概率只有15.79%。

当亨利踌躇的审视自己的筹码时，我突然明白他为什么要绅士地让对手先下注了。围观者纷纷议论起来，如果是自己来压该怎么做。人们讨论后突然发现，亨利要确保胜利，他必须再赢1600个以上的筹码。由于这已是最后一轮，压多少筹码已无关紧要，重要的是压中的概率。无论是压一、二、三、四、五这5个号码，压中的概率均小于杰克的压6个，亨利自然不会这样做。他还可以压7个号码，7个号码比6个号码自然要保险，但是轮盘赌没有压7个号码这一规则，当然他也可以压大小、单双、红黑，但这虽然保险，亨利顶多只能把自己的筹码翻倍，也就是1600个，低于杰克的2400个。亨利还可以压赔率2：1的区间和直线，这也只能追平杰克的2400个。亨利固然也可以像杰克一样压6个数字，但压中概率仅15.79%的风险值得冒吗？自己已经有400个筹码优势了。杰克之所以敢冒风险是因为他原本就处在显著的劣势之上。

人们刚才不过视杰克的压注为孤注一掷，经分析后才发现杰克的选择充满了智慧，而且是最利于他的下注法。即便如此，杰克的赢面依旧微乎其微，压中的概率只有15.79%啊。

亨利少校的动作变得迟疑不决，时不时摇头，又时不时地点点头，显然他不会不明白其中的奥妙。他优雅地解开硬领口的一颗黄铜扣，不久又优雅的扣上，当他终于做出决定，猛地抬起头来时，发现杰克正挂着不明含义的笑，挑衅的望他。

亨利冷冷地笑着，朝天空扔出一个筹码。人群恍然，亨利已经放弃赢这一把，他就是赌杰克不能压中，毕竟15.79%的概率怎么也谈不上保险。

轮盘开始转动，象牙小球在轮盘里四处乱窜，发出一种"嘶嘶"的声音。许多赌徒坚信小球运动的声音能暗示它的最终落点，还有人专门研究轮盘转动时发出的不和谐摩擦音，我只能说，他们纯属自欺欺人。

海伦闭上了眼睛，长长的睫毛耷拉着，微微颤抖。

如果说坐在牌桌前的杰克总有一种令人信服的沉默力量，只因那是一种可计算的游戏。可是在轮盘赌前，不管多么超群的智慧还是愚蠢透顶的投机客，他们在概率魔鬼的面前都是一样的卑微，你能做的唯有祈祷。

小球路过了杰克压的7、3、32……它的滚动变得蹒跚，就在人们以为它将在杰克压的21上停止时，它又顽强的逾越了21。啊！人们惋惜的叹息还未落音，小球又缓缓爬向25所在的红色区域，就好像有一股磁力在吸引着它。娱乐室反常的保持着死一般的寂静，人们屏住呼吸，似乎生怕自己的鼻息会影响到小球的运动，当然，这种担心毫无根据。人们这才发现，自己不知什么时候心理已悄悄站在杰克一边。不管原来是抱着幸灾乐祸、嫉妒或是怨恨的感情来看杰克的人，还是那些原本就是杰克拥趸的人，或者中立者，他们都不约而同地偏向了杰克，因为，一个处在完全劣势的人不仅要战胜强大的对手，还要战胜无情的概率法则，那将是多么值得期待的事啊。

它站住了！小球定格在杰克压的25上。杰克赢了！娱乐室响起雷鸣般的欢呼。亨利·布雷斯少校面色青紫，眼睛里凛着寒光，俊朗的面孔因肌肉的抽搐而显得狰狞可怕。

杰克的目光从空椅子上飘过，笼罩在海伦的脸上，就像一个邀功的孩子一般神气，可是海伦的目光清冷得有如甲板上的月光，甚至看也不看他一眼。

十五

"你想烫死我吗？"海伦把一口茶喷在地上。

杰克略为诧异的皱皱眉，他可能觉得这话耳熟，仍像从前那样似笑非笑地望着他的主人。

海伦把茶杯狠狠掷在桌面上："重倒！"

茶杯尖利的破碎声让菲佣也大惊失色。

"如您所愿，小姐。"杰克例行公事的重新泡了一杯，他刚刚将茶水递过去，便被滚烫的茶水泼了一身，海伦甚至尝都没尝一口，便厉声呵斥道："你这叫茶吗？"

杰克也不禁恼了："小姐，按照契约，我可是决斗的胜利者……"

"是又怎样？"海伦扬着下巴，"按照契约，你是我的仆人不是吗？"

"对不起，我不干了。"

"可以。"海伦的声音变得高亢，"船仍停在马六甲，你想走可以马上滚下去！"

"那。"杰克意味深长地说，"我得带上我的战利品，一位愚蠢的小姐曾经许诺，谁在赌桌上获胜，谁将有权成为她的未婚夫……"

海伦冷冷地笑着："收起你的仁慈和虚伪，中国人，你爱的不是我，而是皇家船长号。而我，才是这艘船的真正主人，所以，作为一种交换，我将船长号的所有权授予你，而你，放弃决斗胜利的奖赏，很公平也很合你意，对吗？"

杰克陷入了沉默。牌桌上的他总是深藏不露，令对手感到不安，只有在海伦面前，他是无法伪装的，海伦的话像一柄匕首，击中了他内心最柔软的地方。

俄顷，海伦说："看来你同意了，很好，成交，杰克先生。"她一背过身去，便紧闭双眼，强忍着眼泪，朝我这个方向走来。她的步子很缓慢，近乎凝滞，似在期待背后那个男人发出挽留的信号，是的，她等到了，用她的话说，不过是一个中国人虚伪的安慰。

"海伦。"杰克说，"到澳门后再下船可以吗？我会履行剩下的半个月茶房契约……"

"很好。"海伦没有回头，深深地呼吸着，平抑着声音里的哽咽，"不过，你手脚最好放麻利点！"

海伦离开了房间，她没有看到杰克黑眸里的晶亮。杰克久久立在自己孤独的影子里，身上的水珠滴沥而下，就像男人耻辱的哭泣。我也离开了房间，并揿灭了灯，也许在黑暗中，他才会觉得温暖。

十六

在马六甲港荷兰人开的一家咖啡馆里，我坐在杰克的对面。我没有提及海伦的反常，这个世界没人能安慰他，因为没人能走入他的内心。我也许是最接近理解他的人，但正由于这些理解，才让我放弃了安慰他的想法。

今晚没有酒精的作用，只有苦涩的哥伦比亚咖啡。然而很意外，沉默寡言的杰克话多了许多，而且有些话很突兀。

"牧师，你是个博物学家，拥有超乎寻常的观察力，你比其他人更了解我，知道许多我的秘密，这并未让我不安，因为你说过，你试着与中国人交朋友，我信任你，先生。所以今晚，把你所有的疑问都掏出来吧，我不知道，将来是否还有机会，在这样一个宁静友好的环境里与一位老友叙旧。"

"好的。"他的坦诚令我感动，我甚至想掏出一个本子来记录，但他微笑着制止了，"放在脑海里，先生，永远不要留下痕迹。"

"好吧。"我开门见山地说，"我现在最迫不及待想了解的还是轮盘赌，老实话，亨利少校是不是你遇到的最可怕的对手？"

杰克点点头："他是个狡猾的高手。如果你明白他前99转都掌握着先发优势，而最后一转他又掌握了后发优势你就能理解他的恐怖了。"

我似是而非地点点头，转而又摇头："我注意到最后一转他后下注反而很被动，因为他压一到五个号码风险都大过你，压区间和直线顶多能追平你，而压单双又不能确保胜你……"

"可是他可以跟我一样，压6个数字，实际上主动权在他那边。"

"怎讲？"我困惑了。

"在我们中国古代有一个田忌赛马的故事。"

"我了解这个故事，更换不同等级赛马的出场次序，就能反败为胜。"

"没错，但那种战术只有在对方先出牌的情形下你才能随机应变，只有齐王先确定了自己赛马的出场次序，田忌才能准确应对。"

"那么亨利的后发优势表现在？"

"他领先我400个筹码，他完全可以采用模仿战略击败我。我一度以为他掌握了此点，所幸在我的暗示下，他又放弃了这个战略。"

我很困惑，因为在当时，我没有注意到任何形势的变化。

"当我压6个号码，他也应当跟风压6个号码，这时风险之于我们两人是平等的，所以他必须这样做。不冒风险才是最大的风险，可惜他采取了保守战术……"

我恍然，风险是一个很容易蒙蔽人的东西，其实在对手冒险一搏时，你应该跟上，因为要错大家都错，然而你前面已经建立了400个筹码的优势，所以胜利依然在握。这时保守战术反而成了冒险，因为对手可能压中而实现大翻盘。

"他输在了自尊，因为我嘲讽他一晚上都在压双，而且暗示他模仿对手是一件君子不为的可耻的事。"

当时的情景突然像清晨的白帆，清晰的浮出地平线，但是我又奇怪了："他为什么一晚上都压双？"

"这正是他的先发优势啊，他必须抢着压双。"

"为什么？压单压双难道不是一样的吗？"

"当你注意到他那天晚上赢了800个筹码就会明白压双的优势了。"

我点点头："我估算了下，他大概具有5.5%的优势。"

"没那么多，先生，精确的数字是5.3%。"

我愕然，只好一五一十地解释我是根据他赢的筹码总数与进行的轮数来计算的。

"那是在均匀下注的前提下，牧师。他是非均匀下注，他有时扔出去五个筹码，有时扔出去七八个，其实根据他的下注量就可以摸清他的优势。剑桥高才生有一个精确的大脑，但过分执着于数学计算也容易把自己的底牌暴露。"

"怎么计算？"我忘了自己也是在法兰西科学院深造过的。

"牧师你应该多在赌场上转转而不是用鹅毛笔纸上谈兵。如果你掏出10个英镑找赌场高手学经，他们会告诉你一条秘诀：如果理论上你占A的优势，本钱总数为B，那么最优赌注是A乘B。"贝尔实验室的J.K.Kelly推导出这条公式。

"我听说过这条经验，但是数学上并没有给出这条经验的证明。"

"哦，那就不是我所关心的了。重要的是亨利先生深思熟虑的下注却表明，他对这条经验情有独钟。"杰克笑了，"所以，我算出了他的优势。"

"可是，这优势从何而来？轮盘赌的机器有问题？"

杰克摇摇头，只是注视着我，似在期待我来回答。

"小球？"

他摇头。

"船？"

"正确。在陆地上，轮盘赌不会出现任何偏差，小球在任一栏停留的概率是均匀的，但是在船上的轮盘赌则不是那么简单了。"

船与轮盘赌？老天，除了轮盘长得与船舵有点像之后，我想不出它们之间有任何关联。

"我也很奇怪，所以我才起身要了一杯茶。"

我想起来了："茶？可是你一口也没碰它。"

"是的，我的茶不是用来提神的。如果你观察仔细一点，就会发现我的茶倒得比较满，以致在船的自然晃动下，有一些水洒了出来。"杰克说到这停顿了，他的咖啡在欢快的旋转着，液面中心，形成一个微笑的酒窝。

我恍然大悟："船是摇晃的，而茶杯里的水右边的溅出来较左边的要稍多一些，也就是说船的平面存在一个微弱的倾斜。"

杰克点点头："由于装载货物的差异，没有哪艘船能做到像陆地上这样水平。而轮盘赌的桌面正好与船的中轴线方向平行，这就不难理解为什么出现概率偏差。"

我苦笑："这就更奇怪了，难道轮盘像做过手脚的骰子一样存在质量差异？"

"没错，任何轮盘如果它是采用自然界的木头来制作的话，它都不可避免地存在质量差异。不光在根部与冠部有质量差异，在同一个横截面上也有差异。比如轮盘通常使用造船剩下的橡木，由于树木的向阳性，一般来说南面的要生长得更快，它的年轮更疏朗，质地更松软，阴面的年轮则更紧密，质地更坚实。有经验的造船匠在使用木料时，会有意让木料阴面质坚的一面朝外，这样木船才更耐腐蚀与撞击。"

"好吧，即便存在这样一个差异，也丝毫不能为我所利用啊。如果它们是按1、2、3、4这样的顺序排列也就罢了，小数字在阴面的话，我承认小数出现的概率可能会稍大，可是轮盘上的数字几乎是随机排列的！"我分析到这里，也不禁对几百年前的数学家帕斯卡暗暗敬佩，看起来轮盘赌是多么简单的机械，可是却暗藏玄机，要不是数字的排列是打乱的，还真会被许多人钻了空子，帕斯卡在发明这项机器时显然考虑了此点。

杰克笑了："可是你是你，亨利是亨利。"

"什么意思？"

"如你所说，亨利是一个恐怖的对手。在你看来数字是胡乱排的，在他看来，却有不少奥妙。那些看似零乱的数字之于一个真正的轮盘赌高手来说就像圆周率小数点后的数字一样清晰，无论顺数倒数，间隔着数，还是以斐那波契数列那样跳着数，他们都烂熟于心。"

"那么，亨利他发现了什么奥妙呢？"

"从34这个数字作轮盘的直径，直径的那头对应着14。34顺时针至14，偶数出现了10次，也就是说，轮盘的另一半偶数只出现了8次。亨利先生就像长了一双千里眼，他不仅统计出了34至14之间的偶数出现的概率略大于奇数这一事实，而且，他似乎还看到了这棵橡树生长的方向，不出意外，地球的纬向与通过14与34这两个数字的直径平行，他是个天才。"

"34至14这边的轮盘较重！而这半边轮盘的偶数多出两个，所以压偶数具有优势！"我如梦初醒。

他赞赏地点点头。

我徐徐品尝着咖啡，试图把脑袋突然塞入的混乱信息整理得更有条理些。我想起了什么，猛地从一团白气的咖啡杯上抬起目光："可是你一晚上也在赢庄家，难道你也具有优势？我没记错的话你的压注似乎是随机的，有时是压红黑，有时是压大小……"

"是的，我的优势是5.28%。"杰克平静地说。

我愕然："恕老夫愚钝，你的所谓优势实难理解。"

杰克淡然一笑："按你们西方人的话说，轮盘赌的号码出现完全是一个随机实验，按我们中国人的话，号码的出现是一个混沌。"

混沌？我咀嚼着这个古老的方块字，它就像我牙齿上的冰块，冰凉而坚硬："是的，从字面理解，就是不可预测的混乱。"

"那仅是表面上，牧师。混沌中也有秩序，只是那种秩序超出了常人的理解，尤其是当船行驶在波涛澎湃的海面上。"

杰克的话似乎暗藏玄机，但我曾经接受过的系统知识在这个问题上却是无能为力。

"大海的起伏澎湃从表面上看是完全混乱的，谁也无法预测下一个浪花什么时候到来，或者涌多高，但是大海也有自己的固有节奏，或者说韵律，不是吗？虽然目前谁也无法理解这种节奏是什么，但谁都会明白，海洋的浪花与湖泊、河流、池塘的浪花的节奏肯定是不同的，这就是混沌中的秩序。"

我苦笑："姑且认为存在这么一种规律，从你的话中，似乎也在暗示人们尚未掌握这种规律，对吗？"

"除了我。"杰克言简意赅的回答。

我呆住了。

"加里曼丹岛的海岸线有多长？"他冷不防指着墙上一幅发黄的世界地图，在港口的许多酒吧饭馆都贴有这样的地图。

"这得问测量学家，据我了解，还没有人对此岛进行过精确的测量。"

杰克笑了，他的笑令我很不自在，他就像是嘲笑一个小孩的答非所问。

"那并不重要，重要的是英国皇家科学院也不能给出一个准确的数字，因为海岸线的长度也是一个混沌。"

"先生，我虽然不清楚加里曼丹岛，但我可以准确地告诉你英国的海岸线约1万英里，现在的大地测量学可以把这个数字精确到误差不超过1000英尺。"我高声反驳道。

"前提是使用了统一的标尺，如果是海贝来量呢？它会发现海岸线的自然弯曲在精细部位又无限折弯下去，用更小刻度的尺来量则会发现海岸线将变得更长，如果细菌也有尺子，它会发现海岸线的长度大到接近于无限……"

我哑口无言。这是任何一本科学著作都没有阐述过的问题，我同样确信中国的著作中也不可能有过如此深刻的探讨。他究竟是什么人？

"那么，数学皇后会在一个区区海岸线的问题上栽跟头？"

"当然不，海岸线由一条无限长的线折叠而成，显然，用小直线段量，其结果是无穷大，而用平面量，其结果是0，因为曲线中不包含平面，但是我们可以用一把与海岸线维数相同的尺子量，这样我们才会得到有限值，而这把尺子显然具有一种不同寻常的维数，大于1小于2，显而易见，它是一个小数，不出意外的话，这把尺子的维数为1.26。"

维数还可以是小数？这在我听来跟"人还有一个与半个之分"一样好笑。

"牧师，能借用您的笔吗？"他拿过我的鹅毛笔在一张纸上轻轻一划，"这是一条曲线，它是一维，相信你不会有异议。"然后，他在纸上胡乱涂起来，直到墨水填满一小块区域，形成一团黑斑，"这是二维，对吗？"

我迷茫地点点头。

"那么在我涂画的过程中，这团曲线又是多少维呢？很显然它是一个介于一维与二维之间的小数。牧师您观察过许多植物的叶片，就拿最常见的梧桐叶来说吧，它的叶片是锯齿状的，如果您掏出放大镜观察，锯齿状的叶片在细微处又表现为更小的锯齿，也就是说细微的结构与宏观的结构有某种相似的性质，所以我们才能利用这种性质准确的计算出它的维数来。一棵山毛榉树的树叶与梧桐叶显然是不同的，因为它们的维数不一样，就像人们很容易就能区分阿尔卑斯山脉与苏格兰丘陵，因为它们起伏的形状不一样。这就是分形，大自然的数学，混沌中的秩序。"

我遗忘了舌蕾上的苦涩，遗忘了咖啡的温度，我像是被遗落到了印度洋一孤岛，没有任何生物认识我，而我也在重新学习基本的生存技能。

"海岸线有它混沌中的秩序，大洋的波涛也有它混沌中的秩序。"他接着说，"于是，在洋面上跟随波涛节奏上下左右起伏摇摆的船也具有这种秩序。最后，轮盘赌的数字也会从概率的混沌中浮出秩序的分布。"

按他的话推而广之，这宇宙万物，从树叶到海岸、市场的价格、股市的波动都会具有秩序，我只好说，如果谁掌握了这种秩序，他将与上帝无异。我倒吸一口冷气，对这个出身低微的年轻人陡然产生了一种令人畏惧的距离感，但我明白，他什么也不是，他同样有弱点，面临突如其来的变故他也会紧张，甚至惊慌失措，而且他的眉宇间总是笼罩着一层淡淡的忧伤，就像海面薄如纱绡的晨雾。

"好吧，秩序，姑且认为你理解了这种为常人所不能理解的规律，可是你自己也承认，你的优势只有5.28%而已，相对于亨利反而有0.02%的劣势，几十轮下来，你积累下来的劣势将很难扭转，你怎么会坚持原来的战术呢？"

"我明白这个劣势，但我只需赢得最后一把就行了。"他说得那么轻松，让人以为从一开始他就胜券在握。然而亲历过当时情形的我分明记得，他的形势非常严峻，几乎令人绝望。

他解释说："你知道，正因为我洞悉了这种秩序，压单个号码，我将具有5.28%的优势，但是压6个数字，这个优势将提高到105.28%的六次方减一，相对于亨利5.3%的优势，我的胜面将提高到50%以上。"

"那也只有50%以上而已，可是你一旦失败，你的全部计划将会泡汤。"我大声说。

"可是牧师，这个世界上谁又能做到决定骰子的点数？没人！人生本来就是一场豪赌，胜面大于50%，你就只能义无反顾的压进！"他的脸并没有浮出庆幸的喜悦，而那种理所当然的自信简直不可理喻。

"你真是为赌而生的人。"连我自己也不知道这句话里揶揄的成分多一些，还是赞赏的成分更多。

"不。"他的脸掠过一缕淡淡的忧伤，"我多么希望人生就像台球，通过精确的计算角度和击球的力度，便可随心所欲地控制小球的路线。可惜，人生是轮盘赌，上帝更是不折不扣的赌棍……"

"喂，先生！"我严厉的打断了他。

他突然意识到我牧师的身份，不好意思地笑笑："抱歉，绝无冒犯之意。我的本意是指上帝不是用一套台球法则来掌控万物的运行，而是一套轮盘赌的法则，换句话说，上帝也掷骰子。"

这实在太荒谬了！我反驳道："错了，年轻人，自从一个叫牛顿的英国人发现三大运动定律以来，人类终于发现星球的运行、台球的撞击原来是可以用数学语言来预测的。如今预测星球的运动并不是什么难事，科学家会告诉你下一次月食发生的准确时间。将初始数据输入公式，结果将是唯一的，将来会像过去一样呈现，只要你掌握的初始数据足够详备，计算公式足够精确。"

他偏着脑袋，似在侧耳聆听窗外码头的笛鸣，俨然没有把我的话听进去，这让我很恼火。

"好吧。"他掏出一副骨牌，安静地等我演说完毕。

"什么？"我迷惑了。

"中国骨牌游戏。"他神秘的一笑，开始把一张张骨牌竖起来，侍者走过来问是否要添点什么，被他用"嘘"的动作制止了。

他的动作就像一个巫师那样小心翼翼，表情又像一个沉迷于积木游戏的儿童那样专注，直到骨牌密布整张桌面。

他伸出一根手指，在我的目光里停留片刻，便轻轻碰了第一张牌，其他的牌接踵而倒，转眼便匍匐一片。

"这是事件A，而这一张。"他拿起最靠近我的最后一张仆倒的牌，"是事件Z，从事件A到事件Z要经历一系列的B、C、D、E、F等事件，然而只要发生事件A，事件Z的发生便已是必然，不管引起事件A发生的因素是多么微小，哪怕只是鼻息把它刮倒，第一张牌倒下的能量积累到第二张牌，第二张倒下的能量又积累到第三张，如此传递下去，能量将攒集得更大，换句话说，事件Z将可能是一个大事件，这个游戏的蕴意就是，一个很小的事件经一系列的连锁反应，可能会引起一个大事件的发生。"

"不错，我明白这个道理，在西方流行这样一个谚语，少了一颗铁钉，丢了一块马掌。少了一块马掌，丢了一匹战马。失了一匹战马，输了一场战争。输了一场战争，亡了整个国家……"

"但是在我们中国人的眼中，世界却是这样的。"他重新竖起骨牌，但这一次骨牌排列得似乎杂乱无章，他花的时间也长得多，直到他碰倒了第一张骨牌，我才发现这一次的排列有什么不同。

第一张骨牌同时碰倒两张，而那两张又同时碰倒四张，四张又同时碰倒八张……

"这只是简单的模型而已。"他解释道，"实际上，事件A同时可以导致无数个可能的事件，而不仅仅是两张牌。就好像骰子掷下后，可能同时碰倒六张牌，虽然我们最终只看到骰子的一面，但并不意味着其他几面没有发生。在上帝眼里，它们是同时发生的，就像这仆倒的骨牌一样，只不过在我们眼里，上帝是用掷骰子的方法来决定究竟是哪一面出现在我们面前。"

这是我从未听说过的奇谈怪论。我研究过中国的科学典籍，也并无类似的表达，我只好保持缄默。

"在中国，同样也有一句古话：歧路之中，又有歧焉，吾不知所之。"他讲了一个歧路亡羊的故事，一个叫杨子的人丢失了羊，于是他发动同乡帮他寻羊，但是无功而返。这个道理是浅显的，假设路在每一个分岔口又生出两条新路，那么到第五个分岔口，道路将变为32条，即便有六个同乡帮他，找到羊的可能性也不到五分之一。

"如果道路仅是单向分岔也就罢了，因为到达某一岔路的路径数仍是唯一的，怕的是新岔路又重新合二为一，汇为一个Y型的三岔路。"

他用笔在一张纸上写一些数字，这些数字构成一个金字塔，第一排一个数1，第二排两个数1、2，第三排1、2、1，第四排1、3、3、1，我很快发现这是个帕斯卡三角，数字代表两未知数幂次方运算后的系数。他看穿了我的领悟，说："这在中国叫杨辉三角。"

我苦笑着点点头，中国人总是能在西方人发现之前找到一个属于他们的发现者，像毕达哥拉斯定理，他们称作勾股定理。

"这个三角里除了1以外的每个数都等于它肩上两数之和，它实际代表了丢失羊到达该数字地点的路线数。这样一来，我们已知事件Z的发生，也很难判别是什么导致了Z的发生，可能是路径1、2、3……我们历经所有可能的路径，最终却发现它们都导向同一个结果：事件Z，就像它有着致命的吸引力一般，用通俗的语言说，它是一个宿命，那才是真正可怕的事。"

我突然想起了他提起过的黑洞数，他曾暗示任何一个三位数都逃脱不了495那个数字黑洞，哪怕这个三位数是同样具有魔力的友爱数。他也会害怕宿命？我打量着这个略带忧郁气质的年轻人。一个可以随心所欲洗出想要的牌的人，一个每做一件事都经过精确计算且总能让结果符合预期的天才，面对着宿命也会发出战战兢兢的叹息？

"宇宙是什么？宇宙就是一混沌，人类是什么？人类不过一倏忽。"他突然自言自语起来，目光又平又直，那痴痴的表情引得不少人朝这边观望。

而我心中却"咯噔"一声，想起那个古老的中国故事来。传说在大陆中居住着混沌大帝，在北海住着倏帝，在南海住着忽帝。三人交好。混沌大帝很特别，他上下无别，内外无分，囫囵一个，无孔无窍。于是倏、忽二人好心帮他凿穿了七窍……中国人以"开窍"言指"领悟"，这个寓言故事难道不是在暗示人类可以洞悉混沌的奥秘吗？正如杰克所说的他把握了混沌中的秩序一样，然而，这也是一个悲剧，混沌大帝凿通了七窍之后反而一命呜呼了。这何尝不是对自作聪明的倏、忽二人的嘲讽呢？杰克的担忧也是出于同样的理由吗？我迷惑的目光笼罩在杰克身上，他硕大的头颅无力地垂着，几乎要点到桌面上去了，好像他纤细的脖子无力承担如此沉重的思考一样……

"可是到目前为止，你的计划全都运行良好对吗？虽然你一度无限接近于惨败，却又总能神奇的反败为胜。"

"不！"他的嗓音夹带着细微的震颤，"真正的赌局还未开始，就算我赢了前面所有的对局，却输了最后一局，一切将化为乌有！"

"什么是真正的赌局？"我的心又提了起来。

"我不知道。它还未到来，但我隐隐知道，它正在到来，正在！"

我实在无法理解他的这种预感，一个相信科学法则的人根本不应成为直觉的奴隶。

"你已经从那么多惊险的赌局中胜出，相信你也……"

他凄冷一笑，让我的鼓舞顷刻失去了意义。

"如果你了解到我的对手是谁就不会有这种想法了。"

"还有谁比大胡子门特和剑桥天才亨利更恐怖？"我很困惑，但我知道他的担心绝非源于一个东方人天生的谦卑和悲观，能让他颤抖的对手，一定是常人无法理解的人物。

他没有正面回答我，反问道："牧师，您认为，唉，如果我看到了他的底牌，我能确保赢吗？"

这？我不明白思维敏锐的他也会提出这样幼稚的问题。谁都知道，如果你看到了对手的底牌，胜面将会大大提高。

"当然，我相信你，杰克。"

"谢谢。"他的目光嗖的弯了，垂落到地面。

我心头涌上一丝悲哀，他曾经炽热如火的目光里分明流露出自嘲与不自信，一个浑身都散发着一股令人信服的力量的人居然不相信自己。

"为我祈祷吧，牧师。"

"我会的。"

"哦不。"他神经质地摇着头，就像想起一个隔夜的笑话那样莫名其妙地笑着，"真荒唐啊，我居然需要祈祷。"

杰克提前离开了咖啡馆，桌面上摆着那副脂蜡光泽的骨牌，他将它送给了我。他送给我的时候表情很严肃，动作很凝滞，那副普通的骨牌也像魔术师哈了一口气的道具一般，陡然之间平添了一层迷离的气息。他临走时说总有一天我会理解这副骨牌和他今晚说的那些。

我呆呆地坐着，脑海里纷乱的思绪就像是海面上的浮冰，四处乱撞，恍惚间一个神秘的白色影子在面前那张空椅子上坐下了，那是只有我才能看见的影子，没有轮廓，没有五官，却又分明在"笑"，那无声无息地笑令人头皮发麻。他亮出一张牌，牌面就像梦境里的彩票号码一样清晰，等我回过神来那个数字却又消失得无影无踪。

十七

皇家船长号补给后驶离了马六甲港，前往最终的目的地澳门。习习海风温柔的拂过南中国海，英国、葡萄牙、荷兰的东印度公司的商船如过往之鲫，川流不息，但这里鲜见中国人的帆船，即使有，也只是一些狭小破旧的民间私船。清政府奉行"片帆不得下洋"的封海政策，闭关锁国让中国人壅塞了视野，他们对海外事物的陌生到了荒唐的地步，大清朝从皇帝到地方官员很多年来都分不清英吉利、法兰西，还有官员发出"若地球是圆的，球那边的人会头朝下栽向天空"的好笑质疑。但是杰克彻底颠覆了我对中国人闭目塞听的印象，他的知识是如此渊博，不仅远远超出了他的国人，也令身为博物学家的我汗颜。天底下似乎没有他不了解的事，但这实在是太超乎常理了。

随着抵达澳门的日子越来越近，杰克却变得越来越郁郁寡欢，全然没有回归故土的兴奋，相反，却表现出一种如临大敌的紧迫、敏感多疑。他天天待在司舵室，像船长那样谨慎的观察着航线、天气。

"杰克，我带了好多南洋的特产，你带了没？"

"杰克，你家是哪里的？我是佛山的。"

"杰克，你应该是北方的吧，你讲一口官话。"

中国人围着杰克，亲热地问个不停。这几十天的海上漂泊，他们目睹了同胞传奇的经历，早已把杰克当成了英雄。随着船与中国大陆的距离越来越近，这些漂泊多年的水手们思乡之情日渐浓重，船上的监工对他们也越来越宽容，毕竟到了澳门，就到了华人的地盘。

"家？"杰克朝着船艄的方向望去，那里蹲着一只落单的信天翁，一个白人男子持猎枪朝它开了一枪，信天翁发出一声凄厉长鸣，箭一般刺破天空，空中飘荡着几片洁白的羽毛。

"我没有家。"他淡淡地回答。

他欢乐的同胞们听到他的话后安静下来。阿福说："杰克，冲你这一表人才，有钱又有才，回家娶三房老婆也不成问题，还可以去捐个官，花几百两银子就可搞掂，我认识县令大人，要不我给你牵线？"

来宝说："杰克，到我家去住一阵子吧，我那口子做得一手好菜，我堂客还有个妹子，她人品好，模样也俊，杰克你要是有意……"

同乡发出轰天嘘声："杰克连人家白人小姐都看不上，还会看上你那小姨子？"

人群发出快乐的哄笑。

这时，来宝攀上杰克的肩膀，悄悄耳语着什么。

杰克露出满不在乎的神情，来宝急了，大声说："是真的！我看到他们了，亨利还在船上，他与查顿船长混在一起，我猜他们一定在算计你，杰克，你可要小心啊！"

"是啊，杰克，查顿那混蛋肯定不会轻易放弃这艘船，亨利那家伙也阴着呢，在与你赌轮盘赌之前好几天，我都看见他在研究轮盘赌。"人群里发出附和的声音。

"谢谢你，来宝。"杰克感激地说。他的目光清澈高远，抬向一碧万里的晴空，也许那天堂般的静谧里却隐藏着更大的不安。或许，他真的已经厌倦人间无休止的计算和阴谋，他真正的对手在心里，那是谁也无法帮助的决斗。

十八

皇家船长号驶入风平浪静的伶仃洋，离澳门港只有不到一天的航程了。伶仃洋是珠江出海口，15世纪中叶，葡萄牙人率先发现了这个宁静的港湾，并在澳门南湾沿岸一带，依山建高墙，筑炮台，使之成为雄踞东方的桥头堡，战略地位仅次于香港。

皇家船长号驶入伶仃洋不久，云卷云舒的天空突然堆起一簇簇的墨云，海水就像溶铅，透着一股令人忧郁的平静。天与地之间被灰蒙蒙的湿气所充盈，就像一堵幕墙。因为没有风，船的行驶变得迟钝，正沉浸于靠港喜悦中的水手、旅客们也安静下来，似乎觉察到了这宁静中的不安。墨云罅隙里透射下的阳光给众人苍白的面孔抹上一层惊惶，那种令人惴惴不安的黄昏色调。

大副钱德勒突然从司舵室跳了出来，挥舞着拳头对甲板上的人们咆哮："都躲到甲板底下去，快点！海上风暴快来了，你们这群混蛋！"

人们如梦初醒地向舱口跑去，就在此时，甲板突然剧烈的抖动，就像有条巨蟒正在撬动船底，天空发出船帆的撕裂声，帆角索呼呼作响，抽打着桅杆。

"注意龙骨与航线的夹角。"杰克盯着船艏掀开的海浪，冷静地说。

"住嘴！臭小子，老子干掌舵这一行时你还在娘胎里。"

"船帆现在根本没有受力，你注意风向了吗？"

"怎么受力？书呆子，现在风来自四面八方。"

船艏正对的方向，那堵厚厚的铅幕突然扭曲成一个酒囊的形状，那片海洋就像是被一滴墨汁浸染，由中心向外逐渐扩散。墨黑色的酒囊背后却亮得灼目，那是阳光经水汽折射后形成的诡异白光。

"注意逆帆……"杰克的鼻尖沁出了汗。

"必要时我会放松帆索。"钱德勒满不在乎地说。

"不，我们必须穿越那堵黑墙。"

"你疯了，那是龙卷风！"钱德勒扯着喉咙喊道。

酒囊状墨云突然不停地扭动身子，就像是狰狞的魔鬼在变形，有经验的航海人都明白，那是龙卷风正在形成的初始阶段。海面上紊乱的波浪顿时旋转起来，虽然那漩涡还不是很明显，但中心却明显的下陷。四处乱撞的风突然抱头一致，呼啸着从海岸的方向刮来。谁都知道，岸上的空气轻且干燥，海洋上的空气重且潮湿，潮湿的重空气扑到陆地上去填补空隙，所以平时海面上的风一般都吹向陆地，然而，此时风向却诡异的逆转，就好像千里之外的戈壁风场一夜之间搬到了海岸，飞沙走石咆哮着阻止船长号靠港。桅杆发出"咯吱咯吱"的颤抖声。

"在龙卷风形成之前，进入风暴眼是安全的。"杰克说完，狠狠地推开了壮硕的钱德勒，夺过了船舵。很难想象他单薄的身子会爆发出如此惊人的力量。

舱窗应声响起"噼噼啪啪"的声音，这炎热的七月竟然下起了冰雹，那雹粒又凉又硬，就跟短铣枪子弹一样凶猛。

"那会把我们撕成碎片！"钱德勒号叫着扑上来夺舵，两个华人水手却把他扑倒了。

杰克冷冷笑着，指挥着华人水手调整着主帆与三角帆，船长号迎浪前进，小心地避免船尾和船侧吃风。

从遥远的天边传来隆隆的声音，就像是来自地狱的嘲笑。随着船长号向漩涡中心驶进，黑暗逐渐接管了海面，空气潮湿得就像毒蛇之吻，沿着人们的后颈爬上来，冰凉而黏湿。

"船长在干什么？"终于有愤怒的乘客发现船是怎么回事，按常理当海面上起龙卷风时，船长应千方百计地绕开它，而现在杰克却在不顾一切地指挥船长号冲进漩涡中心。惊恐的乘客拉响了警报，暴风也变得凄厉起来。

"砰！"人们清晰地听到舱盖被掀翻时发出的巨响，神经绷紧到极限的人们终于崩溃了，他们愤怒地从安全的舱室涌出来，疯狂的冲击司舵室。

"相信我！"雨水冲刷着杰克的脸，他的皮肤就像在海里泡了很久的遇难者那样苍白，"只要船长号在龙卷风形成之前驶入风暴眼，我们就是安全的。"

"为什么不收主帆？风会把我们撕碎的！"

"我们不能失去对船的控制，必须由我们来控制船，而不是风。"杰克无力地辩解着，可惜这并不如他牌桌上的沉默那般令人信服。

“为什么不躲开风暴？”

“相信我，如果我们把帆降下来，将无法逃脱漩涡的拽拉，最终将被撕得粉碎，龙卷风的移动速度是每小时100英里，但如果我们抢先进入风暴眼，我们则是安全的。风暴中心比风暴边缘更安全，相信我……”愤怒的人群根本听不进他的解释，杰克仍在苦苦地劝解着。雨水糊满了他的脸，他的嗓音变得沙哑，近乎哽咽。

就在此时，主桅杆“咔嚓”一声断裂了，巨大的主帆在空中飘荡，就像是招魂的灵幡。亨利少校倚在断杆下，叼着一根早已熄灭的雪茄。查顿船长哼哧哼哧地挥舞着一把斧子。一个守桅的中国水手正被一个高大的英国兵摁在甲板上狂揍。人们明白了什么，纷纷涌到亨利少校周围。

“杰克是个疯子，他根本不懂航海！他想死还想拉我们陪葬！”查顿船长吼完，把斧子扔在甲板上，扯脱上衣两粒扣子，露出一丛胸毛，咕噜咕噜对着酒瓶子乱灌一气。

“我们必须收起卷帆篷，缩小受风体积。”亨利附和说。

人们很快相信了他们的话，纷纷解开帆脚索，拉紧支桅车、滑车，放下卷帆索。卷帆就像裹尸布缠紧了桅杆，紧接着又在非正当受力的帆绳牵引下扯断了支桅，帆索、滑车、帆布狼藉的堆着。失去帆的船长号迅速失去了方向感，就像被拖着头发乱撞的女尸，大风更加肆虐起来，舱盖被刮走了，雨水汹涌的灌进船舱。船体进水后步履变得蹒跚，漩涡中心却在加速旋转，转瞬便形成一条水龙，海天顿时合二为一。甲板霎时变得像山那样陡峻，船长号像一个不自量力的冲浪小子被抛上浪巅，然后又以一个笨拙的跳水动作坠入深渊，船艏像被击得粉碎。人们就像一个酒桶那样从舱室的一边滚到另一边，甚至翻到墙上去。水的咆哮、风的嘶叫、人群的哀号塞满了低矮的天空，堵塞了每一个人的耳朵。

"抛锚！抛锚！"醉醺醺的查顿船长酒醒了一半，冲水手歇斯底里地喊道。

水手从倾斜的甲板上跟跟跄跄地滚到绞车边。铁锚垂了下去，船头一沉，人们的心也咯噔一沉，然后又像船头那样弹了起来，锚绳断了，汹涌的涛山就像甩断一根面条一样轻易地扯断了它。皇家船长号彻底沦为了龙卷风的玩具，在漩涡边缘疯狂地旋转着，并以时速80英里的速度卷离海岸，朝着伶仃洋的另一面飘去。

许多年后，我回想起这海上的惊魂一幕，也很难评断杰克与查顿船长谁的说法更正确。杰克企图在风暴形成之前进入平静的风暴眼，也许这的确是个用时间换空间的转换，但同样也冒着极大的风险，帆可能会被撕得粉碎。查顿船长降下了所有的帆，还砍断了主桅杆，却失去了对船的控制，船几乎散架，还有几个可怜虫被甩进大海，船舱一度进水，几乎沉没。后来那场龙卷风又消失得无影无踪，天空重新恢复了晴空的清澈碧蓝，海面陡然收敛自己龇牙咧嘴的恐吓，又摆出一副和蔼可亲的笑脸，细细的波浪轻柔地拍打着船帮。要不是甲板上仍旧是一片洪水浩劫过后的狼藉，舱室里仍残留着海水的腥臭与黏滑，橡木桅杆仍露出触目惊心的参差断口，人们几乎要以为刚才那只是一场噩梦。

十九

蓝色天鹅绒般的维多利亚港湾的海面上零星点缀着祖母绿的小岛。九

龙半岛向东伸入海角，南部又有香港岛作天然屏障，有效的消减了风浪的侵袭。港湾内风平浪静，水深港阔，是天然避风良港。皇家船长号在海风的吹拂下，缓缓驶入港湾。人们心有余悸的内心一颗石头落了地。基督徒们虔诚的划着十字，东方水手们则喜笑颜开地开着庸俗的玩笑。只有杰克是个例外，风暴像是在他心里埋下了恐惧的阴霾，湿漉漉的他似乎着了凉，发着高烧，病倒在海伦温柔的臂弯里，嘴里不断地说着胡话。

"他说什么？牧师。"海伦含着泪水，问我。杰克说的是中国话。

"他在重复一个词。"

"什么？"

"输了，输了。"

"他输了什么？"

是啊，我也想知道答案。杰克曾暗示一场真正的赌局正在迫近，而这个对手显然并非亨利少校或查顿船长。杰克固然在风暴到来时失去了船的指挥权，失去了人们的信任，但他并没有输掉什么。皇家船长号安然无恙，如果他想去澳门，仍可以在九龙港修理船只，补给休整，完成他去澳门的奇怪想法。

"我们现在在哪里？"杰克突然从昏睡中苏醒。

"九龙。"海伦用刚学到的中文发音告诉他。

怀里的杰克哆嗦了一下，就像是一个寒战。他太虚弱了。他挣扎着坐起来，挣脱海伦的怀抱，歪歪斜斜地向舱口走去。

"你去哪？"海伦焦虑地问道。

"我要下船。"

"下船？现在是深夜！"

杰克像没有听到似的，来到空无一人的甲板上，眺望着远处的渔村，温暖的灯光在海面上荡漾，那里飘来舞女的歌唱与酒鬼们的喊叫，水手们正在酒馆里奢侈的放纵着。这是一个平静而祥和的夜晚。

"杰克。"海伦悄然来到他单薄的身子后，从后面抱紧了他，"你在担心什么，杰克，能和我分享你的心事吗？为什么你总是一个人承担？"

也许是海伦火热的怀抱融化了他，杰克僵硬地转过身子，捧起海伦的泪脸，什么也没说，温柔的啜着她的嘴唇，就像亲吻硬币上的女王头像一般虔诚……蓦地，他像是被远方的讯息惊动的狼那样凝固了，竖耳聆听着什么。他粗暴地掰开了海伦的双臂，踉跄着向舷梯跑去。岸上传来遥远却清晰的呼喊声。

"发生了什么？"我急匆匆地跑到栏杆旁，却见刚才还一片宁静的码头突然冒出许多跳动的火把，漆黑的地面也被这火光映得血红。

等我与海伦跟了出去，场面已经失控了。火把的光映着中国人张张相似的愤怒的脸，他们你一言我一语用难懂的地方方言叫喊着，可怜的杰克正用他虚弱的身子挡在人群前头。

"阿福，怎么会是你？"杰克露出令人同情的诧异。

阿福，那个被杰克救过一命的年轻人，站在队伍的最前头，他不耐烦地挥挥手："杰克，让开，别管闲事，我已经报官了，这是海门营参将赖恩爵大人。皇家船长号上藏有鸦片，别以为我不知道，全船人都知道！"

那个被称作赖恩爵的武官踱到杰克面前："你是什么人？"他似乎很奇怪杰克的发型。

阿福抢着尖声答道："他叫杰克，洋人的奴隶，他不留辫子，还经常在船上对洋人卑躬屈膝、百般奉承……"

"阿福！"来宝听不下去了，愤怒的率领几个兄弟围上来要对阿福动粗，然而人群后更多的声音指向了杰克："你长了一副中国人的面孔，怎么站在洋人那边？"

"快滚开，大人要搜查这艘走私船！"

愤怒的人群冲开杰克的阻拦向船长号涌去。混乱中漆黑的夜空突然一闪，"呼"的一声，杰克倒下了。袭击他的并非他的同胞，而是来自他所保护的皇家船长号。亨利·布雷斯少校的连发手枪冒着得意的青烟，他瞄得不算很准，只击中了杰克的肩胛骨偏右的位置。杰克很无力的偏偏头，向这艘令他魂牵梦萦的破船望去，他的目光没有路过暗算自己的可耻的敌人，不管是亨利、门特还是查顿船长，那都是他根本不屑考虑的尘世的对手。哪怕是临死前的一刻，他也肯定自以为击败自己的不是亨利，而是内心中的那个对手，他声称曾看过其底牌的对手。他疲惫的目光垂落到正匆忙走出舷梯的海伦小姐身上，也许这才是他生命熄灭前的最大惦念。

海伦小姐尖叫了一声便歪倒了身子……

后面的故事便是历史书上可以读到的了。中国水师以一个华人在械斗中丧命为由，扣押了皇家船长号。英国人正愁找不到借口，迫不及待地宣布开战。一支由20艘战舰和28艘运兵船组成的、兵力约7千人的英国远征军抵达广州口外海面。于是，中国南方沿海那些可怜的县令们收到了一封他们从来没有见过的"哀的美敦书"①。

在船上，杰克谜一样的身世丝毫无损于他的声名大振，相反他模糊的出身更增添了几分传奇色彩。然而，在岸上，杰克又像一个客死他乡的流浪汉那样孤独地消失了，没有人认识他，以至殓官无法在名册上签上他的名字。当我以为将永远不会读到杰克时，我却在大清朝官方的典籍中看到不同寻常的记载：会有英人殴毙华民，抗不交犯，遂断其食物，撤买办、

---

① 最后通牒。

工人以困之。七月，义律藉索食为名，以货船载兵犯九龙山炮台，参将赖恩爵击走之。疏闻，帝喜悦，报曰："既有此举，不可再示柔弱。不患卿等孟浪，但戒卿等畏葸。"

正当西方列强摩拳擦掌的谋划着把孱弱的大清帝国纳入其弱肉强食的丛林法则时，大清帝国的天子还在做着给夷人一点颜色看看的美梦。英国之所以迟迟没有出兵，是因为英国议会里还有几个有良心的议员，为鸦片贸易这种比贩卖奴隶还罪恶100倍的可耻行径发出不平的声音。然而，这种力量的平衡是非常脆弱的，一个小小的轻举妄动也会导致不可挽回的灾难，就像仆倒的骨牌一样。皇家船长号冲突事件之后，英国内阁会议以9票的微弱优势通过了向中国出兵的决议。庞大无朋却破旧不堪的中华帝国这艘巨轮终于在西方人的炮火轰击下缓缓下沉，一个一个屈辱的条约签订了，鸦片又重新熏迷了这个孱弱的民族，吸食鸦片的人口达到四千万之巨！

几十年来我一直在整理、搜索这一段支离破碎的历史，回味皇家船长号事件的每一个细节，咀嚼杰克的每一句话、每一个眼神，揣测他谜一般的身世，捕捉他缥缈的暗示，企图使它们连续清晰，富有条理。就像桌面上这需要耐心的骨牌游戏，我从最底下一张竖起的骨牌，推测复原导致它倒下的上一张骨牌，也可能是两张或者更多，直到我成功的竖起第一张骨牌为止。我这才恍然大悟，最后倒下的那张骨牌意味着什么，那就是杰克所看到的那张底牌。杰克曾演示的"杨辉三角"骨牌游戏里，金字塔的每一个数字代表导致该事件发生的路径，杨辉三角只是一个有穷排列，它只有现实的计算意义，没有人在生活中需要计算50次方甚至更多，然而在上帝以轮盘赌规则操纵的世界中，每一个事件节点可能会有无数个分岔，也许历史只能历经其中一条路径到达底牌，就像西方人的直线历经一样，然而事实上，使底牌仆倒的可能路径有无数条，杰克想阻止船长号在九龙靠港，因为他看到了底牌：英国的炮舰让骄傲而愚昧的大清帝国屈服，为了竖起最后的底牌，他不得不竖起前一张骨牌，也就是赢得这艘船，为了赢得这艘船，他又不得不历经导致这一事件发生的A、B、C——战胜门特，战胜亨利乃至他最不想面对却又不得不面对的事实：战胜风暴……杰克失败了，虽然他成功竖起了一整条路径的骨牌，但他不知道导致这一底牌发生的路径有无数条，甚至他本人便是骨牌仆倒的推动者，就像他自我暗示的那样，那是一个具有致命吸引力的深渊，没有人能抗拒它的吸引——他的对手太可怕了。

　　我再一次摊开那据说具有神秘牌语的纸牌，久久审视那些复杂玄奥的图案花饰。K无疑是威严的，它们普遍具有卷曲的向两边分开的小胡须和络腮胡子，这是因为亨利八世是四张K的图案原型。Q则是雍容华贵的，黑桃Q是唯一手持武器的皇后，因为她是战争女神帕拉斯。四张J都平淡无奇，各持斧钺剑器，因为他们的原型皆为骑士、仆者……但当我把这些花牌按花色、字母顺序排列好时，奇怪的事发生了，一个卓尔不群的面孔从乱花迷眼的花牌中跳了出来：梅花杰克。三张黑桃头像均朝向右，而所有的红心、方块头像均朝左，梅花KQ均朝左，梅花杰克按排列规律应该朝左，然而他却不可思议地偏向了右方，他不屈地梗着脖子，眺望着常人无法目及也不能理解的方向，眉宇间透着淡淡的忧伤，就像历史车轮前一个螳臂当车的可怜虫。而我，也猛然间明白了那个古老传说的寓意，面对永恒之"混沌"，人类又是何等渺小，人类的历史不过弹指一"倏忽"尔，可笑的"倏忽"居然想开"混沌"之窍，这势必导致一场灾难……我久久地注视在这张孤独的牌上，视线渐渐模糊起来。我想起一个非洲归来的旅行家告诉我的故事，在非洲之巅乞力马扎罗峰，海拔一万九千英尺的雪线高度，他发现一具风干的狮子的尸体，没有人能解释狮子为何出现在这里，它生前所熟悉的草原已离得太远，它在寻找什么？也没有人相信探险家的鬼话，世世代代生活在山脚下的当地人也从未见过这等稀奇事，连我也不相信。我用生物知识告诉他，按照狮子的习性，那是不可能的事。然而此刻，我就像被圣迹启迪了的愚民那样泪流满面。恍惚中我似乎听到了狂风暴雨里，一个单薄的身影朝电闪雷鸣的天空发出不屈的咆哮。而我，是他唯一的听众……

二十

我来到广州普爱医院，向门卫递交了我的名片。这个医院是洛克哈特伦敦传教士协会开设的，专门救治鸦片中毒的病人，具有讽刺意味的是，这个医院由英国士兵站岗守卫。

"海伦女士，您的老朋友来找您。"卫兵对着病床前忙碌的一位女士说。

她头也不回地回答："让他稍等。"她温柔地把一个哼哼唧唧的病人翻了个身，瘦骨嶙峋的病人后背长满了褥疮，蚊虫围着他嗡嗡直叫，很令人作呕，她却没有丝毫退缩犹豫，用毛巾轻轻擦着病人的身子。良久，她在盆里揉搓毛巾时，抬头看到了我。

"是你？多米诺先生。"

我点点头："20年了，相信你已经忘了拉丁文，但现在你的中文说得不错。"

"你找我是？"

"关于杰克。"

她眸子里的光亮迅即黯淡，转过身去，为另一个病人揩拭烟头自残后流出的脓汁，但她的肩膀却止不住的颤抖："我不记得了。"

"不，你记得，不然你不会在这里。"

她的动作凝住了："那些早已像过往云烟一样远逝了。"

"不，谁都能遗忘杰克，他赌桌上的手下败将，他底舱的同胞……但是，你不能。"

我掏出一个手帕，小心翼翼地把它一层层解开，就像在揭开一个谜底。海伦怔怔地望着我，我的出现就像是一个残忍的现实物证，重新勾起了她那些试图回避的痛苦回忆。

梅花J。我拈起这张牌，用尽量平静的声音说："我会为你讲他的故事，你所不认识的那个梅花杰克。因为你是他唯一的惦念，就像'倏忽'在'永恒'之中的唯一痕迹……"

她颤抖的手指抚摸着那张皱巴巴的花牌，眼泪像晶莹的串珠那样滴在上面。

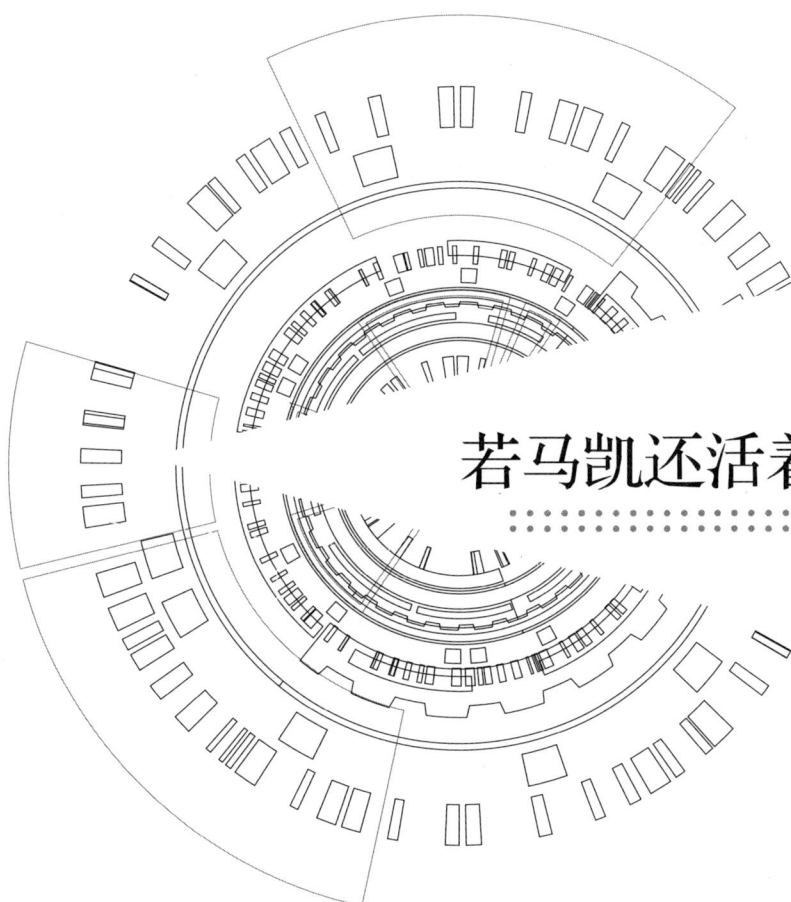

若马凯还活着

"若马凯还活着。"

这是强尼生前最常说的一句话，而现在，到了人们谈论"若强尼还活着"的年代，马凯已经无人提起了，强尼却时常被人们挂在嘴边。

每当周一，女人们被"守护者"带走，履行每周一次的"天浴"，男人们就会相顾无言，彼此在心中幽幽地重复着一个疑问：若强尼还活着，生活又将怎样？

每当"超级碗"节日的到来，门蒂就会把唯一那台收音机调到104.8兆赫，喇叭里传来"喀喀喀"的噪音，我们却似乎听到了来自赛场排山倒海的欢呼声，我们远眺着火红的天空，屏息凝神。

渐渐地，越来越多的人汇聚到这台古老的机器前，聆听这毫无意义的电流噪音，思绪似乎飞到了气势恢宏的雷蒙德·詹姆斯体育场上空，在那儿，匹兹堡钢人队的四分卫格雷厄姆在最后35秒创造了"超级碗"总决赛历史中距离最长的一次达阵。

"强尼，你听到了吗？"门蒂对着天空泪流满面地轻轻呼喊。

强尼这个人，并不像他的外形那样印象鲜明，他是个矛盾统一体。强尼与我们奥克罗星的第七代地球移民不同，他身材高大，没有我们后天形成的适应强重力环境的罗圈腿；他相貌英俊，女人们说他长得像电影明星克劳德·罗尼——事实上，女人们根本就没见过克劳德·罗尼的真面目，甚至连一部电影也没看过，但强尼的英俊却是毋庸置疑的；强尼的牙齿洁白耀眼，虽然他常抽那种烂菜叶子卷成的"古巴雪茄"，这令我们土生土长的奥克罗人自惭形秽。我们的牙齿由于长年受高放射性地下水的污染，上面结满了黄而粗糙的牙垢，就像"四环素牙"——当然，我们从未见过劳什子"四环素牙"，但强尼见过。他嘴里常挂着"四环素牙""本垒打""全明星跑锋"之类的新鲜名词，他见多识广。当然，这也是他的魅力之一。

强尼有一种把人吸引到他身边的魔力，尤其是之于女人。当然，这只是传闻。强尼常对我和"哲学家"说："若是我的队伍里全是女人，革命早他妈成功了。"

这句话，我谨慎地将之理解为幽默感。起初，我们对强尼雄心勃勃地对我们所承诺的一切深信不疑，但后来，当我们学会了像"哲学家"一样思考，强尼这个人的魅力就要打个问号了。

"哲学家"是一个人的绰号，因为他头顶秃光，留有本杰明·富兰克林那样的长卷毛而得名"哲学家"。

由于麦克利尼早早地死了，"哲学家"就是队伍里唯一一个当强尼还在开着"猫的第九条命"号飞船打家劫舍时就认识他的活人，所以"哲学家"的话是后人对强尼这个人的历史评价的重要依据。但是自从强尼死后，"哲学家"就三缄其口，一副"是非功过任凭后人评说"的超然态度。于是人们只有通过我——强尼口中的"中国人"胡安·陈的回忆来了解强尼。

我深知自己的叙述将对强尼的历史定位产生什么影响，所以我力求客观公正，不掺杂个人感情于其中。但事实上，我本人对强尼的理解是肤浅的，没有人能真正地走进强尼的精神世界，虽然强尼早已走入了那些与他出生入死的战友甚至素昧平生的普通人的心灵深处。

要了解强尼，还得从强尼嘴上常挂着的"第一猜想"开始，那就是：如果马凯还活着……

马凯是个什么样的人，我们从未见过其人，马凯在"猫的第九条命"号的海盗时代就见上帝了。马凯的形象都是通过强尼的回忆以及"哲学家"的点头呼应而建立的。

"马凯体格健壮，如果打橄榄球，他会是一名不错的四分卫。马凯身手敏捷，他能在一分钟内把一把拆得七零八落的柯林特手枪组装好。他双手都能耍枪，像这样……"每当叙述到这里，强尼就会从大腿上的枪套里掏出枪，嘴里伴随着"呼、呼、呼呼呼呼"的配音效果，连配音的节奏都一成不变，先是一停一顿地两响，然后是四连响。马凯收拾敌人时，会打光枪膛里最后一发子弹，哪怕对方早已断气，他也会毫无节制地倾泻着子弹。强尼耍枪的手法飞快，枪可以旋转着从食指移到小指，令人目眩神迷。但他只会一只手这么耍，而马凯两只手都会，可见马凯的确很绝。

强尼从不吝惜对马凯的溢美之词，不过我以小人之心揣度，那仅仅是因为马凯已经死了。这种猜测得到了"哲学家"的印证，马凯还活着时，强尼可没少和他争勇斗狠，好几次甚至大打出手……谁才是"猫的第九条命"的领导者？"他们两人都是，就像斯巴达人的国王。""哲学家"说。

和强尼在一起，空气中就像飘满了令人喷笑不止的呛药，但很少有人知道这种呛药有时也会爆炸的。强尼从未冲我们发过火，虽然他老是大大咧咧地吃五喝六，可我们深知，他的内心单纯而善良，这一点与严厉的马凯大相径庭。强尼常对笨手笨脚的"屁墩"说："小子，你要是在马凯手下混，早就要挨鞭子了，那种用柏油浸过的鞭子亲吻屁股的滋味很绝，想尝尝吗？"

说到这里，强尼的目光就会在"哲学家"的脸上稍做停留。由于强尼每叙述一段"猫的第九条命"号的往事，都会加一句："'哲学家'，是吗？"所以，我们对这种目光不以为怪。直到许多年后，我才恍然大悟，强尼的话弦外有音。传言在身为海盗的时代，马凯就一直想干掉"哲学家"，每一次都是强尼挽救了"哲学家"。

"哲学家"在"猫的第九条命"上干过什么蠢事，已经无从考证了，但从后来发生的事看，马凯的选择是对的。可惜，洞若观火的马凯虽然解决掉"哲学家"就像掐死一只蚂蚁一样容易，但他终究没有干掉"哲学家"，相反，马凯自己却被干掉了。

马凯之死一直是强尼心中的痛，每每回忆到此，强尼一般都是打着哈哈用那种调侃的语气含糊过去。我们却深知，这个话题是应该回避的。没有人去打听马凯之死的详情，所以这一情节直到现在仍是一个谜。

马凯除了转枪这门绝活外，还有一门看家本领：他玩俄罗斯轮盘赌从未输过。

俄罗斯轮盘赌，是用转轮枪装上一颗子弹，参赌者随机转动，然后对准自己脑门开一枪，直到有一名参赌者被爆头为止。可以想象这种游戏是多么残酷危险，但它的确简捷有效，是太空海盗生涯中最令人信服的一种解决争端的方式。有许多次，"猫的第九条命"号与同行们血拼到最后，眼看就要船毁人亡，马凯就会站出来，单挑对方船长，决斗的方式便是俄罗斯轮盘赌。

"你们知道'星鼻鼹'号上的大白熊吗？那可是个身高六英尺九英寸体重三百磅的大块头，当枪管指着他的脑门，他居然哭得像个娘们，马凯像抚摸儿子的头一样安慰着高大的大白熊……这就是马凯。"叙述到这里，强尼就会收声止笑，很不耐烦地打量着一个方向，好像他的哥们正站在一块岩石后小便，随时准备上路。夕阳给他粗线条的脸部轮廓笼上一层柔和的金边，那粗硬的短胡须茬也变得柔软透明，这画面很令女人着迷。强尼爱着马凯，他离不开马凯，就像麦卡特尼离不开列侬①，那种兄弟的情

---

① 两人均是披头士核心成员。

谊绝不逊于任何人间诗篇大书特书的两性之爱。

当上帝连续掷下十九次"自由女神"朝上的硬币后，第二十次却是"总统"朝上。在一次无关紧要的玩笑中，马凯用枪管抵住自己的下颌，这一次他的眉头跳了一下，他的手指就像在做一次"认识自我"的哲学思考，迟疑了好久才扳下去……结果，枪响了。

马凯的脑袋瓜就像在舱外开香槟，发出很清脆的声音。舱外是真空，我们都很怀疑强尼能听到"很清脆的声音"，但这个比喻的确很形象。

"妈的，这是个阴谋。"当强尼转过身来面对我们，他的目光就像电焊枪喷出的幽蓝火焰，令人不敢正视。他的鼻翼微微翕动，喘着粗气。

这是一个什么阴谋？强尼没有告诉我们。

关于马凯的信息，只有以上这些，真正的故事始于2585年那个秋天，"猫的第九条命"号飞船在新约克着陆。

2585年，天知道这个数字在奥克罗星这个前不见村后不着店的鬼星球上有啥意义，但强尼铭记着这些。

要认识强尼这个人，你得注意到他与众不同的一些特性，比如他手腕上戴着一块齿轮结构的金属手表，上面镶有二十四颗钻石，还同时显示地球上二十四个时区的时间。这些毫无意义的时间强尼却看得比钻石还重要，他可以不时抬起手腕瞄一眼说："这会儿，纽约巨人队正与新英格兰爱国者队进行季后赛的第二场淘汰赛。"那神情看起来好像他随时可以动身亲临赛场加油助威似的。强尼是第五代太空流浪汉，他这辈子其实压根儿就没见过那颗传说中湛蓝碧透、水汽氤氲的星球。但他是个地球通，他狂热地迷恋着那些尘封已久的地球往事。这一点倒是与英国佬"哲学家"相似。"哲学家"被强尼判定为英国人，且有八分之一爱尔兰血统，这是因为"哲学家"每到一个地方就会用英格兰的某个地名命名当地的一些地区——比如这个纪念意义非凡的新约克镇。"全世界只有英国佬这样做。"强尼说。

而我，仅仅因为我的面孔扁平、鼻子稍塌，便被强尼判做中国人。他从不叫我的名字，而是直呼"中国人"，好像这是一种尊称。他的确拥有一种天然的让人亲近的力量。

有人曾说过："老乡见老乡，两眼泪汪汪。"强尼第一次见我，便搂着我的肩膀如是说。

那一刻，我热泪盈眶。是否有人说过这样的话并不重要，我是否有中国人的血统也不重要，重要的是在奥克罗星，我们坚持了二百七十年后终于见到了地球老乡。这在太空大发现时代，堪称奇迹。

三百年前，人类终于发现了数学上早已预测到的一种时空捷径：爱因斯坦-罗森桥，于是光速终于不再是星际旅行的障碍，人类可以通过这种天赐的为数不多的奇异点进行跳跃。可以让你在几个普朗克时间的长度内产生数万光年的位移，而无须付出任何昂贵的能量代价。但是这种免费的巴士充满随机性，且没有回程票。这是因为爱因斯坦-罗森桥是由负能量所控制的，人类的知识尚不能理解玄虚离奇的负能量，更别说创造出它了。你永远也无法预测这个奇异点是通往星空的哪个位置，这就像是量子层面的旅行，只存在概率上的分布，而不存在确定的"站点"。与麦哲伦的环球旅行不同，太空冒险家是没有机会回到母星享受那种英雄归来的礼遇的，这种旅行就像棘轮的旋转，是不可逆的。即使你沿原来的奇异点返回，也会像被抛在无名小站的旅客，发现自己面对的是那种完全陌生的巨大虚空。地球，那是再也回不去了，这是条真正的不归路。运气好的，能找到一颗与地球环境相差无几的星球生存下来——比如我的祖上，无疑就是这样的幸运儿。而强尼的祖先就没这么好的运气了，他们沦为海盗，靠打家

209

劫舍过日子。当航线上已无可劫掠的资源后，他们便进行一次新的跳跃，经历无数次跳跃后，到了第五代——也就是强尼这一代，他们来到了奥克罗星，遇见了我们。

真不知道这是强尼的幸运，还是他的不幸。正如他带给我们既有幸运，又有灾难。

在强尼和他的弟兄"哲学家"、麦克利尼在约克镇降临之前，我们奥克罗星人的生活平淡而悠长。哈希人为我们提供食物，"星期五"人为我们建造地洞，亚威农人与我们交易——他们用驯养的鹅鹭交易我们的金属制品、电子仪器、望远镜。

奥克罗星人仍然过着一种田园牧歌式的生活，他们没有工业、科技、电力，所以我们祖上遗留下的高科技玩意的确已经成为一堆废铁。但是奥克罗星人迷恋这种容易生锈的破烂，他们没有矿业和冶金业，所以金属制品实在是保值不跌的硬通货。而那种可以紧掠地面飞行，像波斯地毯一般的大鸟鹅鹭，真是相当便利的交通工具，我们也很乐意与精明的亚威农人交易。直到好几代后我们才发现亏了——起初我们用一磅硅钢制品换一只鹅鹭，后来我们用一颗螺钉换一只鹅鹭。

亚威农人的智力水平与人类不相上下，是奥克罗星三种智慧生物中智力水平最高的，但很奇怪的是他们并不是这个星球的统治者。他们的长相、外形是不对称的，人类也有不对称的生理特征，比如右手往往比左手强壮一些，心脏安置在左侧，这种现象叫作对称破缺。而亚威农人的对称破缺的程度则有点夸张，在与他们的右上肢对称的部位，你不太可能找到一只左上肢，而在明明应该是左下肢的部位，那儿却分明长着一只左上肢。如果你还在为他们奇特的外形咋舌不已，那就把目光投向他们的面部吧——如果那还能叫面部的话。他们的脸用专业的语言说，不存在一个真正的透视点。好比十台照相机围着一个模特，从不同角度各拍一张，然后拼在同一副照片里——这在人类的艺术中叫作立体主义，是毕加索的发明——长在一张脸上，这就是亚威农人。你常常搞不清面对的是它的正面，还是侧面，你观察它的方式，就是它的存在方式。有趣的是亚威农人的智力水平与道德水平也是不对称的，这群混蛋坏透了。

"星期五"人大概是因为我们的祖上是在一个星期五发现他们的而得名。他们是与人类外形最相似的奥克罗星人，至少他们是对称的，而不像亚威农人那样看起来就像是核辐射的牺牲品。他们拥有强壮发达的上肢，而下肢短小弯曲，分得很开，就像穿纸尿裤的婴儿，走路一摇一摆。为了弥补这强重力环境下的支撑缺陷，他们的屁股上长有肉墩，累了随时可以用肉墩支地休息一会。这就是强尼把手下一个"星期五"人叫作"屁墩"的原因。"星期五"人是奥克罗星人口最多的种族，他们的智力水平差强人意，相当于人类的十岁儿童。一个致命的缺陷让他们很难成为这个星球的主人：他们的记忆力太牢固了。这种说法可能令人难以理解，因为人类一向把记忆视作智力的一项重要因素。但事实就是如此，"星期五"人的脑袋奇硕无朋，这让他们可以随时记住任何环境、生活信息，很少遗忘，甚至祖先的记忆也先天地保存在大脑之中。他们无须口口相传，也无须文字记载，人人都可以把祖上发生的故事倒背如流，这在人类之中堪称天才。但悲哀的是，他们的大脑虽储存有海量信息，却缺乏组织、整理、归纳、提取、运用这些知识的能力。他们的大脑结构就像金字塔的巨石那样紧密垒砌、坚固无比，但却死板机械。打个比方，如果一个"星期五"人在某个地方发现了猎物，他第二天、第三天仍然会在原地守株待兔，他们把经验当作常识。"星期五"人虽然拥有强壮的体格，但这种智力缺陷是致命的，他们根本无法适应瞬息万变的环境，所以他们才会把哈希人奉若神明。哈希人指导"星期五"人狩猎、采摘果蔬，回报是"星期五"人必须为哈希人卖苦力。"星期五"人之于哈希人就像希洛人①之于斯巴达人。

一个受过地球传统生物科学教育的人来到奥克罗星是要碰壁的，因为哈希人完全颠覆了人类根深蒂固的观念。哈希人的形象无论如何也难以与一种高等智力生物联系在一起，他们是球形的——强尼称作屎蛋族——中空的，外壁光溜溜的，像是角质，却又是弹性的。其外壁有百分之八十的部位长满了又细又密的小腕足，这些触须样的小腕足帮助他们完成转身、起动、携带物品的动作。但哈希人并不依靠它们行走，哈希人是靠滚动来运动的。由于奥克罗星地表环境恶劣，风化程度强烈，造山运动早已在上亿年前停止，地表的一些古老山峰已被风化作用夷为平地，因而"滚"的确是非常节能且有效的行动方式。他们的外形虽然敦厚，但他们的攻击性却不可小视。其外壁有一个鸡屁股似的多功能"泄殖孔"，它不但能用来呼吸、进食、排泄、生殖，还可以含沙射影，用来攻击。当哈希人要惩罚"星期五"人，他们便用腕足拾起随处可见的石子塞入小孔，身体吸气膨胀，膨胀到多大视射程而定，然后突然喷气，把石子像炮弹一样射出！

哈希人的智力水平是一个谜，就个体而言，智力比亚威农人略低一些，但就整体来说，他们却无处不体现着一种与自然、社会相融合的生活与统治智慧，不过这种智慧不像来自后天习得的，而更可能来自先天的遗传，是一种通过自然选择作用而建立的本能。他们奇特的外形也体现着进化的科学之美，虽然是球形躯体，但他们却可以在无须任何外力帮助的情况下保持重心平衡，"头"在上，就像一个不倒翁。与不倒翁不同的是，后者是由于内部质量不均的原理，而哈希人的身体结构纯粹是纯数学上的

① 古斯巴达农奴，其身为国有。

平衡，哈希人只在滚动时才是球形，当它们静止时，表面会凝成一种非常复杂的修圆形状，表面只拥有一个平衡点。"印度的星龟也具有类似的形状，这使它们在四脚朝天时利用龟壳表面的不平衡自动翻转过来。"这是强尼告诉我们的，强尼见多识广，知识渊博，他通晓在我们人类的太空子孙中早已失传的古老知识。这正是起初我们崇拜、信赖强尼的原因。

强尼带给我们最令人鼓舞的不是"科学"，而是一种叫"自由""尊严"的稀罕玩意。在他看来，哈希人对人类无微不至的照料实际上是一种人格上的侮辱，这与人类圈养牲畜无异，这绝不是生物行为学上的合作关系，而是一种"仁慈"的统治。

"最令人发指的是，你们怎么能容忍自己的女人去接受哈希人的所谓'天浴'，让她们纯洁的身体去接受那恶心的分泌黏液的吸盘的舔拭，这跟苏格兰人要把自己新娘的初夜权献给英格兰领主有什么区别？"

可以想象强尼第一次向我们发表这种演说时所带给我们的震撼，有一种久违的令人血脉偾张的情愫在我们周身蔓延。

"自由！自由！"我们围在强尼身边，把他抛向空中，发出"自由"的呼声。我们从暗无天日的地洞中钻出来，拿起武器向屎蛋族哈希人进军。

后来，"星期五"人加入了我们，甚至胆小如鼠的亚威农人也加入了我们。"自由"的观念就像一种被陨石碎片带来的太空病毒，迅速在奥克罗这颗原始而丰饶的星球上传播开来。

"'星期五'人加入我们，是因为他们再也无须依赖哈希人，我们人类的智慧可以让他们有尊严地活着，而不是像屎壳郎那样年复一年日复一日地滚屎蛋，他们对我们会像鲁滨孙手下的'星期五'一样忠实。而亚威农人加入我们，是因为他们精明的头脑会计算谁才会赢得这场战斗，成为奥克罗星人新的主人！相信我，自由很快就会像创世的洪水一样席卷整个奥克罗星！"强尼的演说就像他的枪法一样精准，字字都说在我们心坎里。

起初，一切都那般美好，顺利。在"猫的第九条命"号携来的火药、激光甚至磁力武器的烈焰下，哈希人的镇压部队与其说是军队，不如说是一盘肉丸子，不堪一击。但是激光、磁力武器很快由于电能的枯竭而哑火，火药武器也渐渐趋于穷尽，战斗从压倒性的胜利转为相持，直到沦为游击战，我们的队伍从一千多人锐减到三百人。"奇瑞谬耳"一役使我们元气大伤，损失殆尽。正是自此一战后，马凯的名字便常被强尼提起。因为，如果马凯还活着，胜利的天平一定会倾向我们人类，至少强尼是这样认为的。

"奇瑞谬耳"这个古怪的名字源自苏格兰一个古老小镇，小镇的布局九曲回肠，犹如迷宫，罗马人曾在这里吃了大亏，"哲学家"用这个名字命名奥克罗星的一片岩溶地貌，的确是别有深意。

由于石灰岩的溶蚀作用，这一片广达8000公顷的石灰岩裸露区变得千疮百孔，就像一块发泡起孔的蛋糕。这种地形对我们无疑是有利的，屎蛋族在坑洼不平、参差不齐的石林中寸步难行，它们不得不借助数以万计的"星期五"人的抬、搬、挪、扛才能逼近我们。我们佯装慌不择路，退入一个被我们称作"米诺斯迷宫"的超级大溶洞。我们上千名战士匍匐在黑暗中，呼吸着浑浊的空气，哈希人泄殖孔释放的黏稠的气味足让你连胆汁都吐出来。我们忍受着胃的痉挛，在黑暗中祈望着……

米诺斯迷宫只有三个出口，如潮水般涌入的哈希人封锁了最大的那个入口，也就是我们的退路。但他们不知道，在自己的腕足下，埋有几十磅TNT当量的炸药，这将吞没他们身后那巴掌大的一块光明，而我们可以从另外两个不为人知的小豁口逃出。更致命的是，炸药将引爆核反应堆——这本来是"猫的第九条命"号的推进器——虽然早已耗尽了它的最后一丝能量，但残留的放射线足以杀死上万名哈希人。

我们的计划的确是万无一失，但不知何故，哈希人似乎洞察了我们的意图，他们疯狂地向我们的退路——那两个小豁口的方向进攻。强尼让我和"屁墩"担当两个突击小分队的队长，负责打通逃生的通道。他递给我和"屁墩"每人一把手枪，那是马凯的遗物。他什么也没说，目光里的含义却不言自明。"哲学家"一直是强尼最倚重的兄弟，他被强尼派去引爆炸药，这种技术活也只有他能做。强尼自己则率领大部队，抵挡哈希人的正面冲击。

这会儿，按计划，炸药早就应该响了，可是"哲学家"似乎已被裁判驱逐出场，那期待已久的轰雷迟迟未响。在强尼坚守的阵地前，有一个天然的岩溶漏斗，深不可测，可哈希人的石弹只在抽完一根古巴雪茄的时间内就把它填平了。强尼身边的石笋石柱被击得粉碎，狭窄的通道失去支撑，不住地往下掉石块、石渣，岌岌可危。"星期五"人虽然缺乏机动性，但他们对祖先狩猎的智慧心知肚明，只要对准一个方向一齐射箭，总会有鸟落下的。强尼身边的弟兄一个一个倒下，被砸死，被射穿，被击中……而我们撤退的通道依旧壅塞不通，手枪的威力是巨大的，它可以轻易地穿透屎蛋人的肉壳，把他们的气放空。但由于恐惧，我和"屁墩"的手指只会机械地按压，对着黑暗乱放一气，与其说那是射击，不如说那是在发抖。在换弹匣时，"屁墩"甚至被炙热的枪管烫哭了。直到强尼来到我们身边，他冷静地施射，每一枪都能激起"滋"的一声的屁响，那是屎蛋人报销的声音。强尼用一己之力开辟了通道，当洞外光明刺痛我们的眼球，我看见强尼的面孔阴森可怖，腮部坚硬的肌肉在微微颤动。

"我们赢了！我们赢了！""屁墩"不识时务地欢呼起来。他不知道，炸弹没有被引爆，而我们部队的人数已从四位数锐减到三位数。

"'哲学家'呢？"有人问道。

"他已经死了。"强尼冷冷地回答道。他脚下的石块不住地往山谷崩落，激起令人胆战心惊的碎裂声。强尼喘息未定，转身对准山头射击。那里早已埋伏有屎蛋人的部队，我们已经是穷途末路。

在逃亡中，强尼一路无话，他的沉默就像卡壳的枪，没人敢向他打听将来的作战计划。我的内心忐忑不安，要不是我和"屁墩"的无能，兄弟们伤亡的人数不会如此惨重。

三个月后，我们长途跋涉来到爱丁堡，在这儿扎营休顿。这儿是一片地势倾斜的岩坡，坡面是绵亘数百里的古老玄武岩，旷野的风把岩坡的表面修磨得光滑平整，坡底则是锯齿状折曲的沟壑，酸性的流水就像刀片一样锋利。高原在沟壑侧壁上投下阴影，我们在清凉的阴影里休整，人类战士们仰面八叉，"星期五"人坐在肉墩上。天空就像天国般静谧、清澈，静得可以听见大鸟扑翅的声音。

强尼清点了人数，共有二百三十五人。

"要有三百人就好了，你们知道温泉关吗？三百斯巴达勇士击溃了波斯人的百万大军。"

每一次强尼向我们提到那些英勇的地球往事，我们都会热血沸腾，久久沉浸在那种对英雄的崇高的敬意之中。然而这一次，大家都垂首不语，只有旷野的风在空谷里幽幽倾诉。

"陈，你来讲一个中国人的笑话吧。"平时，强尼都会找"哲学家"打趣，然而"哲学家"已经死了，强尼选择了我。可是我对中国人的幽默感一无所知，我只会憨憨地一笑。

"那我来讲一个吧。"强尼是绝不会让他的地盘冷场的。他沉思片刻，说："一个英国人、一个爱尔兰人、一个美国人和一个中国人聊天，英格兰人说，我的儿子在伦敦出生，所以我给他取名叫伦敦。爱尔兰人若有所思地对美国人说，原来贵国国父的出生地在首都啊。美国人很诚恳地点点头，是的，我想威士忌应该改名叫爱尔兰。最后，反应过来的中国人大声说，没错，我们的兰州烧饼也是这样得名的！"

空气里的呛药终于被引爆了，连"屁墩"都笑了，嘴里淌着哈喇子，虽然他完全听不懂。

"大家知道大流士的军队为什么不堪一击吗？"强尼提高了声调，神秘的语气把大家放松的神经又拉回到原来很严肃的话题，大家摇摇头。

"其实历史学家也不知道，但考古学家知道，他们挖出一块石碑，上面刻有大流士的勒石铭功，用最华丽的波斯文写着：这里的泉水是水中最美，人中之杰，最好最美的在大流士参观了这里的泉水……"

我们会心地笑了。这里没有泉水，我们的嘴唇干燥欲裂，内心却沁凉甘冽，就像被泉水浇过。

"那么斯巴达人的碑铭又是什么呢？"有人问道。

"斯巴达人？"强尼望向天空，陷入了凝思，良久，他说："斯巴达战士是没有碑铭的，他们活在诗人的诗篇中，活在女人的眼泪里。"

朴素无华的诗句，却字字铿锵。强尼在说谎，斯巴达战士是有墓志铭的，不知何故他隐瞒了这些，就像他隐瞒了"哲学家"的叛变，或许他觉得这是一个不详的暗示。

"总有一天，我们会迎来最终的胜利。"他面朝新约克镇的方向，好像人类的探险舰队会随时从天空中降临。他知道，哪怕只有一艘人类的战舰，哪怕只是一艘武装海盗船，哪怕只有一个人，他叫马凯，出现在这里也会给战局带来重大影响，至少会带给疲惫的战士们以希望。

"该死！这里怎么会有女人？"强尼就像走错了厕所一样嚷了起来。

门蒂像男人一样仰面八叉地躺着，头顶剃得光光的，腋下却是黑乎乎的，要不是胸前耸起，谁会把她当成女人呢？

"小妞，你可艳福不浅。"强尼屈膝蹲下，平视门蒂的眼睛，邪邪地说。

门蒂羞赧地笑了，这一笑可真要命，那一口"四环素牙"暴露无遗。小姑娘才十九岁，她还不会在偶像面前掩饰心跳。

"她是克罗斯兄弟的妹妹。"有人说。

"哦？"强尼的神情严肃起来，"是哪个混蛋把她招进来的？"

笑声戛然而止，斜阳的余晖从对面山的豁口射过来，照在我发烫的脸颊上。

"是我。"我说。

"我们带走了克罗斯家的两个男人还不够吗？你还要带走他们家最小的女儿？！"强尼的目光里冒着青烟。

门蒂加入我们时才十五岁，她还没发育，就像个假小子，但就算在男孩中，她也不算漂亮。

我无言以对。门蒂说："是我自己执意要加入的！我很有力气，打仗不比男人差。"她鼓了鼓结实的肱二头肌。

强尼的语气柔和下来："那你的妈妈谁来照顾？"

门蒂的妈妈已经快六十岁了，是个瞎婆婆。瞎婆婆并不知道自己的两个儿子已经战死了，她对待我们游击队员就像亲生儿子。很令人吃惊的是她只需用粗糙的手抚摸战士们的面孔，便可辨别出大家的年龄、血统、相貌，毫厘不差。她很放心地把女儿交给我，也是因为我是东方人，门蒂也是。所以她很信赖我，并要门蒂叫我哥哥。

"守护者不会为难一个老人的。"门蒂满脸纯真地说。

守护者就是哈希人，哈希人奴役了"星期五"人，让他们种植面包树和果树，每年能收获大量的碳水化合物粮食。这让他们有足够的食物来贿赂人类，他们迷恋人类的体表腺体分泌物，就像人类迷恋抹香鲸的香味一样。如果人类愿意用分泌物来交易他们的粮食，他们就愿意为人类养老。渐渐地，这种交易变成了一种习以为常的仪式：每周一次的天浴。哈希人遵守诺言，从来不主动伤害人类。要说他们是仁慈的"守护者"，倒也一点没错。

强尼直起身，背转过去，夕阳剪出他疲惫歪斜的背影，他叹了口气，说："将来，若有机会，我们一定去探望这位伟大的母亲。"

2594年那个冬天，天空竟然下起泥雨来。这种天气在奥克罗星是极其罕见的。奥克罗星气候干燥，高海拔高纬度地区尤其如此。由于大气中长年飘着厚厚的尘埃，雨水裹挟着尘埃倾泻而下，就像鸟屎吧唧吧唧地往下掉。空气中充满了夹带硫黄气味的泥腥味，我们的呼吸越来越沉重，鼻子下挂着两道泥沟。强尼的肺喘得就像风箱，他比我们土生土长的奥克罗地球人更不适应这儿的大气，而且他个子高，又抽烟，他的呼吸系统一直存在问题，他的身体远比他的体形虚弱。但如果你见他吃力地躬着腰、步履沉重而试图去搀他一把，那你一定是疯了，他会推你一个大跟头，嘴上还不闲着："娘的，你当老子是臼炮啊！"

在哈希人的围剿下，我们的部队不得不撤到更高海拔的位置，因为哈希人的身体结构和移动方式的特殊性，他们由低位往高位进攻是处于劣势的，我们居高抵抗的确是有效的策略。但是我们已经退无可退，海拔越来越高，空气越来越干冷，能找到的食物也越来越少。有时我们不得不劫掠

"星期五"人、亚威农人的庄稼地。渐渐地，原来支持、同情我们的被奴役的土著居民也开始抵制我们。我们的行踪就像阳光在高原上投下的阴影一清二楚，这让我们无处藏身，疲于奔命。

爱丁堡，这斜坡上的城镇，便是我们最后的据点。虽然大伙私下没有议论，但彼此心照不宣，丢掉了爱丁堡，所有的希望都将绝灭。

战斗是从南方的天空开始的。

那片天空就像被一块抹布擦过，黑压压一团乌云遮盖了我们头顶的天空，四野陡然阴暗了不少。那是哈希人的鹈鹕空中部队，"飞行员"是那些体格瘦小的亚威农人，他们倾泻下石块、木箭，还有大鸟的聒噪，试图把我们赶到爱丁堡的顶部。我们拼了命地往高处爬，由于地势倾斜，哈希人的地面部队没有采取紧逼战术，而是宽容地任凭我们占据高点。当我们撤到离爱丁堡制高点还有五百英尺的位置，强尼朝天空放了一枪，命令部队掉头直下。

大家都迷惑不解，爱丁堡下是深不可测的沟壑，里面泥流翻滚，乱石横飞，震怵得两岸的沙砾纷纷跌落。

"屎蛋人送给我们'魔毯'，我们怎能不领情？"强尼嘴角挂着诡异的微笑。

"呼呼……"几声，几只鹈鹕从天空跌落，宽大的翅膀在地面上激起泥团无数。每一只鹈鹕的翅膀摊开足有波斯壁毯那么大，奥克罗星厚重的大气层造就了这种奇特的"毯子"，它们不是通过扑翼，而是通过翅膀的波状起伏滚动来获得浮力的。

"每个'毯子'上坐五人。"强尼胸有成竹地命令道。

我们击落了几十只鹈鹕，把它们变成我们的"魔毯"。泥雨把斜坡冲洗得滑溜溜的，"魔毯"紧贴在斜坡上速降如飞，风从我们耳旁刮过，泥浆抽得我们脸皮通红，我们都眯上眼睛，美美地体验着这飞一般的感觉。我们当中只有"屁墩"一人有"小板凳"坐，照理说，他应该是最舒服的。可是这会儿，他正紧紧抱着强尼的腰，变形的五官挤成一团，组合出一种既兴奋又害怕的复杂表情，对循规蹈矩的"星期五"人来说，就算是追溯数十代祖先的记忆恐怕也找不出这样刺激的体验吧。

"抱稳了！"强尼大喝一声，突然把鸟头拽起，"魔毯"腾空而起，漂亮地跃过一个高坎，利用"魔毯"自身的浮力，在空中足足掠行了二十米，当它着陆，却又像悬爪收翅的信天翁一样平稳轻柔。

"这叫极限运动，在地球上火着呢。地球上有滑冰、滑草、滑沙甚至还有滑水，就差咱这滑泥了。"强尼驾驶着他的"魔毯"，还不忘向我们讲述地球往事。

当我们冲进谷底怒吼的泥流之中，宽大的"魔毯"在泥石流上如履平地。强尼叫我们把"魔毯"的两翼卷起来，这样，"魔毯"变身为狭长的摩托艇，在斗折直下的峡谷里疾行如风。密集的石弹不住地在我们身后击起丈余高的泥柱，但它们远远跟不上我们"摩托艇"的速度，那沉闷的撞击泥流的声音更像是欢送我们远去的礼炮。

哈希人被震怒了，屎蛋们、"星期五"人纷纷从高崖滚落，但奇怪的是，更多的屎蛋们却在崖沿上止步不前。

"这是怎么回事？哈希人为什么不敢追击我们？"我问强尼。

按常理他们不会害怕自上向下的进攻，居高临下是很容易取得战斗的胜利的。

"他们下来容易，要上去可就没那么简单啰。"强尼轻描淡写地说。

是啊，多么朴素的智慧。球形的哈希人即使拥有成群"屎壳郎"苦力，要爬出万尺沟壑也是难于上青天，这正是他们忌惮的原因。

哈希人那些头脑发热滚下山谷的先锋部队的下场可就惨了，我们甚至不必动用一枪一弹，泥流就直接吞没了他们。欣喜中唯一的伤感是，在俘虏里我们竟然发现了"哲学家"，他谢顶得更厉害了，光溜溜的脑袋就像是小一号的屎蛋。

这场置之死地而后生的胜利绝不压于一次死亡时间内的63码射门，强尼表现了坎尼战役中汉尼拔一样的指挥天才。更妙的是我们飞流直下，一日千里。曾经我们以为再也回不到低纬度的家乡，而现在，在奥克罗星百年一遇的泥洪的帮助下，我们轻易地实现了战略大转移。

"哲学家"对我们的游击战术了若指掌，他处心积虑地在爱丁堡的顶部布置了重兵，恭候我们钻入罗网，只可惜强尼的灵光一现把他的痴想变为泡影。

"我们本可以解决战斗的。"没想到"哲学家"的第一句话居然是这样，好像他才是胜利者，正在宣判我们的命运。这多么可笑！我们都恨不得把他撕碎。

强尼制止了愤怒的喧哗，平静地说："怎讲？"

"如果哈希人愿意跟下来，完全可以消灭你们这一小撮力量，即使给自己造成重大损失又有何妨？可惜哈希人不明白两败俱伤其实也是一种胜利这样浅显的道理。"

"因为哈希人不是人类！懂吗？"强尼露出轻蔑地笑，"只有人类才会不计较一时之得失去谋求那种杀敌三千自损一万的所谓胜利，因为只有人类才信奉那些用计算无法衡量的价值观念。"

我们静静地聆听着，连"屁墩"也显得聚精会神。

"哲学家"苦笑一下，说："现在谈这些又有何义？俘虏是没有资格为自己辩护的。"

"为什么背叛人类？"强尼的声音微微颤抖。

"我没有背叛人类，我只是背叛了你而已。""哲学家"面无表情地说。

多新鲜的逻辑！人群沸腾了，有人把石块扔到"哲学家"的脑袋上，他流血了，嘴上却依旧挂着嘲讽的笑。

"是吗？我倒想听听你的高见。"强尼的表情平静如初。

"强尼，别与他理论！杀死他！"有人喊道。

强尼却挥手把愤怒的声音压下，目光诚恳地望着他海盗生涯的兄弟。

"你来到这个星球之前，地球移民人口达5000人，而现在只剩下2000人！在你这个混蛋来到奥克罗之前，陈、门蒂、'屁墩'他们在阳光下眯着眼睛晒'太阳'，享受着衣食无忧的安逸，每个人都可活到80岁。是你，一个把人不断送上断头台的罗伯斯庇尔①，是你这个混蛋带给他们'橄榄球''电影''古巴雪茄'，还有那该死的一文不值的自由！"哲学家昏暗的眸子里闪烁着泪花。

强尼冷笑着摇摇头："真没想到，一个王冠上镶有自由、财产所有权、牛顿、洛克四颗钻石的英国佬嘴里竟说出这样一通混账话！"他的嘴唇在颤抖，雄辩的他此时却陷入龃龉。

他掏出枪对准曾经出生入死的兄弟："早在船上，我就应该干掉你，你谋杀了马凯，你以为我不知道吗？你在转轮枪里填入了两颗子弹！"

"很好，你已经知道了那个秘密。还等什么？朋友。"血从"哲学家"突出的前额淌下，他依旧骄傲地扬着他的下巴。

强尼的眼珠像红宝石一般血红地凝视着哲学家，他的枪口从未像今天

---

① 法国大革命时期的政治家。

223

这样抖得厉害。

"滚!"他说。

什么?我们几乎以为听错了。"哲学家"自己也露出不敢相信的神情,说:"你放走我会后悔的,就像当初在'猫的第九条命'号上一样。"

强尼在"哲学家"的屁股上踢了一脚,"哲学家"像屎蛋人那样滚出很远。然后他拍拍屁股上的泥土,踉踉跄跄地走远了。

强尼为什么不毙掉"哲学家",这一直是个谜。有人说是因为"哲学家"在海盗生涯曾救过强尼一命,他们是生死之交的搭档;有人说是因为强尼太孤独了,"哲学家"是唯一了解他过去的人,强尼是个恋旧的人;也有人说是因为"哲学家"干掉了强尼的对手马凯,强尼虽然嘴上常挂着马凯的名字,心中却常怀着忌恨……照我说,这些揣度都是肤浅的,甚至是离奇歪曲的。强尼放走"哲学家"的原因其实很简单:因为"哲学家"是个人类,拥有独立思考、敢于置疑领袖的有尊严的头脑。强尼曾经只是个可耻的海盗,而自他来到这个星球之后,便摇身一变,化身为自由而战的英雄,是什么造就了这一切?还是因为他是个人类,他在履行人类的职责。据说在这个宇宙中,大约有1000亿个星系,每个星系平均拥有上万亿颗恒星,一共有兆亿计的生命组成形式,在这么庞大的基数下,茫茫星海中的邂逅,彼此只需报上一个词:人类,便已足够。

那一晚,强尼没有给我们讲笑话,他一人坐在风口,古巴雪茄在黑暗中一明一灭,一夜未停。没有人敢上去安慰他,"哲学家"的话深深地伤害了他——一个把人不断送上断头台的罗伯斯庇尔——这又是一个我们奥克罗地球人早已遗忘的名字,但我知道这个名字可要比"混蛋"之类的粗口锋利得多。强尼大口大口地吞着那团我们奥克罗人难以理解的浓烟,胸深深地陷了下去，宽阔的肩膀也显得瘦削了不少。好像是那团浓烟在吞没他，而不是他吞下浓烟。

"哲学家"没有食言，他说过会让我们后悔，不久，他便率领屎蛋大军卷土重来。

2595年春季，我们在萨帕塔的西部遭到伏击。五个月后，我们在斯特陵又吃了败仗，队伍锐减至两位数。整整一年我们没有在游击战中取得过胜利。旱季到来后，我们疲惫的脚步再也走不动了，为了填饱肚子，我们不得不与亚威农人交易。往往是我们前脚刚离开亚威农人的集市，后脚便被屎蛋人的部队咬上了。精明的亚威农人不光卖给我们粮食、药品，还与哈希人交易情报。

在汉明达，我们卸下身上的全部金属件：皮带扣、手链、挂件、戒指、鞋钉，只留下武器，却只换来五磅糙粟，这意味着我们二十一个人每人只能分得一小汤勺。

"可卡叽哩，还记得九年前你们用一只鹅鹱换我们一颗螺钉吗？你们这也太不厚道了！"我揪住矮小的亚威农人脖下的褶肉，把他提离地面。

可卡叽哩皮笑肉不笑地说："那已是九年前的价格了，现在这个价格已经够公道了。"

"你信不信我会把你的五官重新组装一下。"我扬起了拳头，有时候对懦弱的亚威农人适当地炫耀武力是必要的，哈希人对亚威农人横征暴敛，亚威农人屁都不敢放一个。

可卡叽哩脸上的器官突然收缩，面孔只留下橘子皮似的皱纹，这个表情叫"恐惧"。

"算了，陈。"强尼用手掌握住了我的拳头。

可卡叽哩脚一沾地，立即恢复了得意的神情："还是这位大爷明白事

225

理，我倒是有意与这位老大交易。"他的目光倏地停在强尼的手腕，那镜面螺纹反射的金属光泽射到哪里，可卡叽哩贪婪的目光就跟随到哪里。

我迅速明白了他的诡计，扳过强尼的身子，说："强尼，不要被这小子骗了。"

但强尼却凝住了他的脚步，"哐啷"一声，那块能显示地球24个时区时间的手表跌入亚威农人的橱柜。亚威农人不需要地球时间，可想而知，在这一次交易中我们损失有多大。虽如此，那一晚，我们还是填饱了肚子。我们响声很大地喝着粥，抽着鼻子，好像什么东西堵住了鼻孔，酸酸的。只有"屁墩"一个人很享受这顿晚餐，"星期五"人的幸福是简单的：在饿着的时候吃，在困的时候睡。哈希人完全可以满足他们的幸福，有时我真的不明白为什么像"屁墩"这样的"星期五"人也跟着我们，那么的心甘情愿，任劳任怨，从不做逃兵，更不会背叛。

在昏暗的篝火的映照下，我看见门蒂的眼泪簌簌地直往粥里掉。

强尼抱歉地对她说："可惜没什么味道。"

她却使劲点着头："好吃，咸咸的。"

强尼怔怔地望着队伍里唯一的女人，忍不住伸手去摸她扎手的光脑袋，门蒂幸福地眯长了眼睛。也许这一刻，黑黑的她是奥克罗最美的女人，一点儿也不逊于地球上的电影明星。

强尼说："我们离起义的家乡不远了，也许不久，我们就可以去探望你妈妈。"

四周的空气有些沉重，正如这暮色沉沉的荒野。

强尼站起来说："如果马凯还活着，我们就可以玩一场橄榄球赛了，正好22人。马凯这混蛋是一名不错的四分卫，他扔出的球可以直接击中50码外的记者。"

226

可惜没有人能理解他的幽默，强尼有些尴尬地望着我。

"那我打什么位置？""屁墩"很兴奋地说。

"你？你这么强壮的体格当然得打最重要的位置：角卫。"强尼眨下一只眼。

"真的？""屁墩"大眼珠里跳跃着篝火。

"真的，MVP先生，我可以采访一下你吗？"强尼倒握着枪，把枪把递到"屁墩"的嘴下，"请问，当你一屁股把马凯的脑袋坐成鱼子酱，当时是什么样的感觉？"

周围一片哄笑，"屁墩"的脸涨红得就像狒狒，嘴里咕噜咕噜的，激动得说不出话来。可惜这美妙的时刻并未维持多久，一颗石弹砸进篝火里，火星四溅，就像"超级碗"赛场里燃起的烟花。

哈希人的鹈鹕发现了我们点燃的篝火，他们很快像狼闻着了腥味，攻打过来。

一颗石弹从夜空划过，弧线又高又飘，就像40码外的一次长传。

"'屁墩'，快闪开！"强尼吼道。

"屁墩"一摇一摆，扭动着笨重的屁股，向前扑去，他的姿势就像达阵一样优美，可惜石弹还是击中了他的屁股，那一团厚厚的肉顿时血肉模糊。两个屎蛋人嗖地从地面上弹起，向"屁墩"扑去。

"饭桶！"强尼抬腕两枪，那两颗圆球还在空中便瘪了。

"屁墩"卧在原地，久久没有抬起头来，他的退路上冒出七八个"星期五"人，嗷嗷地逼近"屁墩"。强尼心中焦灼若焚，正欲杀回去救他。只见"屁墩"突然从壕沟里跳起，嘴里胡乱地喊着什么，小罗圈腿摆得就像汽车轱辘，飞速地向"星期五"人堆里冲去。只一刹那，"星期五"人便像保龄球瓶一样被撞得东倒西歪，"屁墩"重新杀回了队伍，嘴里依旧念念有词。

有人问他："你在喊什么？"

"我是MVP，我是MVP！"

大伙乐了。"屁墩"的勇猛让我们深受鼓舞，我们集中兵力，杀出一条血路。

"我知道有一条秘密小路，可以绕到大丘的背面。"门蒂肯定地说。这儿已是她的家乡，她对地形很熟悉。

我们相信了她，在她的引导下，我们迅速消失在繁荫蔽日的热带丛林。奥克罗星的热带植物虽然并不像地球那般繁茂高大，但它们层层叠叠厚厚实实的枝叶足以掩藏我们的行踪。

经过四天四夜马不停蹄地跋涉，我们如愿以偿地绕到了大丘的背面。从林有效地阻碍了屎蛋人的滚进，他们被我们甩出好几天的行程之外。

"'屁墩'，你怎么不休息？"途中休息时，强尼发现"屁墩"奇怪地一个人站得远远的。

"他的'小板凳'肿啦。"有人替他解释。

强尼查看了"屁墩"受伤的部位，发现由于缺乏护理，外部像小火山一样肿得老高，伤口内部已经化脓了，流出绿色的脓汁来，大家都掩鼻散去。

"没事吧？'屁墩'，你这么强壮。"强尼问道。

"没事。""屁墩"不好意思地把屁股扭向另一边。

门蒂为"屁墩"敷上本地的草药，"屁墩"说感觉舒服多了，大家释然。"星期五"人屁股上那坨肉又坚实又厚重，那个部位的伤口实在是无关紧要，大家都这样认为。

可是在后来的行军中，"屁墩"的步子越来越蹒跚，被落下的越来越远。

"不如，让他在原地休息吧，哈希人不会为难他的。"有人提议。

"屁墩"作战非常勇猛，可是此时他已经成为一个累赘。就像他伤口散发的腐臭，令人避之不及。

强尼一字一顿地说："若马凯还在，他会毙了你。"

那人吐了吐舌头，再不吱声了。

强尼一声不吭地走回去，挽起"屁墩"粗壮却是疲软的胳膊，深一脚浅一脚地向前走去。

这样走走停停坚持了三天，"屁墩"终于走不动了，他那突出的臀部因为化脓几乎已经烂掉了，这让他的身体重心失衡，站立不稳。"星期五"人身体呈弓形，没有趴下休息的生理结构，这几天他几乎都是站过来的。南方的天空不时晃过几只大鸟的黑影，凄厉的怪叫声就像是黄昏的丧钟，那是哈希人的侦察部队。"屁墩"躺在强尼的怀里，开始说胡话，用那种很蹩脚难听的"星期五"语。这里面没有人是他的同类，也就没有人能听懂他的话。大家都默然无语地围着他，只有强尼一个人回应着"屁墩"，好像他通晓这门语言似的。

"'屁墩'会死吗？"门蒂眼里泪光闪闪。

"住嘴！"强尼严厉地瞪她一眼，说："听到没，'屁墩'在说MVP，听到没？"

果然，"屁墩"闭上的眼睛突然掀开，嘴里的词也变得清晰起来："角卫，角卫。"

"'屁墩'，你是跑锋，全明星跑锋啊！"强尼兴奋地摇着他的胳膊。

"我是角卫。""屁墩"口齿不清地说。

"不，你是全明星跑锋，'屁墩'。"强尼肯定地说。

"是角卫，你说过让我打角卫的。""屁墩"吃力地提高声调。他的记忆是不会错的，他一直以为角卫是个好位置。

"对不起，'屁墩'。"强尼垂下了头，"你是个跑锋天才！他妈的真正的强力跑锋，全场十万人都会为你的冲锋发抖，你他妈的是一个可进名人堂与吉姆·布朗、伊米特·史密斯齐肩的伟大球星！"

"我可以看你们打一场橄榄球吗？""屁墩"有气无力地说。

"没问题。"强尼让门蒂扶着"屁墩"的身子，清点了人数，说，"看来我们只能玩七人制了。陈，你打线卫；你，安全卫；你，接球手；你，四分卫；还有你，菜鸟，说你呢，你是近端锋。"强尼很快分配好位置。

我们很尴尬地领好自己的角色。橄榄球？我们连一个橄榄都没见过，但这并不妨碍强尼用高超的解说把我们的"比赛"带入高潮。

"比赛现在进入加进赛。怎么回事？大家都愣在那里，裁判也呆了，一辆小坦克开进了场地——是'屁墩'！传奇的24号接住了球，陈和肖恩向他撞去，哦，上帝，他们不是一个级别的。他们飞了，像屎蛋一样在天上滚。大家说'屁墩'现在挂在几档？三档？那是胡扯。'屁墩'要挂在三档早就飞出了地球，第一宇宙速度不是他的梦想！他现在挂在一档，挟球一路狂奔，把对手一个个掀翻、碾碎。60码！历史与纪录被他远远甩在身后，球场之于他小得就像浴缸。他现在离达阵区近在咫尺，一座大山挡住了他，那是马凯！全宇宙最有价值的球员马凯，他曾经一人干掉27个大家伙，让他们直接昏迷离场，这头恐怖的屠夫！所有的观众都站了起来，跺脚、嘶吼。他们在空中相遇，这真是一场灾难！就像协和撞上了波音。大家似乎听到了骨头碎裂的声音，可怜的马凯，他再也不能表演加农炮射击了。'屁墩'以他骄傲的屁股压垮了不可一世的马凯，触地得分！全场观众沸腾了，可乐、啤酒、爆米花、汉堡、硬币、车钥匙甚至座椅，所有能扔的东西统统扔进了球场。这一刻，上帝都哭了……"

真实的情形是，一个被充当橄榄球的本地歪瓜在空中飞来飞去，就像鱼一样滑溜，我们没几个能捉住它，更别说漂亮的达阵得分了。当我们安静下来，"屁墩"已经闭上了眼睛，像强尼解说的那样，以"突然死亡法"告别了我们，带走了他橄榄球的梦想。

天空真的下起雨来，咖啡色的雨滴从我们的脸上淌落，裹挟着汗水、泥土、眼泪、血污……

"屁墩"死后，大概是因为队伍里少了大活宝，气氛一下子沉闷了许多。强尼再没有心情与我们开玩笑，他的脾气变得越来越坏。瓦盖头偷喝了几口水，被他狠狠抽了一鞭子。亚威农人拒绝给我们提供食物，强尼一枪打穿了他尖尖的耳朵，让他的外形变得更不对称了——强尼终于展现了海盗狰狞的一面，他越来越像马凯。

在依格拉村，我们没有找到门蒂的妈妈。强尼像疯子一样揪住亚威农人的脖褶，向他们打听瞎婆婆的下落。起初没有人告诉我们，直到强尼祭起他当海盗时惯用的"猫的第九条尾巴①"，亚威农人才吐露真言："哈希人带走了她，她在萨克森豪森。"

回忆到这儿我常常陷入困惑，强尼为什么执意要去萨克森豪森？那很明显是一个陷阱。后来我与门蒂谈起这个问题，她告诉我一个女人的答案："因为强尼的血液中流淌着一种我们奥克罗地球人早已失传的东西。"

---

① 一种鞭刑。

事实上在当时，不止我一人，很多弟兄都向强尼提出过质疑。我们对强尼的判断力、指挥艺术深信不疑，但是这一次，我们动摇了。

强尼说："孔夫子曾说过，明知不可为而为之……"

"孔夫子绝没有说过这样的话。"我冷冷地打断他。

"这并不重要，中国人。"强尼不认识似的望着我，这是我第一次公然顶撞他。大家也目不转睛地望着他，就像在围观外乡人。

"好吧。"他叹了口气，"愿意留下的原地不动，愿意跟我走的请站出来。"

门蒂第一个站出来，依偎在他身旁。片刻过后，又有三四个人站了出来，虽然绝大多数人都对强尼的计划心存不满，但奇怪的是，最后所有的人都站了出来，我也是。

萨克森豪森是哈希人的疗养地，对人类来说，这是天浴中心，那些在周末被"神"带走，接受"神"的洗礼的女人，便被集中送往这儿。平时，这儿戒备森严，但这次，我们很轻易地潜入内部。

我们看到许多透明的罐子，里面装有可疑的浑浊溶液，罐子的底部接有一根管子，塞子还滴着锈红色的液滴。每一个罐子里都浸泡有一个女人，苍白发紫的胴体被泡得发胀，哈希人的不明液体的保鲜性大概不亚于地球人的福尔马林，每一个胴体都鲜活如生，还可以看见皮肤的细密皱纹，这些女人大多是老年妇女。突然有人哭了起来，瓦盖头，用手疯狂地拍着一个罐子，号啕大哭起来。那是他的奶奶，十年前就去世了，在这个星球，哈希人充当了牧师兼"神"的角色，他们带走所有人类的尸体，宣称会以他们的最高礼仪厚葬他们，我们相信了。没想到，这就是他们的厚葬，用药水浸泡人类的尸体，因为他们喜欢人类的味道，特别是女人的，就像人类迷信那种浸泡过动物尸体的药酒的魔力一样。紧接着，门蒂也哭了起来，瞎婆婆被泡在另一个罐子里，大概是因为她去世不久，哈希人用颜色更鲜艳的药水浸泡着她，液体里还浮有许多粉红色的半透明小虫，它们快乐地扭动着，在瞎婆婆凹塌的脸颊上、深陷的眼缝里、萎缩的牙床上、干瘪的乳房上蠕动。我们的胃剧烈地痉挛起来。

在更隐蔽的位置，我们发现了来参加天浴的女人们。她们白花花的身体比罐子里泡着的尸体更刺目碍眼。哈希人的泄殖孔一张一翕，不停地往外排出黄绿色的黏液。一个足有一个篮球场大的池子装满了这种黏液，泛着白色泡泡。女人们的身上浮满了这种戳都戳不破的泡泡，搭配以池面上蒸腾的白气，要不是那液体的颜色太过恶心，这场面堪称美景。据说哈希人分泌的这种黏液是天然的碱性抗菌剂，对人类的皮肤大有裨益，可有效中和大气中的硫黄和水中的酸。女人们的表情谈不上痛苦，只能说是麻木。她们的皮肤因哈希泄殖孔里伸出的吸盘的啜吸而变得粉红，并浮出斑点，就像花粉过敏反应。有一位年龄较小的姑娘可能因忍受不了那种麻痛的啜吸而哭了起来，正在享受的哈希人的球状躯体立刻膨胀起来，发出那种沉闷的恐吓声。一旁的中年妇女连忙用手捂住小姑娘的嘴巴，低声训斥着什么。渐渐地，小姑娘的哭声小了，变成一停一顿地抽咽。也许不久以后，她也会习惯这特殊的仪式，脸上浮出僵硬却是满足的神情来。

我们都傻傻地愣在那儿，心情莫名的复杂。仇恨？悲哀？同情？都不是。我扭头看了一眼门蒂，她的脸立刻红了。她15岁就加入了我们，所以她从来就没有参加过天浴。由于奥克罗星大气压强较高，她的皮肤缺乏弹性，全身浮肿，一按下便有一个坑，又因为缺乏水分的滋润，她的皮肤干燥粗糙，不少地方还皲裂了。在哈希人给我们灌输的观念里，没有参加过天浴的女人是不洁的。很难说这种观念有多邪恶，因为你没办法反驳它。至少那些正被吸盘啜吸着的女人的身体的确较门蒂更光洁照人。人类的皮肤本来就不适应这高气压、强重力并富含硫黄的大气，而哈希人分泌的黏液可以中和这种酸性大气，人类身体皮下腺体的分泌物同样是哈希人梦寐以求的"香精"，两者各取所需，抛开人类的清高、骄傲不说，这的确与生物学上的"共生"并无二致。事实上女人们并不怎么排斥每周一次的天浴，不管哈希人排出的液体多么的刺鼻恶心，爱美的少女们还愿意每周多进行一次。

我想，应该不止我一人心中有这样苦恼的疑问吧，因为大家都心事重重地沉默着，眉头紧锁，表情就像这灰蒙蒙的天空一般迷惘。所幸，哈希人的进攻很快中止了我们内心苦恼的思索，那种灵魂脱壳了般的神圣使命又重新回归本体，我们不顾一切地投入到战斗之中。因为大家知道，这将是最后一次了。

大概是因为第一次在同类异性的目光里战斗，我们抵抗得很顽强。笨拙如我，枪法也比平时精准了不少。哈希人的屎蛋在空中不停地爆裂，喷出黏糊糊的东西，有的落到我们的脸上，裸露的肩上、胳膊上。刺激性气味令我们的胃翻江倒海。但渐渐地，我们适应了这种气味，连碱性的黏液滴落到嘴角也顾不得去揩拭了。

这儿是哈希人的老巢，他们的人员似乎是无穷无尽的，就像那浴池里不断泛出的泡泡，灭了碎了，新的泡泡又鼓了出来。他们瘪了的尸体在巷道里堆积着，罐子也被打烂不少，黄绿色的黏液、锈红色的溶液沧海横流。

女人们尖叫着从我们身边跑过，哈希人立刻用他们滚圆的庞大身躯掩护了她们，这场面很滑稽，好像是他们在保护我们的女人。哈希人的愚蠢让我们赢得了喘息的时机，我们且战且退。十七岁的瓦盖头还有时间抓住一个雪白的女孩说："跟我们走吧。"

原谅这个孩子吧。我心中叹了口气——这是他第一次目睹肌肤光洁的女人，他还不能控制内心的情绪。女孩的眸子里掠过苍白的恐惧，身子瘫软在地上，哇哇地大哭起来。

这哭声深深地伤害了瓦盖头，他傻傻地愣在那儿，强尼严厉的呼喊宛若天国一般遥远。

哈希人的石弹击中了他的脑袋，红色的、乳白色的液体溅在女孩的身上，她的身体战栗得更厉害了。

强尼痛苦地闭上眼睛，鱼尾纹像鸟爪一般深深地扣进他俊朗的脸庞，那一刻，他苍老了许多。

"强尼！"一个罐子后面突然响起门蒂的呼喊，罐子壁上映出几个哈希人的球影。他们没有使用石弹，而是企图俘获她。哈希人从不伤害女人，这传言似乎是真的。门蒂参加过无数次战斗，但一次也没受伤过。

强尼离门蒂很远，中间隔着好几个"星期五"人筑成的防线，但他还是毫不犹豫地冲了过去。他是个不错的跑锋，常常能上演长途奔袭的达阵奇迹，但愚笨的"星期五"人信奉的教条主义同样是有效的——只要同时挥舞大棒，总有一下会击中目标。

强尼宽阔的肩膀结实地挨了一下，他一下就歪了，但他还是在惯性的帮助下来到门蒂身边，用枪干掉一个，门蒂则用匕首干掉了另一个，另外两个屎蛋喷着气弹走了。

强尼挽起门蒂，拼命地往后奔跑，石块不住地在他们身边激起绿色液体。他的奔跑是那种全明星级别的，很有气势，但他的胳膊，手握枪的那一只，却无力地垂着，就像机械师安装了义肢，却没有安上轴承。门蒂短小的腿跟不上他的步伐，好几次跌倒在地，强尼不怀好意地审视着她臃肿的腰部，恼怒地说："都什么日子了，还能吃胖！"

　　门蒂的眼眶霎时红了，黄牙齿咬着嘴唇，一言不发。永远不要说一个女人胖，哪怕这儿离地球十亿光年遥远。

　　强尼没再说什么，伸出那条能动的强壮胳膊，把门蒂拦腰抱起，在夜色的掩护下向后跑去。他后撤得很慌乱，以至于忘了指挥我们。我们立刻停止射击，跟着他的背影狂奔。我们向后逃出很远，渐渐远离了哈希人的石林箭雨。也许他们出于投鼠忌器的考虑，心疼那些泡在罐子里的昂贵"药材"，没有追上来，我们得到了短暂的安宁。

　　门蒂靠在强尼的肩膀上睡着了，强尼没有清点人数，所有人都不远不近地坐在那儿，就像手指头那样清晰。"屁墩"死了，瓦盖头死了……由于他们死得较近，我还记得他们的名字，而那些牺牲得比较久远的人又有多少呢？十年了，我心里有些悲凉地感慨着，十年前的那一天，"猫的第九条命"号在新约克镇着陆，我像每一个奥克罗地球人一样，热泪盈眶地向它奔去，顶礼膜拜地迎接它的到来。

　　我从来没有告诉过强尼我也有一块"手表"：一只黄澄澄的烟嘴，它是祖上的遗物。三百年了，烟嘴仍然释放着美妙的烟草香。我一次也没有品尝过香烟的味道，我也从没有像强尼那样填一些本地的烂菜叶子过过干瘾，更不会在山穷水尽的时候用它从亚威农人那儿换几粒饱腹的粮食。我只是偶尔在夜深人静的时候，把它掏出来，在星光下把玩着它，轻轻嗅着它淡淡的气味。我的鼻息是那般微弱，生怕稍重的呼吸会过快的消耗它的余香。这一晚，我思考了许多。

　　奥克罗星的自转很快，天不久就亮了。我永远记得那日的破晓，地平线上的紫日喷薄而出，滴沥着隔夜的暗红之血。厚厚的卷积云堆积在天边，缝隙里漏下铁水般炽热的光柱。天空被剃了阴阳头，半边阴晦缥缈半边刺目磅白。玄青色的荒原就像着了火，滚滚潮水般的镏金红霞沿着大地那纵横交错的沟壑蔓延开来。哈希人滚圆的身躯渐渐从沉沉雾霭中浮出，他们的身后麇集着密密麻麻的"星期五"人、亚威农人，甚至还有人类。他们围成环形，向我们逼近。如果我有一架飞行器从高空俯拍，那场面一定是相当壮观吧，可惜奥克罗地球人早已遗忘了那些有关飞行的技能，沉重的重力把我们牢牢束缚在地面上。

我们都面无表情地望着企图吞没我们的海浪，没有人惊慌失措，强尼仍在镇定自若地履行他指挥官的职责："陈，你和桑切斯殿后；呃，你？待在这个坑里，等哈希人走近再放箭；帕迪，你跟我来……"那成竹在胸的神情就像是橄榄球教练在布置战术。

战斗打响了，哈希人的第一波石弹攻击潮就砸死了我们两个弟兄：帕迪和肖恩。强尼只能用左手射击，可惜他不是马凯，他的枪法现在看起来好像只能击中电话亭那么大的目标。这已经无关紧要了，抵抗是象征性的。

两发石弹从我头顶呼啸而过，我本能地把头缩进衣领。身后两声钝响震得大地觫觫战栗，尘土铺天盖地。

"怎么回事？陈！"强尼冲我嘶吼道。

守住后方防线是我的责任，我有枪，哈希人害怕这种高科技。我没有回答他，当呛鼻的尘土散去，我看到强尼的脸上血流满面，石弹溅出的碎屑把他那张英俊的面孔破坏得面目全非。他望着我，表情陡然凝固了，但这错愕的表情转瞬即逝，他明白了一切。

我用枪指向了他，那把他亲手赠给我的马凯的枪。

他转向另一个方向，一只颤抖的"箭头"同样对准着他，桑切斯的脸上挂着泪水，像在说对不起。

他向其他两个方向望去，可惜那儿只摆着两具血肉模糊的尸体。四周湛然静寂，哈希人很快明白发生了什么，他们的部队训练有素，立即停止了鼓噪前进。

"很好，所有人都背叛了我。"强尼点点头，露出邪邪的笑，自言自语，"还有什么好留念的呢？"他高傲的目光扫过我们的头顶，向新约克镇方向的天空望去，那儿什么都没有，只有几只丑陋的大鸟在怪叫、盘旋。

然后，他朝不远处的哈希人望去，喃喃说："我以为他会来为我送行。"

我知道强尼在说谁，不知何故，那个混蛋缺席了这最后一役。

强尼萧索的目光倏地停在左手上，就在这时，门蒂冲了过来，抱住他的左臂，哭喊道："不要，还有我！"

强尼露出略为惊讶的神情。"该死！"他骂道。

我理解他的苦恼，虽然他常开玩笑说"如果队伍里全是女人，革命早就成功了"，但事实上，女人是队伍里无尽的麻烦。

"滚开！小妞。我不喜欢你们奥克罗人身上那股长年不洗澡的狐臊味。"强尼很不客气地朝我这个方向推开了门蒂，我知道这个动作意味着什么，我顺势抱紧了她。

门蒂不哭不闹，也不挣扎，她只是轻轻地说了句："我怀了你的孩子，强尼。"

强尼的下巴一拉到底，脸上浮出那种可以理解的震惊。他冰冷的目光蓦地柔和下来，落在门蒂难看的水桶腰上。他的嘴巴哆嗦了一下，却又强行咽下那句熟悉的粗口，他说不出话来。

本来他可以毫无牵挂地走，本来他还可以用他发达的幽默神经嘲笑一下命运的捉弄……但现在，他做不到了，他就是一个可怜虫。

哈希人很快主宰了局势，他们传过话来说，如果强尼能以屈膝下跪的方式向他们臣服，门蒂便可受到特殊的关照，比如免除天浴的义务。否则，她将被扔进罐子里！哈希人的确是深谙驭御之术，他们明白强尼的下跪屈服对现场其他的人类或是"星期五"人、亚威农人意味着什么，驯服反抗者的领袖无疑是比杀死他更为理想的战果。哈希人丑陋的外形常常让人忽略他们的智慧，实际上他们是颇有心得的统治者。也许在进化之树上，他们只能排在较低的位置，而人类却自诩为树尖。但在奥克罗星，彼此的位置可能得掉个个儿。

强尼两腮的肌肉僵硬似铁，他的目光像秋水一样冰凉。这会儿，他已经堆不出那种满不在乎的表情了。

"他妈的！"他朝地上啐了口夹带肉屑的唾沫，狠狠地盯着我说，"中国人，好好照顾门蒂，她要受了什么欺负，老子在地狱也不放过你！"

"你会进天堂的，强尼。"我说。

他不置可否地笑笑，突然跪在地上，用枪顶住脑门，扣动了扳机。清脆的响声就像在舱外开香槟。

门蒂真的像男人那样强壮有力，要不是她怀孕了，她肯定能挣脱我的胳膊。她哭喊的声音刺破了我的耳膜。

这就是强尼·盖普的故事，与马凯无关。哈希人允许我们用人类的仪式安葬他和他的兄弟们，墓地选在新约克镇，他们登陆的地方。那儿，"猫的第九条命"号海盗船巍峨的身影曾经耸入云霄，后来它连渣也不剩，亚威农人拆毁并搬走了它。强尼的坟包曾经垒得很高，现在也被奥克罗星强烈的风化作用夷为了平地。这样也好，亚威农人找不到他的墓地，也就不会打他身上的金属遗物的主意了，他至少还拥有一把枪，这玩意在亚威农人的黑市能卖出五位数。

我与门蒂每年都会去探望强尼一次，带上他的女儿，告诉他"超级碗"决赛的结果。门蒂名义上是我的妻子，但她一次也没让我碰过，因为我是一个可耻的叛徒。我只好安慰自己，她身上有那种长年不洗澡的狐臊味——门蒂从不用参加天浴，她的皮肤和体味可糟透了——哈希人遵守了诺言。

又许多年过去了，我们最近一次去探望强尼，却意外地发现一块高大的玄武岩上刻着几行字，那是标准的地球文，字的形状很有艺术美感，几乎可以归入书法的范畴。字是这样的：过路人，请告诉地球人，我们遵照人类的使命，在这里安息。

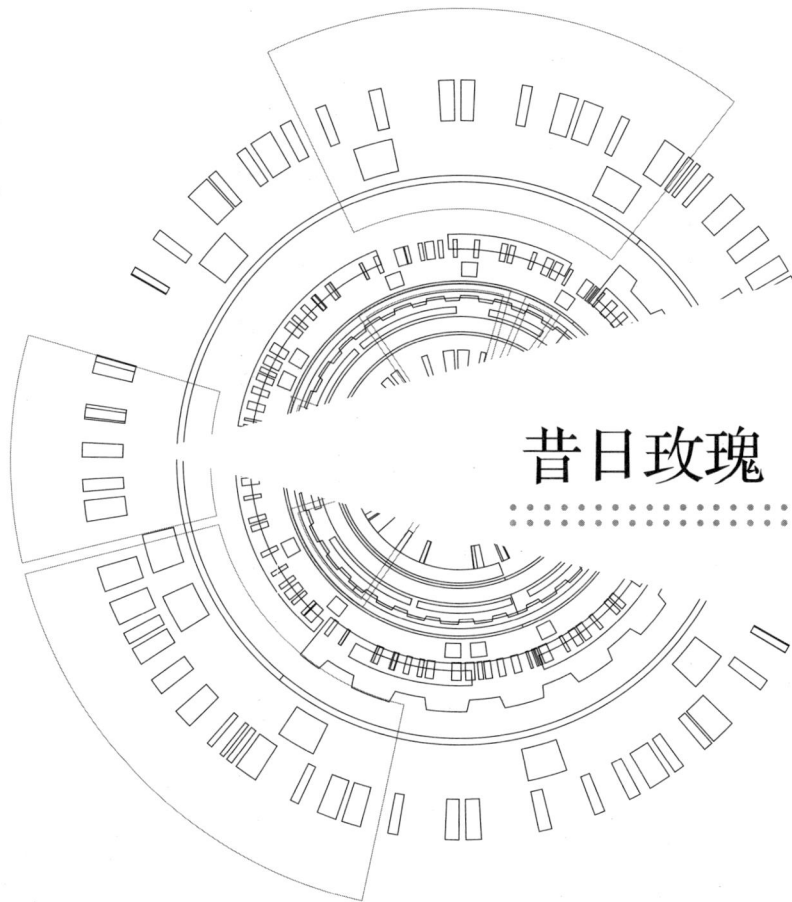

昔日玫瑰

我用希腊文与希伯来文仓促记录这些文字,赶在热那亚人潘恩离港前,委托他将这些手稿妥善保管在他认为安全的地方。

——卢浮宫纸莎草文件,E5591,

托勒密城主教辛奈西斯(synesis),AD.463

迪奥多西一世第五次担任罗马执政官的那年,罗马学者杰罗姆来到亚历山大港,没有人知晓他此行的使命,亚历山大港总督俄瑞斯忒斯也没有派人接待他。

杰罗姆在罗马享有盛誉,但在这儿,他又算什么?罗马皇帝雇用了一艘热那亚商船专程为他送行,那艘吃水很深的商船载有杰罗姆私家藏书数千卷,奴仆五人,私人医生一名,木匠一名,外加修辞学教师一位,却载不来他在罗马建立起来的学术声誉。亚历山大人自豪地宣称,这儿不缺伊壁鸠鲁的花园,也不差斯多葛的门廊,更兼诸多怀疑学派、新柏拉图学派、不敬神学派、炼金术士、雄辩家们麇集于此各领风骚,谁还有兴趣听一个罗马人的指手画脚。

一位学识渊博的阿拉伯人告诉我,杰罗姆对亚历山大知识界抱有野心。此话不假,杰罗姆那双地中海般深邃的鹰眼中所透出的火焰,就像马其顿皇帝对东方疆土无休止的渴欲那般炽烈。我是在俄瑞斯忒斯的家庭晚宴上第一次见到杰罗姆的,了解到他与提阿非罗主教的私人关系,我礼貌性地请他代我向提阿非罗主教问好。杰罗姆并没有显露传说中的傲慢,像每一位深藏不露的博学家一样,他友好地回应了我,声音如蜂蜜般温润。这不免令人失望,因为那时我还年轻,心底充满好奇,并不怀好意地期待罗马学者与本地那些自命非凡的大人物来一次激烈的正面交锋。

大概是出于与我类似的心理,我的朋友热那亚人潘恩凑上前来,向杰罗姆敬了一杯无花果酿造的美酒："尊贵的客人，可否向您请教一道难题？"

潘恩是一名海员，也是一位见多识广的博学家，如果是连他也解决不了的难题，那么可以相信这个问题的难度不会亚于史芬克斯之谜。因而许多人都拥簇过来，饶有兴致地看着热闹。

杰罗姆微笑着，脸上写着"请便"二字。

潘恩在桌面上摆了九枚银币，排成三行三列："这个该死的问题让我在船上输掉了九枚金币，我不知道那些目不识丁的海盗也懂数学！"人群里爆发出几声短促的笑声。潘恩环顾众人一圈，目光停驻在杰罗姆的脸上："同样，今天谁能移动这些银币，把它们从原来的8行，每行3枚，变为10行，每行3枚，这九枚银币便属于它。"

说完，他便扭头走出喧闹的人群，用一枚小银勺从蜜罐里舀起金灿灿的蜂蜜，放进酒杯里，缓缓地搅动起来。蜂蜜是不容易与酒调在一起的，显然，这也是个不太可能在短时间内解决的问题。

"这个问题可以由我的木匠来解决，因为这需要用到弹墨线。"杰罗姆慢条斯理地说，说话的时候他没有朝向潘恩的方向，而是侧着脸庞，他漂亮的短髯修得笔直，比女人后颈上的茸毛还要精致细密。

酒杯里的旋涡徒然乱了，稍稍地溅出杯沿。潘恩像喝醉了似的，红着脸走过来。

当然，这儿没有什么木匠。杰罗姆闭着一只眼，脸贴近桌面，瞄准前方，手指推动着银币缓缓前进，那专注的神情看起来就像是海伦[1]在丈量尼罗河三角洲的土地。

每当杰罗姆排好一行三枚银币，人群中就会响起怀疑的声音："这样

---

[1] 海伦，古埃及测量学家，公元62年前后活跃于亚历山大，有著作《测地术》传世。

可不行。就好比一个拙劣的裁缝，左边袖子短了，往左边扯扯，但右边又短了。"

每一个埃及人都是测量术的专家，他们对平面几何的直觉极为精确，就像对尼罗河泛滥期的到来那样敏感。

但是这一次，围观者们错了。当杰罗姆排好他最后一枚银币，人们甚至还没有在第一时间内意识到问题已经解决了。因为银币的排列实在是太违背直觉了，几乎每一个具有数学常识的人都会认为最可能的排法应该是几何图形，像平方数、三角数或是正多面体那样简谐优美①。而杰罗姆的排列却是混乱的，甚至是非对称的，就好比夜空中的繁星，被寥寥几笔线条连接起来，突然构成了直观化的星座。

人群中爆发的第一个掌声来自潘恩，他输掉了九枚金币——第一次，他从海盗那儿获得了这个有趣的问题；第二次，他得到了答案。后来这九枚金币被永久地镶在樱桃木桌面上，并被悬挂于亚历山大图书馆的地下藏库，与希波克拉底医学著作、古代悲剧作家的手稿真迹、阿基米德螺旋抽水机陈列在一起，像是一个示威，又像是罗马皇帝的诏书，似在向亚历山大人宣布：我们来了！

杰罗姆的表演还没有结束，他俨然把这庄重的场所当成了闹哄哄的罗马集市，甚至没有征得总督大人的允许便向在场的55位饱学之士发表了一段即兴演说，如果这儿有一只酒桶的话说不定他还会站在上面。

他的发言里有一些有意思的观点，比如他说，阿基米德是个虚张声势的骗子，他绝无可能设计出铁爪起重机把敌人的军舰吊起来；阿波罗尼奥斯②也不过是沽名钓誉之徒，他的传世名作《圆锥曲线》无非是在重复前人

---

① 可以用帕普斯定理来解决九币谜题。

② Apollonius（约公元前262~190年），古希腊与欧几里得、阿基米德齐名的数学家。

的工作；还有亚历山大人所敬重的埃拉托色尼①，其实就是个什么都只懂一点儿的半桶水。

不消说这些耸人听闻的论点在与会诸公听来会有多刺耳，这不啻是在向整个亚历山大学派宣战。不过杰罗姆富有个人魅力的地方在于，他每叙述一个论点都采纳了充分的论据。比如在怀疑阿基米德时，他亲手用微缩模型作了示范——这大概是为什么他的随从中会有木匠的缘故吧。在批评阿波罗尼奥斯时，他列举了《圆锥曲线》中欧几里得、梅内克缪斯的一些研究成果。在揶揄埃拉托色尼时，他开玩笑说埃拉托色尼计算的地球子午线长度的误差大到可以装下整个地中海。

"数学是一门精密的学问，不容任何自作聪明的头脑擅做改动。"他说，"在罗马时，我从一位威尼斯商人那得到一部希腊文抄本《算术》②，用漂亮的安色尔字体③书写在一部金线装订的羊皮纸卷上，每一个字就像印刷字体那样精确、严密。我第一眼看到它就决定用三个金币买下它，虽然威尼斯商人喜悦的眼神告诉我他赚到了，但我觉得收藏它是划算的。可当我翻到书的第三章后却又改变了主意，一种粗鄙的靛蓝墨水书写的批注映入眼帘，就像是田野里的金龟子那样耀眼刺目。威尼斯商人告诉我，伟大的亚历山大学者修订了丢番图的原著，以使它显得更完美精确，全地中海人都以使用这样的修订本为荣。我把那本书扔到他的脸上，告诉他，那些敢对先贤的著作擅做更改的人都得挨这一巴掌！而这正是我来到这儿的原因。"

---

① Eratosthenes（公元前275~193年），古希腊天文学家、地理学家，曾任亚历山大图书馆馆长。
② 丢番图的数学著作。
③ 手稿中常用的一种大字体。

刚才还热闹非凡的宴会变得静悄悄的，所有人的目光都落在席昂①的女儿海帕蒂娅的身上。几乎所有人都在第一时间内露出恍然大悟的神情——这才是罗马人的重点。

我的老师海帕蒂娅是一位美丽的女子，但她借以闻名的不是她的美貌，而是她的学识。正是她修订了丢番图与阿波罗尼奥斯的著作，以使它们变得更通俗易懂。

我不是历史学家，作为海帕蒂娅的学生，我在书写这些文字之时难免带有某种倾向。但是对于海帕蒂娅在亚历山大人中所享有的声望，无须任何修辞学的夸张与溢美。读者们可以在同时代的文学家、艺术家的作品中读到浮光掠影的片章，他们形容海帕蒂娅具有雅典娜般的美貌。

我理解罗马人的感受，在几个世纪前，亚历山大人拥有泽诺多托斯、埃拉托色尼、卡利马科斯，那都是百科全书式的大学者，人们信服他们的智慧。自最后一位全能数学家帕普斯辞世以来，人们悲观地以为科学已经终结了。而如今，罗马人惊奇地发现，拥有骄傲历史的亚历山大人竟然拜倒在一个女人的脚下，他们像不谙世事的儿童般拥簇在海帕蒂娅的身旁，聆听她娓娓动听的教诲。海帕蒂娅的门下车水马龙，冠盖云集，权贵名流们不远千里前来倾听她的讲学，世人均以成为海帕蒂娅的学生为荣。

我们多么渴望海帕蒂娅与罗马人展开一场阿喀琉斯对战赫克托式的辩论！可是，我的老师只是披着她那件缀满补丁的长袍静静坐在人群中，就像牧羊人坐在心爱的羊群里，只有无声的牧笛在她宝石蓝的眸子里飘荡。

她说："尊敬的客人，您所苦苦寻觅的，蕴藏在您对先贤们精彩的评价里。"

---

① 哲学家，亚历山大图书馆研究员。

在座诸宾先是一愣，旋即哄然大笑。罗马人的闳词雄辩就像回旋镖，全部飞向了自己——如果后人没有资格对先贤们的著作进行修订诠释，那么他刚才在评价阿基米德时为什么不闭上自己的嘴巴呢？

杰罗姆粗大的喉结颤抖一下，说不出话来，也许下一次他还应带上他的修辞学教师。

可是作为罗马皇帝钦定的使者，亚里士多德第三十一世嫡传弟子，杰罗姆在亚历山大的使命才刚刚开始。"亚里士多德嫡传弟子"的说法来自他漂亮的花体签名，在清理亚历山大图书馆的目录系统后，在核查总督大人的土地税收账簿后，他都会留下这个令人怀疑的签名。就像马其顿皇帝每攻下一座城池，都要无比自豪地向投降的异族们宣告："腓力之子，亚里士多德的学生亚历山大宣布此谕……"杰罗姆继承了亚历山大的野心，但他的所谓亚里士多德嫡传弟子的说法已是无史可稽。

为此，有人曾向我的老师请教："杰罗姆自称是亚里士多德的传人，这种说法可有依据？先生您的学问又是出自何源？"

海帕蒂娅微微一笑，说："对于山涧的涓涓细流，人们可以很清晰地追溯它的源流；对于浩渺汪洋，却很难穷尽它的源头。"

杰罗姆为什么要对亚历山大图书馆的目录系统进行清理？人们对此议论纷纷莫衷一是。自卡利马科斯①建立起亚历山大的目录系统以来，图书馆的藏书就像一棵枝繁叶茂的参天大树一样生长起来。

每天，托勒密王朝的国王们、执政长官们从全世界收集来不同语言的图书、手稿、符号图谱；缮写室里上百个希腊文、阿拉伯文、腓尼基文、拉丁文、科普特文书法家们在烛影青灯下日夜不停地抄写，沿长长的铜尺

---

① Callimachus（约公元前305～240年），古希腊诗人、目录学家。

划出平行等距的横线，保证每一个字母都排列得严密工整；插画家们为繁密的文字缀上斑斓的颜色，圣女、天使、怪兽的形象在书页上惟妙惟肖地舞动；熟练的装订员用砂纸、鹅卵石打磨上等的羊皮纸，用白垩软化它，用铁尺压平纸面，最后用结实的牛筋、亚麻线装订成册。那些纯手工制作的羊皮纸卷因其孕育于充满迷迭香、薰衣草、东方檀香的缮写室、装订室里，生来便散发一种令人眩晕的气息，让每一位远道而来的借阅者都沉醉于它的厚重与玄奥。

托勒密王家图书馆到底收藏有多少图书？这大概是个"阿基米德的牛"[1]式的谜题。伟大的目录学家谦虚地宣称有藏书49万卷，在拉丁文诗人格利乌斯浪漫的想象中，这个数字扩大到了70万卷。即便是埃拉托色尼，也没有勇气对如此庞大的图书系统进行整理。而一个初来乍到的罗马人却把白己当成了园丁，妄图对这图腾柱般神圣的大树动剪刀！

在洪水到来的季节，一位炼金师拜访了我的老师，忧心忡忡地提到杰罗姆把佐西默斯[2]的著作清理出了图书馆。不久，一位阿拉伯学者告诉老师，他在亚历山大藏书库里已无法找到萨尔恭二世[3]的楔形文编年史。后来，一位多那图斯教徒向老师声泪俱下的控诉杰罗姆销毁了提科尼乌斯[4]的作品。

"我应该去拜访他。"海帕蒂娅吩咐仆人准备马车。

我却挡在了马车的前面："先生，您不能去。"

海帕蒂娅露出略为讶异的神情："这不是你的风格，我的学生，一个

---

[1] 又称群牛问题，含八个未知数的二次不定方程，最小解的位数超过20万。相传是阿基米德用来向阿波罗尼奥斯挑战的数学难题。

[2] Zosimus，古希腊炼金术士。

[3] 古闪族人国王。

[4] Ticonius，非洲多纳图派作家，著有《自由教规》一书。

富有同情心的人怎么会对他人的痛苦熟视无睹？"

"先生您了解外界的传闻吗？罗马人的野心路人皆知，他今天的所作所为无非是在向您示威，如果您去拜访他，那就正中了他的圈套。"

"那又如何？"

"可是，因为有您的存在，我们才拥有六翼天使神庙①，如果连您也被牵扯进这场风波，亚历山大人连六翼天使神庙也要失去。"

海帕蒂娅回望了一眼神庙那巍峨的爱奥尼亚大理石柱，当她转过头来，石阶下满目却是期待的焦灼面孔。她挽起雪白的亚麻长袍，赤裸着光洁如玉的脚踝，登上了马车。

杰罗姆把亚历山大图书馆当成了他的私人官邸，图书陈列室变成了娱乐场馆，里面正上演着时下流行的自动傀儡剧②，台下看客们正为木偶们笨拙滑稽的演出笑得前俯后仰，而杰罗姆本人则一面观看着演出，一面与一位印度盲人棋手下着象棋，手里还把玩着一个埃特卢斯卡十二面体智力玩具。

见到海帕蒂娅，他殷勤地迎接过来："我本应先拜访您的，美丽的女士。"他谦卑地欠了欠身，亲吻了她的手背，然后邀请她一起观看木偶剧。

"传说希腊的第一代人类是黄金锻造的，他们拥有神一般的体魄与智力。"杰罗姆口若悬河地向我的老师谈起他对文明的见解，"第二代人类是白银所铸造的，他们在体形与精神上都略逊于第一代人类。而到了我们这一代——第三代人类，无论是体魄还是智力都已远逊于古人。据说在几百年前，人们可以轻易地把十二面体魔方复原，就像这样。"他似乎是漫不经心地把已经恢复秩序的完美几何体递到海帕蒂娅的面前，"而今天的人们，甚至连立方体的魔方都无法拼好。亚历山大人所敬仰的女士，您觉

① 亚历山大图书馆的分馆。
② 由亚历山大的工程师赫戎所发明。

得呢？"

我的老师海帕蒂娅微微含笑："今人不能领悟古人的玩具，是因为古代的智者已证明，任何一个复杂的魔方，都可以在有限步内恢复其原有秩序，所以今人不再对古人的玩具感兴趣，而未必是智力上逊于古人。同样，一位古代人生活在今天，也会为灯塔与长堤所拱卫的亚历山大城而赞叹。"当她侧过脸庞答话时，彩色玻璃透下的光线正好映在她的脸庞，就好像阳光穿透琥珀，那凝固的线条悄然融化，脸上的茸毛变得几近透明。不可一世的罗马人也不敢正视她的美丽，只好稍稍偏转视线，假装去看舞台上的木偶。

"哈哈，好一个可以在有限步内恢复其原有秩序！"杰罗姆放声大笑。舞台上被宙斯化为小母牛的娥伊被她的父亲认了出来，观众们正沉浸在感动与忧伤之中，这爽朗的笑声未免显得不合时宜，许多人都朝这边看过来。

"我喜欢这个命题。万物皆数，一而二，二而三，无限渐次递归……世上万物莫不如此，人生如戏，所有发生的一切也许只不过是预先写好的剧本的重演。"很意外，他似乎赞同海帕蒂娅的论点，可是反过来未必如此。

海帕蒂娅严肃地说："万物皆数，而数并非万物。"

杰罗姆皱了皱眉头："此话怎讲？"

"古代的智者芝诺曾提出，一支飞驰的羽箭在每一个时刻点都是静止的，但是一支飞驰的羽箭并不等于每一个静止时刻的相加，就好比一根数轴并不等于数轴上每一个长度为零的数的相加。"

杰罗姆陷入了沉思，他的额头上渗出了细密的汗珠，幸好他的头低垂在棋盘之上，让人以为他只是沉浸在棋局当中，巧妙地掩饰了他内心的慌乱。

一支飞驰的羽箭并不等于每一个静止时刻的相加^①，这是多么朴素的论证。当时我与在场的许多智士一样，以为海帕蒂娅只是在转述芝诺的论断，她的叙述谦虚地略掉了这一论证的主语，直到许多年后我回忆整理老师的学说之时，这才领悟到那些隐晦的智慧。

"哗"的一声，盲棋手推秤认负了，这真是一个来得及时的鼓舞。

杰罗姆谦虚地说："先生，您为何认输呢？棋盘的空格子还有那么多，我们所剩棋子兵力也不相上下，难道您现在就能预见最终的结果吗？"

盲棋手恭敬地躬下身子："大人，让您见笑了。如果说棋局刚刚开始便能洞知胜负也许过于夸张，但是作为一名下棋为生的棋手，在棋局过半并少一兵的情况下，还不能预知自己的失利，那就未免太自大了，尤其是在大人您这样高超的对手面前。"

杰罗姆露出颇为自得的神情，似问非问道："先生，我听说在古代没有规则的年代，执黑先行的棋手是必胜的是吗？"

"是的。大人，正是由于先行有利，人们这才制订一些有利于白棋的规则让棋局实现天平般的精密平衡。"

"但是不管多么精密的天平，在这种微妙的平衡当中，也必然会有一方稍稍的沉下去而另一方稍稍地上翘。"

"是的，大人。"盲棋手口中称是，脸上却浮现出迷茫的神色，确实，他已跟不上杰罗姆的思绪，罗马人的话早已意不在此。

"那么。"杰罗姆起身拍拍膝盖，转过身子面对观众们，他的动作潇洒又优雅，几乎本能地找回了面向公众演说时的固有姿态，"正因如此，不管棋局的情形多么复杂惊险，对于一名理智的棋手而言，事实上棋局在

---

① 用现代数学语言可以表述为，一个时间段为连续统，为不可数无穷，不能分割为可数无穷个静止时刻。

一开始便已结束了。"

像是已经预料到人们难以理解这个论断，他稍做停顿，继续用不容置疑的语气说道："理论上，导向胜利的途径有无数种，可是胜利的归属却是棋盘规则所率先决定了的。这是因为对于高超的棋手而言，每一手棋都是建立在严密的运算之上，这里面并没有运气的立足之地，企望幸运女神的眷顾乃赌徒式的心理，那样的棋手注定成不了真正的智者。真正的棋手每下一手棋，与其说是在破解头脑里储存的残局、定式，不如说是在解丢番图方程，以求得最优解，棋局的每一步，都是建立在对己方最有利的上一步之上，这都是确定性的结果，而上一步，又是建立在上上步之上，如此递归，我们可以回到第一步，棋盘上放下的第一颗子。"

棋盘响起一个清脆的声音，杰罗姆挟起一枚皇后放在空旷的棋盘上，这是多么骄傲的宣告：棋局在第一步就已经结束了。可这昭然若揭的挑衅却又如此令人诚服，以至于在场的亚历山大人没人敢站出来挑战他的论断，更没有人敢站在他面前的棋盘旁边。

杰罗姆的目光落在海帕蒂娅的头顶上："美丽的女士，您也这样看吗？"

我的老师淡淡地回答道："我已经说过了，人生不是棋局，世间万物的复杂变化更不能归为确定性的简单递加。"

"哦？"杰罗姆扬了扬眉头，用一个很有力道的手势指向舞台，"那么为什么不把目光投向这些可爱的木偶呢？这些上了发条的小东西，他们上演的悲剧令我们黯然神伤，上演的滑稽剧让我们捧腹大笑，除了喝的不是水而是润滑油，除了小小的工艺瑕疵让他们偶尔显得笨拙之外，与我们人类又有何区别！这些宙斯与人间女子偷情的故事难道不是一开始就已经设计好的吗？又有什么证据可以排除我们人类也可能是上帝排演的一台木偶剧呢？"

像是对他的回应，伊娥来到尼罗河岸边无比哀戚地向天帝求助时，咔的一声，木偶似被"小小的工艺瑕疵"卡住了。这关键时候的卡壳真是大煞风景，观众中响起懊恼的声音。

激动的演说者显然也为被粗鲁地打断而恼火，但他旋即恢复了神态："这并不构成我们对数学递归性质的怀疑。机械的掉链子再正常不过，就连人类也时常犯失心疯呢。再者，我们为什么不构建一种新的机器用来检验这些尽职的木偶演员们呢？这正如远古的星象师们用星盘、象限仪、水时计来推算日月星辰运转的规律。我想，这在本质上没有什么不可行。"

海帕蒂娅微微颔首，眼睛一眨不眨地望向他，似在说："洗耳恭听。"

这期待的目光让罗马人红光满面，他完全沉浸到那个雄心勃勃的理性世界中去了："如果把木偶们拆离开来，我们不难发现，它们是皮带牵引轴承、齿轮相互衔合的机器，而齿轮每一刻齿的啮合与每一步逻辑推理的过程并无本质的区别，它们都是确定性的，输出建立在输入之上，而下一级输出又是建立在上级运算结果与新的输入之上。如此一来，我们完全可以设计出一种新的机械，当木偶卡壳时，我们规定这种情形作为输入，且输出为真，也就是说它能提前运算出一个木偶是否会出岔子，并让它自动点燃一盏松油灯，以提示主人事先检修木偶。"

博学的亚历山大人立刻意识到这又是一种新的递归。发明了第一台自动化机器，这意味着同样可以发明第二台，可保证第一台不掉链子，同样也可以发明第三台机器来保证第二台机器不掉链子。推而广之，可以发明无数台机器来保证这个世界的正常运转，如果世界真的是一台木偶戏的话。亚历山大人诚服地啧叹着，罗马人的确带来了崭新的思想。

"诸位有所不知，皇帝派我来接管亚历山大图书馆，是因为英明的圣上已经意识到科学的根基正在受到异端邪说的侵蚀，我们的科学是建立在伟大的先知所制造的每一块牢固的砖块之上：欧几里得公式、丢番图代数……而现在，异教徒邪说就像是蛀虫啃噬着先贤们的成果。馆藏里充斥着伪托赫拉克利特之名的炼金手稿、记录异教徒之神的文字、各种画有裸女怪兽的巫鬼之书。如果说赫戎的木偶机械们可以用高明的机械来检验，那么同样应该有伟大的头脑来检验人类的智慧，把那些引诱人走入歧途的邪恶学说扫地出门，只留下那些如黄金般璀璨成熟的文字！"杰罗姆的演说有如洪钟般雄浑有力，却又久久撩拨你耳孔里的茸毛，令人不那么舒服。

看客们都拧着眉头，脸上浮现出便秘般的痛苦表情。他们就像是金字塔下瞻仰的游客，久久的在巨大的阴影下徘徊，企图在严密咬合的石墙中寻找到一个突破口。罗马人的话一定有什么问题！是大前提的选择不恰当？还是玩弄技巧的狡辩术？我看到有人张嘴欲言，当杰罗姆的目光瞟了过来，他又怯懦地垂下了头。我愤怒于罗马人的狂妄，不齿于他大言不惭的"伟大的头脑"，可是我作为一个初出茅庐的见习僧，甚至没有实力像盲棋手那样在他手下走数十个回合。

这时我的老师站了起来，她的身子裹在长且厚的袍子里，依然像沙漠中的蔓柳一样摇曳生姿，当她行走，所有人的目光都随之荡漾起来。她来到舞台前，抚摸着那个饰演伊娥的木偶，说："如果真的存在一台可以洞知木偶们一切运转的机器，我想那一定是上帝。"

"是的。"杰罗姆露出得意的神情，"那一定是全知全能的主。"

"可是，当上帝的机器被逻辑所推导出来，撒旦的机器也在同一时间被制造了。"海帕蒂娅平静地说。

什么？杰罗姆愣在那儿。

"我们不妨假设'撒旦机器'用'上帝机器'的输出作为输入，如果

'上帝机器'的输出为假，那么'撒旦机器'则停机。如果'上帝机器'的输出为真，那么'撒旦机器'将无限循环，就像西西弗斯推动巨石滚上山顶，刚到山巅便又滚落下来，这是一个死循环。那么反过来'撒旦机器'的输出作为'上帝机器'的输入又会怎样呢？"

就像一个象棋新手，面对那些只通过凭空想象便可对整个棋局了然于心的伟大盲棋手，都会发出由衷的赞叹，当我们孱弱的头脑面对这些根本不存在的"撒旦机器"与"上帝机器"的推理游戏时，也只能徒生喟叹了。

很快，有人从迷茫中惊醒，露出先是错愕既而会心一笑的表情。渐渐地，越来越多的人明白了问题的关键：不存在万能的"上帝机器"。因为既然"上帝机器"对所有木偶的运转都洞悉幽微，那么它的输出为真，可是当它输出为真，"撒旦机器"就要陷入死循环，也就是说"上帝机器"将无法判断"撒旦机器"将在何时停下来，这时它只能输出为假，这是个难以回避的矛盾！当我领悟到了这个绝妙的悖论之后不由得挥舞了一下拳头，却又马上难堪地收敛激动的神色，因为这只不过是个迟钝的发现，几乎所有人都起立为这虚构的思想机器而鼓起掌来。

当海帕蒂娅轻濡嘴唇的时候，掌声又立刻停息了。亚历山大人自觉地安静下来，倾听她那比天国泉水还要动听的声音。

她说："在不甚久远的年代，亚历山大形形色色的学派林立纷呈，有伊壁鸠鲁学派的轻灵，也有亚里士多德学派的严谨，有斯多葛学派的沉思，也有柏拉图学派的遐想……那个时候，操各国语言的匠人、手工业者在亚历山大切磋技艺，发明创造。来自世界各地的学者们在壮丽的喷泉与林荫间探讨宇宙的奥妙，在阁楼窄小的天窗下苦苦验证星空的变幻。没有人在乎他们的身份与来历；没有'异教徒'的定义在词典里出现，因为上帝并不会偏爱任何一个民族；没有哪一种学派压倒性的战胜另一种思想，更不会把源自另一学派的思想纳入自己的评价体系，来批判、抨击甚至消灭。当我们拥有奉若神明的科学，当技术家与数学家称雄于世的时候，那种源于恐怖与直觉的知识就显得尤为重要，而这，正是我们需要佐西默斯、赫尔墨斯[①]的原因。"

迦勒底占星家的传人们、佐西默斯的弟子们、多纳图教徒们眼里闪烁着激动的泪花，就连来自欧洲的学者们都心悦诚服地点着头。对了，我忘了描绘杰罗姆彼时的神态，懊丧的失败者在那会儿并不重要，也没有人会在意骄傲的罗马人内心复杂的情绪。但从后面的情形来看，杰罗姆受伤不轻，就像一匹受过重伤的野狼，一旦恢复体力就展开对绵羊、农人甚至无辜者的疯狂报复。

罗马皇帝一纸诏书，让杰罗姆获得了核查亚历山大田垦税收账簿的权力。同是这一年，狄奥多西一世颁布禁令，禁止各种类型的异教崇拜。在亚历山大主教提阿非罗的指示下，科普特教徒们冲击了塞拉皮雍神庙。从昔兰尼加到努比亚，天空似乎被一种令人惴惴不安的尘霾所笼罩。

如果你在半个世纪前曾经生活在尼罗河流域，可能会对那几年的饥荒记忆犹新。农人的收成锐减过半，罗马人还加重了他们的税赋，还有传闻说杰罗姆呈给罗马皇帝的调查报告里有对总督大人俄瑞斯忒斯不利的指控。雪上加霜的是，德尔斐的阿波罗神庙传出诡异的神谕：把阿波罗立方神坛体积扩大一倍。否则，血光与大火将映红天空。

把神坛体积扩大一倍，人们起初并没有意识到这是个魔鬼难题。直到训练有素的埃及人操起他们的皮尺、水准仪、三角板时，才惊奇地发现这是难于登天的工程。

---

① Hermes，埃及哲学家，神智学创始人。

当时亚历山大城中有一个叫梅纳斯的几何学家，据说是阿波罗尼奥斯的传人，被认为是时下最聪明的人，他曾经证明过所有阿拉伯对称图案不会超过17种。当伟大的几何学家被亚历山大人邀请来解决神坛倍立方问题时，他私下口夸豪言，称将在一日内设计好所有施工方案。可疑的是杰罗姆不知从哪儿得知这个消息，专程去对梅纳斯的智慧表示敬仰，并愿意与城中富豪下注一百个金币，赌梅纳斯将成功解决这个问题。这次赌注下得很大，城中到处都贴有公示，一时间满城风雨，人尽皆知。

后来的事便是大家所知道的了，梅纳斯被他的门生发现死在铺满几何工具的案头，大口大口的血印染了莎草纸，他的桌上、墙上、榻上都画满了美丽的几何图案：正十三边形、蔓叶线、尼科梅德蚌线、阿基米德螺线……在几何学家的葬礼上，人们看到了杰罗姆的身影，愤怒的弟子们驱赶杰罗姆，让他滚出亚历山大，正是他的阴谋让梅纳斯耗尽脑力咳血身亡，可是有强壮的士兵保卫着罗马皇帝的红人。杰罗姆似乎很享受与整个亚历山大城为敌的感觉，他还没有忘记站在高处发表一段演说。

我没有亲临他演说的现场，但即使从第三方的转述中也不难领略他当时的气势。潘恩告诉我，杰罗姆虽没有承认但也没有否认梅纳斯之死是他的阴谋，他自鸣得意的夸耀中甚至还暗示阿波罗神谕与他的某种关联。最后他用先知般的口吻警告亚历山大人说，如果神庙没有按神谕的指示得以扩建，恐怖天神将从天而降，而他，将充当神的得力助手。

罗马学者将审判整个亚历山大城！即使总督大人俄瑞斯忒斯也不能幸免。在杰罗姆的调查报告中，亚历山大总督府上报罗马皇帝的农田面积与真实的统计存在较大的出入，也就是说俄瑞斯忒斯可能犯有欺君漏税之罪。

总督大人首先想要求助的便是我的老师海帕蒂娅，所有人都在期待席昂的女儿作为亚历山大的代言人来申诉自己的冤屈，六翼天使神庙的台阶下，拥挤着翘首以待的市民。这令人感动的情形不由得让人联想到罗马军队围攻叙拉古时，包括国王在内的全城人民祈求阿基米德来拯救他们的故事。

埃及人特别是亚历山大人在测量术上拥有骄傲的成果。每当天狼星在尼罗河上空闪烁时，大河便迎来它一年一度的泛滥。洪水会给三角洲带来农作物所需的养分，同时，也会推平那些在上一年度刚刚被划分测量过的土地。这样，开春季节的土地勘测便成为执政官、土著首领、大祭司们每年一度的工作，世界上最古老的大地测量术诞生于此也就不以为怪了，起初人们把它叫作黑土科学。后来托勒密①与他的追随者把这门学问推向极致，据说使用托勒密的球体投射平面术，可以把尼罗河两岸的土地测量精确到500肘尺以内。到过埃及的旅行家莫不喷叹于尼罗河谷风光的奇特性：河谷中遍布着被运河分割成块状并被棕榈树镶边的绿色田地，一条条仿佛犁沟一样的线把这些田地分割成棋盘格，如果旅行家们有足够的耐心去田野里看个究竟，就会发现棋盘格里还嵌套着更小尺度的方格。正是基于测量员、制图员、会计员的精确工作，杰罗姆才有可能对全部垦田进行统计核算。

数以百计的市民们涌进亚历山大图书馆，拥簇着我的老师、总督大人，还有三十位智力超群的亚历山大学者，就像是涌进罗马斗兽场的观众一样激昂。

杰罗姆坐在金字塔一般高的账簿之上，他的傲慢正如法老。不同的是法老是用一台精密的天平来衡量子民的良心，杰罗姆所倚重的却是一台用四头牛拉动的机械，机械的内部据说由十个大小不一的齿轮所构成，刻齿运转到哪个位置，由会计员输入的数字而决定，这样可以执行十个数字的

---

① Ptolemy（约公元90~168年），古希腊地理学家、天文学家、数学家，平生著述甚多，创立了地心说。

加法运算。

我的老师已经证明过，机器是不完备的，不可能发明一种机器可以预知其不掉链子。其实逻辑上同样可证，不可能存在一种完美的机器，它的运算永远不会出现差错。当时一个亚历山大学者率先向杰罗姆提出这样的质疑。

杰罗姆只是不屑地挥挥手，让质疑者与他的机器当场进行一次速算比赛，那么是机器更为准确还是会计员更为准确便是显而易见的事了。很遗憾，那个人输了，赫戎、赫尔墨斯的子孙们输了。

总督大人上报罗马皇帝的数字与杰罗姆的核算存在一个大约五百里的差值，于是一个斯特雷渡学者提出这可能只是测量的自身误差。杰罗姆似乎不需要思考，鼻子像他那四头累坏了的牛一样朝天翻着，喘着冷气，讥笑斯特雷渡派不知道托勒密的角距仪的每一度有60分，每一分有60秒。确实，角距仪的一秒投影到水平面上不过几百肘尺。

杰罗姆睥睨着垂头丧气的亚历山大人，他漂亮的上翘胡须上挂着嘲讽、同情又像是其他什么含义。他头上的天蓝色穹顶镶嵌有475颗红绿宝石，构成44个由埃拉托色尼所标注的星座，穿梭其间的79个托勒密圆周[①]，隐藏着斗转星移、农时节令、航海与贸易风的秘密；他的背后是象征着宇宙结构的正十二面体青铜雕塑，雄心勃勃的罗马人用《蒂迈欧篇》[②]的宇宙观重新打造了图书馆，长宽比符合黄金分割的窗户、正八边形的大理石柱、阿基米德螺线的吊灯、希皮阿斯割圆线的拱梁，无不在诠释万物皆数的理念；一座无形的巨塔在他的背后巍然屹立，它的基础正是建立在《几何原本》《算术》《圆锥曲线》这些不可撼动的砖块之上。新的砖块仍在不停地加盖其上，看起来这座用几何、代数、逻辑公设所堆砌的巨塔还将

---

① 托勒密在《大综合论》中用来解释天体运动的曲线。

② 古希腊哲学家柏拉图的晚年著作。

继续、一直、永远生长下去，这是一座真正的通天塔！

无疑，挑战这座威严耸峙的巨塔需要勇气。亚历山大人的自尊心正经受着噬咬，在场的学者们都意识到一个逻辑学困境：杰罗姆的巨塔是建立在公设的砖块之上，砖块之间像金字塔的巨石一样严密咬合，不容置喙。我们企图撼动这巨塔的根基无异于蚍蜉撼树，即便成功了，我们自己的立足之地也在同一时间被掏空了，因为我们使用着同样是逻辑的语言。用托勒密的语言击败不了他，因为骄傲的罗马人的确是当世最接近黄金时代那些伟大头脑的领悟者；欧几里得的语言也无法击败他，罗马人能计算十位数加法的机械装置让赫戎、赫尔墨斯的子孙们自惭形秽；佐西摩斯的语言更不能作为投枪，因为那种翻滚着塞浦路斯硫酸盐的蓖麻油锅能炼出什么物质根本就是个未知数。

当我的老师站起来时，四周鸦雀无声。而我却似乎听到了万众一声的有节拍的低沉号子，就像最后一位角斗士出场时观众台所发生的骚动那样。不同的是，海帕蒂娅从未在任何场合企图用力量与气势压倒对手，她皎皎的脸庞永远都是波澜不惊，在她的语言里，鲜有"伟大""必须""一切"之类的词汇出现。

她说："我们应该注意到总督大人送呈罗马皇帝的账簿与杰罗姆大人核算时所使用的账簿是基于不同的比例尺，前者是大比例尺的地形图，后者是小比例尺的地理图。"

那些歪坐着的学者们马上坐正了身子，假寐的杰罗姆像眉头被烧着了一样猛地把头抬起。

"在小比例尺的地理图上，测量员们使用托勒密的球体投射平面术，以保证球形地表投影到平面的地图上不至于失真。而在大比例尺的地区图中，测量员是假定每一块有限面积的田地是平面的。"

海帕蒂娅只是叙述一个事实，而这平实的语言就像是一个跌宕起伏的剧本的闭幕戏，突然发生峰回路转的变化，令如坠云雾的观众们猛地惊醒：原来这就是结局。

在计算一块小的田地时，我们当然可以简略地认为它是平面的。可是在进行小比例尺的大地测量时，水手们、地理先贤们都会告诉你，大地表面其实是一个巨大的球面，托勒密学派们早就意识到将球状表面投影到一张扁平的地图上会产生扭曲与误差，所以他们发明了球体投射平面术，微不可察的误差正是在两种不同的制图术中产生的。

"其实，借用杰罗姆大人的计算机器，我们不难验证这一点。"海帕蒂娅微笑着，向杰罗姆请示使用他的机器，杰罗姆铁青着脸点点头。

"参考先贤们计算的子午线的长度，我们可以得知亚历山大总督大人的田地在球面上大约对应多大一个圆心角。从而我们可推断出一块经过球体投射平面术修正的土地与一块没有经过修正的土地之间的面积差大约是多少，不出意外的话，把总督大人送呈账簿上土地的总面积乘以一个曲率比，就会得到杰罗姆大人所核算的总值。"

罗马人的机器确实笨重，它计算乘法的原理是把一个加法重复若干次。当杰罗姆的牛绕机器转了14圈后，会计员读出了刻齿所对应的数字，与杰罗姆所核算的分厘不差。雷鸣般的掌声响了起来，狂喜的人们与总督大人拥抱，庆祝罗马人的阴谋破产。如果海帕蒂娅是个男人，我们一定会把她抛向天空。可是，她是女神般圣洁的女子，我们爱戴她，却只敢远远地用目光笼罩着她。

意外的是，杰罗姆从他的座位上站了起来，微笑着旁观庆祝的人群，大概只有外交官才能如此自然地切换表情。但这嘴唇弯成完美角度的微笑令人不寒而栗，人们安静下来不解地望着他。

杰罗姆说："这位令人仰慕的女士，为什么不担任扩建阿波罗神坛的设计师呢？"

人们刚刚释放的心弦又紧绷了起来，罗马人在暗示亚历山大人仍然无法逃脱神谕的惩罚。

我的老师淡淡地回答道："神不会去制造一块自己也举不起来的石头。"

"神当然可以……"杰罗姆打断了海帕蒂娅，话出一半却又红着脸停了下来，似乎意识到自己陷入了一个克利特人的悖论①：神是万能的，故他能制造一块自己也举不起的石头，但他举不起那块石头，同时也证明他不是万能的。

海帕蒂娅无意嘲弄罗马人的困窘，接着解释道："把神坛的体积扩建为二倍，正如制造一块神也举不起来的石头，是个不可能完成的任务，因为我们不可能用尺规的方法求得2的立方根，杰罗姆大人的计算机械也不行。"

杰罗姆颓唐地坐了下去。要反驳倒海帕蒂娅其实很简单，用他的计算机械试一试便行了。可是罗马人心知肚晓，就算把他的木头机器的齿轮磨秃，也不可能得到一个精确解。显然，所谓阿波罗神谕，只是罗马人处心积虑的捏造。

梅纳斯的弟子们欢呼着从座位上跳起，激动地拥到海帕蒂娅的身边，亲吻她的裙角、手背、脚踝。梅纳斯没能解决神坛的倍立方问题，但这并不构成这位伟大几何学家的耻辱，因为，这根本就是个神也不能解决的问题，更别提那位自以为是的罗马人了。

此情此景，我禁不住赞叹道："她真像沉沉夜色中的亚历山大灯

---

① 又称"说谎者悖论"，由哲学家艾皮米尼地斯（Epimenides）在公元前六世纪时提出：所有克利特人都说谎，他们中间的一个诗人这么说。

塔啊！"

"不。"来自昔兰尼的叙内修斯[1]转过头来对我说，"她不是灯塔，她是比光永远更早到一步的黑暗。"

哲学家的话令我一激灵，时隔五十年如仍在昨。多么睿智的见解啊，知识好比夜空中被星光所照亮的空间。杰罗姆们就像秉烛而行的夜行者，他们相信星光最终会充满宇宙的每一处，就像钻石般晶莹剔透没有盲点；海帕蒂娅就像深邃的夜空，她指出计算机器的不完备性、递归计算的非万能性、倍立方问题的不可解性……星光所照亮的区域相对于无穷广袤的夜空，终究是微不足道的。

那个冬天，亚历山大人享有了短暂的安宁。

当"亚里士多德第三十一世嫡传弟子"的大名出现在六翼天使神庙讲堂的签到册时，所有人都惊呆了。杰罗姆坐在听海帕蒂娅讲学的人群中，没有带上他的木匠和修辞学教师，与每一个求知若渴的年轻学子一样，他或是安静地聆听，或是轻声与旁人交谈，或是谦卑地站起来提问。罗马人的葫芦里卖的是什么酒？大家都警惕地注视着杰罗姆的表演，私底下暗自嘀咕。

第一天，杰罗姆给海帕蒂娅献上了橄榄与曼陀罗编织的花篮；第二天，杰罗姆当场朗诵了他最近创作的一首诗；第三天，杰罗姆向在场所有人许诺，将向狄奥多西一世为六翼天使神庙申请经费资助……到后来，罗马人的意图简直是昭然若揭了，亚历山大人震惊于这一事实：曾经无数次被羞辱的杰罗姆正在向席昂的女儿发动爱情攻势。

那个时候我二十岁出头，海帕蒂娅不过大我们十岁，但我们爱她就像爱戴自己的母亲，罗马人对海帕蒂娅的骚扰激起了我们心底无穷的敌意。

---

[1] Sinesio（370-415），新柏拉图派的哲学家。

平心而论，罗马人的确是地中海最般配海帕蒂娅的男人，他英俊潇洒，学识渊博，与海帕蒂娅年龄相当，智慧难分伯仲，堪比所罗门与示巴女王式的佳缘。海帕蒂娅已经三十多岁了，难道我们真的希望她像贞洁的圣女那样孤独一生吗？这种矛盾的心理噬咬着我的心。

很多次，我按压住杰罗姆请我转交给海帕蒂娅的信，忍不住想要拆开它，但最终还是把它完整地交给了老师。很多次，我不远不近地跟在杰罗姆与海帕蒂娅的背后，偷听到的并非令人脸红耳烧的情话，而是一些普通哲学问题的讨论，事后又不免为这种行为感到羞耻悔恨。有时，我产生一种向海帕蒂娅揭露罗马人不怀好心的冲动，可又担心这种没有根据的怀疑被他人诠释为嫉妒。还有一次，我禁不住跑到席昂老头那，词不达意地告诉他罗马人打着他女儿的主意，可是面对席昂老头淡然的表情，我才意识到之前不知已有多少与我一样幼稚可笑的年轻人向他通报了这一消息。

时常，我注意到杰罗姆亲吻海帕蒂娅手背的时间过长，注意到在杰罗姆讲了一个笑话后，海帕蒂娅的嘴角泛起微皱的细纹……终于有一天，我鼓起勇气站起来向杰罗姆发难，指出他对海伦公式①的一个证明是错误的。但后来的讨论表明错的是我，杰罗姆使用了一种我不太理解的高明方法，这次不自量力的挑战经历让我无地自容，以至于后来很长时间不想在讨论中发表任何言论。

在那一年的冬天与第二年的夏天，一切你所能想到的离奇怪诞之事都能在亚历山大城上演。杰罗姆雇用了上千名波斯艺术家，在难以计数的羊皮纸上夜以继日地工作，花了整整一个冬天把亚历山大图书馆的最大一间展览室变成了由细密画构成的拼图。每一张羊皮纸上都画有栩栩如生的宗教、人物、风俗画，画上圣母的发丝、婴儿皮肤的肌理历历可见，骑士刀

---

① 由三边长求三角形面积的公式。

剑上的寒光几可瘆人。博物院的门倌告诉访客们，光是废掉的颜料就足足让总督大人的一只骆驼商队忙乎了大半年。这些细密画或挂在墙壁上，或铺在地板上，就像是零乱的马赛克，五彩斑斓，乱花迷眼，看起来并不比一张波斯地毯更吸引人。在上百位亚历山大名流的见证下，杰罗姆优雅地邀请海帕蒂娅掀开高大的垂地窗帷，让清晨的第一缕阳光穿透澄净的玻璃窗，以一定角度倾泻在细密画上，那些由珍珠粉、蓝宝石粉、孔雀石粉、赭铁粉凝成的图案熠熠闪烁，似在融化，似在颤动，似被天堂的圣音唤醒。斜射的阳光在墙壁上缓缓流动，带动着客们的目光由远而近。嗬！当蜜糖色的阳光把展览室大厅的每一处角落照亮，人们惊奇地发现这些细密画竟然组成一个美丽女子的肖像，纵然这个肖像没有标上名字，人们的目光也都默契地落在我的老师飞满红晕的脸上——罗马人的拼图游戏规模如此庞大，不仅仅是为了展现他的奢华，更是为了纤毫毕现地描绘海帕蒂娅的美丽。更令人意想不到的是，片顷之后，这光影的胜景便不复存在。罗马人骄傲地宣布，这所有以几何学原则创作的细密画，都只能在此时此刻展现，即便是明天的同一时间大家出现在这儿，这些细密画原封不动，也不能重现刚才的一幕，因为，每一天的阳光都不是以同一角度入射的，只有通过精确的计算，才能让光影展现这美丽的一瞬。"而越是短暂的美丽，就越能长驻心灵。"罗马人意味深长地说。

这还不够疯狂。五月的时候，杰罗姆大张声势地集合了全城的历法家、天文学家，在亚历山大灯塔下宣布他将对古代的历法进行修正，这一狂妄之举自然遭到了学者们的集体反对。在长达七天的穷极无聊的争论与谩骂之后，杰罗姆得意扬扬地宣布，下午三点的时候神将证明他的推算是正确的。得益于他的杰出宣传，到了下午三点的时候，全城人都聚集到耸入云霄的灯塔之下，好奇地等待奇迹的发生，而我的老师与其他学者们被邀请到灯塔的顶部共品佳酿。那一天我也站在人群里，只不过是在灯塔的阴影之下，仰望着快要刺破苍穹的灯塔和上面那些远且缥缈的身影，顿觉自己的渺小卑微。那一刻，我痛恨自己，也痛恨杰罗姆，但对他更多的是敬畏与恐惧，正如当黑暗陡然袭来时，惊慌失措的人们对罗马人的感情一样——日食发生了，几乎所有的亚历山大学者都漏算了这次日食，而骄傲的罗马人却做到了。当灯塔巨大的鲸油灯亮起来时，惊慌的人们渐渐平静下来。突然有人指向天空，似乎有什么东西飘了下来，当耀眼的灯柱照亮它时，人们认出那是一个风筝，上面印着一个拉丁字母。紧接着第二个风筝又飘了下来，同样印着一个字母。后来，越来越多的风筝飘了下来，在场的人们禁不住把这些字母一个一个念出声来，并屏住呼吸期待下一个展露的字母，当这神启般的奇迹全部展露时，人们才惊讶地发现这些字母竟构成了海帕蒂娅的名字。

我没有等到这些字母全部展露便离开了喧闹的人群，因为在字母才显现一半时我就已经猜到了罗马人的诡计。那一刻我下定决心要逃离亚历山大，离开我的老师。在我之前，叙内修斯和潘恩都已经离开了，虽然我不知道他们离开的原因，但我猜测那个"海帕蒂娅的学生"——罗马人与之难逃干系。

"海帕蒂娅的学生？"这一名号听起来真够讽刺的。没错，杰罗姆是旁听过海帕蒂娅的几堂课，但是他的年龄、他的身份实在是与这一头衔不相称。罗马人对此倒毫不介意，甚至还四处张扬，生怕别人不知道他也是海帕蒂娅的学生似的。这一名号的广为人知还是在席昂的葬礼上，亚历山大人所敬仰的席昂先生仙逝本与罗马人毫不相干，杰罗姆却越俎代庖对葬礼大操大办，用一篇长达三个小时的祭文高度颂扬了席昂的一生，无愧于一个饱经沙场的演说家，他那经过修辞学家调教的油腔滑调，堪比职业演员的声泪俱下，感染得在场所有人潸然泪下……正是在这祭文的结尾，杰罗姆署上了"席昂的徒孙、海帕蒂娅的学生"这一名号，与"亚里士多德第三十一世嫡传弟子"那一奇怪的头衔并列。

葬礼结束后的那个晚上，我正在收拾行李，准备不辞而别。背后却传来一个沙哑的声音："你也准备离开我了吗？"

海帕蒂娅站在我的房门口，脸上还挂着仍没干涸的泪痕，平时挽得很庄重的发髻散落开来，垂在双肩上，这使她显得很瘦弱。我陡然意识到席昂死后，海帕蒂娅便是无依无靠的一个人。她没有家人亲属，没有丈夫孩子，亚历山大人都说席昂的女儿嫁给了真理。是的，她还有许多学生，但却没有一个真正的关门弟子，大多都是流水席的听众，有的甚至纯粹是冲着她的美貌与名望来的。这让我的脚步变得沉重，但我还是背过脸去说："对不起，老师，圣安东尼修道院将提供给我一个见习僧的职务，这对我来说是个机会。"

"可是，辛奈西斯，上一个月，你还说要潜心研究《蒂迈欧篇》。"她急切的声音令我心碎，我的老师可以洞彻宇宙最精微的奥秘，却辨不明一个简单的借口。

"老师，我是您最愚钝的学生，学习那些高深的知识很吃力。尤其是相对于最聪明的那个人……"我的话里不无酸意。

海帕蒂娅微弱的"哦"了一声，怔怔地立在那儿，默默看我把几部课堂笔记、她曾经赠送给我的手稿放进包袱中，再用亚麻绳一捆，扔在肩上。在我路过她时，她稍稍地侧过身子。我瞟见她消瘦的脸庞，与平时的饱满红润判若两人。

"辛奈西斯，你认为我应与罗马人在一起吗？"当我走出几步，她叫住了我。

"老师……"

"叫我海帕蒂娅。"她的眼神很严厉，但不知为何，这个时候我突然不怕她了。

267

"海……我，我认为你们应该在一起。"我违心地说。

"为什么？"她的双唇紧紧地合在一起，亮晶晶的眸子深陷在眼窝里。

"他是当世罕有的人物，而您也是。他是罗马皇帝钦定的亚历山大博物院的首席科学家，而您也是六翼天使神庙之执牛耳者，天底下还有比这更般配的姻缘吗？而且，全亚历山大人都知道，罗马人爱您爱得发狂……"我在叙述这每一个字时心都如刀绞一般的痛，可我又残忍地想不停地说下去。

"辛奈西斯，你会肤浅地以为那就是爱吗？"海帕蒂娅打断了我，来到窗前，望着外面幽幽地说，"也许罗马人只是想征服他的一个城堡而已。"

"可是，罗马人对您的关爱有目共睹，在任何时候他都不忘赞美您的美丽；在普通人面前他几乎是不可驳倒之人，而只有您才能让罗马人的智慧臣服；他甚至甘愿降尊纡贵，当您的学生……"

"人们都说苏格拉底是非凡的男子，他面对悍妻的挑衅从不回应，可他是真心臣服于妻子吗？"

我迷茫了。

"苏格拉底微笑不语地面对咆哮的妻子，那只是因为，在他眼里妻子不是一个配与他沟通的对象。每一个标榜为'同情'与'宽容'的绅士行为，都是对那些独立自强的女子的侮辱。每一个极尽修辞技巧来赞美女子美貌的诗篇，都是对那些姿色平平的女子的侮辱。每一个女子都是平等的降临人间的天使，是男人们世俗的目光不公平地区分了她们，以及她们与他们。"

我默默地望着我的老师，不，海帕蒂娅，她真是人间奇女子，那些感天动地的示爱行为在她眼里一文不值。

我的心蓦地软了，但嘴上还是说："可是，既然您不爱他，却又不公开地回绝他，在很多场合都与他出双入对，这对于公众是个误导……"说到此我的话戛然而止，脸不由自主地红了起来。

"那只是一些公共场合的礼节性应酬。更何况，"她略做停顿，窗外传来杰罗姆男主人式的迎送来宾的声音，她轻轻地说，"与他保持友善，这对于六翼天使神庙没坏处。"

我瞪大了眼睛，心底突然涌出一股说不出来的味道：我的老师，在为人处世上，您怎么这么幼稚！她被我严厉的眼神刺得一愣，似乎意识到自己的荒谬。

不知从哪儿冒出来的勇气，我握住了她的手，说："海帕蒂娅，那种受伤的男人所激起的反应是您所不能想象的，正如您所说，罗马人这段时间极尽温柔、谦卑的举止，只是为了满足他的征服欲。一旦骄傲的罗马人的野心落空，这一段时间的殷勤付出一定会加倍索偿！他一定会的！"

我感受到了她纤掌的微微颤抖与手心里的湿润。那一刻，我决定留下来。

事实正如我所料，高调的罗马人为他的自信付出了代价——不久后，整座亚历山大城都在恶趣味的传播、调侃"海帕蒂娅的学生"求爱失败的消息，那一段时间罗马人深居简出，几乎销声匿迹，就像一匹身受重伤的狼在黑暗中默默舔舐着伤口。那段不长的日子也是我一生中最快乐的时光……

海帕蒂娅教我《等周论》，似乎比从前更严厉了，每当我证明一道数学难题时卡壳，脑袋就要挨一顿爆栗。她教我制作天体观测仪，当我磨制玻璃片时，她会恶作剧地一吹，让玻璃细粉扑我一脸，而我也会报复性地用涂满白灰的手去涂她。有一次，我悄悄地画她的素描像，却又远逊于罗马人的拼图游戏，正要沮丧地撕碎它时，她却抢了过去，还说画得不错……

正是在这一段朝夕相处的日子里，海帕蒂娅的思想在我的头脑里渐渐有了模糊的轮廓：海帕蒂娅终生述而不作，没有留下一部系统阐述她的思想的著作。她就像一位隐士，毫不介意自己的思想像声音消失在旷野里。她构建"撒旦机器"的方法与欧几里得证明质数有无穷个的方法有异曲同工之妙，可见她深受"几何之父"的影响；她注解过《圆锥曲线》与《算术》，暗示她与阿波罗尼奥斯、丢番图的师承关系；她精通科学仪器的设计制作，表明她还是一位出色的机械发明家。与杰罗姆不同的是，海帕蒂娅对那种"黑暗"的知识同样持宽容态度，在六翼天使神庙的保护下，许多被杰罗姆所驱除的著作学说都得以保存，持异见的学者们得到庇佑，后世的星占师、炼金术士、神秘学家把我的老师奉为宗师也就不以为怪了。

狄奥多西一世第六次担任罗马执政官的那年，希里尔接任亚历山大城主教。小道消息很快传播开来：希里尔将彻底清除亚历山大城内偶像崇拜的余毒。亚历山大城人人自危，连总督大人俄瑞斯忒斯也变得寝食不安。他托人悄悄告诉海帕蒂娅，她的学生中有人向主教指控她私藏一些"未经修订"的图书。我听到这个消息后很快意识到这个人是谁，有一位叫彼得的礼拜朗诵士，是与我同时来到亚历山大聆听海帕蒂娅讲学的。沉默的彼得从未显露出他对海帕蒂娅的爱，但我能感觉出来他对我的敌意，至少，他的兴趣并不在科学之内。我不知道有多少人对海帕蒂娅怀着像我一样的感情，杰罗姆、彼得、叙内修斯、潘恩，也许还有更多。有的因爱近乎绝望而选择逃离，有的因爱近乎懦弱而选择留下，还有的因爱过于强烈而滑向了另一个极端。

当我请求海帕蒂娅把彼得清理出门时，海帕蒂娅拒绝了。我向她发誓那个人一定是彼得，绝没有错。她却反问我："那么多人恨我，难道不是我自身的过错吗？"

"只是因为你信仰其他的神。"我凝视着她善良的眸子。

"不，不完全是这样。"她摇摇头，"我与基督徒关系亲密，总督大人是我的朋友，还有你，辛奈西斯。"

"因为你过于美丽，美丽得令人绝望，绝望使人发狂。"我叹息道。

"丹内阿人攻陷特洛伊后，他们屠城劫掠，却没有一个士兵去伤害海伦，美丽也能带来宽容。"她眸子变得晶莹。

"还因为您拥有过人的才华，这既令人仰慕，当然也招致妒忌。"

"帕普斯、埃拉托色尼、托勒密，包括我的父亲都是知识渊博的学者，可他们无论在生前还是死后都拥有所有人的爱戴。"

"这……"我陷入了龃龉。

"父亲的光环不能保护我，连总督大人也不能保护我，难道不是因为我犯有不可原谅的错吗？"她转过身去，双肩止不住地颤抖，月光从窗外倾洒过来，为她披上一层清冷的薄纱。

"那又是为什么？"我喃喃道。

"为何苏格拉底被毒死？而普罗提诺①却人人爱戴，连国王都尊敬他？"

我没有想过这个问题，只好保持沉默。

"苏格拉底被毒死，并不是因为他创造了新的真理和新的神，而是因为他带着自己的真理和神去征服普罗大众。当柏拉图带着自己的思想觐见僭主时，他也险些被抓。普罗提诺享有世人的尊敬，因为他完全不热衷传播自己的哲学。苏格拉底一死，所有人都开始赞扬他，他已经不再搅人安宁了——沉默的真理是不会使人害怕的。明白了吗？我的孩子。"

我的心底陡然被照得透亮，原来海帕蒂娅早就洞彻了这些。她不但传播自己的思想，而且，是那些非亚里士多德的，非欧几里得的，甚至是"黑暗"的学说。

"更重要的是。"她转过身来，泪水闪闪地望着我，咬着嘴唇一字一

① Plotinus（205—270），罗马帝国时代的希腊哲学家。

顿说，"我是个女人，一个逾越定义的女人，性别中的'异教徒'……"

是的，她是个女人，一个需要照顾与保护的女人，一个同样需要爱与被爱的女人。我走过去拥抱了她颤抖的身子，她环住我的脖子，亲吻我的额头、耳垂、下巴。

她突然捧住我的脸，说："你相信柏拉图笔下描绘的那个世界吗？辛奈西斯，一位常年在外漂泊的老水手告诉我，在地中海内有一些不知名的小岛，上面有波塞冬神庙、圆形剧场的远古遗址，就像人们传说的那样排成同心圆状。"

我不知道她为什么跟我说这些，兀自迷茫着。

"辛奈西斯，你向往那自由自在的理想国吗？也许，我们可以……"她的手指划过我的脸庞，却又迟疑地停住了。她注意到我脸上稍纵即逝的犹豫神色，我正在想着修道院给我提供的那个很有诱惑力的岗位。不可否认，在事业上我富有野心，并深信自己有大好的前途。另一方面，我从未萌生过漂泊海外这种不切实际的浪漫，这让我有一会儿的发呆，我发誓，只有一瞬间。如果海帕蒂娅给我更多的考虑时间，如果她不那么突然地提出这个设想，如果……可惜，世上本无"如果"。

因为她是海帕蒂娅。也许，那是我的老师一生中唯一一次向父亲之外的男人提出请求，这让她的情绪变得很敏感，近乎脆弱，她的手指从我的脸上滑下，就像一颗珠圆玉润的泪滴那样决然。她再也没提出那个设想，也没有等待我的回复，便离开了。

不久，杰罗姆开始大张旗鼓地清理亚历山大城的知识界。在他召集的300人公众集会上，那些"未经修订"的书籍被大火焚毁，不相信"上帝可证"的学说被公开销毁，具有讽刺意味的是，"海帕蒂娅的学生"不遗余力地批判着他的老师，驱逐与她相关的一切学说与学者，六翼天使神庙也不能幸免。彼得带领一群暴徒冲入了神庙，轻车熟路地翻出了海帕蒂

272

娅的罪证：一些她注解、修订过的科学、哲学著作、神秘主义的"黑暗学说"，一些精妙的化学实验设备、天文观测仪器……神庙的大理石柱正在簌簌战栗，那曾经冠盖云集的热闹场面已荡然无存。海帕蒂娅关闭了她的学堂，主动断绝了与总督大人的交往，以免引起基督徒们不必要的联想。我时常想，如果我的老师闭门研修自己的学问，就能回避那复杂的人群、喧嚣的声音该有多好。

四旬斋的三月里，越来越多的迹象在暗示海帕蒂娅危险的处境，起初是叙内修斯潜回亚历山大，劝说海帕蒂娅皈依基督教。而他本人，已经在罗马受洗入教了。海帕蒂娅委婉地拒绝了他的好意，她没有解释原因；到了三月中旬，基督徒们的愤怒愈演愈烈，有谣言说是她阻挠了总督大人与主教大人之间的关系；再后来，总督大人又一次托人转告她，劝导她离开亚历山大，我也无数次哀求她逃离这混乱之城，她均拒绝了。我无法理解她的逻辑，不久前还是她请求与我一同逃亡海外，而此时，她却怀着一个殉道者一样的执着与平静——我的老师似乎已经预知了她的生命轨迹，正如她对日月星辰运行轨道的了然于心。

三月下旬的一天深夜，海帕蒂娅站在空荡荡的石阶上，月光的清辉把大理石柱照得雪白。我坐在平时讲堂上习惯的位置，用星盘观测着星辰的角度。海帕蒂娅读着表盘上的数字，对比着往年的记录，忧心忡忡地说："如果托勒密是对的，为何金星和木星均有一年周期呢？"

那个时候的我已经无心思索深奥的天文问题，只是愣愣地看她喃喃自语："认为地球是宇宙的中心是可笑的，托勒密的错误并不难纠正，就算我们记录的证据全部被销毁，后人也还是很容易观测到本轮均轮模型①的漏洞，'地球中心论'并不可怕，那种'思想中心论'才是可怕的。"

---

① 托勒密"地心说"推测行星位置所使用的模型。

　　我虽然不能理解她关于"本轮均轮模型"的那些说法，但她的最后一句话还是让我触动不已，我刚想在纸上做些笔记，却被她制止了。

　　"这些话对于你将来的前途是不利的，辛奈西斯。"

　　"可是……"我刚要说什么，嘴却又被她的手指按住了。

　　她从怀里掏出一部手稿，上面的字迹很潦草，显然是连夜急就的成果。她把它郑重地交到我手上："辛奈西斯，带上这部手稿，今天晚上就乘船离开亚历山大，去往雅典。到港口找一个叫菲洛尼底的老水手，他是我的一位故友，他会带你离开这儿。"

　　可我钉在原地。

　　她的目光陡然变得严厉，令人不敢正视，声调也尖锐起来："辛奈西斯，按我说的去做！这是一部非常重要的手稿，而现在，能帮我的只有你！"

　　"可是……"

　　她按了按我的肩膀，微笑着说："我明白你的好意。但是，总督大人会保护我。"

　　"总督大人？"我犹豫了一下，大声说："他凭什么保护你？多纳图派被迫害时，他没有站出来，塞拉皮雍神庙被毁坏时，他也没有站出来，这一次他同样不会！"

　　她只是摇摇头，背过身去，冷冷地说："你不了解。"

　　我愣在那儿，待她转过身来，却又恢复了一副课堂上才有的神情，说："你知道吗？总督大人也相信地中海上那些关于古国遗址的传说。"

　　"哦。"我霎时明白了，有些负气地说，"原来是这样，看来我的担心是多余的。"

　　然后我轻轻地吻了她的手背，含着泪离开了。当我登上去往雅典的船时，回看亚历山大已是火光滔天。

可惜，我辜负了她的遗愿。那部名叫《丢番图天文学说》^①的手稿，我并没有安全带到雅典，罗马教会没收了那部手稿，我甚至还没来得及抄写一个副件，里面的内容也就不为人知了。

就在我离开后的那个晚上，海帕蒂娅遇难了。就像我当初断言的那样，总督大人没有保护她。或者，总督大人只不过是海帕蒂娅打发我离开的借口。此时，我用颤抖的文字记录下这些，我的朋友潘恩，当你看到这些漫漶不清的字迹时，不妨宽容地一笑。这并非伪善者的事后作态，而是可怜虫痛苦自责的真实心声。我永远都不想记录海帕蒂娅遇害时的情景，但是五十多年来，这些通过施暴者的得意转述而镌刻在我脑海中的记忆却愈发地清晰起来，就像我当时就亲临了现场一般。

有五百名身穿黑色长袍、头戴黑色头巾的科普特教徒们在彼得的带领下袭击了海帕蒂娅的马车，把我的老师拖进了西赛隆教堂。暴徒们剥光了海帕蒂娅的衣服，让她娇若夏花的处子之身暴露在疯狂的人群中。

"彼得。"我的老师认出了她的学生。

虽然起初是彼得自告奋勇率领基督徒们去拦截海帕蒂娅的马车，可这时，告密者却失去了直面海帕蒂娅的勇气，他远远躲在疯狂的人群背后，海帕蒂娅的呼喊让他的头垂得更低了。

海帕蒂娅似乎意识到彼得内心的虚怯，便把目光投往别处。她是个不愿给别人带来麻烦的人，哪怕这个人是告密者。可是基督徒们却警觉地停止了他们的口号，炽烈的目光笼罩在彼得的身上。

"孬种！你怕什么？"人们朝彼得吼道。

"上帝只有一个。"暴徒们叫喊着口号，向海帕蒂娅投掷石块。彼得攥紧了拳头，迟疑地喊道："上帝只有一个。"有人递给他一块石头，彼

---

① 《On the Astronomical Canon of Diophantus》，十五世纪时梵蒂冈图书馆还保管有此书的残篇。

得不再犹豫，举起石头朝海帕蒂娅砸去。最后，人们一拥而上，用锋利的牡蛎壳一片一片去刮海帕蒂娅身上的肉。这还不够，还把她血肉模糊的身体投入到烈火之中。

这一暴行发生在希里尔担任主教教职的第四年、狄奥多西一世第六次担任罗马执政官的那年。直到今天，海帕蒂娅还被教会定义为"蛊惑人心的女巫"，施暴者却被赞为"完美的信徒"。所幸，那些疯狂之徒最终遭受了神明的惩罚。

在临死前，海帕蒂娅平静地向审判她的暴徒们宣布："神将证明她的清白，让真理与正义以七星联珠的奇迹呈现。"当七星联珠的奇观真的呈现在亚历山大城的夜空时，那些愚昧的心灵们震惊了。他们惊慌失措地涌进亚历山大图书馆，寻求知识的庇护。可是杰罗姆们也无法给出解释，无论他们怎样摆弄托勒密的本轮、均轮，也不能让太阳、月亮、金星、木星、水星、火星、土星排列在一条直线之上，哪怕是粗略地位于一个30度大的天区内也不行。杰罗姆因此失去了罗马皇帝的信任，他很快失势，郁郁不得志直到终老。彼得疯了，神启般的七星联珠让他惶惶不可终日，恐惧压碎了他那颗本已扭曲变形的心脏。希里尔主教面对愤怒的亚历山大人的质问，竟无耻地谎称海帕蒂娅并没有死，而只是去了雅典或是别的什么地方。谎言并不能掩饰他的罪恶，他最终也被轰走了。

然而这些，并不能带给我些许安慰，没有一日我不是在忏悔与自责中度过——如果，那晚我不离开亚历山大，或许我会挡在彼得的面前，为我的老师辩护。虽如此也不能让海帕蒂娅免于灾难，我也可能被暴徒们定义为"犹大"，甚至有性命之虞，但至少，我会享有后世的平静。

如今，我垂垂老矣，整理这支离破碎的记忆时仍止不住地老泪纵横。我有必要让后人了解曾经有过这样一位女子，一个性别的"异教徒"，在她流星般的生命中，用绚烂的轨迹划过黑暗的天空，却又遁于寂冷的虚空。

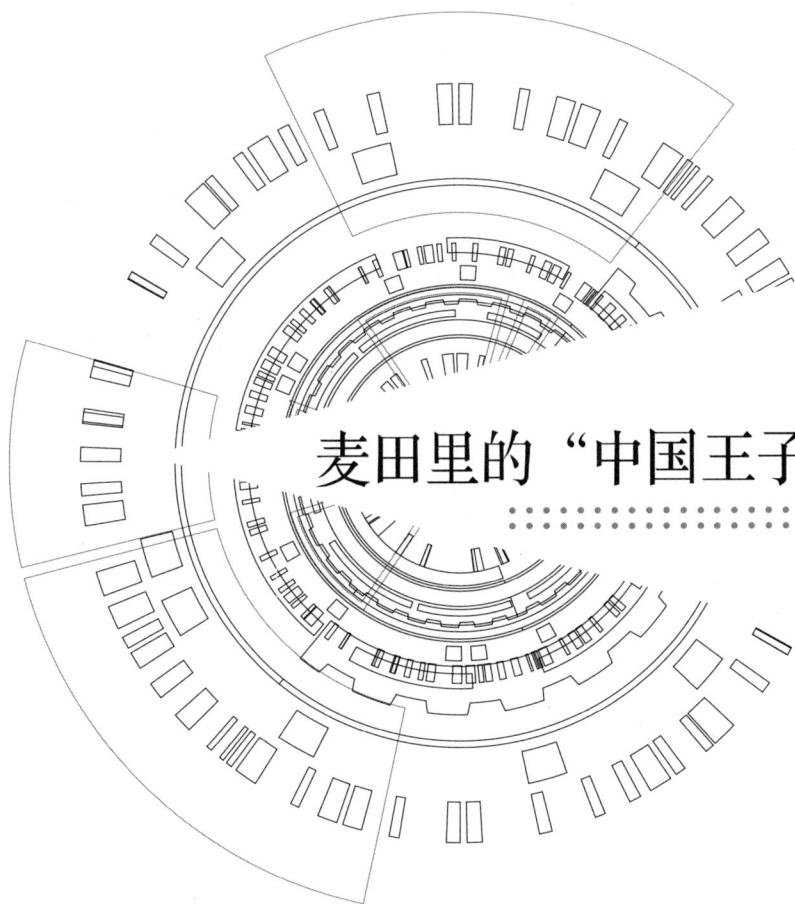

麦田里的"中国王子"

麦田里住着中国王子

麦秸里藏着他的士兵

他不要面包蜂蜜，也不要奶油布丁

他用一把七弦琴训练他的士兵

没有人知道他的来历

没有人带走他的消息

稍息立正，立正稍息

每一棵麦秸藏着一个兵

    在英国西南沿海的威尔特郡地区，流传着"中国王子"的传说，对那儿的人们而言，罗利和德雷克已是遥远的记忆，而"中国王子"却是现代活生生的传奇。人们不禁要问：那难道不是与"波斯王子""撒拉丁王子"一样的童话人物吗？威尔特郡的本地居民却会严肃地告诉慕名而来的外地游客，那是一个真实的故事。

    在索利兹伯里平原那绿油油的麦浪尽头，有一座碉堡式的漆黑建筑在闪光的麦叶上若隐若现，那幢据说是由远古沉寂的巨石开凿而成的城堡是这方圆百里的最高据点，"中国王子"便住在那幢叫"渡鸦"的城堡里。

    "中国王子"本名约翰·贺维，乃声名显赫的贺维家族的最后一名继承人，而他生养于斯的世族，这个世族早在十二世纪就凭借勇武、忠诚、狂热而扬名地中海了，他们的旗幡上甚至可以找到巴勒斯坦的标志。上个世纪末，贺维家族突遭遇不测，好几名重要成员身陷囹圄，爵号被褫夺，但仍保留小部分封地，家运从此没落。约翰几乎变卖了所有家产，像唐璜一样游历世界，有人曾在美洲甚至太平洋上的南马塔尔岛上见过他的踪影，但他更多地活动范围是在亚洲地区。12年后他游历归来，在封地里最后一处保留地"渡鸦城堡"里隐居下来。他把原来高耸的四座方塔改建成圆锥形尖塔，把三角形的屋顶改成半球形的穹顶，并对内部的装饰进行翻修，加入东方园林式的回廊、假山，以至于变成现在这样一座哥特式风格中融入了亚洲建筑特点甚至还有异教徒色彩的怪物。

约翰隐居下来便以"中国王子"自称，他原来那头漂亮柔顺的金发变成一头乱蓬蓬的粗硬短发，还染成了灰色；原来健康红润的皮肤也变成了一种黯淡无光的蜡黄色；为了掩饰自己北海般深蓝的眼珠，他用重重的黑眼影修饰了眼眶，使得眼珠子的颜色看起来像亚洲人一样深邃；细心的观察者还会发现，约翰的右手食指内侧长年印着黑色污垢，据说那是中国学者的特征性标志。约翰年轻时拥有皮划艇手一样健硕的体魄，而自他从亚洲归来，他的体格变得像门板一样消瘦。他脱掉了笔挺庄重的现代装束，换上了丝制的宽袖大袍，丝袍的做工不可不谓精美华丽，但那柔和光滑的线条怎么瞧也显得女气，那古典的气质与其说是神秘，不如说是怪异。不消说那些看着约翰长大的本地居民见了他会不舒服，就是那些不谙世事的孩童见到约翰也会吓得哇哇大哭。人们叹息着摇摇头，约翰要么被魔鬼附了体、吸血鬼在噬咬他的灵魂，要么是在东方时得了传染病，只能裹在大袍子里不敢见人。

在人们的议论声中，"中国王子"变得深居简出，直到永久地消失在那座黑压压的古堡里。人们最后一次看到他是在50年前的一次礼拜上，至今在教堂的登记簿上，还可以看到用大红笔签写的贵族名字，那以后，再没有人在阳光下见过这号人。

自从约翰在渡鸦城堡定居之后，小镇便像是中了黑魔法，一桩桩离奇古怪的事层出不穷。城堡的上空惯常有成群的渡鸦在低空盘旋，像低垂的墨云一般挥之不去。而那四座尖尖的塔楼，不免让人联想到苏格兰神话中女巫头上那邪恶的尖顶帽。白色似乎是这座城堡的禁忌色，因为人们时常看到，当不幸的鸽子路过城堡的上空，它们会直挺挺地向地面栽去，像一道道照亮天空的白色闪电，半空中甚至传来"毕毕剥剥"的电火花爆裂声。距城堡投石之遥的庄稼地寸草不生，稍远一点的麦地则像被羊群啃过一般参差不齐，在某些雷声大作的雨夜，麦地会大片大片的倒伏，像是犯了白化病、虫病，它们的根部却无一丝腐烂、衰败的迹象。

"看，那是中国王子在训练他的士兵。"善良的人们用宽容的玩笑来对待这种奇特的现象，不过，在现实生活中，人们还是尽量对"中国王子"与他的城堡敬而远之。半个世纪以来，只有一个肩扛大口袋的黑色剪影偶尔会被煞白的闪电印在城堡高高的石墙上，那是为贺维家送土豆的莫里斯，不管是冰天雪地的寒冬，还是烈日炎炎的酷暑，莫里斯在自家地里掘完土豆之后，便会扛上一大袋送往渡鸦城堡，当他壮硕的身影消失在厚重的铁门之后，教堂的晚礼钟必然会响起。

如果哪一天，莫里斯那疑似扛尸工的身影从城堡附近消失了，人们不禁会想，"中国王子"是不是出了什么意外？但这样的意外一次也没发生过。莫里斯家族为贺维家扛了五十年的土豆，不，两百年的土豆，他的父亲、祖父、曾祖世世代代都为贺维家族服务，莫里斯是哑巴，他的父亲、祖父、曾祖也是，莫里斯家族世世代代都是忠诚而口风牢靠的仆人。

时下，一辆漂亮的马车奔驰在平坦的乡间小道上。车厢内坐着五个人，最里头正中一位便是此行的发起者：赫尔岑勋爵。三个月前勋爵收到一封没有署名的书信。他送走了房间里的客人，还打发走办公室外的秘书，这才关上窗户，在桌上小心翼翼地拆开这封牛皮纸厚信。

　　赫尔岑勋爵拥有各种各样的身份，如果不是他刚刚被选上了下议院的议员，人们还真是很难从他的一大堆头衔中选出一个恰当的来称呼他。他加入过基督戒酒会、海滩祈祷会、金本位制理事会、十二只猴子俱乐部等林林总总十来个体面的俱乐部，而这封信显然来路不是那么简单，红色蜡滴上印着一个奇特的徽章。

　　在伦敦这样一个现代与古老并行的大都市里，普通民众会有这样一个错觉，以为是苏格兰场的那群尸位素餐的大老爷们在维持着伦敦的秩序，事实上还有一大堆鸡零狗碎的事务他们管不着，比如眼前这封信的内容。

　　信中用一种深思熟虑的忧郁笔调写道："过去20年里，有一股暗涌的潮流在悄悄吞没巴黎、维尔纳、佛罗伦萨的音乐界，现在这股潮流正在卷向伦敦。这种被评论界称作'随机表征主义'的反传统音乐打乱了神圣的赋格范式，他们迷恋平均律，偏好堆砌大量不同音程的和弦，平等使用十二音符的手法似乎与泛神论遥相呼应。有证据表明，德鲁伊德教派在支持这种浪潮，并企图将之引入伦敦上流社会。"

　　"请注意一名叫作威尔森·西摩的人，此人20年前在巴黎艺术界横空出世，近十来年，他的作品水平却是一落千丈。此人的身份目前仍是不解之谜……"

　　信封里还附带了一堆资料，这些资料虽然零乱，却与信中所指一一对应，反映出来信人的专业与严谨。

　　赫尔岑勋爵郑重地审视了全部资料，做出一个出人意料的决定。他在《每日邮报》的副刊中刊登了这样一则广告：

　　据悉，近日市政局规划的一条铁路将穿过索利兹伯里平原，威尔特郡地区最后一座哥特式建筑"渡鸦城堡"不幸落在这条铁路线上，三个月后将被拆毁，为一睹这幢历史悠久的神秘城堡的最后容颜，鄙人有意组织一次旅行参观。有意者请致函蓓尔·美尔街443A号。

广告刊登后，共有四人致函响应，分别是伦敦沙龙宴会的名流迪亚娜夫人、威尔特郡拉科克镇的马修神父、拉丁语青年梅尔顿，以及一个赫尔岑勋爵恭候已久的名字：音乐家威尔森·西摩先生。

威尔森·西摩几十年前还是巴黎艺术界引人瞩目的名人，而这会儿，他却坐在马车右侧最靠里的位置，头枕在海绵车厢上假寐着，要不是热情的拉丁语青年的大嗓门不时冒出一两个新鲜词汇，使得西摩先生忍不住支起脑袋竖耳细听，别人还真会忽略他的存在。

年轻的梅尔顿是一名热气球爱好者，他有一头漂亮的黑色小卷毛，那清瘦的面孔、洁白的牙齿让人情不自禁地推测他的祖上大概在巴西种植园待过。

"那真是一只猴子。"他用手在空中划出一个大圈。

"南美也有猴子？"迪亚娜夫人已经快六十岁了，浅绿色的眼珠里仍旧跳跃着十六岁才有的神色。

"是达尔文带去的也不一定。"梅尔顿挤挤眼，继续说，"那只猴子足有十公顷大，如果把它卷曲的尾巴拉直，够让这辆马车跑上一整天的。"他在回忆自己乘热气球在南美的纳斯卡高原发现巨型猴子图案的往事[①]。

[①] 纳斯卡巨画，位于南美洲西部秘鲁南部的纳斯卡荒原上，约有1500~2000年的历史，是用石块和土壤画出的巨大图案。究竟是谁绘制了这些巨画？至今仍无人能解。

"谁会需要这样庞大的艺术？"夫人不以为然地说。

"印加人信奉的像是天外来客的宗教，他们的历法、建筑、艺术不像是为地球设计的，一个很古怪的民族。"年轻人解释道。

"小伙子，你能描绘一下那只猴子的形象吗？我注意到你一直在用手画圈。"一直没说话的马修神父插言道。

梅尔顿用手臂重复了他的动作，没错，那是一个不断螺旋的大圈，用来表示卷曲的尾巴。

"如果是这样，那可能与东方的艺术有关。"神父若有所思。

"神父，"梅尔顿露出嘲讽的笑，"您的灵感来自印加人与东方人面孔的相似性吗？"

"我是一个业余的宗教艺术爱好者，对各民族的艺术略有研究。"神父慢悠悠地说，"比如伊斯兰图案讲究对称、严谨与拼接的可重复性；古希腊按照数学和几何法则来设计他们的图案；犹太的希伯来神秘主义者则在图案中融入神秘的数；而在遥远的东方，流动的非对称图案随处可见，那是一种动态之中的平衡艺术，比如云雷纹。而你描述的猴子尾巴与云雷纹有很大的相似性，在图案的内部无穷卷曲。伊斯兰图案也是内外相似的，可部分与整体之间是割裂的，而螺旋则意味着从整体可以连续不断地延伸进部分，直至不可察的无限精微处……"

"部分与整体相似的艺术并非中国人的发明，神父。"梅尔顿不客气地说，"如果您有幸像我一样乘热气球从天空俯瞰大地，您会发现，地球上最宏伟的艺术是埃及人建造的，是埃及人发明了地球上最古老的分数计数法，他们用荷鲁斯之眼①来代表整体1，而用眼睛的各部分来分别代表

---

① 荷鲁斯之眼源自古埃及鹰神荷鲁斯的眼睛被赛特神分割成碎片的古老神话，它的图案被当作容积单位的分数来使用。

1/2、1/4、1/8……用这样一个无穷等分的数列之和来代替整体，这是多么伟大的发现。"

神父微微一笑，像是在为年轻人知识的渊博而赞许，但他又说："小伙子，如果你把荷鲁斯之眼的各个部位眼珠、眼睑、泪痣加一起，你会发现它们之和并不等于整体1，而是比1略小，可见古埃及人尚不能理解极限的概念，而中国人那种没有封闭的云雷纹则暗示着在精微处的无限细分。"

梅尔顿似乎明白问题的关键了，不由得为刚才的轻狂而面红耳赤起来，幸好此时马车突然停了，外面好像发生了什么事。

一个农妇坐在麦田地里号啕大哭，许多人在安慰她，更多的人冲进了麦田，疯狂地搜寻着什么。

"她丢失了她的孩子乔弟，在麦地里。"有人告诉马车里的游客。

三天前，一场丰沛的大雨过后，麦子疯狂地生长。这正是麦穗灌浆的季节，夜晚似乎能听到空瘪的麦穗渴饮时发出的咕咕声，几天过后便形成这样蔚为大观的麦浪，随之同时出现的还有那大片大片狼藉的倒伏，形成错综复杂的通道。孩子们若是在麦地里捉迷藏，用不了多久就会被密不透风的麦浪所吞没，四岁大的乔弟就这样消失在麦地里。

"这是一片被诅咒的土地，异常的肥沃，麦苗生长得比其他地区更为高大丰茂，但也更容易被风刮倒，也可能是被某种不可知力所刮倒。"神父向众人解释道。

"为什么这些由倒伏的麦苗形成的通道不可能是人为制造的呢？"梅尔顿抬头望向天空，"我乘热气球去过世界很多地方，见过各种各样的麦田图案，百分之九十都是年轻人的恶作剧而已。"

赫尔岑勋爵点点头："如果是这样，我们只需找出肇事者，让他们交出设计图，就可以找到乔弟了。"他又想起了什么，转头问神父："这样的事每年都会发生吗？"

"是的。"神父点点头，在胸前划了个十字，"感谢主，几乎所有的孩子最后都回来了。"

几乎所有的孩子最后都回来了？这是什么意思？众人目不转睛地望着他。

"孩子们玩累了都会自己回来，他们并不像大人那样害怕麦田迷宫，当失而复得的孩子被大人追问他们在麦地里干了什么时，他们会说在参加鼠姑娘鼠小伙的婚礼，或是中国王子的士兵们教他们吹哨子，或是与亚瑟王一同在遥远的东方冒险等等所有他们能想到的离奇事。不过，有一点是相似的，他们大都宣称自己听到了奇妙的音乐。"

马车上正用帽子扇风的西摩先生停下他的动作，往人群里张望一下，又耷拉下眼皮继续他的午睡。

"有孩子没有回来？"梅尔顿注意到神父奇怪的措辞，问道。

"是的，有个孩子没有回来。但又不确定，因为他是吉卜赛人的孩子，也许他像父辈那样流浪去了。"

"那是什么时候的事？"梅尔顿追问道。

"40年前。"

"诸位，该起程了，太阳都晒脑门了。"西摩用肥厚的手掌拍打着车厢。

众人回到车里，刚才还很热闹的气氛此时却显得很沉闷，大伙都心事重重地沉默着，只有迪亚娜夫人在不时发出叹息。

梅尔顿突然从沉思中抬起头来："神父，若是40年前的事，当时您也不过是五六岁吧？"

神父一愣，随即又坦然地一笑："是的。"

梅尔顿似笑非笑地说："为何您对那么久远的事情还能记得那么多清晰的细节呢？"

一个高坎把那些假寐的乘客震得睁开眼来，众人火热的目光把神父笼罩了。

"那是我童年最好的伙伴。"神父一字一顿地说，他的表情平静如初，但谁都能看出梅尔顿的刨根问底勾起了他伤心的回忆。

夫人严厉地横了梅尔顿一眼，年轻人脸一红，再不吱声了。

当马车驶进"渡鸦城堡"，大家觉得自己像从一幅色彩饱满的油画驶进一幅阴沉的碳笔素描。峭然挺立的高堡由规则不一的墨绿色巨石垒就，即使在这艳阳高照的初夏，爬满绿藤、青苔的外墙也像一块生铁那样释放着侵人的寒意。四座锥形塔楼就像是远古植物的巨茎一样向天空生长，而古堡的主体却又是棱角分明的哥特风格，窗户又窄又小。在城堡巨大的阴影里，空气似乎也湿冷了，甚至还可以闻到黏糊糊的鱼腥味。

"这后面有一条湍急的小河。"神父带领大家绕到城堡的侧翼，原本寂静的夏午变得喧嚣起来，一座水坝横跨在小河之上，河面并不宽，地势也并不陡峭，但水流异常的湍急，这不禁让人疑心河面下有一个深不可测的漏斗在泵吸着水流。河堤旁一架水车像巨人那样挥舞着手臂，它的轴承是黑色的铸铁锻造的，铰链的末端固定在河岸上一座木屋子里。

"那人是谁？"夫人指向一个在河岸边的菜地里弯着腰的人，在水车庞大的影子衬映下，不由得让人联想起堂吉诃德的仆人桑丘。当众人走近他时，那人也直起身来，大家这才发现他的身材很高大，扛起一个大口袋丝毫不费力。当夫人路过他时，夫人的脸色都变了。那人就像是巴黎圣母

286

院里的卡西莫多一样丑陋，小说家对他即使不着一墨也能让人过目不忘，更奇怪的是他表情的木讷、冷漠。

"我发誓他看都没看我一眼。"夫人说。

"太奇怪了，我们这群外乡人在他眼里就像是透明的影子。"西摩望着那个莽汉的背影，摇摇头。

"他就是莫里斯。"神父淡淡地解释道，"莫里斯从不与任何人交流，包括表情。要让莫里斯家族开口，比撬开这紧密咬合的巨石还难。"

众人跟随莫里斯的脚步拾级而上，很奇怪的是，当他们穿过城堡的铁门时，并没有任何阻力。城堡里除了前面那个钝重的步子，空无一人。

"五十年过去了，约翰还活着吗？"夫人四下打量这东方园林式的庭院，自言自语。她不大的声音在这圆形的庭院里嗡嗡回响，以至所有人的目光都望向她，好像有一架无形的麦克风伸到了她的嘴边。夫人自己也吃了一惊，她转动身子，并无发现一丝异样。

"这，这怎么回事？"话一出口，她立即明白了，因为在她说话的当头，脚步无意中踏出圆形庭院的中心，说话声随即衰减，恢复成正常的自然音，为了验证这一发现，她往刚才位置一站，轻咳一声，整个院子都在回响这个咳声。

"这定然是用到了声音的反射共振原理。"梅尔顿转向西摩，"音乐家先生，您能解释一下吗？"

西摩耸耸肩，说："真正的钢琴家是不会亲手调试一架钢琴的。"

"我不赞同您的观点，先生。"夫人严厉地说，"在古希腊时代，每一个智者都是百科全书式的博学家。若是达·芬奇不熟悉人体解剖学，又怎能成为一位艺术大师呢？"

"那么，我们这个时代的达·芬奇在哪儿呢？"西摩冷笑着，言下之意，在这个刚刚诞生了工业革命的时代，社会的分工日益明晰，即使是同一领域的不同分支，也存在霄壤之别。

"先生。"夫人说，"如果您有幸生在我的少女时代，回到半个世纪前，像一个无知却又不失好奇心的顽童那样，被哥哥们带着参加各种科学沙龙宴会，看他们喝樱桃白兰地，吃罐装鲑鱼，看威尼斯通俗剧，谈论达尔文，讨论新大陆的实用主义哲学，你就会像我一样崇拜那些举止古怪却又不失风度的科学怪人了。而约翰·贺维，正是那群人中的佼佼者，他无所不知。"

赫尔岑勋爵附和地点点头说："夫人，我了解到在您年幼时，曾与约翰过从甚密，能与我们谈一谈约翰年轻时的故事吗？"

夫人的眸子像融化的冰一样，突然变得透明生动起来。

"那个时候，我8岁，约翰19岁，他的哥哥威廉24岁。我姐姐那时与威廉正热恋着，因为这层关系，我认识了约翰。谁能想到8岁的小姑娘心中也会燃起爱的火花，甚至还会学着像姐姐一样约会呢？我暗恋着约翰。"夫人脂粉厚重的苍白脸上浮出羞涩的腮红。

"当有一天我把这层意思传达给了约翰，他笑岔了气，甚至还向他的朋友展示我对他的'爱慕'，好像我写给他的信是刻在泥板上的法老文字似的。那个时候他可真是个风趣活泼的人，是沙龙宴会、公共演说场合中的风云人物。而他的哥哥则显得心事重重沉默寡言，兄弟俩的性格就像是火山与极地的区别。但兄弟俩骨子里的东西是相通的，那就是谦逊温和的举止下所掩盖的贵族的骄傲之心，以及他们遭人忌恨的才华与风度。贺维家族在100年前突遭变故，家境已大不如以前，故而兄弟俩时常面对纨绔子弟们的恶语挑衅。那个时候，英国人就像喜欢板球一样喜欢决斗，聪明绝顶的威廉就这样以愚蠢的方式被一个混蛋打死了，自那以后……"夫人的声音陷入哽咽，"约翰就像变了个人，变成了那个眉宇间阴霾不开的哥哥，甚至比威廉还威廉，他跟任何人都不再交流来往，后来他搭上了去美洲的轮船，据说去追寻那个杀死他哥哥的凶手去了。当他回来，他不再是我爱的那个约翰了。"说到此，夫人泣不成声，脸埋在手绢里。

梅尔顿搂住夫人颤抖的肩膀，说："也许，约翰还是那个约翰，甚至还有过之而无不及呢！"

夫人止住哭泣，不解地望着孙辈的小伙子。

"大家不觉得这设计奇特的古堡，无处不体现着智慧吗？"显然在大家刚才聆听故事的同时，梅尔顿已经对城堡作了不少细致的观察。

"大家随我来。"梅尔顿俨然一副博物馆解说员的样子，"在这个房间里，我们可以看到钟表零件、轴承、曲杆等机械玩意儿，这可能是一间杂物储藏室，反映出主人有着路易十六一样的锁匠嗜好。如果说这间屋子仅仅展示了他的收藏，那么在左边这间屋子里，约翰的发明天赋一览无遗。"

桌子摆着一个奇特的东西，它由一个布满凹坑的面板和相连的线圈组成，旁边还摆着一盒钢珠。

"弹珠游戏？跳棋？"夫人猜道。

"是乐器。"西摩肯定地说。他把钢珠放进凹坑里，一摇晃，便发出清脆的声音。

夫人半信半疑地接过面板，放耳边摇晃着。

神父则对这间房子的洛可可风格的装饰产生了兴趣。在壁炉的那面墙上，挂着军刀、火绳枪、羊驼的皮、夸张的鹿角，反映出主人广博的兴趣与不凡的阅历。浅玫瑰色的墙面上挂着东方织锦，当神父的目光从乱花迷眼的织锦图案上抬离，他的眼珠像被一个什么锐利的东西割伤了，一个毫不起眼的图形夹杂在复杂的图案中间：云雷纹。

"铿"的一声，织锦背后的墙在颤抖，一条细缝从墙上裂开，渐渐扩展到一堵门大的面积，墙后漆黑的秘密裸露在众人面前。

大家面面相觑地回头望着迪亚娜夫人，她正摇晃着那个古怪的"乐器"，一脸茫然。

"你做了什么？"勋爵问她。

"我只是在调这个弹珠板的音而已。"

"当——"，一个清脆的金属声把众人的目光吸引到梅尔顿身上，他手里拿着一个小勺子，轻轻敲了一下桌子上的一个音叉。他说："显然这不仅仅是乐器，而是一把锁。"

"这个音叉就像一把密码锁，它固定在桌面上，桌面下连通这扇门的开关，只有特定频率的声音才能打开这把'锁'。而那个弹珠板显然就是一把钥匙，只有把钢珠塞进恰当位置的凹坑，才会发出正确频率的声音，从而引起共振，触动桌面下的机关。夫人显然是那种能从一堆钥匙中一眼就能找到正确的那把的人。"梅尔顿调皮地解释道。

这的确是一个令人信服的答案。

墙是夹层，里面黑乎乎的，但依然可以看到复杂的机械结构，齿轮的尖牙上抹着机油，反射着亮光。乍一看，这机械像是死的，仔细一听，却能听到"咔咔咔"的内部震动。而这墙体的内部机械，通过曲轴、皮带的连接，似乎在通往更高的楼层。

"为什么不到塔楼去看看呢？"梅尔顿自信满满地说，"我相信在那儿，我们能得到一些线索。"

众人接受了这个建议。塔楼的梯子是螺旋形的，扶梯包着黄铜，楼道里堆满了鸟粪，足有几英寸厚，一看就有好些年头没人打扫了，这肮脏的通道苦了夫人的脚不说，她还在隐约担心着约翰的健康。虽然他活在世上的希望非常渺茫，但她还是像许多年前那样祈祷着。

爬到一半，梅尔顿停下来，仔细观察一堵颜色不一的墙，此处像是开了个豁口，后又被新砖堵上了。

"呃，神父，您说这会是什么？"梅尔顿谦逊地问道。

神父谨慎地观察着，说："应该是飞扶壁，哥特式建筑的常见结构，约翰拆掉了它。"

当众人来到塔楼的顶层，整座城堡尽收眼底：角楼、瞭望塔、礼拜堂。

"看那，礼拜堂的穹顶被拆掉了。"夫人伸出手臂。

是的。礼拜堂的穹顶被一张大网所遮盖，上面停满了黑乎乎的渡鸦。大网下似乎是一张黑布，上面积满了鸟粪，被压得凹陷了下去。

"罪过。"神父划着十字。

"神父，传说约翰从亚洲回来后，便皈依了异教徒的神，是这样吗？"梅尔顿问道。

"不是的，约翰定期到教堂做礼拜，虔诚的态度与本镇居民并无不同，只是由于他奇风异俗的装束引起了人们的议论，他才变得深居简出。"

"这样啊。"梅尔顿若有所思地点点头，沉思着踱着步子，当他转身来到塔楼的另一面，情不自禁地叫了起来。

窗外是碧波万顷的索利兹伯里平原，麦叶反射的粼粼波光迎风颤动，就像是女人的手抚过光滑的缎面，这美景直教人屏气凝神，静静地用脸部的茸毛去感受这午后的温柔。这时，午风突然转向，那波光一晃，有什么东西在麦浪中若隐若现，夫人不由得轻呼了声："那是图案！"

那的确是图案，以回字形的通道环环相套，笔直的线条穿插其间，这绝非自然力可以随机形成的。不一会风向再次掉转，图案消失了，就像是潮水清洗了沙滩。众人还在啧叹间，麦浪又朝另一个方向滚涌开去，另一幅犬牙交错的图案浮现出来，就像是有人悄悄切换了幻灯片。

"看，中国王子在训练他的士兵。"夫人情不自禁地诵出这句童谣，众人心头一震，就像是迷雾重重的深潭被扔进了一颗石子，"咕咚"一声，荡出圈圈涟漪来。是啊，多么形象的描述：每一棵麦秸里藏着一个兵。

博学的神父联想起一个从传教士的游记里读到的故事，在遥远的东方，国王用奇怪的方阵操练他的士兵，一旦敌人闯进那个方阵，就会像无头苍蝇一样乱撞，怎么也挣不脱天罗地网。国王只需挥舞信号旗，配以鼓点，士兵们便可变幻出无穷无尽的阵形，让可怜的敌人遁地无门。这样一来，每年有儿童被这麦田迷宫困住就不足为怪了。

神父灰暗的眸子像是被神迹照亮一般，掠过一丝异样的神色，他联想到什么，一朵盘桓在他心头多年的疑云突然间烟消云散。就像汉谟拉比石碑无意间绊住了游人的脚，在游人好奇的拂拭下，褪尽黄沙，洗尽铅华，浮现出金色的楔形文字来。

他正要向众人道出这个发现，梅尔顿用拉丁语喊了出来："我明白了！我明白了！"

小伙子用炽热的目光望向夫人，又望向赫尔岑勋爵，然后又摇动西摩的手臂，好像他只重复那句话别人就能明白他在说什么似的。最后，他伸出一根手指放在唇前，对神父说："让我先说，我想您也一定得到了什么吧。"

"你明白了什么？"音乐家冷冷地问道。

"这是人间最美妙的艺术，我不是指这麦田图案。"

"那是什么？"

"音乐！"

"音乐？"夫人迷惑地左顾右盼，这寂静的夏午除了呼呼的风声，别无它响。

"就好像在薄的玻璃板上撒下均匀的细沙，然后拉动小提琴，共鸣箱紧靠着玻璃板，在声音的振动下，这些细沙开始跳舞，从一些地方向另一些地方聚集，形成疏密相间、对称的复杂图案。"

"我们为什么不能把密密麻麻的麦秸想象成玻璃板上的细沙或铁屑呢？空心麦秸更是优良的谐振腔，在声波的振动下也完全可能倒伏形成复杂图案。"

众人半信半疑间，梅尔顿把目光投向神父："神父，您是一位宗教艺术爱好者，想必您也了解装饰艺术上的克拉尼图案。"

神父点点头，向众人解释道："一百多年前，有一位叫克拉尼的物理学家发现，对着铺有松香末的平板持续地演奏同一个音调，松香末会显示出对称的波状花边图形，而特定的声波则会形成特定的图案。

令人吃惊的是许多宗教装饰图案中也可找到克拉尼图案，比如建于

293

十五世纪的罗克林礼拜堂，拱门上刻有弹奏乐器的天使，天花板上黏有几百个小立方体，每四个立方体排列成十字形，立方体上刻有各种对称的几何图案。按照声音形象学理论，这些几何图案可能是某些中古的宗教音乐演奏所激发的克拉尼图案。"

见众人露出吃惊的表情，梅尔顿眉飞色舞地说："这不算什么，还有更令人吃惊的呢。这许多年来我乘飞艇飘过许多地方，发现过各种各样的麦田图案，起初人们猜测，这些图案不过是无聊人的恶作剧，但是有一个疑问始终萦绕在我脑海，既然这些图案在澳洲、日本、南美都会发现，为何它们的形态又如此相似呢？直到有一天我读到声音形象学的著作，我才大开眼界，原来历史上曾发现的波状花边纹的古德伍德麦田怪圈、肖似古埃及乐谱的棘齿形怪圈、同心圆环圆盘、四面体图案、曼陀罗蜘蛛网图形均可在克拉尼图案中找到。"

"小伙子，你的理论很美妙。可是音乐的发声装置在哪？声波呢？听到了吗？那双制造这神奇图案的艺术家的手在哪？"音乐家打断梅尔顿激动的语调。

梅尔顿的眉头跳了一下，就好像有个故意按捺的好消息无意间被听众戳穿，让消息的发布者不禁懊恼起来。不过他的声音仍难以抑制的颤动："这不就是我今天的发现吗？音乐家先生，如果你能抛开一名音乐家的傲慢，怀着一名乐器匠学徒那样的好奇心，没准也能发现这个秘密。"

"来吧，我来告诉你们。中国王子之所以要改造他的城堡，并不是出于什么建筑艺术上的追求，他只是在发明这个世界上最庞大的乐器而已。我接下来要叙述的内容可能有些新奇的东西，但之于夫人这种上流社会的消息灵通人士，想必不会对几年前的一条轰动一时的旧闻感到陌生，一个博洛尼亚人用他的电磁波穿越了英吉利海峡，实现了英法两国的通信。见多识广的约翰在科学上的探索自然不遑多让，这锥形塔的螺旋楼梯可不仅仅是楼梯，照我看，它还是个货真价实的巨大线圈。"

梅尔顿重重地敲击那黄铜的扶梯，整座塔都在震荡这个钝重的金属颤鸣。他接着说："中国王子竖起四座高大无朋的黄铜线圈，在他的城堡底部灌注了成吨的水银，这些毒性强大的重金属污染了城堡附近的土质，使得它们寸草不生，但这些水银却是电流的理想容器。一座坚固耐劳的水力发电机五十年来源源不断地为这个饥渴的容器注入强劲的电流；他拆除了塔楼与角楼之间的飞扶梯，就像调琴师要抹掉击弦音槌上每一丝尘埃以保证音质的纯净和美一样。这半个世纪以来，中国王子用他无与伦比的线圈音乐统治了这片麦田，迷惑的人们无法解释这种奇怪的现象，于是那邪恶的'中国王子'的传说不胫而走。"

梅尔顿激动的语调配合着夸张的手势，就好像舞台上一位渐入佳境的指挥家在那张牙舞爪，那投入的神态之于那些容易被带动情绪的观众来说，无疑是一种活力，但之于那些冷静近乎挑剔的观众来说，就未免显得滑稽了。

夫人已完全沉浸到梅尔顿所描述的那个世界中去了，她眺望着窗外，河水如蓝丝绒般迤逦开去，水坝上云气溟蒙，善解人意的微风吹拂着她的鬓角，尘封已久的往事在她心底浮浮冉冉。她似乎能感觉到约翰悄悄地来到身后，像是从背后拥抱了自己，又像是没有，他从自己头上远眺开去，像是在分享她目光所及的美景。

神父腹思着：梅尔顿的解释确实很打动人心，但也有许多臆测的成分。比如水银电池，比如电磁波，要知道电磁波是近几年的科学发现，约翰能否在半个世纪前率先发现这一现象呢？当然，这也不是不可能。约翰的头发变了颜色，连皮肤的颜色也变了，这是不是一种水银中毒的现象呢？曾有人把罗斯林礼拜堂的图案与克拉尼图案进行比照，翻译成一首中世纪的圣歌，从这麦田图案能否翻译出约翰的电磁波音乐①呢？

梅尔顿似乎读出了神父的心理，说："我的演说完了，轮到您了，神父。"

神父微微颔首，与梅尔顿眉飞色舞的神情形成反照的是，他的表情很凝重。

"我并没有发现什么新东西。"他说，"相反，这几十年来一直困扰我的问题反而更扑朔迷离了。我20岁时在本镇教堂担任见习牧师时，与约翰有过数面之缘。那时他大概50岁，头发已经全白了，但他英俊的面容却像是被封存在松脂里，凝固在年轻时的模样。他的皮肤蜡黄得可怕，但绝非人们传言的那样得了什么可怕的传染病。他的确与一般的基督徒不一样，我不是指他对待宗教的态度，而是指他奇怪的方式。有一天，礼拜做完了，约翰一个人坐在教堂里，两眼直直地望着天花板。人们早已习惯他奇特的行为，所以我没有去打搅他。当我合上圣经准备离开时，他叫住了我。

'你看到那了吗？'他指着穹顶。

'您是指圣母玛利亚？'我问道。

'不是的，那旁边的装饰图案。'他指着圣母像旁边用金箔与蓝色马

---

① 准确地说，这是一种由电磁感应原理制造的超声波。由于在那个时代，人们对超声波缺乏认识，神父故而误解为电磁波音乐。

赛克镶嵌的几何图案。

我奇怪了。几百年来一直是这样的图案，即使中间曾历经翻修，那些中古的图案却一直得以保留。得承认这些图案与其他地方的教堂图案有些不一样，但我仍旧不解他何以对此这样感兴趣，有时候甚至在教堂里坐上一整天。

'你不觉得不对劲吗？'

我摇摇头。

'首先，那不对称。'他自言自语。

'很多图案都不对称。'我说。

'没错，可是，另外它在不对称之中却又流现出一种韵律之美。你能理解这种美吗？小伙子。'

我沉默着，我想他只是需要一个听众而已，任何试图去理清他思路的头脑都显得多余。

'你能的。'他说，'就像一个不识字者也能欣赏花体书法的韵律。'

我点点头说：'婴儿也能随音乐手舞足蹈呢。'

他眼里的光陡然亮了许多，就像是灯芯草被拨得更长了些。

'真不错，小伙子，这就是音乐。只是，它还有缺陷，所以它在尾声位置就显得杂沓。'他指向穹顶的边缘部位。

起初听到他的'音乐'说我挺吃惊的，但他说到图形的变化，这的确又是显而易见的。在那儿，图案的结构与排布的确较穹顶的中央有所不同，视觉上有些零乱。我说不出零乱的原因，那纯粹是一种直观上的感觉。

297

见我若有所悟，他那霜冻了似的脸稍稍舒展：'为什么会这样呢？'

像是知道我答不上来，他接着说：'因为那是古凯尔特人的音乐。它采用的是一种粗陋的五度音阶。用这种音律来演奏，在乐曲的开头，还是和谐的，但那仅是一种近似的和谐。随着演奏的进行，误差将会积累得更多，到了后面，它将导致杂音纷呈，甚至混沌……'

'等等，先生，您是说这是古凯尔特人的乐谱？如果说这是一种奇怪的记谱符号，我尚能理解，可是演奏的误差怎么能积累呢？就像一个吉他手弹错了一个音，这个音符并不会在琴弦上停留，第二个音符不会叠加在第一个音符之上。'

他说：'这不是简单的乐谱，而是一种用平面几何形式表达的音乐。'他没有再说下去，或许是觉得再解释也是对牛弹琴。只是兀自点点头说：'也许，我该用东方的音律来对宗教音乐进行改革了。'说完他把手压在我的手臂上，吃力地直起腰，离开了教堂。留给我一个盘桓心头二十年的谜团。

直到今天，我才恍然明白，他说的平面几何形式的音乐是指什么。如果古凯尔特人的确是用声音形象学的方法创造了那些图案甚至巨石阵，那么频率的微小差别的确会导致混乱，因为误差是累积在随声波振动的沙粒之中，但是他说的东方的音律又是指什么呢？

这城堡之中，东方的元素随处可见，园林、回廊、云雷纹，可以看出约翰深受东方文化的影响。过去二十年来我阅读了大量东方的典籍，企图从中找到一丝线索，但古代中国并没有什么领先于欧洲的发现，倒是有一个叫邵雍的人写的书里，语焉不详地提到一个与古埃及荷鲁斯图案相似的倍分叉演化过程，他认为一分为二、二分为四的树状演化是先天的，是宇宙的本质。

这种思想带给我的启发是，复杂的图形比如麦田图案可能是由简单的规则生成的。而那整体中透出的韵律不正是一种周期律的体现吗？上帝赐予人类的音符是如此之少，但从屈指可数的几个音符所产生的乐曲却又是千变万化，尽善尽美。

我不是约翰那样的博学家，在科学上我完全是外行，我无法理解约翰那种对东方文化的痴迷狂热，想到此点，我不免有一种无能的沮丧，正如一个闻音乐而手舞足蹈的婴儿，虽然能体会到音乐的魔力，却无法洞知韵律背后的内涵。"

当神父说完这些，四野已经阴暗下来，不知不觉黄昏已然降临。

事实上，这不是他一人心中的困惑，这整座城堡就像一台庞大的机器，它的运转精密得像是齿轮的咬合，有条不紊。可是就连机械手表也得有人上发条，而这座城堡却是空无一人，是什么在驱动着它运转呢？

是水车吗？水车是这座城堡中唯一裸露的机械，可它只是在提供电能而已。

是莫里斯吗？一个黑影在对面的角楼窗户口一闪而过，那庞大的体形一目了然，他就是莫里斯，行尸似的莫里斯根本就是这台机械的一个零件，可靠但却死板，他绝无演奏出这奇妙音乐的可能性。

"啊，那儿！"夫人尖叫了起来。

顺着她手指的方向望去，对面一个窄小的窗户里露出一个剪影，房间的灯是亮着的。

夫人跌跌撞撞地冲下楼去，要不是梅尔顿搀扶着她，一把老骨头不知摔多少跤了。

约翰坐在那儿，烛光晃动着，他的影子也一飘一飘的，带给人一丝不真实感。夫人的手指刚搭上他的肩膀，她便身子一斜，瘫软在地。约翰身上的丝绸大袍碎成一缕一缕，原本鲜艳的颜色早已被岁月浸泡成珍珠灰色，就像是蛛丝。

他已死去多年，但骨骼的姿势依旧保持生前的样子，不禁让人眼前浮现出他俯瞰自己领地的情景，他是那么孤独，自始至终留给人们的只是背影。

神父为死者作了祷告，梅尔顿安慰着地上的夫人。而赫尔岑勋爵与西摩先生则深深地躬下身去，不知情的人定会揣测，他们与约翰是不是故交来着。音乐家与勋爵大人同时发现了这个问题，于是他们都意味深长地打量着对方。

赫尔岑勋爵微笑着说："音乐家先生，说说您与约翰的故事吧。"

西摩一愣，说："我只是站在艺术的角度向这位先驱、同行致以崇敬地悼念罢了。"

勋爵皱了下眉头，一字一顿地说："您难道不是约翰的学生吗？尊敬的安德鲁·卡巴勒罗先生。"

就像一只流浪在外多年的野狗，突然被人叫出了名字而定在那儿一样，西摩微张着嘴，说不出话来。众人的目光投向他们，夫人也止住了抽泣。

勋爵把墙上的灯盏拨亮了些，示意大家坐下来。

"这是一个很长的故事，牵扯的时代久远，涉及的人物也很复杂。"勋爵拧着眉头，"如果安德鲁·卡巴勒罗先生不愿意自述这段往事，那么我只好代劳了。"

音乐家肥胖的身子陷在椅子里，浓须下喘息渐沉，搭在膝上的手不住地颤抖。

"神父先生，能将您的假发摘下来吗？"

阴暗中的神父不由得一震，满脸愠然。众人不解地望着勋爵，他为什么要提这样一个无礼的要求呢。

"神父，您的后脑勺是不是有一个伤疤？"

"是的。"神父答道。

勋爵望向大家："神父在为我们介绍麦田怪圈的历史时隐瞒了一个事实，不，他实际上已经泄露了那个秘密，他说曾有孩子没有回来，其实有两个孩子，他用的是复数。事实上那两个孩子今天都已经回来了，其中一位是吉卜赛人的孩子，今天我们把目光投向富态的卡巴勒罗先生，养尊处优的他已白胖了不少，但从他肥厚的嘴唇，宽阔的额头，以及那染过却无法改变其卷曲形态的头发，依旧可以看出他的东方特征。而另一位，大家已经猜到了……神父，您还恨你面前那个人吗？"

"愿主宽恕他。"神父闭上了眼睛，痛苦的记忆像潮水一样包裹了他。而此时应该称作卡巴勒罗的音乐家则耷拉着脑袋，下巴的赘肉层层挤压着，这使得他的呼吸更沉重了。

"神父与卡巴勒罗先生童年时是好朋友，他们像乔弟一样，被麦田的图案和中国王子的故事所吸引。麦田本身并不会伤害任何人，就像中国王子根本无关于传染病、吸血鬼一样。善良的人们无法解释那种神秘的现象，只好将一切归为邪恶的异教徒、黑魔法……孩子们并不会管这些，他们喜欢在麦田里捉迷藏、游戏，更为有趣的是，他们还可以听到神秘的音乐，那音乐只属于他们。

有一天,那个大一点的孩子突然产生了一个想法,从他贫穷的出身、渴望出人头地的本能以及热爱音乐的民族传统来看,他做出那样一个决定毫不意外。他想,我为什么不把这种只有我们小孩才能听到、大人听不到,只有本地才有、其他地方没有的奇妙音乐带到上流社会呢?他的想法是天才的,因为在当时,就算把巴黎、维尔纳、佛罗伦萨的所有音乐家的才华放在天平的一头,也会被另一头的中国王子的才华翘得高高的。

但是,他的小伙伴无情地嘲笑了他:'小偷,你是小偷,抄袭中国王子的曲子。'吉卜赛孩子迅速明白了问题的关键,阻碍他步入上流社会的因素只有一个,就是身边这个白种小老爷们。如大家所能想象的,他用石块砸晕了小伙伴,埋在麦地里。所幸,掩埋的浮土不够深,可怜的小马修后来被寻来的大人救了回去。而那个吉卜赛孩子果然也实现了他雄心勃勃的愿望。他来到巴黎,伪造了一个东欧国家的国籍,他当过学徒,卖过报纸,硝过刺激气味的兽皮,但从未放弃过他音乐家的梦想。吉卜赛人血液中流淌的音乐天赋,让他对童年里听过的音乐过耳不忘。终于,他赢得了一个机会,一个当红钢琴家看中了他的乐谱。一个传奇诞生了,一个精心打造的贵族韵味的名字轰动了巴黎。在短短的一年内,他连续创造了十首作品,每一首都足以名垂青史。'他的才华就像是从拧开的水龙头自然流出一样,不,就像圣米歇尔喷泉那样直冲云霄。'艺术评论界这样评价道。

让我们来欣赏一下这名横空出世的音乐家的过人才华:在他的代表作《猩猩的和弦》里,他颠覆了统治欧洲音乐几百年的调性音乐,十二个半音之于他就像是十二进制数字,平等的分布在一个随机序列里,艺术界揣测这可能是与他的泛神论思想有关；在他的另一首作品《尤利西斯的黄昏》里，神圣的赋格曲被他打乱得支离破碎，从中听不出任何旋律主线，里面充塞着诡奇的颤音，魅惑的钢琴装饰音，甚至那些空气中根本听不到其振动的高频和弦。他让各种不同音程的和弦像叠瀑般层层堆砌，即使是为所罗门设计服饰的宫廷裁缝也不敢有如此多的繁文缛节；在宗教音乐《天鹅圣叹调》中，为了演奏出他所谓'宇宙中最纯粹的音乐'，他甚至把庞大的管弦乐团请出了圣诗演奏团，只留下了键盘乐器，他似乎对自然泛音充满了偏见，拒绝在乐曲中融入任何整数。

不可否认，卡巴勒罗先生在艺术创新上取得了巨大的成功，因为这根本不是人间的音乐。就像人类的耳朵根本无法区分那种精确到小数点后十几位的频率一样，也没有任何歌唱家能演唱他的歌。

艺术界嫉妒这位天才音乐家的才华，纷纷在私下议论他的灵感来源。他对和弦的使用有点类似德彪西，却又脱离了后者的全音体系；他对十二个半音的理解接近于勋伯格，却又不似后者的僵硬教条；他与巴赫一样痴迷于十二平均律，却又颠覆了后者教堂般庄严的赋格范式。

更为奇怪的是，当评论家还在谨慎地预测这位旷世奇才最终所能达到的巅峰，卡巴勒罗先生却以流星的姿态急剧陨落了。仅仅是两三年之后，他再也没有创作出一首像样的作品。也不是说他疏于创作，相反，他很勤奋，只是在接下来的十年里，他所做的是对原作的不断修改。若是他的作品锤炼得越发光芒四射也就罢了，怪就怪在他原来伟大的作品越改越差，差到人们不敢相信是出自同一人之手。"

勋爵大人脸上浮出一丝冷笑，目视着正前方，看也不看故事的主角一眼。他正要说下去，梅尔顿打断了他："先生，让我来揭开卡巴勒罗音乐

303

的秘密吧，我已猜出了大概。"

勋爵点点头。

"从卡巴勒罗先生对中国王子的音乐拙劣的模仿来看，他与马修神父小时候听到的神秘音乐正是那种高频和弦，至于为什么卡巴勒罗先生的才华突然消失了，有两种可能性。要么是他成年后丧失了对高频和弦的听力，也就无法继续抄袭中国王子的创作了；要么中国王子的音乐机器出现了问题，毕竟他已死去多年，机器固然仍在运转，但再精确的钢琴长时间不调音也会走音的。卡巴勒罗先生，您说呢？"

音乐家此时已是汗如雨下，不停地用手帕去揩拭饱满的额头。

勋爵微微颔首，似在赞许，可他一发言，却又是质疑的语气："年轻人，你是从哪儿得出机器可能出现了问题呢？要知道这麦田图案仍在平原上不断出现。"

"是神父的故事带给我灵感。"梅尔顿的口吻里颇有几分自得，"神父曾提到教堂的图案从中心到边缘韵律似乎在发生变化，图形变得零乱，这不禁让我心中一动。因为我过去几年收集的这一带的麦田怪圈，若将它们一字排开，也会发现同样的韵律变化现象。如果把这些图案视作古老而玄奥的乐谱，这与音乐家先生自甘堕落的作品不是有异曲同工之妙吗？中国王子的伟大作品是一种平面几何的音乐，这说明前后音符存在着非线性相关，前面的不和谐或者说失准的音符会叠加到后面的音乐之上，就像一处的沙粒从某个方向向另一处集拢，受第二个音符振动所影响沙粒是在原来的图案中堆积，这与传统的线性音乐是两回事。"

夫人怔怔地望着梅尔顿，自婆娑泪眼望去，他的身影上披上了一层淡黄的光晕，好像这个小伙子不是别人，正是半个世纪前的约翰在自述自己的作品。

"呃。"她开口了，"小伙子的分析很有道理。只是，大家可能忽略了一点……"她露出犹疑的神色，像是在做一个艰难的决定，说："约翰虽然爱好广泛，但据我了解，他从未表现出任何音乐天赋。"

她的声音不大，可这一惊人的论断像一阵风刮灭了屋子里唯一的烛光，众人心头顿时一片漆黑。

可那阵风之于卡巴勒罗却是一剂清醒剂，他迅速坐正了身子，肥厚的手掌拍打着扶手："德彪西、巴赫、勋伯格、中国王子，这就是你们这群碌碌之辈从我伟大的作品中所读出的吗？"他的嗓音突然拔高，以至于频率超出了声带的正常振动，飘到神奇的"高频和弦"去了。

"没有人能抹杀我的艺术成就！不是说中国王子的音乐创造了麦田图案吗？音乐在哪？是电磁波音乐吗？谁听见了？那架水力推动的巨大钢琴在哪？又是谁指挥了这场盛大的音乐会，是这具骷髅吗？"

激动中，他的咆哮戛然而止："谁？"

门外响起一个钝重的脚步声，由远而近，当他出现在门口，那浓重的体味简直要把房间里的人熏晕了。是莫里斯，他旁若无人地来到那堆白骨前，躬下身去，嘴里的声音含糊莫辨，咕噜咕噜的像是腹语。然后他转向卡巴勒罗这个方位。

"你要干什么？"卡巴勒罗眼里浮出苍白的颜色。

没有人回答他。莫里斯迈着一成不变的步子径直走向他，高大的影子把他覆盖了。

"啊！"从音乐家那富有穿透力的声音来看，他不演唱自己的曲子可惜了。

莫里斯将他连人带椅高高举起，所幸那只是虚惊一场，莫里斯不过是把挡在他脚下的障碍物搬开而已，可是正因为他只是在处理障碍物，当他放下椅子，那一下可不轻。椅子腿断了，音乐家"哎哟"一声坐在地上，哼哼着半天没起来。

原来在卡巴勒罗的椅子背后，藏着一扇门，莫里斯移开书架，一个漆黑的甬道露了出来。

众人尾随着莫里斯的脚步，摸索着向前。

"这会是通往哪呢？"夫人问道。

"应该是礼拜堂。"神父说，他是宗教建筑方面的专家，在塔楼上他曾注意到角楼与礼拜堂之间有衬墙连接着。

"大家听到什么声音了吗？"夫人停住了脚步。

"好像是机器的震动。"梅尔顿也听到了。

走到巷道的深入，那个声音越来越大，就像是水壶里的开水，从"咝咝"的冒气渐渐聒噪到令人难以忍受的程度。

终于，黑暗的前方出现了一点光亮，巷道到了尽头，前面出现一个锅炉似的庞然大物。走出巷道一看，原来这就是礼拜堂被拆毁的穹顶。莫里斯在"大锅炉"前停了下来，掀开一个铁掩板，把口袋里的东西全部倒了进去，而那"大锅炉"吞进食物之后，金属外壳震动得更欢了，铁掩板"噗噗"直响，像是有一头饥饿的野兽困在里面。莫里斯完成了他的工作，便一言不发地离开了。而他所喂养的那头"野兽"仍在不停地冲击着那块铁掩板，若不是掩板上插着铁栓，真让人担心什么东西会冲出来。饶是胆大的梅尔顿伸手去揭那块掩板，手指也是不住的颤抖。夫人甚至闭上了眼睛。

可是掀开之后，却是风平浪静，只有几只虫子飞了出来。梅尔顿往窟窿里刚一探身，便拧鼻后退不迭。掩板又重重地扣上了。

"怎么回事？"众人围住他。

"里面全是虫子，恶臭无比！"

"是果蝇。"神父的指上停着一只肥胖的昆虫，它的翅膀上闪动着星光。

勋爵走近"大锅炉"，手按住粗糙的金属外壳，把耳朵贴了上去。然后他后退几步，拾起地上的一个瓷片，朝半球形"锅炉"顶扔去。无数个影子被惊起，渡鸦们扑棱着翅膀戛然长鸣，空中飘满了羽毛、鸟屎、灰尘。勋爵仰望着宝石蓝的天空，眉毛沾上了鸟屎也浑然不觉。

"原来如此。"勋爵点点头。他兀自踱到"锅炉"背后，冲大家挥挥手示意过去。

"锅炉"的背后连接着成捆的胶皮线，当勋爵把胶皮剥开，里面露出细如发丝的铜线。

"正是这些铜线把振动传给了线圈，如果我没猜错的话，在背后这堵墙内，藏着一种把物理振动转化为电流振动的装置，就好比他用音叉的振动触发密码锁一样，这对于约翰来说不过是小把戏。"

"您是指这个'大锅炉'制造了原始的振动？"梅尔顿反应很快。

"你尽可以把它视作一个共鸣箱，这黑家伙外面蒙着一层薄铁，里面却是空的，不正是一个优质的发音器吗？"

梅尔顿点点头："共鸣箱的振动来自吉他手的弹奏，那么这铁家伙呢？"

勋爵微微一笑，对神父说："能让我借用一下这个可爱的小精灵吗？"

那肥胖的果蝇一动不动，它太懒了，连挥动几下翅膀也显得有气无力，它很乖巧地被勋爵捉了过去。

"这可能是地球上演奏家最多的音乐会了。"勋爵意味深长地说。

梅尔顿的下巴拉长了："您是指麦田怪圈是这果蝇的作品？不，不，这绝无可能。"他下意识地摇着头。

"当然，这是一种无意的创作。"勋爵带领大家来到一个空着的房间里，关上门后，那嗡嗡的噪音消停了不少，而众人乱哄哄的大脑也似乎随之清静了。

"如果我们把这小小的果蝇视作水分子又会怎样？就像茶壶的水沸腾后，无数的水分子撞击着壶盖，噗噗噗地冒着白气。"

"如果那也叫音乐，火车烟囱也可自称音乐家了。"梅尔顿反唇相讥。

"这个怀疑，很好。"勋爵说，"可是果蝇的群体是处在一个动态的变化之中，而水分子却是单调减少的，水汽跑出去后，壶里的分子总数就减少了。果蝇却不会，它会繁殖，莫里斯年复一年地往'锅炉'里扔土豆、苹果，这为果蝇的群体提供了限量却是可靠的食物。以一个物理学家的眼光来看，约翰是在为系统输入固定的参数。但这与一个动态平衡的系统还有差距，还需要考虑环境的因素，这正是约翰没有给这'锅炉'加盖子的原因，他只是用一张大铁网隔离了渡鸦，这让渡鸦能够掠得一些果蝇，但也不至于让果蝇群体绝灭。这真是一个完美的设计。

若不是我的秘书曾给我整理过托马斯·摩尔根的著作，恐怕约翰超越时代的作品只能像可怜的果蝇一样禁锢在黑暗之中，永不为人所知了。从这层意义上，把约翰的发现转化为现代音乐作品的卡巴勒罗先生也算是做了一件好事。"

卡巴勒罗的表情有些复杂，尤其是当他了解到自己的老师是一群果蝇时。

勋爵接着说："好吧，让我们来看看约翰是怎样创作他的音乐的。如夫人所言，他并无音乐才华。但从神父的回忆及这城堡的装饰来看，他在图形艺术上颇有心得。这两者是相通的，如埃及人谚语所言，几何是冻结的音乐。

生物学家托马斯·摩尔根曾经研究过蝇口数量变化，他在大玻璃罐里用牛奶喂养了大约十万只果蝇，他发现，蝇口的数量存在着一种周期性涨落。每个周期内可能出现两个峰值，而到了一定的时间，比如一年后的蝇口的变化将变得极不规则[①]。

因而我们可以将果蝇群落视作一个动力系统。一方面，蝇口的增长与前一年的果蝇数目成正比；另一方面，蝇口的增长又受到空间、食物、流行病、渡鸦的捕食等许多因素的限制，不可能无限增长。

一开始群体较小，蝇口数稳定增长，这好比一首交响乐的序章，主部、副部与引子的音符不断地交织，渐渐汇聚成巨大的音流；当群体适中时增殖量近于零，这时群体与环境达成了稳定的平衡，正如交响乐黄金分割点之前一长段舒缓又平静的慢板回旋曲；当群体暴涨时蝇口数又急剧下降，这不禁让人联想起科萨科夫的《天方夜谭》第四乐章，在震耳欲聋的音浪中，乐队敲出一记强有力的锣声，随着它的音响逐渐消失，整个乐队的力度迅速下降。果蝇数量的变化与音乐的跌宕起伏何其相似！

果蝇繁殖力惊人，1天时间卵即可孵化为蛆，2到3天变成蛹，再过5天

[①] 用现代物理学语言说，在这个实验中，蝇口数的变化包括了周期性、拟周期性和混沌。

羽化为成虫，一年可以繁殖30代。这样，小约翰可以让他的音乐有足够大的变化幅度，同样也有足够快的速度把握他的音乐节奏。事实上不是所有的果蝇群体都可以长期维持的，比如，稍大的蝇口数可能导致环境过载，流行病滋生，从而绝灭。过小的蝇口数又不足以应付变化莫测的环境，因而小约翰定然是试验了无数次，才精确地限定了他的控制参数，比如投掷食物的量与频率，铁丝网的孔隙大小，'锅炉'的体积大小，才使得他的音乐绵绵不绝，奏鸣至今①……"

可以用简单的差分方程描写生物群体，这是一种迭代模型，即逐年地反复用同一个函数进行数值运算，它可以反映由一个状态（蝇口数）到另一个状态（蝇口数）的跳跃变化。

神父与梅尔顿同时张了张嘴，但梅尔顿还是抢先说了："那为何后来卡巴勒罗的音乐在后期变得一团糟呢？"

"就好像一棵景观树，不管当初它修整得如何完美，如果长时间不再关注它，它的树冠也会变得参差不齐。同样，约翰的控制参数再怎么精确，经过若干代的正反馈叠加，也必然会导致不规则的振荡甚至崩溃。

蝇口实验是一个非线性系统，初始条件的极小偏差，将会引起结果的极大差异，卡巴勒罗先生想必对此深有体会。"赫尔岑勋爵的目光耐人寻味地落在音乐家发亮的额头上。

卡巴勒罗尴尬地说："是这样的，过去几十年中我也曾不断地回来，咳，采风，想从约翰的麦田音乐中找到新的灵感，但无论我使用何种调式，要想从头至尾精确的模仿它的旋律及和声却是不可能。就好像一台刚

---

① 两音的频率比愈是简单的整数关系意味着对应的两个谐波列含有相同频率的谐波愈多。

刚调试好的钢琴，才弹完一个序幕，后面便出现了飘音、杂音、串音。"

神父点点头："教堂的图案大概也是这样导致混乱的。"当他说完，却发现勋爵望着自己微微摇头。

赫尔岑说："那又是另外一回事了。古凯尔特人的音乐之所以会出现混乱是因为他们采用的是五音纯律，对于人类的耳朵来说，那种满足弦长整数比关系的频率才是和谐的，而约翰信奉的却是十二平均律，对他来说那种非自然的用纯机械开方才能得到的频率关系才是优美的。好比无理数是数学界的大怪物，十二平均律也是音乐界的一头怪兽，任何相邻的两音频率之比都是严格相等的，数学上的严谨保证了它能够更准确地满足迭代方程，而不像纯律那样存在自然半音和变化半音之分，两者的频率比分别是256∶243与2187∶2048，这只是一种近似的相等，因而对于约翰那种平面几何叠加态的音乐来说，用不了多久就会导致混乱。"

屋子里鸦雀无声，众人目不转睛地望着勋爵，心中不免会嘀咕，是什么原因让勋爵大人对约翰有如此深的了解呢？勋爵年事已高，他的思路却像一个青年人一样清晰。

面对质疑的目光，勋爵的脸阴沉了下去，他擦亮一根长火柴，颤抖着点燃一只雪茄，缓缓踱到一堵墙边，对着墙上的一幅肖像出神。画上的人留着浓密的连鬓胡子，头发梳成维多利亚时代的古典样式，他的衣领，是上世纪军队中流行的拿破仑立领。画上的人可能曾在军队服役过。

大家都奇怪地望着勋爵，心事不一的沉默着。

"看来，勋爵大人的故事不比我的少啊。"卡巴勒罗阴阳怪气地说。

勋爵像是没有听到卡巴勒罗的声音，而是转问夫人："夫人，你认识画上这个人吗？"

夫人眯起了眼睛，摇摇头说："不认识，但从他脸部的轮廓看，应该是约翰与威廉的父亲，或者爷爷。"

勋爵踱向另一面墙，问道："那么这一幅呢？"

墙上也挂着一幅肖像，是一张年轻人的面孔，下巴刮得光光的，锐利的眼神看起来就像是海员，双排扣的制服同样暗示着他的军人身份。夫人还没有走近就涌出了泪水："他是威廉。"

勋爵点点头，向夫人问道，又像是自言自语："想象一下，约翰独自坐在这个房间，终日望着父辈与兄弟的肖像，他在想着什么？"

"复仇，雪耻。"温柔的夫人在说出这两个词时也不由得咬牙切齿。

昏暗中雪茄的红光陡然变大了不少，勋爵被呛住了，大口大口地咳嗽着，喉咙里发出"咝咝"的声音，脖子的褶皱在血液的冲击下像公鸡的肉垂一样通红。

"勋爵大人，德高望重的您又为何向约翰行鞠躬大礼呢？"卡巴勒罗不依不饶地追问道。

"我有愧于贺维家族。"赫尔岑艰难地吐出这几个字，"事实上我今天来，便已做了决定，要将历史还原，将真相大白于天下。我垂垂老矣，尊严、荣誉都不过是过眼云烟，尤其是当我了解到约翰令人唏嘘的故事之后，忏悔、自责无时不在噬咬我的灵魂。"

这一番貌似肺腑之言的怪论却让众人更加迷惑了。

"我就是乔治·韦尔斯利。"

然而，没有人听过这个名字。直到夫人的思绪从五十年前转了一圈后，她才指着勋爵尖叫了起来："是你这个混蛋，是你杀了威廉！是你！"

"那只是决斗，夫人。"梅尔顿挡在她面前，宽慰她说。

"不，那不是一场普通的决斗，那的确是蓄意已久的谋杀。"勋爵把雪茄掐灭在手心里，房间里传来烧焦的味道。

"好吧，从一百多年前那场伟大的战争说起吧。"他说，"众所周知，在与法国皇帝进行的那场决战中，威灵顿将军一度绝望。坚守到下午三点时，英军已是山穷水尽，将军甚至已做好了全军牺牲的战斗动员。就在这时，奇迹发生了，普鲁士的援军突然杀到，战局瞬间逆转，历史记住了将军在危急存亡时刻说的话：'所有人都牺牲在自己的岗位吧，我们已经没有援军。'后来发生的便是大家从史籍中可以读到的：将军以常人难以想象的意志与勇气拯救了欧洲。然而，很少有人知道，在那场战争最艰难的时刻，曾经发生过一个意外，历史也很难评价，在那个时刻的选择是对是错。威灵顿将军并不是一个视士兵生命如草芥的人，相反，人们一度评价他懦弱。今天，我要告诉大家一个被史书所隐瞒的事实：将军曾经在穷途末路的关头向法国皇帝派出一名联络官，谁也不知道联络官曾经带给拿破仑一封什么样的信。除了贺维家族，因为那名联络官正是约翰的祖父理查·贺维，从小与威灵顿将军一起长大的挚友，他们曾在印度、汉诺威齐肩并战，将军把这封信交给他，正是出于对他的信任。然而当战争戏剧性的扭转之后，对那名联络官的行为性质的判定就显得尴尬了。人民需要英雄，英国需要威灵顿公爵，欧洲甚至有六个国家授予他元帅军衔。历史是无情的，它需要做一个评判，尤其在这一历史细节被一家报纸揭露之后，威灵顿公爵乃至整个大不列颠的荣誉都在受到威胁。历史同样也是简单的，它只需给联络官下一个投敌叛国的定义就行了。可是，联络官又有什么错？他与那些坚守岗位的士兵们又有何不同？他同样只是在履行他的职责而已。这，就是贺维家族在一百年前所遭受的命运。理查·贺维被军事法庭处以死刑，贺维家族被剥夺了爵位。对于一个视荣誉为生命的骑士家族来说，那种耻辱感怎堪承受？

今天，我们仍可从这座城堡的内部装饰中看到，这个家族敬重骑士的传统，军刀仍摆到最显眼的位置，岁月的尘埃也不能蒙蔽它锃亮的寒光；每一名成员都风度翩翩，怀古的装束似在缅怀维多利亚时代的荣光与骄傲；爵位虽已被剥夺，墙上那可以追溯到十字军时代的家族徽章依旧勾人怀念那金戈铁马的久远年代。

约翰和他的哥哥从未放弃过向女王、议会、法庭申诉祖上的冤屈，而他们雄辩且富有煽动力的口才不免在公众间赢得广泛同情。这正是我为什么要对威廉下手的原因。"

"你是威灵顿公爵什么人？"夫人严厉地问道。

勋爵没有回答，他直起身来，虽然他年迈体衰，可腰杆依旧笔挺端正。他来到约翰的面前，他的手探进大衣里摸索良久，掏出一块金色勋章来，恭敬地放置在骷髅的面前。

"这是维多利亚十字勋章，我，威灵顿公爵的侄孙乔治·韦尔斯利，向蒙冤逝去的理查·贺维，向我的兄弟、被我杀害的威廉·贺维，向传奇的约翰·贺维先生致以深深的忏悔。"说完这些，他已是老泪纵横。

"这就够了吗？约翰难道不是一个懦夫吗？他隐居在此，置洗脱几代家族耻辱的责任于不顾，难道说他已对现实绝望，选择向历史屈服吗？"富有正义感的梅尔顿不服气地说，整座城堡都在回响这个声音。

"不。"勋爵抬起头来，嘴唇微微颤抖，"约翰从未放弃过对历史的抗议，只不过他家族的冤屈是如此之大，非得用这天地间最深奥的音乐、最恢宏的图案来表达才行。他自称'中国王子'的意义正在于此吧。"

中国王子？所有的人都不由自主地坐正了身子，因为大家知道，约翰即若是拥有过人天赋，也不可能凭空生出他的才华。而他所有离经叛道式的行为，都可以归结到他中魔般的"东方情结"之上。

勋爵突然换了一种深沉的语调："中国王子并不是什么缥缈的神话，他是一个真实的人物。在300多年前，我们欧洲还未发现十二平均律的时代，中国有一位叫堉的王子[①]，他拥有过人才华却流落民间，人们称他为布衣王子。为了解决音乐演奏中的旋宫转调难题，他用珠子串起来的简陋计算工具，将半音的频率用开方的方法计算到小数点后24位。

大凡那种天才人物，大概只有在极度困厄的境地下，才会绽放出夺目的光芒吧。王子堉有着与约翰一样的悲凉身世，他的父亲本是一名藩王——郑王。郑王因直谏皇帝不要迷信神鬼、大兴土木，被皇帝削去了藩职，并被发配到远离京城的地方软禁。十五岁的堉为抗议父亲的遭遇，弃紫诰金章、高车驷马如敝屣，他在父王的王宫前筑起一间土屋，把自己关了进去，发誓父王沉冤不雪就不出来。他在那土屋里研修乐律，推演历算，这一住便是十九年。

可以想象当痴迷东方文化的约翰读到这个故事将带给他怎样的触动。他们的生平是如此相似：皇世嫡系，却席蒿独处；贵为封爵，却离群索居；他们的血液流淌着相通的骄傲，头脑里装着匹比的才华；他们对科学的领悟同样超越了时代：堉在旧派音乐家的反对声中，独创把八度分成

[①] 这里指明代的科学家朱载堉（1536-1610年），明太祖朱元璋九世孙。他证明了匀律音阶的音程可以取为二的十二次方根，代表着中国两千年来声学实验与研究的最高成就。

315

十二个半音以及变调的方法，这是前无古人的创举，他的律学著作却被皇帝束之高阁。约翰天才地发明用麦田图案来表达他的音乐，他的电磁波音乐却被人们解读为一种邪恶的巫术……

唯一不同的是，中国王子的冤屈终于在新皇帝即位后得以平反，而贺维家族的耻辱至今仍不得雪，就像是风中无声哀诉的音乐，奏响在人类的听力范围之外……"

房间里静悄悄的，可以听到女人的低声啜泣。窗外突然雷声大作，镶有银白色百合花的蓝色玻璃窗呼呼作响。传说在电闪雷鸣的深夜，中国王子将会检阅他一百万个士兵。看那成群的士兵一排排倒下，就像面对着来复枪方阵的密集齐射，他们倒下的尸体就像训练时一样崭齐，他们履行死亡的承诺就像报告一样斩钉截铁。中国王子望着他忠诚的士兵，脸上却浮出莫名的哀戚与悲凉……

本报讯，近日，两名研究音乐与数学之间关系的科学家在《科学》杂志上撰文宣称，一首20世纪初的变奏曲可能是依照著名的费根鲍姆常数创作的。

研究音乐和数学的关系这一问题源远流长，早在2000多年前毕达哥拉斯就发现令人愉悦的音乐可以用简单的数学比率来表示。自古希腊毕达哥拉斯学派到现代的宇宙学家和计算机科学家，都或多或少受到"整个宇宙即是和声和数"的思想的影响，开普勒、伽利略、欧拉、傅立叶、哈代等人都潜心研究过音乐与数学的关系。

近日，威斯康星大学麦迪逊分校的布鲁斯教授和普林斯顿大学的柯亨教授，以"声音形象学"为基础，利用高深的数学模型，把音乐的谐波转化为对应的物理量，然后代入迭代方程，用分形学来对音乐进行结构分析。

他们惊奇地发现，在20世纪一个叫卡巴勒罗的音乐家所创作的变奏曲里，存在着"周期倍化分叉"现象，随着演奏的进行，平面上的几何图形就会出现倍分叉的分形结构，相邻两个分枝间的宽度按一定比率缩小，缩小的比例因子存在一个极限值，这个极限值居然对应着非线性物理学上著名的费根鲍姆常数。

但如果在乐队中加入小号等按键吹奏乐器，平面上的几何图案则会出现混乱。布鲁斯教授解释说，这可能是由于不同频率的振动的积累和叠加，相互交错干扰，产生复杂的湍流而引起的。因为吹奏乐器是靠自然泛音级来形成音阶，各半音之间并不是严格均匀，这些极小的扰动在若干个音符的叠加后就会导致混沌。

有趣的是，卡巴勒罗音乐所形成的平面几何图形与中国古代邵雍学派所推崇的云雷纹有异曲同工之妙。该学派认为，任何事物大到宇宙、小至朝菌蟪蛄都是以"一分为二、二分为四……"模式呈树状演化的，从任一个起点开始的演化树都有相同结构，而且该理论是"先天的"，这似乎在呼应着费根鲍姆常数的"普适性"。

当记者问到那个叫卡巴勒罗的音乐家是有意识地创作这一乐曲，还是出于无心，两位科学家的意见产生了分歧。柯亨教授认为这可能是无意识的创作造成的巧合，因为音乐与数学都是直觉的，就像历史上许多大音乐家娴熟地应用黄金分割率一样。而布

317

鲁斯教授倾向于这是一个有意识的创作，因为就算音乐家天才地应用差分方程来创作他的乐曲，要想准确的设置参数，使迭代方程不走向混沌，他必须进行无数次的实验。通过随机的设定而实现音符的平稳流动简直不可能，但他同样认为在两百年前就发现费根鲍姆常数是不可思议的。

为何几个世纪前的古典音乐乃至上千年的东方哲学中会蕴涵现代才发现的科学规律？或许莱布尼茨的名言能带给我们启示："音乐是数学在灵魂中无意识的运算。"

——摘自2116年11月12日，《基督教科学箴言报》

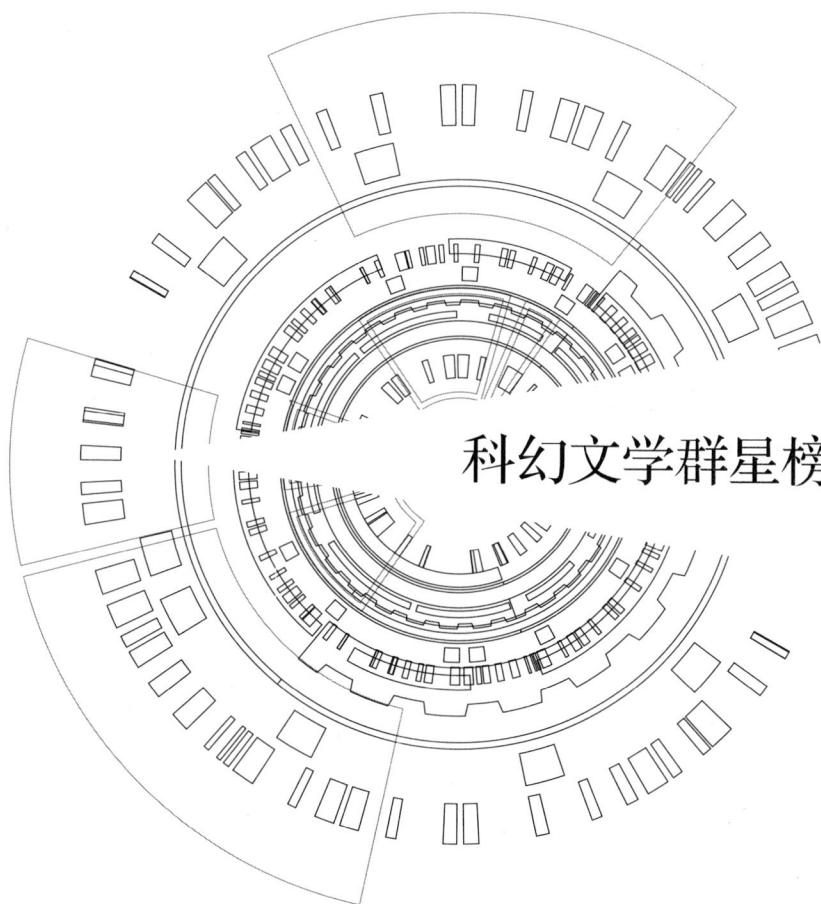

科幻文学群星榜

序号	作者	书名
1	郑文光	侏罗纪
2	萧建亨	梦
3	刘兴诗	美洲来的哥伦布
4	童恩正	在时间的铅幕后面
5	张静	K星寻父探险记
6	程嘉梓	古星图之谜
7	金涛	月光岛
8	王晋康	生死平衡
9	刘慈欣	纤维
10	潘家铮	子虚峡大坝兴亡记
11	韩松	青春的跌宕
12	星河	白令桥横
13	凌晨	猫
14	何夕	异域
15	杨鹏	校园三剑客
16	杨平	神经冒险
17	刘维佳	使命：拯救人类
18	潘海天	饿塔
19	拉拉	永不消逝的电波
20	赵海虹	月涌大江流
21	江波	自由战士
22	宝树	人人都爱查尔斯
23	罗隆翔	朕是猫
24	陈楸帆	动物观察者
25	张冉	灰城
26	梁清散	欢迎光临烤肉星
27	七月	撬动世界的人于此长眠
28	杨晚晴	天上的风
29	飞氘	讲故事的机器人
30	程婧波	第七种可能
31	万象峰年	点亮时间的人
32	长铗	674号公路
33	迟卉	蛹唱
34	顾适	为了生命的诗与远方
35	陈茜	量产超人
36	刘洋	单孔衍射
37	双翅目	智能的面具
38	石黑曜	仿生屋
39	阿缺	收割童年
40	王诺诺	故乡明
41	孙望路	重燃
42	滕野	回归原点